봄날의
팔광

현고운 장편소설

Terrace Book

CONTENTS

프롤로그

"어흥, 너희들을 잡아먹겠다."

오누이는 호랑이가 다가오자 나무의 맨 위에까지 올라갔어요. 호랑이도 자꾸자꾸 올라가 바로 오누이 발밑에까지 다가갔습니다.

"하느님! 도와주세요!"

오누이는 두 손 모아 빌었습니다. 그때, 하늘에서 굵은 동아줄이 내려왔습니다.

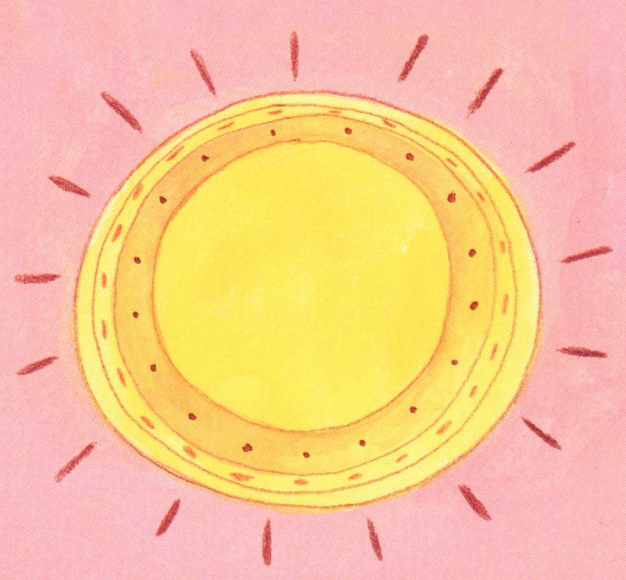

동아줄은 하늘 위로 올라가기 시작하였습니다. 이를 본 호랑이도 똑같이 기도를 했어요. 그러자 하늘에서 또 동아줄이 내려와서 호랑이는 동아줄을 타고 오누이를 쫓아갔습니다. 하지만 호랑이의 동아줄은 하늘에서 갑자기 '뚝' 끊어졌어요. 호랑이에게는 썩은 동아줄을 내려주었기 때문이었습니다. 그 후 하늘로 올라간 오누이는 해와 달이 되었습니다.

"말이 되는 얘기를 해야지. 그럼 그전에는 해랑 달이 없었단 말이야?"

'탁' 하고 동화책을 덮은 달희의 예쁜 입술이 뾰족하게 비죽거렸다.

걔들이 해가 되고 달이 됐다고? 설마……. 걔들은 그저 어린아이들일 뿐이야. 그럼 하늘로 올라간 오누이는 어떻게 됐을까?

믿거나 말거나, 신들의 사이에서 인간인 오누이는 그만 왕따가 되고 말았다. 놀라긴, 당연한 얘기 아니겠는가. 하늘이건 땅이건, 땅밑이거나 어디든 조직 사회인데 어려서부터 우아하고 품위 있게 교육받은 신들 사이에 꾀죄죄한 인간 애들 두 명이 떡하니 등장했으니 신들이 좀 놀랐을까.

그런데 사실 놀란 건 신들만이 아니었다. 환경이 변하면 개구리도 죽는다는데, 부모도 없이 달랑 하늘로 올라간 오누이에게 천계는 정말이지 쉽지 않은 세상이었다.

그나마 하늘로 올라갈 때 조금은 더 나이가 많았던 오빠, 해님 해성은 그래도 신들 속에서 착한 아이로 적응을 했지만, 달님 달희는 아니었다. 물정을 모르니까 겁도 없었고, 그래서 오빠와는 다른 삶을 살아가기 시작했다.

말이 나왔으니 하는 이야기이지만, 그래도 어른이고 하늘의 신이라는 분들이 어린것들을 왕따시킬 리 있겠는가. 달님이 된 달희 선녀 후보가 신들을 왕따시켰다고 하는 게 정확한 표현이었다. 천계의 착한 선녀님들도 사고뭉치 달희에게는 전부 손을 들어버렸다.

호랑이를 피해 하늘에 도착한 지 일 겁이 넘는 시간이 흘렀음에도 달희의 인간으로서의 천성은 조금도 변한 게 없었다. 이곳의 선녀들은 끊임없이 그녀를 교육하고 쉴 새 없이 가르치지만 고집불통 달희는 여전히 제멋대로였다.

달희처럼 일관되게 변하지 않는 성격을 유지하는 일은 인간이 신이 되는 일보다 훨씬 어려울 거라는 게 천계 학당 선녀님들의 공통된 의견이었다. 다행스러운 일인지 혹은 곤혹스러운 일인지는 몰라도 그녀는 일곱 살, 아무것도 모르던 그때의 순수함과 그 시간의 강직함을 여전히 간직하고 있었다.

성격 급한 고집불통의 순수하고 올곧은 달희 때문에 천계는 언제나 소란스러웠다. 상제님께서도 야단은 치지만 미워할 수 없는 달희는 맑고 곧은 선녀 후보였다.

투명하도록 말간 흰색의 겉옷 자락을 연한 하늘빛 비단 끈으로 맵시 있게 묶고 있는, 겉으로는 정말 그럴듯하게 선녀처럼 보이는 문제의 달희 선녀 후보는 커다란 로비에 걸려진 거울을 흥미진진한 얼굴로 바라봤다.

인간이 사는 세상은 넓고, 잘생긴 남자는 귀했다. 그래도 태평양과 대서양을 지나 구석구석 잘 찾아보면 숨어 있는 꽃미남들이 제법 있었다.

그녀의 취미는 전 세계 꽃미남 감상하기. 뭐 어떻겠는가. 무료한 선녀 학당 수업에 이런 취미도 있어야지. 그렇다. 그녀는 잘생긴 남자한테 약했다. 특히나 쌍꺼풀 얇고 눈빛이 따뜻하게 반짝이는 그런 남자. 세심하고 배려심 돋고, 노래도 좀 잘 불러주면 좋겠고, 운동까지 잘해주면 더 좋고. 개중에 누구는 눈이 높다고 하는데 어차피 이승의 인간 남자는 그저 바라보는 빛깔 좋은 그림의 떡일 뿐이었다. 천계의 선녀는 절대로 이승의 인간과 인연을 맺을 수 없다. 그게 법도이고 원칙이다. 물론 몇 겁의 시간에서 가끔 있을 수 없는 일이 일어나곤 하지만, 그 결과는 언제나 좋지 못했다. 더구나 선녀 아줌마가 나무꾼한테 옷을 빼앗긴 이후로 선녀들의 인간계 출입은 철저하게 통제되고 있었다.

달희는 조심스럽게 꽃미남 엑스파일을 챙겼다. 얼마 후면 인간이 되기 위한 환생을 거쳐야 하니까 당분간 이 잘생긴 친구들이랑은 멀어져 있어야 한다.

환생. 인간인 그들이 신이 되기 위해서는 일 겁의 시간 동안 일곱 번의 환생을 끝내야 했다. 모범생인 오빠 해성은 이제 한 번의 환생만 마치면 완전한 신이 될 수 있지만, 같이 시작한 달희는 아직도 한참의 시간을 더 보내야만 했다.

참을성도 인내력도 없는 달희는 환생하기가 무섭게 허락 없이 돌아오기 일쑤였기 때문이다. 물론 그때마다 그녀에게도 여러 가지 타당한 이유들이 있었다. 고집이 세서 진실을 위해 굶어 죽는다든지, 정의를 지킨다고 성질에 못 이겨서 전쟁 중에 총을 들고 벌떡 일어나 나선다든지 하는 예상할 수 없는 일들로 달희는 환생 의무 기간을 채우지 못하고 있었다.

지난번 환생에서는 파산한 남자의 사랑 고백에 홀려서 동반 자살에 참여했다. 말 그대로 제 명에 못 죽는 것이다.

달희는 자신의 전생을 생각하며 한숨을 푹 내쉬었다.

정말 선녀가 되는 일은 어려웠다. 공부할 것도 많고 알아야 할 것도 많고 하지 말아야 할 것도 많았다.

이번 환생에서는 절대 잘생긴 남자한테 혹하지 말고, 나쁜 남자한테 덤비지도 말아야 하며, 상처받은 남자에게도 흔들리지 말아야 했다. 그렇지 않으면 언제 선녀가 될지 모른다.

환생할 때 선녀의 기억을 지우지 않는다면 좋을 텐데. 그렇다면 진작에 선녀가 됐을지도 모르는데. 아쉽게도 상제님이 허락하시지 않겠지. 비밀스러운 곳에 꽃미남 엑스파일을 숨기는 데 성공한 달희가 살짝 입을 비죽였다.

선녀. 달희는 진정한 선녀가 되고 싶었다. 그들이 동아줄을 타고 하늘로 올라온 것처럼, 약하고 힘든 사람들에게 희망이라는 기회를 줄 수 있는 선녀의 자리가 달희의 목표였다. 비록 천계에 완벽히 적응한다고는 할 수 없지만, 세상의 이치와 공명정대함을 관장하는 천지조화의 중요함을 그녀도 알고 있었다.

이번만큼은 꼭 제대로 하고 말리라. 굳게 다짐하고 결심하는 달희의 눈빛은 맑았고, 입술은 붉었다.

"정말 잘할 수 있는 거지?"

"그렇다니까."

어느새 오빠 해성이 다가와 달희 곁에 섰다. 이미 해성에게는 신의 모습이 투영되고 있었다.

"이번에는 꼭 사람들에게 희망을 주고 와야 해. 알았지?"

"걱정 마. 꼭 잘할 수 있어."

해성의 충고에 달희가 씩씩하게 고개를 끄덕였다. 해성은 그런 동생을 염려와 기대가 뒤섞인 얼굴로 바라봤다. 선녀 후보인 달희는 아직도 인간의 마음이 많은 아이였다.

너무 어린 나이에 신의 땅에 도달한 동생은 사람의 정에 굶주렸고, 또 그래서 지나치게 마음이 약했다. 게다가 강직한 성품과 타협

하지 않는 인격은 좀처럼 쉽게 변하지도 않았다.

"도와주세요. 제발 살려주세요."

달희는 희미하게 울리는 목소리에 이끌려 이승경에 가까이 다가 갔다. 슬픔과 절망, 그리고 절실함으로 이승경이 넘쳐나고 있었다. 약해질 대로 약해진 영혼이 비쳐지고 있었다.

수명의 빛이 너무 약한, 이미 모든 걸 포기한 사람이 도움을 요청 하고 있었다.

달희와 해성은 서로를 마주 봤다. 지금 절실하게 살려달라고 소원 하는 여자의 얼굴은 그리 낯설지 않은 모습이었다. 호랑이를 피해 이곳으로 올라온 그들과 같은 얼굴. 저 여자도 호랑이에게 쫓기는 걸까?

"무슨 일일까, 저 사람?"

"글쎄, 많이 힘든 거 같다."

병실에 누워 눈을 꼭 감고 기도하는 여자의 수명첩에는 빠르게 천명(天命)이 줄어들고 있었다. 텅 빈 병실에는 그녀의 절실한 기원 에 귀 기울이는 사람이 없었다. 외로운 침묵이 죽음처럼 그녀를 감 싸고 있었다. 여자의 야윈 볼 위로 뜨거운 눈물이 뚝뚝 흘러내리자 달희의 눈빛도 함께 흐려졌다.

"아무래도 안 되겠어. 오빠, 나 잠깐 저기 좀 갔다 올게."

"네가 가서 뭘 하게? 인간의 일에 관여해서는 안 돼!"

해성이 후다닥 인간의 땅으로 뛰어 내려가는 달희에게 소리쳤지 만, 이미 그녀의 모습은 보이지 않았다.

"후유, 저 사고뭉치를 어쩌면 좋을까."

혼자 남은 해성은 작은 한숨을 내쉬었다. 그다지 별 방법이 없었

다. 이번에도 달희가 나쁜 게 아니었다. 정말 나쁜 건 수명첩의 수명
이 변한 만큼 절망하고 좌절하는 사람의 곁에 아무도 손 내밀어주
지 않는 인간 세상의 무정함과 무심함이었다.

I. 환생 혹은 부활

"19시 20분, 윤지완 씨, 심장마비로 사망했습니다."

의사의 손과 얼굴은 긴장과 땀으로 범벅이 되어 있었다. 숨을 삼킨 채 주변 사람들이 지켜보고 있지만 의사로서도 더 이상 방법은 없어 보였다.

"죄송합니다."

죽음과 맞서 싸우고도 결국 신과의 승부에서 패할 때마다 의사는 언제나 환자에게 미안하고 남아 있는 가족들이 안쓰럽다.

하지만 오늘 병실에서 아프고 힘든 사람은 오직 젊은 의사 한 명뿐이었다. 사랑하는 사람을 잃은 이 병실의 냉랭한 분위기는 의사에겐 조금은 낯설었고 의아스러웠다.

"정말 죽었다고? 가지가지 하는군."

의사의 최종 선언에 혼잣말처럼 중얼거린 남자의 낮고 차가운 음색은 기계음의 소음이 꺼진 병실에서 또렷하게 들렸다. 죽은 사람이 너무 억울해서 벌떡 일어나게 할 만큼 고인에 대한 연민이나 애도는 눈곱만큼도 찾아볼 수 없는 어조였다. 하지만 병실의 가족들 역시 그 남자와 별반 다를 바 없는 반응이었다.

"이럴 줄 알았으면 결혼부터 시킬 걸 그랬어요."

"그러게 말이야. 합병을 좀 더 서둘렀어야 했어. 일이 복잡해지지 않을까 모르겠네."

"지완이 지분에 대한 상속은 누가 받는 겁니까?"

민혁은 자신에게는 하나도 도움이 되지 못하고 쓸모없이 죽어버린 약혼자를 향한 낮은 욕설을 삼키며 자신을 예의 주시하고 있는 지완의 남겨진 가족들에게 물었다.

"그야 엄마인 내가 받아야지. 아무리 계모라도 엄마는 엄마니까, 직계가족이 우선이어야지."

민혁의 물음에 정 여사가 당당하게 나섰다. 그들은 누가 아팠건 죽었건, 머릿속으로 나름대로 계산기를 두드리는 일이 더 바빴다. 죽은 사람은 죽은 사람이고, 산 사람은 살아야 하지 않겠는가.

"김 변호사가 알아서 하겠지. 누나, 하루라도 빨리 상속 문제를 끝내야 일이 깨끗해질 거예요."

가족이라는 사람이 금방 숨을 거뒀음에도 불구하고 자기들끼리의 이야기에 열중하고 있는 사람들을 의사와 간호사는 황당한 눈으로 바라봤다.

"강 사장, 미안하네. 자네와는 사업 파트너뿐만 아니라 꼭 가족이 되고 싶었는데."

"외삼촌, 너무 일찍 포기하시는 거 아니에요?"

민혁과 눈을 마주한 채 지완의 동생인 미라가 한 발짝 다가왔다. 조용하고 존재감 없던 지완에 비해 이복동생인 그녀는 화려하고 요란한 여자였다. 먹잇감을 발견한 미라가 눈빛을 빛냈다. 사실 남편감으로서 강민혁은 결혼하기엔 부담스럽고 버거운 존재임에 틀림없었다. 하지만 그의 권력과 부를 생각하면 그 정도는 참아줄 수 있다고 생각했다.

"제가 언니를 대신해 민혁 씨랑 결혼할게요."

"아니. 미안하지만, 난 아무하고나 약혼하지는 않아."

미라를 향한 비웃음을 전혀 감추지 않은 채 그는 조금의 여지도 없이 딱 잘라 고개를 흔들었다.

이미 세상에 없는 약혼자인, 아니 약혼자였던 윤지완은 그가 탐내는 무언가를 가지고 있었다. 하지만 그저 유혹의 냄새만 가득한 눈앞의 여자에게서 그는 아무것도 얻을 것이 없었고 더불어 관심도 없었다. 그녀는 지금까지 그가 수없이 봐왔던 닳아빠진 여자들과 같은 부류였다.

"누구라도 상관없잖아요."

"상관있을 거 같은데."

민혁이 입을 열기도 전에 누군가 또렷하고 명료한 소리로 대꾸했다. 뒤에서 들리는 갑작스러운 목소리에 사람들은 아무 생각 없이 돌아보았고, 잠시 후 그들은 거의 기절할 것 같은 침묵에 빠져들었다. 아니, 이미 미라와 정 여사는 기절한 상태였다. 간호사와 의사역시 창백한 얼굴로 모든 행동을 멈췄고, 오직 민혁만이 멀쩡한 상태로 그녀를 주시했다. 그는 덤덤한 얼굴로 하얀 시트를 걷어 올리고 침대 위에 앉아 있는 지완에게로 다가갔다. 그녀의 얼굴은 여전히 창백했지만 유난히 검게 반짝이는 총명한 눈빛은 분명히 '살아 있음'을 온몸으로 보여주고 있었다.

"죽은 게 아니었나?"

"죽은 것처럼 보이나요?"

하얀 이마에 흐트러진 머리카락을 가는 손가락으로 쓸어 올리던 그녀가 고개를 들고 물었다. 민혁을 바라보고 있는 눈빛이 어쩐지 재미있다는 듯 한순간 반짝였지만, 그는 어쩌면 잘못 봤을지도 모른다고 생각했다.

그의 눈빛이 무심하게, 그리고 천천히 그녀를 향해 지나갔다. 남자의 얼굴에는 어떠한 감정도 스치지 않았다. 강민혁이라는 남자도 자기 절제가 분명하거나, 그렇지 않으면 사람이 죽거나 말거나 별 관심조차 없는 타입이거나, 그도 저도 아니라면 심장이 없는 사람임에 분명했다. 그가 그녀처럼 신이 아닌 이상에야 말이다.

"아직은 괜찮아 보이는군."

"아마 앞으로도 그럴 거예요."

생긋 웃는 그녀가 확신을 가지고 말했다. 어쩐지 그녀에게서 도전의 냄새가 물씬 풍긴다.

드디어 정신을 차린 의사가 지완에게 달려왔고, 간호사가 병실 안의 사람들에게 밖으로 나가달라고 양해를 구했다. 부산하게 움직이는 사람들 속에서 다시 한번 민혁과 지완의 눈빛이 마주쳤고, 이내 문이 닫혔다.

민혁을 제외한 모든 사람들을 기절시키고 깨어난 지완은 낯선 주변을 돌아보고 나직한 한숨을 내쉬고 어렵게 몸을 일으켰다. 그리고 겨우 비틀거리는 걸음으로 병실 내에 준비되어 있는 화장실을 찾았다. 그곳에서 지완은 병색이 완연한, 하얗게 질린 자신의 얼굴을 거울 속에서 마주 봤다.

창백한 피부, 핏기 없이 쏙 들어간 볼, 그래서 더 도드라져 보이는 콧대와 광대. 그렇지만 딱 유령 같은 얼굴에 어울리지 않게 또렷하게 살아서 빛나고 있는 커다란 검은 눈동자. 병실에 내내 누워 있던 지완과는 다른 생각을 가진 다른 눈빛이 거울 속에서 자신의 모습을 찬찬히 살펴보고 있었다. 아니, 더 정확히 방금 사망 선고를 받은 윤지완의 얼굴을 달희는 뚫어질 듯 바라봤다.

그랬다. 의사들의 선언대로 지완은 죽었다. 그리고 지금 지완의 몸을 하고 있는 그녀는 하늘에서 후다닥 내려온 달희였다.

달희는 선녀였다. 아니, 선녀 후보였다. 눈에 보이는 것만을 믿는 사람들에게는 말도 안 되게 들리겠지만, 그녀는 정말 선녀가 맞았다. 그녀가 천계에서 인간이 사는 이 이승까지 오게 된 이유는 절실하게 그녀를 찾는 사람이 있었기 때문이었다. 하지만 천계에서 엄격히 정해진 환생의 절차를 거치지 않고 이렇게 사람의 몸으로 환생 아닌 환생을 해버렸으니 하늘의 상제께서 알면 경을 칠 일이었다.

그녀가 날 그렇게 절실하게 찾지만 않았으면.

그 남자가 마지막까지 그렇게 고약하지 않았다면.

그리고 달희, 네가 끝까지 약속을 하지 않았더라면.

그랬다면 윤지완의 이승에서의 인연은 이걸로 끝이 났을 텐데, 나쁜 놈의 행태에 흥분한 달희의 선택으로 인해 모든 것이 달라져버렸다.

달희는 방금 전 지완의 마지막 부탁을 생각하고 또 한 번 나직한 한숨을 내쉬었다. 그녀는 지완에게 약속했고 이제 지완이 이승에 없더라도 그녀는 그 약속을 지켜야 할 의무가 생겨버렸다.

이 일을 어쩌면 좋을까. 큰일 났다. 이번에는 네가 정말 제대로 사고를 쳐버렸구나. 이게 다 그 나쁜 녀석 때문이다. 빛이 들어갈 한 치의 틈도 없이 새까만 그 남자가 지완이 가는 마지막에 그렇게 독하지만 않았어도 이런 일은 생기지 않았을 것이다.

인정이라고는 찾을 수 없는 삭막한 사람. 도움 안 되는 인간. 딱한 시간 전의 상황을 생각하고 이제 지완이 된 달희는 다시 한번 분개했다.

"하느님! 도와주세요!"

하늘의 달희가 급하게 뛰어 내려간 곳은 [윤지완, 26세]라고 성의 없이 써 있는 이름표가 침대에 붙어 있는, 작고 하얗고 여윈 여자가 누워 있는 병실이었다. 지완이라는 여자는 절실했고, 달희는 어린 시절 자신의 절실함에 대한 소원이 이루어진 것처럼 그녀에게 기꺼이 손을 내밀었다.

"제발, 부탁이에요. 살려주세요. 제발 절 데려가 주세요. 죽게 해주세요."

지완이 달희에게 애원했고 달희는 한숨을 내쉬었다. 인간의 죽음은 선녀인 그녀가 할 수 있는 일이 아니었다. 하지만 그녀의 죽음은 멀지 않은 듯했다. '살려주세요'로 시작해서 '죽게 해달라'고 부탁하는 모호하고 절실한 부름에 죽은 이를 명부로 인도하는 사자가 드디어 나타난 것이다.

병실에 도착한 2999호 사자는 자신을 보고 고개를 젓고 있는 또 다른 여자를 발견하고 잠시 당황스러웠다. 누구지? 누군데 내가 보이는 거야? 게다가 이렇게 밝고 티 없는 영혼이라니. 죽음의 그림자로 칙칙하던 병실 안의 세상이 그녀 때문에 밝게 빛나고 있었다.

"이럴 때일수록 마음 단단히 먹고 싸워서 이겨야 해요. 당신은 할 수 있어요."

"여기서 살아갈 이유가 없어요. 날 사랑해주는 사람이 없거든요."

"이제 곧 당신만을 사랑할 사람이 나타나요. 내 말을 믿어요."

그녀의 곁에서 달희는 계속해서 힘 있게 속삭이고 있었지만 지완은 머리를 흔들었다. 그녀는 이 무서운 세상에 살고 싶은 생각이 요만큼도 없었다. 나 홀로 남아 있는 외로움도 싫었고, 가슴 끝까지 휘저어대는 아픔을 견디는 것도 싫었다. 그리고 무엇보다 강민혁, 그 남자를 감당하기가 너무 버거웠다.

"살려내요. 아직, 일이 안 끝났습니다."

차가운 남자의 목소리가 칼날처럼 날카롭게 들려오자 지완은 희미하게 몸을 떨었다. 어떻게 하지…… 저 남자가 여기까지 왔어.

"도대체 저러는 이유가 뭡니까?"

"그게…… 저희도…… 잘 모르겠습니다."

곤혹스러워하는 의사의 대답이 마음에 안 든다는 듯 남자의 눈썹이 올라갔다. 그녀가 자해를 하고 병원에 실려온 지 벌써 보름째였다. 위세척은 깨끗하게 끝났다고 했다. 그런데 그녀는 여전히 의식을 되찾지 못하고 있다.

"원인을 모르다니, 당신들 의사 맞는 겁니까?"

"병의 원인은 여러 가지가 있습니다. 모든 검사를 해봐야……."

"됐습니다. 병명 따위는 궁금하지 않으니까. 살려놓으세요. 아직

처리해야 할 일이 남아 있으니까."

처리해야 할 일. 약혼자의 죽음 앞에서 걱정이나 배려 따위는 전혀 없는 지나치게 냉정한 남자의 목소리에 여자의 맥박은 더 느려졌다. 그 모습을 바라보던 달희는 나직하게 한숨을 내쉬었고, 사자는 분개했다.

"저런 나쁜 놈이 있나."

"그러게 말이에요."

저 인간이 지금, 본인이 그녀를 죽음으로 내모는 진정한 원인이라는 것을 알고 있을까.

짧은 머리와 짙은 눈썹, 그리고 날카로운 눈빛을 은빛 안경으로 가린 남자는 섬뜩할 정도로 무표정했다. 더구나 영혼은 한 치 앞을 볼 수 없을 정도로 새까맣다. 저게 지금 인간의 영혼이란 말이야? 저렇게 시꺼멓게 살다가는 얼마 안 가 제 명을 다 채우지 못할 게 분명했다. 마음속의 사악함이 영혼을 갉아먹고 있다는 걸 과연 이승에 사는 사람들은 알고나 있을까?

"제발 날 데려가 줘요. 난 저 남자가 무서워요."

"저 남자는 걱정하지 않아도 돼요. 알아서 자멸할 테니까."

달희의 중얼거림에 사자의 눈빛이 달라졌다.

아, 이 아가씨는 인간이 아니었구나. 천계의 선녀라는 걸 왜 금방 알아보지 못했을까? 온몸을 감싸고 있는 영혼의 빛을 그는 이제야 눈치챘다. 컴컴한 병실이 이렇게 환하게 빛나는 이유를 분명히 이해할 수 있었다. 사자가 얼른 달희에게 가볍게 고개를 숙여 예를 표하자 선녀도 살짝 눈썹을 깜박거리며 미소 지었다. 삭막하고 어둡기만 하던 병실에 밝고 따뜻한 달빛이 넘쳐나고 있었다. 그런데 저 선녀님은 무슨 연유로 인간의 땅에 내려오신 걸까?

"저 남자 너무너무 무서워요. 살려주세요."

"미안하지만 나는 살려주는 사람이 아니에요. 대신 가실 준비가 되셨으면 모시고 가겠습니다."

자신에게 사정하는 여자를 바라보며 사자는 난감하고 곤란한 표정으로 정중하게 고개를 숙였다.

"이 사람을 데려갈 수는 없어요. 아직 천명이 남아 있단 말이에요."

달희가 사자를 만류하며 고개를 흔들었다.

천계에서 확인한 수명첩에도 희미하기는 했어도 분명 남은 시간이 있었다. 달희의 주장에 사자가 고개를 갸웃거렸다.

"그렇지만 이미 수명이 다했습니다."

"그럴 리가 없을 텐데요."

선녀님의 항의에 사자는 자신의 수명첩을 꺼내들었다. 사람에게는 누구에게나 타고난 수명이 있는 법이다. 하지만 세상에 인간의 의지로 바뀌지 않는 건 아무것도 없다. 자신과의 싸움에서 이기면 운명도 변하는 법이고, 포기해버리면 하늘도 어쩔 수 없는 노릇이었다. 지금 이 아가씨는 생에 대한 의지를 이미 잃은 상태였다. 수명첩의 글자가 이제 거의 보이지 않게 되자 천계의 선녀가 아쉬움과 안타까움에 작은 한숨을 내쉬었다.

심각한 두 사람의 대화에 지완의 얼굴에 처음으로 미소가 지나갔다. 이제 드디어 원하는 길로 갈 수 있게 되었다.

"선녀님, 한 가지만 부탁을 들어주세요. 저 남자, 꼭 사람이 되게 해주세요."

하늘로 되돌아갈 준비가 된 여자는 선녀를 바라보며 말했다.

"저 사람, 안 좋아하는 거 아니었어요?"

"싫어요. 정말 싫어요."

지완이 단호하게 그리고 격렬하게 고개를 흔들었다.

"그런데 왜 그런 부탁을 하시는 거예요?"

"사람이 되면 사람을 사랑할 수 있을 테니까요. 그럼 그때는 나처럼 힘들고 아플 거예요. 저 사람이 그랬으면 좋겠어요."

사람을 만들라니. 저 시꺼먼 영혼을? 남자의 영혼을 확인하고 사자가 고개를 흔들었다. 차라리 그냥 저승으로 데려가라는 게 더 쉬울 듯했다. 저런 나쁜 놈은 희한하게 명도 길다.

"제 마지막 소원이에요. 선녀님, 제발이요."

눈을 감기 전 여자의 눈빛이 또 한 번 절실하게 빛나고 달희의 손을 잡고 있는 여자의 손에 힘이 들어갔다.

"알았어요. 약속할게요. 대신 조금만 더 희망을 가지고 살아보면 안 될까요?"

"아니요. 이미 늦었어요. 아시잖아요."

그녀가 안심했다는 듯 달희를 향해 웃어 보였다. 미소가 점점 투명해지고 있다.

"맥박 없습니다."

"더 힘껏 눌러. 300주울."

의사의 목소리가 다급해졌고 병실의 사람들은 의사의 바쁜 손놀림에 주목하고 있었지만, 그녀의 몸에 연결된 초록색 계기판의 숫자들은 점점 떨어지고 있었다.

잠시 의사들에 의해 병원 복도로 물러선 민혁은 희미하게 인상을 썼다. 자살을 시도한 것부터 최악의 선택이었다. 처음부터 나약한 여자라는 걸 알고 있었다. 그래도 스스로 죽음을 선택할 만큼 형편 없는 여자라고는 생각하지 않았다.

"재수 없게 됐군."

이승의 인간에게는 들리지 않을 만큼 아주 작은 중얼거림이었지 만 달희는 들을 수 있었다. 그리고 그건 사자도 마찬가지였다. 선녀 와 사자의 시선이 똑같이 한 명의 남자에게로 집중됐다.

사악하고 어두운 영혼, 그리고 죄 많은 인간.

마치 그녀의 시선을 느끼기라도 한 것처럼 남자가 달희를 향해 뒤 돌아섰다. 무척이나 감각이 예민한 사람이었다.

"이제 모시고 가야 할 시간입니다."

지완의 손목을 꼭 잡고 있는 선녀 달희에게 사자가 조심스럽게 말했다. 이미 수명첩의 수명은 끝이 났다. 선녀님의 온기로 그나마 숨결이 유지되고 있을 따름이었다.

"선녀님도 가셔야죠."

"네, 먼저 가세요. 저는 잠시 있다 갈게요."

선녀의 대답에 사자가 고개를 갸웃거렸다. 그가 알기로 천계의 규 칙상 하늘의 선녀는 이승의 땅에 머무를 수 없었다.

"누군가 저 남자를 사람처럼 만들어야 하잖아요."

"그게 무슨……."

선녀가 무얼 생각하고 있는지 순식간에 눈치챈 사자의 눈이 휘둥 그레졌다. 달희는 저 나쁜 남자를 이대로 그냥 두고 하늘로 올라갈 수는 없었다. 약속하지 않았는가. 이승의 땅에서 사람으로 살아가 기 위한 기본적인 책임과 의무를 까맣게 잊은 저 남자에게 누군가 인간에 대한 기본적인 예의와 배려를 가르쳐야만 했다.

"설마 환생을 하시려고……."

그러다 그는 얼른 손을 들어 자기 입을 막고는 행여 누구라도 들을까 아주 작은 목소리로 속닥였다.

"저기, 선녀님. 천계의 허락 없는 환생은 불법적인 일인데요. 상제님이 노하실 겁니다."

"아까 다 보셨잖아요. 선녀님들도 약속은 지켜야 한다고 하셨어요. 그리고 이건 상제님이 나한테 내리신 숙제예요. 인간으로 환생하라는 거 말이에요."

물론 환생 대상은 바뀌었지만 약속을 한 이상 어쩔 수 없는 일이다.

나쁜 놈, 두고 보자구. 너 나한테 딱 걸렸으니까. 벌써 그녀의 얼굴과 주먹엔 강한 힘이 들어가 있었다. 사자는 자기도 모르게 쾌재를 불렀다. 이 선녀님이라면 저기 서 있는 거지 같은 인간들을 혼내줄 수 있을지도 모르겠다.

"그래도 상부의 허가가……."

하지만 달희 선녀는 사자의 말은 완전히 무시한 채 어느새 사라져 버렸다. 새로운 환생을 위해 사라진 것이다.

"필요하기는 하지만 때로는 급한 일도 있기 마련이지요."

덩그러니 혼자 남은 사자가 중얼거렸다.

난 모르겠다. 이번 일은 절대로 내 잘못이 아니야. 그나저나 저 천계의 선녀님의 행동은 아주 그의 마음에 들었다. 선녀님은 뭐가 달라도 달랐다. 저런 나쁜 놈들은 손을 좀 봐줄 필요가 있다는 것이 그의 오래전부터의 지론이었다.

"당신들, 진짜 다 죽었어."

지환이 된 달회 선녀는 닫힌 문을 바라보며 낮게 중얼거렸다. 그야말로 정말 다 죽었다. 진짜 신이 되기 위한 정상적인 환생은 잠깐 미루어야 했다. 지금은 그녀가 신이 되는 일보다 일단 인간을 인간처럼 만들어놓는 일이 더 급했다.

"사무실로 갈까요?"

"아니, 가던 대로."

민혁이 아까부터 울려대는 핸드폰을 짜증스럽게 바라보며 중얼거리자 한상은 아무 소리 하지 않고 차를 유턴했다. 퇴근 시간이 훨씬 지났음에도 불구하고 차도는 완전히 꽉 막혀서 붉은 꼬리를 길게 물고 있었다.

"사람이 죽었다 살아날 수도 있는 겁니까?"

한동안 침묵을 지키던 한상이 조용히 물어왔다. 민혁이 입을 열기 전에는 먼저 말을 거는 일이 없던 한상에게도 이번 일은 어지간히 놀라웠던 모양이다.

"같이 봤잖아. 그럴 수도 있더군."

민혁이 아무렇지도 않은 얼굴로 한상에게 중얼거렸다.

윤지완. 민혁은 약혼자라는 그녀에 대해 관심도, 애정도 없었다. 어차피 정략적인 만남이었다.

그녀 역시 그의 돈이 탐났을 테고, 그 역시 그저 사업에 도움이 될 만한, 당시 떠돌던 소문을 잠재울 만한 여자를 찾았던 것뿐이었다. 아니, 지완의 아버지인 미래건설의 이 사장이 합병에 대해 내세운 유일한 조건을 충족시켰을 뿐이었다. 하지만 약속을 했던 당사자는 죽었고, 그 약속의 부산물인 그녀도 자살을 선택했다.

그런데 다시 살아났다. 그러니 이제 그녀가 살아 있는 순간을 이용해서 얼른 합병을 서두르기만 하면 된다.

"분명히 심장이 멈췄었는데, 다시 멀쩡하게 살아나다니…… 믿을 수가 없습니다."

"난 믿어. 내 눈으로 확인한 건 믿을 수 있어."

민혁이 무표정한 얼굴로 중얼거렸다. 그의 입장에서는 다행이었다. 약혼 같은 귀찮은 일까지 감수하면서 얻은 여자였다. 그런데 일이 채 마무리가 되기도 전에 죽어버리면 또다시 처음부터 일을 다시 해야 했다. 그건 약혼보다 더 귀찮은 일이었다. 민혁은 습관처럼 안경을 밀어 올리며 무심한 눈길로 창문으로 눈을 돌렸다.

그가 호텔 문을 열고 들어가기가 무섭게 윤하가 안겨왔다. 그녀의 입술이 뜨겁게 부딪혔다.

"그 여자 살았다면서요?"

겨우겨우 입술이 떨어지고 두 사람의 급한 호흡이 터져 나온 후에 윤하가 짜증이 난다는 얼굴로 중얼거렸다. 그 역시 독한 남자였지만 그녀 역시 만만치 않은 존재였다. 인정이나 배려 따위는 그녀에게 존재치 않는다. 자신과 너무나도 닮은 그 모습에 그는 피식 쓴웃음을 삼켰다. 원래 세상은 독한 사람이 살아남기 마련이다.

"그런 거 같더군."

"그 여자 좀 별나지 않아요?"

"글쎄, 별로 관심이 없어서 모르겠는데."

"아니요, 특이해요. 그깟 우울증으로 자살이라니. 왜 그렇게 유별나대요?"

갑자기 짜증스러워진 민혁은 자신의 품으로 파고드는 윤하의 어깨를 잡아 떨어뜨렸다. 민혁의 얼굴을 바라보던 윤하는 아차 싶었다. 그가 '자살'이라는 단어에 민감하다는 걸 알고 있었다.

"나, 그 여자 죽는 거 못 기다리겠어요. 그냥 이번 참에 정리하고 나랑 결혼해요."

냉장고를 열어 생수를 들이켜는 남자의 허리에 그녀가 다시 팔을 감았다. 그 귀신같은 여자랑 약혼한 지 벌써 꽤 오랜 시간이 흘렀다. 민혁은 무늬만 약혼자인 그녀를 핑계로 윤하와의 결혼 얘기를 피하고 있었다.

"너와 내 계약에는 결혼 같은 건 없는 줄 알았는데."

이번에도 민혁이 윤하의 손을 잡고 자신의 품에서 떼어냈다. 두 사람의 눈이 마주쳤다. 암묵적인 그들의 약속은 간단했다. 서로 구속하지 않는 자유로움. 처음 그를 만났을 때 윤하는 민혁이 제시하는 그 조건이 마음에 들었었다. 누군가의 아내 자리만으로 만족하고 싶지 않았던 윤하는 서로에게 구질구질하게 발목 잡히는 일도 사양이었고, 미래를 담보로 맡기는 일 따위도 싫었다. 하지만 지금의 민혁은 그냥 놓치기에는 아까운 남자였다.

"사람 일이란 거 얼마든지 달라질 수도 있는 거잖아요."

"아니, 다른 사람은 몰라도 난 아니야."

민혁의 단호한 거절에 윤하가 입을 비죽였다. 하지만 곧 생글거리며 민혁의 안경을 벗겨냈다. 안경을 빼앗긴 그의 눈빛이 날카롭고 뜨겁게 빛났다. 그들만의 은밀한 밤이 기다리고 있었다.

2. 선녀 하강하다

절대 있어서는 안 될 일이 생긴 그날, 천계와 지계에서는 동시에 비상대책 회의가 열렸다.

달희는 비록 출생은 인간이었지만 선한 마음과 맑은 영혼을 지닌 선녀 후보였다. 그러나 일곱 번의 환생을 거쳐야 인간의 피가 사라지고 비로소 진정한 선녀로서의 임무를 수행할 수 있는 '달희의 환생'은 상제가 지시한 일과는 전혀 다르게 일어나고야 말았다.

게다가 그녀가 환생한 육체의 인간은 이미 사자와 함께 북망산과 망각의 강을 넘어섰다. 하늘의 뜻과 관계없이 인간의 인연이 만들어지는 일은 천계와 지계의 질서를 흔들리게 하는 막대한 사고였다. 이번 사태가 얼마나 무서운 일인지를 절감하고 있는 천계의 대신들은 상제의 불호령을 떠올리며 전전긍긍하고 있었다. 하지만 이미 의도치 않은 환생이 되어버린 이 순간에 그들이 할 수 있는 일은 아무것도 없었다.

"당장 불러들이도록 해."

"당장은 불러들이기가 곤란합니다. 이미 달희가 불법적인 환생을 한 상태라 무작정 데리고 올 수는 없습니다."

천계의 고위 대신의 명령에 아래 직원은 골치 아픈 얼굴로 고개를 흔들었다.

"그럼 달희가 환생할 인간은……."

"부랴부랴 다른 사람으로 대체했습니다."

그 말의 의미를 알아들은 선녀와 신관들이 한숨을 내쉬었다. 운명과 인연의 질서를 엄격하게 준수하는 천계에서 다음 환생체를 찾기 위해서는 또 기나긴 준비 시간이 필요했다.

달희가 신이 되기 위해서는 또 한참의 시간이 걸리겠구나. 해성은 쓴웃음을 지었다.

"그럼 어쨌으면 좋겠나?"

환생을 책임지고 있는 대신의 질문에 모두들 고개만 숙였다. 그들은 모두 책임을 통감하고 있었다.

혹시라도 상제님이 아셨다가는 경을 치고도 열두 번을 칠 일이었다. 하긴 숨긴다고 숨겨질 일도 아니었다. 이미 알고 계실지도 모를 일이었다. 이제 어쩐다. 아무래도 상제님의 지시가 있을 때까지 기다리는 수밖에 없을 것 같았다.

"명부에선 뭐래나?"

"아직 회의 결과가 통보되지 않았는데 그쪽에서도 한바탕 난리가 난 것 같습니다."

수명첩의 수명이 순식간에 사라진 때는 그 원인과 결과를 찾기 위해 잠시 여유를 두어야 했다. 그렇게 후다닥 영혼을 거두는 일은 법규에 어긋나는 일이었다.

"아이구, 사방에 골칫덩어리들 투성이니."

"죄송합니다. 달희가 아직 철이 없어서 그렇습니다. 그 아이의 몸속에 뜨거운 인간의 피가 흐르고 있음을 기억하고 배려해주셨으면 합니다."

"너는 아니더냐. 달희가 널 반만 닮았으면 얼마나 좋았을꼬."

대신이 작게 혀를 차며 고개를 저었다.

"그리 누누이 일렀건만. 인간 세계에 사념을 두지 말라고 몇 번을 얘기했어!"

천계의 예상대로 명부의 대왕님도 골치가 아팠다. 이 의욕이 넘치는 젊은 사자를 번번이 어찌해야 좋을지 공명하신 대왕님도 난감할 지경이었다.

"죄송합니다. 하지만 이번 일은 천계의 선녀님이……."

대왕이 무서운 눈빛으로 질책하자 사자는 변명처럼 중얼거렸다. 이 상황에서 핑계를 대는 일은 아무래도 그와는 어울리지 않았지만, 과거 업무 수행 중 만난 시꺼먼 영혼을 가진 녀석에게 사사로운 감정을 개입하는 바람에 대왕님께 호된 질책을 당했던 사자로선 조심에 조심을 거듭할 수밖에 없었다.

혹시라도 이번에 또 징계를 먹게 되면 사자로서의 막중한 임무를 정지당할 위험이 있었다. 아무튼 사방에 있는 나쁜 놈들이 여러 가지로 그를 힘들게 한다.

"선녀 핑계는 대지 말거라. 천계의 일은 상제께서 알아서 하실 일이야. 난 네가 한 짓을 묻고 있는 게다."

대왕이 엄하게 추궁했다.

"죄송합니다."

말은 그렇게 하고 있지만 의협심 넘치는 사자의 얼굴에는 불만이 잔뜩 넘쳐나고 있었다. 그가 보기에는 나쁜 놈 몇 명이 인간 세상을 심하게 더럽히고 있었다. 그 몇 명만 살짝 걷어가도 세상은 훨씬 밝게 빛날 것이다. 아주 살짝, 조용히 말이다.

"의욕만 앞서서 되는 게 아니라고 그리 얘기를 해도 쇠귀에 경 읽기니……. 근신하고 있거라. 평정심을 잃어버린 사자는 임무를 수행할 수 없어."

대왕은 지엄하신 질책과 함께 깊은 한숨을 내쉬었다.

가끔 사적인 감정을 주체하지 못하는 게 흠이긴 해도 사자로서의 책임 의식 하나만큼은 철저한 사자였다. 그런데 이번에는 아주 제대로 사고를 쳤다. 그것도 천계의 선녀와 합작을 하다니, 일이 꼬일 대로 꼬여버렸다. 명부의 사고뭉치 하나만으로도 충분히 복잡할 판에 천계와 이승의 인연까지 합해지니 이미 이번 일은 대왕 혼자의 힘으로는 해결할 수 없는 일이 되어버렸다.

"알겠습니다, 대왕님. 그런데…… 저기……."

"저기 뭐?"

"근신 기간 동안 잠깐 이승에 다녀오면 안 될까요?"

아주 잠시 미적거리던 2999호 사자가 가슴을 좌악 펴고 아주 당당하게 말했다.

그새 그로 인해 생긴 엄청난 사고는 잊은 모양이었다. 대왕은 철없는 사자 때문에 이제 머리까지 지끈거리는 판이었다.

"넌 근신의 기준을 모르는 게냐?"

"잠깐이면 됩니다. 천계의 선녀님이 인간의 땅에 계신 것도 저한 테는 책임이 있습니다. 대왕님도 아시다시피 나쁜 놈들이 좀 많습니 까?"

급하게 내뱉는 사자의 열정 가득한 눈빛에 대왕은 고개를 흔들며 낮게 혀를 찼다. 옆에 배열한 사제는 난감함에 고개조차 들지 못하 고 있었다.

"선녀님처럼 순진한 분은 혼자 지내기 어려운 세상이라니까요. 예 전이랑은 많이 다릅니다. 저희 저승사자도 좀 변해야……."

"아이구, 네가 진정 정신을 못 차린 게구나."

은근히 세상이 변했다고 주장하는 2999호 사자에게 대왕이 어이 없는 목소리로 질책했다.

"세상 이치는 하나도 변한 게 없어. 삶이 있고, 죽음이 있고, 하늘 이 있고, 땅이 있는데, 뭐가 변했다는 게야?"

"태어나는 것도 지들 마음대로 날짜 맞춰 태어나고, 죽는 것도 의 술이 발달돼서 수명이 마구 늘어나고 있습니다. 이게 변한 게 아니 면 뭐가 변합니까?"

"그 역시 하늘의 뜻이야. 넌 도대체 일 겁의 시간 동안 뭘 배운 게 야."

"죄송합니다…… 그래도…… 선녀님을 저대로 두시는 건 영 불안 합니다. 환생을 제대로 하신 것도 아닌데, 제가 도와드려야 합니다."

"그래 주시면 저희 쪽에 도움이 되겠습니다."

대왕이 생각에 생각을 더할 때 천계 쪽에서 전언이 들려왔다. 인 간 세계의 질서가 어지럽혀진 상태에서 달랑 선녀 혼자 감당할 일이 아니었다.

"죄송합니다. 일이 이렇게 된 건 우리 쪽에서도 책임이 있습니다."

"상제님께 보고는 하셨나요?"

"다행인지 불행인지 상제님이 지난밤부터 좌정에 들어가셨습니다. 일단 일을 수습하는 게 먼저인 거 같습니다."

천계와 지계. 하늘과 땅을 잇는 인간 세상에는 신들의 걱정과는 상관없이 하얀 달이 살포시 떠오르고 있었다. 결국 하늘의 사고뭉치 선녀님과 땅 밑의 의협심 강한 사자가 이렇게 인간의 땅에 머무르게 되었다.

하늘 높은 신들의 걱정에도 불구하고 달희는 이승에서 제법 잘 적응하고 있었다. 다른 환생과는 달리 천계의 기억을 고스란히 간직한 상태라 인간 세계에서는 큰 실수 없이 어느 정도 융통성 있게 대처할 수 있다는 것만으로도 그녀에게는 커다란 행운이었다. 최소한 지난번 이승에 왔을 때처럼 불쌍한 남자가 꼬신다고 동반 자살하는 불상사는 막을 수 있지 않은가.

지완은 무겁고 칙칙한 커튼을 확 열어젖혔다. 입김이 나올 정도로 차가운 아침 공기에 햇살이 눈부시게 부서지고 있었다.

그녀는 거울 속에 비치는 새롭게 환생한 자신의 얼굴을 찬찬히 훑어보았다.

핏기라고는 보이지 않는 창백한 얼굴, 까칠하게 움푹 팬 볼, 바람 불면 쓰러질 것처럼 바짝 마른 몸. 그녀는 꽃처럼 예쁜 여자는 아니었다. 하지만 그렇다고 밉상은 아닌 얼굴이었다. 눈도 코도 입술도 보기 좋게 자리 잡고 있었다. 다만 너무 창백했고, 너무 여위었다. 아마도 그건 시간이 해결해줄 수 있을 것이다.

병원에서 퇴원한 지 겨우 이틀째였고, 달희가 지완이 되어서 인간 세상에서 살아온 지 이제 보름이 흘렀다.

병원에 있는 내내 그녀의 가족과 약혼자라는 사람은 코빼기도 비치지 않았다. 윤지완이 어떤 사람인지는 몰라도 그녀의 가족들과 주변 사람들이 어떤 종류의 인간들이란 건 충분히 알 수 있는 시간이었다.

"나쁜 사람들 같으니라고."

달희는 어젯밤 내내 읽었던 지완의 일기장을 다시 한번 바라보며 나지막이 중얼거렸다. 작은 다이어리에는 일기라고도 할 수 없는 아주 작은 감정의 조각만이 드문드문 나열되어 있을 뿐이었다. 하지만 그것만으로도 충분히 그녀의 외로움을 절감했다.

윤지완. 음대를 졸업한 스물여섯 살의 예비 신부. 어려서 어머니를 잃고 사랑하던 남자에게 이유도 모르고 버림받았다. 그리고 언제나 무관심한 그녀의 가족들은 그녀를 더 외롭게 만들었다. 게다가 당연히 그녀의 편이 되어주어야 하는 약혼자는 세상에서 제일 무정한 사람이었다. 결국 그녀가 선택한 일은 약물의 과다 복용이었다.

"이 사람들아, 외로움을 방치하는 건 범죄야."

달희는 지완의 앨범들을 바라보며 한숨을 쉬었다. 앨범에도 사진은 그리 많지 않았다. 밝고 환하게 미소 짓던 그녀의 얼굴은 열네 살이 되면서 어둡게 변해 있었다.

그리고 약혼 사진은 더욱 심했다. 서로 다른 곳을 향한 눈빛과 미소라고는 찾아볼 수 없는 무표정한 얼굴. 그녀에겐 행복한 시간들이 없어 보였다.

그녀를 죽음에까지 몰아붙인 이 죄 많은 인간들을 어찌해야 하나…….

달희는 이제 지완이 되려 한다. 세상살이가 고달프기만 했던 그녀의 나머지 시간들을 자신이 대신 씩씩하게 싸워 살아나갈 것이다.

물론 상제님이 귀환 명령을 내릴 때까지 한시적인 일이 되겠지만. 천계와 상제님을 생각하자 지완의 미간에 살짝 주름이 잡혔다. 오빠, 그리고 상제님, 이번에는 얼마나 화가 나셨을까? 아마도 이번 일로 인해 당분간 다른 환생은 꿈도 꾸지 못하게 될 것이다. 하지만 이번 일은 어쩌면 그만한 대가를 치를 정도의 가치가 있을지 몰랐다. 환영받지 못한 존재였던 윤지완에게 이제 새로운 인생이 펼쳐질 것이다.

혹시, 지금 거기서 보고 있나요? 내가 당신 대신 당신을 사랑해줄 게요. 달희는 하늘을 바라보며 지완에게 약속했다.

"그나저나 후유, 참 힘들구나."

침대에서 일어서던 지완은 살짝 비틀거리며 테이블을 짚었다. 이마에 식은땀이 흘렀다.

그녀는 얼마 전에 병원에서 퇴원한 환자였다. 예전의 혈기 왕성한 선녀가 아니었다. 일단 몸을 회복하는 일이 먼저였다. 무심한 약혼자에 대한 응징은 그다음이었다. 잘 먹고 잘 자고, 그다음에 강민혁, 너 두고 보자.

그녀가 그렇게 다짐을 하는 순간 조용한 방 안의 문이 벌컥 열리고 누군가 안으로 들어왔다. 미라였다.

"야, 누가 너 찾아왔는데?"

아직 겨울이 다 지나지 않았음에도 아슬아슬한 미니스커트와 가슴이 훤히 보이는 티셔츠를 챙겨 입은 그녀의 얼굴에 귀찮음과 함께 약간의 호기심이 담겨 있었다. 지완이 아프거나 죽거나 어떤 관심도 없었던 그녀를 이 방에까지 오게 한 건 아무래도 미라 뒤에 있는 누군가인 게 분명했다. 그리고 그 누군가가 곧 미라 앞에 나서며 지완에게 깊숙이 예를 표했다.

"안녕하세요. 저 기억나십니까?"

"그럼요, 물론이에요."

검은색 코트를 한쪽 팔에 무겁게 걸치고 있는 검은 양복 차림의 남자는 병실에서 처음 조우한 의협심 있고 일 처리가 반듯한 명부계의 사자 아저씨였다.

잠깐이라도 약혼자라는 무심한 남자가 그나마 한 조각 양심은 남아 있어서 이제는 코빼기를 비출 때도 됐다 생각했는데 역시나였다. 하긴 그럴 양심이 있는 사람이었으면 일이 이 지경까지 되지도 않았을 것이다.

"누구야, 저 남자?"

미라가 지완을 슬쩍 문 쪽으로 끌고 가 사자를 바라보며 귓가에 소곤댔다. 창밖을 향해 꼿꼿하게 서 있는 남자의 뒷모습에서는 묘한 카리스마가 흘러나왔다.

"좀 아는 분이야."

"좀 아는 분? 그런 사람을 집에까지 끌어들이면 어떡해? 누군지 알고."

지완의 대답에 미라가 기겁을 하며 인상을 썼다. 새까만 머리, 새까만 양복, 그리고 그 무엇보다 매서운 새까만 눈빛의 남자는 대놓고 미라를 무시하고 있었다.

"여기는 너네 집이 아니라 우리 집이야. 그러니까 내 친구의 방문은 너도 환영해줬으면 하는데."

"친구? 너 괜찮니? 또 아픈 거 아니야?"

미라가 의심스럽다는 듯한 얼굴로 지완을 살펴봤다. 피가 한 방울도 섞이지 않은 언니라는 존재가 이렇게 당당하게 행동하는 모습을 미라는 처음 본 것 같았다. 게다가 친구라니? 지완에게 친한 친구가 있었던가?

미라는 사실 지완이 왜 우울한지를 이해할 수 없었다. 우울증으로 자살까지 하고 진짜 죽을 수 있을 거라는 생각은 솔직히 한 번도 해본 적이 없었다. 집안 그럴듯하고, 공부는 할 만큼 했고, 게다가 돈 많은 약혼자까지, 뭐가 아쉬워서 우울해, 우울하긴.

"아니야, 괜찮아. 신경 써줘서 고마워."

어린 동생인 미라의 반말이 목에 가시처럼 걸렸지만, 그래도 안부를 물어주는 마음 한 조각에 그녀는 하고 싶은 말을 꾹 참고 그녀를 바라봤다. 지완의 눈빛이 미라에게 머물렀다.

돈 많고 집안 좋다고 누구나 행복할 수는 없단다. 사랑이 빈 자리는 영혼에 상처로 남는단다. 네 언니는 마음이 아팠고, 그 아픈 마음을 토닥여줄 사람은 아무도 없었어. 그래서 더 외롭고 더 아팠다는 걸 과연 네가 이해할 수 있을까? 네 눈에는 나약해 보였을지 모르지만, 네 언니는 어렵고 힘들게 버텨온 거야. 그때 네가 손 내밀어 주었다면 좋았을 텐데, 왜 그런 자비심을 보여주지 못했니?

"그래? 그럼 됐고. 난 초상 치르는 거 무서워서 싫거든. 다음번에 죽고 싶으면 나 없을 때 죽어."

자신을 빤히 바라보는 지완의 짙은 눈동자를 한참 동안 홀린 듯이 바라보고 있던 미라는 정신이 든 것처럼 투덜거리며 '쾅' 하고 문을 닫고 나갔다.

"건방지고 버릇없는 인간이구만요. 거기다 탐욕스럽기까지 하고."

미라의 뒷모습을 바라보던 사자가 혀를 차며 중얼거렸다.

"아주 나쁜 영혼은 아니에요. 그나저나 여긴 웬일이세요?"

인간의 복장을 하고 있는 2999호 사자 아저씨는 아무래도 생소했지만, 하얀 와이셔츠와 검은 양복은 그나마 익숙해 보였다. 이 아저씨도 복장에 색을 좀 입히면 훨씬 더 젊어 보일 텐데 패션 센스가 아쉬웠다.

"그게…… 대왕님이 노하신 바람에 당분간 사자 업무가 정지됐습니다. 선녀님을 말렸어야 했는데 제가 사심을 가졌거든요."

"어머, 그럼 벌 받으신 거예요?"

"네. 징계 결과가 나오기 전까지는 근신해야 합니다."

그가 조금은 후회하는 얼굴로 중얼거렸다.

나쁜 놈들이 죄를 받는다는 건 분명했다. 죄의 업보는 그 누구도 피해갈 수 없다. 살아서도 죽어서도 말이다. 하지만 급한 성미 탓에 이번에도 해서는 안 될 일을 해버렸다. 아마도 그건 이 선녀님도 마찬가지일 것이다. 선녀와 사자의 눈빛이 같은 마음으로 마주쳤다.

우리는 너무 착해. 세상엔 나쁜 놈들이 너무 많아.

"그런데 여기를 오시면 어떡해요?"

혹시라도 명부계의 대왕님이 들으실까 봐 주위를 돌아보며 지완이 소곤거렸다. 하긴 명부의 대왕님이나 천계의 상제님이 아무리 작은 목소리로, 아무리 깊숙이 감춘다 해도 죄의 무게를 잊으실 분은 아니었다.

"선녀님이 이승에 있는 건 제 책임도 있으니까요. 제가 조금이라도 도와드려야 할 것 같아서요. 이승 세상이 워낙에 험하다 보니……."

사자도 대왕께서 자신의 이승행을 허락하신 사실이 놀랍고 의아스러웠다. 역시나 우리 대왕님은 합리적이고 자비심이 넘치는 분이었다.

"고마워요. 저야 도와주시면 고맙지만, 정말 괜찮으시겠어요?"

"이것도 근신의 일종입니다."

사자가 빙긋하고 미소 지어 보였다. 그는 자신이 이곳에 온 이유를 잊지 않으리라 생각했다.

사람이 사람답게, 착한 사람이 행복하게, 나쁜 놈은 그와 함께 지옥으로. 그래서 인간의 세상에는 따뜻한 마음과 관대한 자비심을 가진 사람들로 가득 차길.

이제 겨울이 지나가고 있었다. 기세등등하던 칼바람은 한결 부드러워졌다. 공원의 황량한 잔디밭에도 푸른 기운이 언뜻거렸다. 인간 세상의 시간의 흐름은 빨랐다. 그들은 모든 일에 조급했고, 조금이라도 인내하는 일에 불안했다. 그리고 그 속에서 선녀 달희도 인간인 지완이 되어 빠르게 회복하며 적응하는 중이었다.

날은 풀려가고 있었지만 윤지완의 약혼자는 여전히 감감무소식이었다. 보름이 넘도록 그는 짧은 병문안은 물론이거니와 그 흔한 안부 전화도 없었다.

"혹시, 그 녀석 왔다 갔습니까?"

'그 녀석'이라 함은 지환의 약혼녀인 강민혁을 가리키는 말이라는 걸 그녀는 사자가 굳이 말하지 않아도 알아챘다.

"그럴 리가 없지요. 누군가를 걱정하고 배려할 사람이 아니에요."

지환은 아예 기대도 하지 않았다. 사람이 죽는데 눈도 깜빡하지 않던 인간이 살아 있다고 해서 챙길 리가 없었다. 그는 마치 인간의 영혼이 어느 정도까지 건조하고 삭막해질 수 있는가를 시험하게 하는 사람 같았다. 오죽하면 죽어가는 약혼녀가 복수의 방법으로 그를 '사람'이 되게 하는 길을 택했을까.

"그럼 그냥 두고 보실 겁니까?"

"절대로 아니죠. 제가 그 사람의, 소위 잘나가는 약혼자 아니겠어요?"

지환이 생글 웃었다. 바짝 여윈 몸에 커다란 눈만이 덩그러니 반짝이고 있었다.

아, 이 선녀님이랑은 정말 마음이 잘 맞는다. 이렇게 그와 손발이 딱딱 맞는 분을 이제까지 만나본 적이 없었다. 우리가 함께하는 파트너였으면 정말 환상의 커플이겠다는 생각을 사자는 문득 했다.

"몸은 괜찮으세요?"

"아직 육신은 힘들어요. 체력이 금방 회복되지 않네요."

선녀님은 여전히 창백했고 가냘파 보였다. 험한 인간 세상에서 나쁜 놈들을 상대하기에는 너무나 연약해 보이는 모습이었다. 사자는 마음이 아릿해왔다. 저렇게 특별히 손이 가는 녀석은 그냥 명부로 끌고 가면 그걸로 간단해질 텐데, 세상 이치가 사자 마음대로 되지 않는 게 안타까웠다.

"인간 세상이 재미있기는 한데, 공기가 좀 나쁘거든요."

"공기도 그렇고 음식도 그렇고 사람도 그렇고, 너무 자극적이고 강해요."

지완의 대답에 사자가 고개를 끄덕였다. 인간이 먹는 음식은 입에는 달았지만 지나치게 자극적이었다. 사람은 욕심이 너무 많은 탓에 자신의 선함도 잊은 채였다. 그들에게는 인간 세상의 모든 게 뒤죽박죽이었다.

"몇 명의 나쁜 놈들이 착한 사람들을 괴롭혀서 큰일입니다. 특히 강민혁, 이 녀석은 아주 죄질이 나쁩니다."

"이 사람은 자기가 왜 나쁜지도 모를걸요."

"그렇겠지요. 더 흉악한 사람들이 워낙에 많으니까."

사람의 몸을 죽이고 마음을 병들게 하고 영혼을 없애는, 인성이라고는 찾을 수 없는, 인간이라고 할 수 없는 인간들도 버젓이 살아간다. 하지만 인간으로서의 죄의 무게를 어찌 인간으로서의 삶을 포기한 사람과 같이 논할 수 있단 말인가.

베풀 수 있고 나눌 수 있고 더 많은 걸 가진 사람이 모른 척 기만하고 인색하고 무정한 것만큼 큰죄가 없으리라. 그런 면에서 강민혁은 절대 그 죄가 가볍지 않은 인간이었다.

"그 사람이 왜 결혼이란 걸 생각했을까요? 욕심이 많아서 누군가와 무얼 나눌 만한 사람이 아닌 것 같은데요."

마음이 하나 되고 몸이 하나 되는 인간의 결혼은 양보하고 함께하고 나누는 일이라고 했다. 하지만 그에게는 타인에 대한 기본적인 애정도 없었으며 누군가를 배려할 만한 아량도 없었다.

"사랑 아니면 탐욕이겠죠."

그렇다면 답은 이미 나와 있다. 그 남자가 사랑을 할 수 있는 사람이었다면 그들이 이렇게 머리를 맞대고 있을 일도 없었다. 하지만 윤지완은 그토록 욕심 많은 남자가 탐낼 만큼 많은 걸 가진 여자가 아니었다. 또한 강민혁이라는 남자가 맨땅에 헤딩할 만큼 머리가 나쁜 사람으로 보이지도 않았다. 그렇다면 그들이 모르는 무언가가 있을 것이다.

"뭔가 다른 게 있는 거 같은데요?"

"보통 그렇게 시키면 영혼이 하는 일에는 다 나쁜 계략이 숨어 있기 마련이죠. 그게 제 발목을 잡는 일인지도 모르고."

반짝거리는 선녀의 눈빛에 사자가 같은 마음으로 고개를 끄덕였다. 선한 꽃은 피기 마련이고, 악한 죄는 받기 마련이다.

"그게 뭔지 한번 알아볼까요, 사자님?"

선녀가 방긋거리자 그 빛으로 인해 세상이 환해졌다. 사자는 갑자기 의욕이 솟구쳤다. 이 땅을 살아가는 선한 영혼들이 더 행복할 수 있도록 선녀님과 함께 그도 보탬이 되는 일을 하는 것이다. 그야말로 보람찬 하루였다.

"그럼 오늘부터 시작하실 겁니까?"

"네, 그러고 싶어요. 사소한 문제 하나만 해결하면."

사소한 문제라는 얘기에 사자의 얼굴이 더 창백하게 굳어졌다. 감히 선녀님을 괴롭히는 문제가 또 있다니, 사자는 심각하게 걱정스러워졌다.

"말씀하세요. 정말 사소한 문제라면 제가 나서서 해결하겠습니다."

"이번 일은 사자님께서는 절대 해결 못 하실 거예요."

사자의 모습을 주욱 훑어보던 지완이 단호하게 고개를 저었다.

"잘 모르셔서 하시는 말씀인데요, 제가 인간 세상에는 좀 힘을 씁니다."

"이건 힘으로 되는 게 아니거든요. 다른 건 다 참을 만한데, 이 패션 감각은 영 못 봐주겠어요."

지완이 자신이 입고 있는 회색 원피스를 바라보며 인상을 썼다. 선녀님의 사소한 문제는 바로 의상이었다.

"이 예쁜 얼굴에 이 포대자루 같은 원피스는 뭐냐구요. 게다가 이 칙칙한 색깔이라니. 장례식 준비를 도대체 얼마나 일찍 했는지 옷장 안에 칼라라는 게 전혀 없어요. 이걸로는 안 되겠어요."

사자는 지완의 옆에 서서 난감한 얼굴로 선녀님이 옷장 안을 홀 딱 뒤지는 걸 지켜봐야 했다.

그녀는 그나마 먹색에 가까운 블랙 원피스 하나를 꺼내 들어 몸에 대보고는 인상을 썼다.

"제가 보기엔 괜찮은데요?"

"이 거무칙칙한 옷이요?"

사자의 조심스러운 의견에 선녀가 기겁을 하면서 얼른 옷장 안으로 옷을 던져 넣었다. 말도 안 된다는 눈빛이었다. 옷장 안에는 검은색과 회색 말고는 다른 색을 찾아볼 수 없었다. 게다가 살이 너무 많이 빠진 상태라 그나마 맞는 옷도 없었다. 지금 가장 급한 건 맞는 옷을 구하는 일이었다.

사자는 옆방을 노크하는 지완을 이해할 수 없다는 눈빛으로 바라봤다. 마지막에 골랐던 색 바랜 듯한 검은 원피스는 괜찮았는데 왜 그렇게 펄쩍 뛰시는지. 하긴, 검은 드레스는 안 그래도 창백한 선녀님의 얼굴을 더 하얗게 보이게 해서 병색이 더 도드라져 보이게 하기는 했다.

역시, 블랙은 아무나 소화할 수 있는 게 아니라니까.

사자는 언뜻 자신의 모습을 거울에 비쳐보고는 흐뭇하게 미소 지었다. 하얀 피부와 검은 눈빛이 번뜩이는 호리호리한 남자가 거울 속에 비치고 있었다.

"옷 좀 빌려줄래?"

지완이 다짜고짜 한 부탁에 미라의 눈이 동그래졌다. 아무래도 요즘의 지완은 이상했다.

아침마다 그녀를 보고 웃질 않나, 혹시 지완이 아주 미친 게 아닐까 미라는 심각하게 고민하기도 했다. 미친 여자랑 함께 살다니, 그건 상상만으로도 너무나 끔찍한 일이었다. 그녀의 언니였던 지완은 하루에 열 마디도 하지 않았었다. 화장품에도 옷에도 별 관심이 없던 이상한 여자였다. 그러던 지완이 요즘 들어 미라의 화장대와 옷장에 지나치게 관심을 보이고 있었다. 처음에도 이상했지만 죽었다 살아난 이후로는 더 이상해졌다. 아무리 봐도 미친 것 같지는 않은데.

"뭐?"

"지금 옷들이 너무 커서 그래. 그리고 넌 사이즈에 안 맞는 옷을 억지로 입고 있는 거 같고. 그 옷 답답하지 않아?"

"그게 무슨 말이야? 이 옷은 원래 이렇게 입는 거야."

허리춤에 걸려서 배꼽이 보일 것처럼 착 달라붙은 티셔츠를 얼른 잡아끌며 미라가 인상을 썼다.

"아닌 거 같은데……. 하긴, 옷 빌리는 처지에 내가 이렇게 말하면 안 되지?"

지완이 방글거리며 농담을 던지자 정 여사와 미라는 어안이 벙벙한 얼굴로 지완을 바라봤다. 역시나 이상하다. 방구석에 들어박혀 피아노나 쳐대며 묻는 말에나 겨우 짧은 대답을 하던 지완이었다. 그리고 무엇보다 이렇게 활기차고 생기 있는 그녀를 보는 일은 그야말로 이 집에 들어와서 처음이었다.

"왜, 어디 가려고?"

"민혁 씨 좀 보려구요."

"어머, 민혁 오빠가 데리러 온대?"

미라의 표정이 금세 달라졌다. 눈빛이 반짝거리고 얼굴에 화색이 돈다. 마치 장난감 선물 상자를 눈앞에 둔 아이 같았다. 그녀는 언니의 약혼자에 대한 지대한 관심을 조금도 숨길 생각이 없는 듯했다.

심성이 아주 나쁜 아이는 아닌 거 같은데, 아무래도 험한 세상에서 이상한 것만 배운 게 분명했다. 이왕 이승에 내려온 이상 이 아이의 심성도 손을 좀 봐줘야 할 듯싶었다.

"아니, 내가 보러 가려고."

"네가?"

미라가 경악한 얼굴로 지완을 바라봤다. 그냥 이상한 게 아니라 얘가 진짜 돌았나 보다. 비실대는 것도 모자라 이제는 정신을 놓아 버린 게 분명했다. 그렇지 않으면 민혁을 만나기 위해 제 발로 걸어갈 리가 없다. 지완은 민혁을 귀신보다 더 무서워했다.

"엄마, 얘 돌았나 봐."

미라가 지완의 상태가 심각하다는 듯 정 여사를 향해 고개를 젓자 사자의 눈빛이 번뜩였다. 아니, 감히 인간 주제에 선녀님한테 돌았다니, 진작부터 짐작은 했지만 역시나 선한 영혼이 아닌 게 분명했다.

"시끄러워, 이것아. 너 정말 민혁이 보러 갈 거야?"

"왜, 그러면 안 돼요?"

지완은 미라의 옷장에서 마음에 드는 재킷과 스커트를 골라 몸에 맞춰보며 물었다. 성질 고약한 미라에게서 그나마 마음에 드는 건 화려한 패션 감각이었다.

"안 되는 건 아닌데……."

정 여사는 말끝을 흐렸다. 아프기 전의 지완은 민혁을 호환마마 대하듯 무서워했다. 그런데 저렇게 옷까지 챙겨가며 직접 나서서 보겠다니 아무래도 미라 말대로 상태가 정상은 아닌 것 같았다.

"진짜 만날 생각이야?"

"그렇다니까요."

지완은 미심쩍어하는 정 여사에게 단호하게 고개를 끄덕였다.

약혼녀가 퇴원한 지가 언제인데 그녀의 잘난 약혼자는 지금까지 코빼기도 볼 수 없었다. 그렇다면 약혼녀가 움직일 수밖에 없지 않은가. 게다가 오늘은 금요일이니 약혼자를 만나기에 딱 좋은 시간이다.

"이거 빌려줄 수 있어? 깨끗하게 입고 돌려줄게."

"옷이야 입고 가든 벗고 가든 네 마음대로 해. 그런데 정말 민혁이 오빠를 만날 거란 말이야?"

미라가 아무래도 지완의 말을 믿을 수 없다는 듯 다시 물었다.

"응."

"너 진짜 미쳤니? 그런 거야?"

"안 미쳤어. 미라야, 너 몇 살이지?"

"스물두 살. 그건 왜?"

미라는 지완이 정신을 놓아버렸다는 단서를 찾기 위해 그녀에게서 시선을 떼지 않았다. 만약 눈앞의 언니라는 사람이 정말 미치기라도 했다면 미라는 절대로 그녀와 함께 살지 않겠다고 결심했다.

"난 스물여섯 살이거든. 그러니까 나한테 말 함부로 하지 마."

"뭐? 네까짓 게 뭔데……."

미라가 당장 발끈했지만 미쳤다고, 미친 게 분명하다고 생각했던 지완의 눈빛은 맑았고 어조는 단호했다.

"네 언니. 잊었니? 벌써부터 그렇게 깜빡깜빡하면 그것도 위험한 거래."

"뭐?"

"그러니까 조심하라고. 또 한 번 그러면 그때는 정신과에서 종합 검사를 해야 할지도 모르니까. 내가 네 언니잖니."

언제나 음울하던 지완이 싱글거리며 농담인지 진담인지 애매한 이야기까지 던진 채 방을 나가자 미라의 얼굴이 기묘하게 변해갔다.

"엄마, 지완이 좀 이상하지 않아?"

지완이 화려한 색상의 옷들을 꺼내들고 만족감을 감추지 않고 방을 나가자마자 미라가 황당한 눈빛으로 중얼거렸다.

"쟤는 워낙에 좀 이상했어. 그리고 죽었다 살아난 애가 정상이면 그게 더 이상한 거지."

정 여사는 그렇게 이 상황을 합리화시켰다. 지완이 죽었다 살아났을 때 그녀는 기절했었다. 그런데 지금은 그나마 버젓이 살아서 움직인다. 그거면 충분했다. 더 생각하면 머리 아프고 골치 아픈 일들이었다.

"아니, 그런 게 아니라 뭔가 좀 달라."

"그래? 애가 아주 완전히 미치기 전에 얼른 강 사장이랑 결혼을 하든지, 회사 문제가 해결이 되든지 해야 할 텐데. 그래야 우리도 돈 걱정 안 하고 편히 살지."

이상하다고 해도 달라질 건 없었다. 어차피 회사가 합병되고 나면 지완 소유의 지분들은 제법 두둑한 현금이 될 것이다. 그것만 손 안에 넣으면 문제 될 게 없었다. 물론 남편 전처의 딸인 지완이 계속 문제가 되긴 하겠지만 지금 상황으로 봐서는 그리 오래 살 것 같지도 않았고, 또 지완은 손이 가는 아이도 아니었다. 지금처럼 무시하고 살면 그걸로 그만이었다.

"아유, 그나저나 집이 적막해, 적막해. 이건 사람이 있어야 백 원짜리 고스톱이라도 치지. 아주 심심해 죽겠네."

정 여사가 무심하게 중얼거렸다. 한 홉의 인정도 없는 그곳에는 정말 무덤 같은 적막함만이 가득했다.

3. 무심한 약혼자

"강 사장, 도대체 그 쓰레기 회사를 합병하려는 저의가 뭔지 물어도 되겠습니까?"

'쓰레기'라는 표현에 민혁이 눈썹을 살짝 찡그렸다. 황 전무의 빈정거림에 가까운 지적으로 인해 회의를 마치고 일어서던 임원들은 일순 긴장했다.

태산건설의 실세인 강민혁 사장과 황 전무의 사이가 나쁘다는 건 회사 사람뿐만 아니라 재계의 알 만한 사람들은 이미 아는 비밀이었다. 모든 시선이 민혁을 향했지만 그의 얼굴에서는 아무런 표정도 읽을 수 없었다.

"저의라…… 정확하게 어떤 저의를 말씀하시는 겁니까, 황 전무님?"

"약혼자 때문에 낼모레면 망할 회사에 쓸데없는 돈을 들이붓는 건 아닌가 묻고 있는 거네. 자네처럼 유능한 사람이 설마 그럴 리는 없다고 생각하지만."

이미 회의는 다 끝난 상태에서 은근히 물어오는 황 전무의 말에는 분명 민혁에 대한 도전이 번뜩였다. 궁금하면 개인적으로 물어도 될 일을 마이크가 꺼지지 않은 상태에서 굳이 이렇게 공론화하는 이유를 민혁 역시 알고 있었다.

"맞습니다. 저처럼 계산적인 인간이 그럴 리가 있겠습니까? 황 전무님은 지금까지 절 그렇게 물렁한 사람으로 보셨습니까?"

그가 하얀 이를 드러내며 분명하게 빙긋거리자 회의실 안의 임원들은 저도 모르게 움찔거렸다. 강민혁 사장은 아무도 무시할 수 없는 막강한 능력과 권력을 가지고 있는 명실상부한 실세였지만, 창립 멤버인 황 전무 역시 회사에 상당한 영향력을 끼칠 만한 주식을 보유하고 있는 능력가였다.

"하실 말씀이 끝나셨으면 이제 나가봐도 되겠습니까? 죄송하지만 더 궁금하신 건 회사 기밀이라 말씀드릴 수가 없군요, 황 전무님."

순식간에 민혁은 황 전무를 회사의 고급 기밀조차 공유할 수 없는, 믿을 수 없는 사람으로 만들어버렸다.

그의 한마디 한마디에 담겨 있는 오만함에 황 전무는 부글거리는 속내를 가까스로 참아냈다. 갈수록 건방지고 볼수록 무서운 녀석이었다.

황 전무는 태산건설이 처음 삽질을 시작할 때부터 사장의 옆에서 같이 땀을 흘리던 창립 멤버였다. 평사원에서부터 부사장의 자리까지 올라온 그는 뛰어난 참모였고, 노련한 지략가였다. 하지만 젊은 사장이 들어오면서부터 회사의 분위기는 미묘하게 변화하기 시작했고, 그 사실을 가장 먼저 인지한 사람은 다름 아닌 황 전무 본인이었다. 저 젊은 녀석이 그의 권력을 감쪽같이 분산시키고 있었던 것이다.

"여우 같은 영감태기, 아주 칼을 가는군."

노인네가 욕심이 지나치게 많았다. 이 바닥에 깔아놓은 인맥과 실전 경험 때문에 아직은 그냥 두고 보고는 있지만, 언젠가는 가지를 쳐내야 할 요주의 인물이었다.

"저기……."

회의실을 벗어나자마자 수행비서가 달려와 민혁을 묘한 눈빛으로 바라봤다. 민혁에게 한상은 그냥 비서라고 부르기에는 차고도 넘치는 사람이었다.

그는 누구보다 민혁의 마음을 잘 읽었고, 그래서 뜻밖의 상황에 대한 대처도 빨랐다. 아무도 믿지 못할 이 삭막한 세상에서 그래도 조금은 신뢰하는 사람을 꼽으라면 민혁은 아마도 한상을 택할 것이다.

"왜? 황 전무 쪽 일이라면 걱정하지 않아도 돼."

"그 일이 아닙니다. 약혼자분이 기다리십니다."

"뭐? 누구?"

그가 잠시 걸음을 멈추고 물었다. 설마 하는 눈빛이었다. 잘못 들은 게 분명했다.

"약혼자분이 벌써 20분째 기다리고 계십니다."

이제는 평상심을 찾은 게 분명한 한상의 덤덤한 대답이었다. 그의 약혼녀의 등장은 민혁의 심복인 한상조차 동요시킨 모양이었다. 약혼 기간 일 년 동안 단 한 번도 그에게 먼저 전화조차 없던 약혼녀였다. 오히려 지완보다 처제가 될지 모르는 미라의 전화와 방문이 훨씬 많았다. 물론 전부 단칼에 거절하는 일이 한상의 담당이었지만 말이다. 도대체 무슨 바람이 들어서 여길 찾아온 걸까?

"어디서?"

"요 앞 커피숍이라고 하시는데요."

"기다리라고 해. 지치면 가겠지."

민혁이 무심하게 중얼거렸다. 그리고 곧 잊어버렸다. 그에게는 허울뿐인 약혼자보다 더 중요하고 신경 써야 할 일들이 많았다.

"알겠습니다."

무언가 말을 꺼내고 싶던 한상이 가볍게 고개를 끄덕였다. 차갑고 무정한 사장의 행동에 워낙 익숙한 한상은 애써 자신의 감정을 감췄다. 그가 보기에도 사장의 약혼자는 사장과 어울리는 여자가 아니었다. 하지만 그렇기 때문에 가끔은 더 측은하고 안돼 보이는 게 사실이었다.

커피숍은 꽤 여성스러운 소품들로 아기자기하게 꾸며져 있었다. 레이스 테이블보와 핑크빛 쿠션 그리고 체리 빛깔의 원목가구와 따뜻해 보이는 간접 조명들은 자꾸만 싸늘해져 가는 지완의 마음을 달래주고 있었다.

그를 기다린 지 벌써 55분째였다. 문자를 한 번 했고, 어렵게 어렵게 비서라는 남자랑 통화도 했으니까 그녀가 기다린다는 연락을 못 받았을 리는 없었다. 아무리 바빠도 전화 한 통화 정도는 해줄 수 있을 텐데 그는 자신의 약혼녀에 대해 손톱만큼의 애정도, 눈물만큼의 배려도 없는 남자였다. 그런데 왜 결혼을 하려고 했던 걸까?

지완은 새콤한 키위주스를 완전히 비워냈다. 지금부터 딱 5분. 더는 못 기다린다. 그쪽에서 피하면 내 쪽에서 찾아가지. 산이 오지 않는다면 언제든지 신이 움직여줄 용의가 있었다. 물론 그에 대한 대가는 철저하게 받아내겠지만 말이다.

한상은 그녀를 알아보지 못했다. 예의 바르게 자신의 이름을 말하는 그 순간에도 그가 알고 있던 윤지완이 눈앞의 인물과 동일한 사람이라는 생각을 해낼 수 없었다. 사장의 약혼자는 전혀 다른 사람이 되어 나타났다.

"안내 안 해주실 건가요? 아니면 여기서도 기다려야 하나요?"

빤히 바라보고만 있던 한상에게 그녀가 생긋 웃으며 물었다. 얼굴은 환하게 웃고 있었지만 반짝이는 두 눈에서는 한상도 움찔할 만큼 단호한 투지가 빛났다. 외모만큼이나 달라진 눈빛이었다.

"죄송합니다. 이쪽으로 오십시오."

한상이 얼른 고개를 숙여 사과하고는 그녀를 사장실로 안내했다. 호기심을 완전히 감추지 못한 비서실 여직원의 시선과 마주친 지완이 다시 한번 생긋 미소를 건네며 침착하게 사장실을 향했다. 드디어 그를 만나게 된다.

"많이 바쁜가 봐요?"

그의 충실한 비서만큼이나 그녀의 약혼자도 달라진 지완의 모습에 놀란 게 분명했지만, 민혁의 얼굴은 가면을 쓴 것처럼 무표정했다. 두 팔 벌려 환영은 못해줄망정 이런 개인적인 만남에서조차 자신의 감정 한 조각도 보여주지 않는 저 남자는 참 재미없고 무미건조하게 사는 게 분명하다. 그녀의 사악한 약혼자의 단점이 또 하나 늘었다.

"무슨 일이지? 회사에는 나오지 않았으면 좋겠는데."

한 시간을 기다리게 해놓고 사과는 못할망정 타박부터 하다니 참 양심 없는 남자였다.

"앉으라고도 안 해요?"

"앉아."

그녀가 인내심을 갖고 물었고, 그가 마지못해 고개를 끄덕였다. 지금이라도 나가줬으면 좋겠다는 얼굴이지만 어림도 없는 일이었다. 지완은 우아한 모습으로 다리를 포개고 앉았고, 그런 그녀에게 잠깐이지만 민혁의 시선이 모아졌다.

"밑에서 한참 기다렸어요."

"바빴어. 난 쇼핑이나 하다 그냥 들어갈 줄 알았지."

"약혼자한테 너무 빡빡한 거 아니에요?"

그녀가 생글거리며 웃어 보였다. 그녀의 웃음에 이번만큼은 민혁 또한 살짝 동요했다.

윤지완이 그를 보고 웃었다? 언제나 그를 무슨 전염병이라도 있는 환자 대하듯 피하던 여자였다. 아니, 그녀는 그를 어려워했다. 더 정확히 그를 무서워했다. 그런 그녀가 자신을 향해 웃었다는 사실에 그는 묘한 호기심이 생겼다.

"당신 사무실은 이렇게 생겼군요. 생각보다 소박하네요."

그의 목제 책상을 뒤로한 채 그녀가 주위를 휙 둘러보며 중얼거렸다. 민혁은 지완의 시선이 그에게서 벗어나자 주의 깊게 그녀를 살펴봤다.

그녀는 무언가 달라졌다. 언제나 창백하던 그녀의 얼굴은 화사하게 변해 있었다. 여윈 볼엔 붉은 화색이 돌았고, 눈빛이 반짝거리는 걸 보면 퇴원한 후 급격하게 건강이 되돌아오는 모양이었다. 오늘 그녀는 보랏빛 니트 스커트에 경쾌해 보이는 짧은 재킷을 입고 있었다. 조금 헐렁하고 캐주얼해 보이기는 하지만, 그렇다고 지나치게 막 입은 흔적도 없었다.

어려운 손님을 찾듯이 격식을 차린 것도 아니었고, 속을 알려줄 만큼 틈을 보이지도 않는, 그와 그녀 사이의 거리를 말해주는, 딱 적당한 느낌이었다.

"어쩐 일이지? 무슨 일로 들른 거야?"

그는 여전히 마음속의 경계를 풀지 않고 물었다. 민혁은 어쩐지 오늘의 지완이 신경 쓰였다. 분명 무언가 있는데, 그 무언가의 실체를 감조차 잡을 수 없는 상황이 그녀를 경계토록 만들었다.

"금요일이잖아요. 밥이나 먹자구요. 배고픈데 집에서 먹긴 그렇고 해서 나왔어요. 근데 당신 기다리다가 쓰러질 것 같아요. 난 아직 환잔데."

지완이 금요일이라는 말을 강조하며 정말 허기를 느끼는 것처럼 배를 잡고 허리를 굽혔다. 그녀가 입고 있는 흰색과 자색의 격자무늬 재킷 속, 깊이 파인 블라우스 안에서 하얀 가슴이 슬쩍 넘보였다.

갑자기 그도 허기가 느껴져 순식간에 몸이 잔뜩 긴장해버렸다. 한순간이라도 이렇게 자신을 통제 못하는 스스로가 그는 마음에 들지 않았다.

소파에서 일어서던 그녀가 마치 그의 심정을 다 알고 있다는 듯 생글거렸다. 잘못 본 걸까? 도대체 이 여자의 속셈이 뭘까?

지완이 밥이나 먹자고 해서 밥집에 온 건지, 아니면 그가 정말 밥을 먹고 싶어서 온 건지 — 아무래도 후자일 가능성이 농후하지만 — 어쨌든 그 둘은 민혁이 안내한 한정식 집에 도착했다. 그곳은 인간 세계에서 꽤 비싼 가격을 지불해야 할 듯한 고급스러운 실내 분위기를 풍기고 있었지만, 천계의 서늘한 바람과 꽃향기를 좋아하는 선녀 아가씨에게는 조금 답답한 공간이었다.

마치 공장에서 제품을 찍어내는 전자동 시스템을 보고 있는 것처럼 그의 작은 동작 하나에 한정식 종업원들이 일사분란하게 움직였고, 순식간에 음식을 차려냈다. 사무실에서 이곳으로 오는 동안 그는 채 열 마디도 하지 않았음에도 불구하고 모든 일들이 그를 중심으로 돌아가고 있었다. 천계의 상제님도 그보다는 더 많은 말씀을 하실 듯했다.

"돈을 얼마나 벌어요?"

그녀의 뜬금없는 질문은 두 사람이 사무실을 떠나서 차에 올라 이곳에 도착한 이후로 그들 사이에 오간 첫 번째 대화였다. 지완은 그의 탐욕이 어디까지인지 궁금했다. 손에 가질 수 있는 것의 가치가 마음에 담는 것의 가치보다 결코 크지 않음을 이 사람은 절대 모를 것이다. 물론 내가 가진 걸 비워내야 다른 걸 담을 수 있다는 것도 말이다.

그녀의 질문에 그의 눈썹이 올라갔다. 그가 알고 있던 지완은 돈에 대해서라면 전혀 관심이 없던 여자였다.

"우린 아직 결혼 안 했어. 벌써부터 마누라 흉내 낼 생각하지 마."

날 선 칼처럼 서늘한 어조로 그가 딱 잘라 말했다. 아마 앞으로도 그녀가 그에 대해 그런 참견을 할 일은 없을 것이다. 그는 다른 누군가의 간섭을 참아줄 생각이 없었다.

"물론이에요. 아마 앞으로는 어떻게 될지 모르겠지만."

마치 민혁의 마음속에 들어갔다 나온 것처럼 그녀가 상큼하게 대꾸했다.

뭐지, 이 여자? 민혁은 조금씩 자신의 평정심을 움직이는 그녀가 유난히 마음에 들지 않았다.

"앞으로는? 그게 무슨 뜻이야?"

"별 뜻 없어요. 그냥 사람 앞일을 누가 아느냐는 뜻이에요."

그녀의 얼굴에선 지나치게 밝은 미소 외에 다른 무언가는 읽을 수 없었다. 이건 의외였다. 강민혁이 윤지완의 표정을 이해하지 못한다고? 그리고 그녀는 계속 그의 표정을 읽어내고 있었다. 어쩐지 민혁은 자꾸만 그녀에게 말려드는 느낌이었다.

"나 한가한 사람 아니야. 당신 심심할 때 같이 노닥거릴 시간 없어."

그가 안경 안쪽에서 번뜩이는 눈을 하고는 싸늘하게 중얼거렸다.

아무튼 약혼자한테 말하는 본새하고는. 그녀는 마음속으로 혀를 찼다. 생전 처음 보는 남한테도 이렇게 인정머리 없고 쌀쌀맞게 말하지는 않을 거다.

"걱정 마요. 나도 바빠질 테니까."

"무슨 일로? 또 피아노?"

약혼녀가 음대생이었고, 전공이 피아노였다는 사실만은 기억하고 있는 모양이었다. 하지만 그가 궁금한 건 그게 아닐 것이다. 그렇다면 원하는 걸 알려주지.

"아니요, 피아노는 그만큼 쳤으면 됐어요. 이제 회사에 다니려구요."

"회사?"

민혁이 한쪽 눈썹을 습관처럼 치켜세웠다. 놀란 게 분명했다. 호기심과 의문이 분명하게 서려 있는 그의 눈빛을 바라보니 드디어 그의 관심 끌기에 성공한 모양이었다. 그저 돈벌이랑 연관이 있어야 관심이 있는 남자였다. 예술가적인 감수성으로 채워진 예전 지완의 영혼이 감당하기엔 쉽지 않았으리라.

그의 관심에 그녀가 화사하게 웃어주었다.

"네. 아버지가 남긴 회사잖아요."

"사업이 애들 장난인 줄 알아? 그냥 얌전히 있어. 내가 다 알아서……."

"장난으로 생각 안 해요. 우리 회사 직원이 몇 명인데."

지완이 민혁의 말을 중간에서 딱 잘라 말했다. 그야말로 지완답지 않은 일이었다. 아니, 오늘은 그녀답지 않은 일들뿐이었다. 일을 하겠다는 주장도, 회사 일에 손대겠다는 야심도, 자기 생각을 적극적으로 표현하는 일도 도무지 지완과는 어울리지 않는 행동들이었다. 그의 눈빛이 가늘어졌다.

"그동안 제가 몸을 핑계로 너무 무심했어요. 남의 손에 그냥 맡겨두기만 해서는 안 됐던 거였는데."

"남의 손?"

듣기 좋은 표현은 아니었는지 그의 눈썹이 무섭게 올라갔지만 지완은 전혀 개의치 않는 눈치였다.

"남이라고? 난 약혼자야."

"그랬던가요?"

분명한 그의 주장에 그녀가 고개를 갸웃거렸다. 그는 돈 문제나 나와야 눈앞의 여자가 약혼자라는 사실이 생각나는 모양이었다.

"너무 발끈하지 말아요. 말이 그렇다는 얘기니까. 부부 사이에도 등 돌리면 남이라는데, 우리야 뭐가 있나요? 안 그래요?"

"안 하던 짓을 하는군."

"한 번 죽었다 살아나니까 무서운 게 없어졌어요."

지완은 당신도 전혀 안 무섭다는 눈빛이었다. 그랬다. 지완의 얼굴에 언제나 어른거렸던 그에 대한 두려움은 찾아볼 수가 없었다. 당당하게 그녀가 그를 향하고 있다. 차라리 이쪽이 그의 입장에서도 나았다. 움찔거리면서 눈빛을 피하는 여자보다 이런 도전적인 눈빛이 훨씬 편했다. 그는 싸움을 피하는 타입이 아니었다. 그리고 언제나 이기는 쪽은 그였다.

"도대체 우리 아버지 빚은 왜 갚아준 거예요?"

강민혁이 윤지완을 사랑하지 않는 건 말하지 않아도 분명했다. 그렇다고 윤지완의 집안이 그가 욕심낼 만큼 대단한 것도 아닌데, 무슨 일로 이 남자가 그런 자비를 베풀었을까? 무슨 꿍꿍이를 가지고 있는 걸까? 지완은 처음부터 그게 궁금했다.

"약혼자한테 그 정도는 당연한 거 아니야?"

그가 무심한 듯 중얼거렸지만 안경 너머에서 반짝이는 눈빛은 아무래도 심상치 않았다.

"홍, 당신이 공짜로 그럴 리가 없잖아요."

홍? 내가 알고 있던 그녀는 절대 그런 상스러운 코웃음을 치는 여자가 아니었다. 그럼 도대체 이 여자는 누구일까? 또다시 이상한 느낌이 뱃속을 휘저었다. 손을 뻗어 테이블 위의 컵을 들어 차가운 물을 한 모금 삼키며 민혁은 찬찬히 지완을 바라봤다. 겉모습은 하나도 변하지 않았는데 왜 자꾸만 다른 사람을 만나고 있는 느낌이 드는 걸까?

"왜 그럴 리가 없다고 생각하지?"

"당신처럼 머리 좋고 욕심 많고 야비한 사람이 그런 아량을 베풀 리가 없을 텐데요."

민혁은 천천히 물었고, 지완은 빠르게 대답했다. 그의 질문을 기다리고 있었던 듯 그녀는 때를 놓치지 않았다. 그리고 미소도 잃지 않았다.

"욕심 많고 야비해? 그만하는 게 좋겠군. 갈수록 평이 나빠져."

한순간 기가 막힌 얼굴로 바라보던 민혁이 조금 굳어진 얼굴로 그녀의 말을 막았다. 하지만 그에 대한 평가가 틀린 건 아니었다. 그의 약혼녀는 생각보다 자신에 대해 제대로 판단하고 있던 모양이었다.

"현명한 선택이에요."

그녀가 다시 한번 환하게 그를 향해 웃었다. 너는 정말 나쁜 사람이라는 듯. 그럼에도 불구하고 민혁은 그 웃음에 중독되고 있는 듯했다.

"근데 내가 호기심이 많아서요. 정말 왜 그랬어요? 왜 우리 아빠 회사를 살려준 거예요?"

그야 써먹을 데가 있어서 그랬다. 하지만 이 사실을 그녀에게 알려줄 생각은 전혀 없었다. 말해봤자 알아듣지도 못하겠지만 세상의 누구도 믿어선 안 된다.

"알 거 없어. 그건 회사 일이니까."

하고 싶은 말을 다 했다는 듯 자리에서 일어서는 민혁의 눈빛이 안경 너머에서 차갑게 빛났다.

"그래요, 당신이 알려주기 싫다면 됐어요. 내 힘으로 알아내면 되니까."

민혁을 따라 일어서며 그녀가 달콤하게 중얼거리자 이번에도 민혁의 눈썹이 움찔했다. 설마 그녀가 혼자 뭘 알아내지는 못할 것이다. 하지만 왜 자꾸 불안해지는 걸까? 자신을 바라보는 그녀의 눈에는 흔들림이 없었다.

"민혁 씨, 오래만이네."

민혁을 부르는 달콤한 목소리에 갑자기 그가 걸음을 멈춰 섰다. 덩달아 그의 뒤를 따라가던 지완도 걸음을 멈추어야 했다. 마주 오던 여자의 눈썹이 살랑거렸다. 민혁은 슬쩍 고개를 끄덕이는 걸로 인사를 대신하고 성큼성큼 걸어 나갔지만, 여자는 오래오래 시선을 남겨두고 있었다.

저 여자는 누굴까? 설마, 이 남자가 누군가를 사랑한 건 아닐 텐데. 사랑을 할 만큼 가능성이 있는 남자는 아니었다. 지완은 두 사람의 눈빛이 잠깐이지만 의미 있게 부딪친 걸 놓치지 않았다.

"누구예요?"

지완이 흘긋 뒤를 돌아보며 물었지만 민혁은 침묵으로 일관했다.

들고도 못 들은 척하는 건지, 아니면 정말 들리지 않는 건지. 그의 귀가 어둡다면 다시 한번 말해주는 친절을 베풀어야 할 것 같았다. 그는 여러 모로 손이 가는 약혼자였다.

"내 말 못 들었어요? 그 여자 누구냐니까요?"

"신경 쓸 거 없어."

"신경 안 써요. 근데 얘기했잖아요. 난 호기심이 많다고."

"호기심 같은 것도 갖지 마. 당신한테 내 개인적인 얘기를 시시콜콜 설명하고 싶지 않으니까."

하여튼 약혼자한테 말하는 싸가지하고는. 그러니까 개인적인 여자다, 이거지? 그렇다면 약혼녀 말고도 다른 여자가 있다는 얘기였다. 여러 가지로 정말 마음에 안 드는 남자다.

"알았어요. 대신 지금 한 말 잊지 말아요."

"무슨 뜻이지?"

"나한테도 시시콜콜 묻지 말란 얘기예요."

지완의 대꾸에 그는 일고의 가치도 없다는 듯 그녀를 무시했다.

두고 보자구요. 언제까지 그렇게 무심하게 있을 수 있는지. 인간에게 마음이 없다는 것만큼 슬픈 일이 없다는 걸 그는 전혀 모르고 있었다.

민혁과 지완이 나오자 2999호 사자가 그녀를 기다리고 있었다. 여느 때처럼 검은 정장을 입고 예전에 지완의 아버지가 몰던 하얀색 중형차에서 내리는 사자 아저씨는 그럴듯해 보였다.

사자 아저씨가 언제 면허를 딴 걸까? 아니, 인간 세상의 면허가 있기는 한 걸까? 하지만 지금 중요한 건 그게 아니었다. 그녀 옆에 있던 민혁의 눈빛이 미묘하게 번뜩이고 있었다. 아무래도 이제 약 혼자에게 새로운 흥미가 생긴 모양이었다. 적당한 시간과 적절한 타이밍에 아저씨가 나타났다. 사자와 그녀는 손발이 척척 맞는 파트너였다.

"도대체 저 남자는 누구야?"

"신경 쓸 거 없어요."

지완이 당당하게 말했다. 그의 불쾌함이 분명하게 느껴진다.

"뭐?"

"호기심 같은 것도 갖지 말라구요. 나도 당신한테 내 개인적인 얘기를 시시콜콜 설명하고 싶지 않거든요."

그가 차에 오르는 그녀의 팔을 홱 낚아챘다. 예상 외의 그의 거친 행동에 지완 옆에 서 있던 사자의 눈빛이 달라졌다. 아차 싶으면 언제나 냉정하던 사자 아저씨가 주먹이라도 휘두를 것 같았다.

"다시는 이런 식으로 내 앞에서 나가지 마."

그는 한마디 한마디 아주 이를 악물고 내뱉었다. 10분 전에 본인이 한 말은 까맣게 잊은 모양이었다.

"그럼 당신도 그래야죠. 나한테만 이럴 게 아니라."

지완이 그의 무시무시한 어조에도 불구하고 당당하게 마주 보고 대꾸했다. 감히 인간이 윽박지른다고 놀랄 지완이 아니었다. 선녀학당의 선녀님들에게서 받은 깐깐한 교육과 엄한 가르침에 익숙한 지완에게는 그야말로 우스운 협박이었다.

"누구냐고 물었어."

그가 이를 악물고 다시 한번 천천히 말했다. 화가 잔뜩 난 눈빛이었지만 용케 자신의 감정을 다스리고 있는 듯했다.

"알 거 없다니까요."

"누구냐니까?"

민혁의 집요함에 지완이 인상을 썼다. 이성을 잃어버린 남자를 상대하는 일은 피곤했다. 오늘은 이쯤 해야 할 듯싶었다. 안 그래도 나약한 인간의 몸을 빌려 버티고 있는 그녀는 막무가내인 그를 상대하느라 조금씩 진이 빠지고 있었다.

그래, 그렇게 궁금하면 얘기해주마.

"저승사자요."

"뭐?"

지금 이 여자가 무슨 농담을 하고 있나 하는 얼굴로 민혁이 그녀를 쏘아봤다. 하긴, 사람들은 종종 진실을 말해줘도 믿지 않을 때가 있다. 아마도 스스로가 이성적이고 논리적이라고 믿고 있는 이 남자는 더할지도 모르겠다. 지완은 흔들리는 시야를 애써 바로잡았다. 약해진 체력이 조금씩 바닥을 보이고 있었다.

"못 들었어요? 저승사자라구요."

"그러니까 그게 뭐 하는 사람이냐구!"

그녀의 말을 완전히 무시한 채 제멋대로 끊어버린 민혁이 짜증스러운 목소리로 되물었다.

"뭐, 저승사자처럼……."

"그놈의 저승사자 타령은 관두고 누구냐니까?"

이번에도 그가 그녀의 말을 끊어버렸다. 지완은 마음속으로 쓴 웃음을 삼켰다. 세상 누구도 믿지 못하는 사람에게는 아무리 진실을 얘기해도 절대 이해하지 못할 게 분명했다.

"우리 회사 직원이에요. 기사 노릇도 해주시고. 됐어요?"

"기사?"

그의 시선이, 그 의심이 평가하듯 사자를 향했다. 진실을 말해도 믿지 못하는 남자는 거짓말을 해야 겨우 인상을 편다. 하긴, 누가 사자의 존재를 믿을까? 사실 아주 거짓말은 아니었다. 사자 아저씨가 천계 소속은 아니지만 천계와 명부는 다른 일을 하는 같은 조직이니까.

"이이구라고 합니다."

사자는 어깨에 힘을 딱 준 채로 무시무시한 눈빛을 하고는 민혁을 쏘아봤다. 하지만 원래 나쁜 놈들이 다 그렇듯 그는 자신이 지은 죄는 깨닫지 못하고 맹랑한 눈빛으로 그의 눈빛을 받아냈다. 건방진 녀석 같으니라고.

"그럼 전 그만 들어갈게요. 이구 씨, 가죠. 좀 쉬어야겠어요."

그녀가 창백해진 얼굴로 부탁하자 사자는 얼른 지완을 부축해 차에 태웠다. 민혁의 눈빛이 사자와 지완의 모습을 끝까지 지켜보고 있었다.

능숙하게 서울 시내를 가로지르며 사자는 룸미러를 통해 지완의 상태를 살피고 있었다. 아직도 지친 기색이 역력했지만 다행히 안색은 조금씩 나아지고 있었다. 사자는 남모르게 식은땀을 씻어냈다. 인간의 땅에 허락없이 내려온 선녀님에게 험한 일까지 생기기라도 하면 정말 큰일이다. 그가 명부에서 대충 알아본 선녀님의 화려한 전생 경력을 보건대 무슨 일이 일어날 가능성은 아주 컸다.

"그 녀석이 입을 열던가요?"

"설마요. 아무래도 우리가 직접 회사에 가서 알아봐야 할 것 같아요."

혹시나 하는 사자의 질문에 지완이 고개를 흔들었다. 인정머리라고는 눈을 씻고 찾아봐도 없는 그가 단순히 약혼자라는 이유만으로 회사를 구제할 리 없다는 게 사자 아저씨와 지완의 결론이었다.

"암만 봐도 개선의 여지가 없어 보입니다. 그냥 제가 명부로 데려가는 건데 잘못한 거 같습니다."

사자 아저씨가 차선을 바꾸며 조용히 분개했다. 민혁은 아픈 사람에 대한 배려도 없고, 약혼녀에 대한 애정도 없으며, 기본적으로 인간에 대한 예의도 없는 녀석이었다.

"그건 안 되죠. 저 하나 이렇게 나와 있는 것만으로도 명부에서도 난리가 났는데 사자님까지 그러시면 진짜 큰일 나요. 수명첩의 수명이 창창하던데."

"꼭 저런 나쁜 놈들이 수명은 길어요."

지완이 펄쩍 뛰며 고개를 흔들자 사자가 못마땅하다는 듯이 투덜거렸다.

"지금 상제님을 욕하시는 거예요?"

"아니, 제 말은요, 그게 아니라 왜 하늘로부터 복을 받고 태어난 인간들이 저렇게 막 사냐는 거죠."

지완의 농담에 사자가 기겁을 해서 주변을 둘러봤다. 혹시라도 윗선에 누가 되면 큰일이다. 인명은 재천이다. 천계의 일에 대해 그들이 논할 바가 아니었다.

"하늘의 뜻이니까 특별한 이유가 있을 거예요. 저 같은 선녀나 사자님이 이래라저래라 할 수 있는 문제가 아니에요."

"물론입죠."

사자가 얼른 고개를 조아렸다. 비록 사고뭉치이기는 해도 그녀는 선녀 후보였다.

선한 것, 옳은 것, 바른 것, 그리고 인간이 인간답게 사는 일 어디에든 신의 뜻이 담겨 있다. 그리고 그렇지 못할 때 그 죄를 받게 된다. 그게 바로 하늘의 이치였다.

"그나저나 아저씨, 면허 있으세요? 무면허도 범죄예요."

"명부에서 일 겁, 인간 세상에서 벌써 삼 년째입니다. 이까짓 운전쯤이야 식은 죽 먹기죠."

"면허는요?"

"선녀님은 우리 대왕님만큼이나 집요하시네요."

사자의 능숙한 운전 솜씨에도 불구하고 지완이 꼬장꼬장하게 다시 묻자 사자는 한숨을 푹 내쉬었다.

"현명하신 분이네요. 면허 있으세요?"

"있습니다. 벌써 대왕님이 챙겨주셨습니다."

"그것도…… 불법인데."

"모든 일에는 예외가 있으니까요. 신분은 명부 사람이지만 저도 인간 사람들이랑 어울려 살아야 합니다. 인간의 잣대로만 보시면 갑갑해집니다."

사자의 나직한 변명에 선녀가 그제야 미소 지어 보였다.

집에 도착한 지완은 당장이라도 쓰러질 것처럼 지쳐 있었다. 한나절의 외출 탓으로 하얀 얼굴은 핏기가 완전히 가신 채 창백했고, 눈가에는 검은 그림자가 드리워졌다. 질기고 독한 나쁜 놈을 해결하기 전에 하늘에서 하강한 선녀님이 먼저 지치실 듯싶었다.

"이렇게 나약한 신체를 가지고 이승을 살아가는 인간은 참 강한 존재예요."

"신이 만드신 생명이니까요. 세상에서 가장 귀하게 만드신 창조물인데 강할 수밖에 없지요."

태산건설과 미래건설의 합병 관련 서류가 가득 담긴 가방을 책상 위에 올려놓으며 사자가 말했다.

집으로 오는 길에 그들은 회사에 들러 협상 관계자와 두 회사의 합병에 대해서 한참을 얘기했었다. 하지만 그들 중 아무도 태산건설이 왜 무의미한 합병을 추진하는지에 대해서 알고 있는 사람은 없었다. 그건 이제 그녀가 직접 알아내야 한다는 걸 의미했다.

"그래도 오늘은 좀 쉬세요. 회사 일은 신경 쓰지 마시구요."

"이사회가 얼마 안 남았는데요."

사자의 제안에 그녀는 한 줌 기운도 남아 있지 않은 몸을 똑바로 가누며 고개를 흔들었다.

아이구, 저렇게 고집이 세시니. 선녀님 때문에 상제님도 골치가 좀 아프시겠구나. 피곤에 지친 선녀님의 모습을 바라보며 사자는 작게 혀를 찼다. 이번 일에는 그의 책임과 역할도 컸으므로 그 역시 열심히 돕는 방법밖에 없었다.

"회사 사람 누구도 이번 협상에 대해서 잘 알지 못하더군요."

"그 나쁜 놈이 그렇게 쉽게 제 속내를 보여주겠습니까? 틀림없이 뭔가 음흉한 생각을 하고 있는 게 분명합니다."

그녀 역시 그렇게 생각했다. 진작부터 알고 있었다. 그는 누군가를 위해 배려하거나 아량을 베풀어줄 인간은 절대 아니었다. 사랑은 더더욱 모른다.

"그 음흉한 생각에 대해서 확실히 알아봐야겠어요."

"네, 저도 돕겠습니다. 그래도 좀 천천히 진행하시죠. 하나씩 바꾸셔야지, 이러다가는 들통납니다."

"네버, 절대 그런 일 없어요."

사자의 우려 섞인 충고에 가냘픈 몸을 곧추세운 채 지완이 고개를 저었다.

"어떻게 그렇게 확신하십니까? 의외로 예리한 인간들이 많습니다."

"저 인간들은 장님이거든요. 욕심으로 꽉 차서 본인들이 보고 싶은 것만 봐요."

목소리는 약했지만 분명한 그녀의 주장에 사자도 이번만큼은 고개를 끄덕였다. 욕심과 이기심으로 가득 찬 사람들에게 다른 이들이 보일 리가 없었다. 그들은 앞이 보이지 않는 장님과 같았다.

4. 달빛의 반란

　민혁은 이미 식은 커피를 마지막까지 들이켜며 생각에 잠겨 있었다. 정확히 집어낼 순 없지만 무언가 그의 감각을 자극하고 있었다. 사실 지난주 내내 신경이 쓰였다. 물론 그 원인 제공자는 알고 있었다.

　윤지완, 그녀였다. 지완은 그렇게 당당하던 여자가 아니었다. 또 그 순간에 그렇게 솔직할 수 있는 여자도 아니었으며, 그렇게 아름답던 여자도 아니었다.

　그의 은근한 압력 속에서 조금도 위축되지 않고 당당하게 눈빛을 빛내던 지완 때문에 그는 이유 없이 심장이 두근거렸었다. 이상했다. 아무래도 이상했다.

　"사장님."

　한상의 나직한 부름에 드디어 현실로 돌아온 민혁이 고개를 들었다.

"뭐지?"

"이번 이사회 참석자 명단입니다. 미래건설에서 새 인물을 참석시키겠다고 양해를 구해왔습니다."

"윤지완? 누구지?"

한상에게서 건네받은 서류를 슬쩍 훑어보던 민혁은 협상 회의 참석자 명단에서 생소한 이름을 발견하고는 살짝 미간을 모았다. 그동안 파악해두었던 회사 측 사람도 변호사 쪽도 아니었다. 하지만 전혀 낯선 이름도 아니었다.

"죄송합니다만…… 약혼자분이십니다."

한상이 곤혹스럽다는 듯 나지막하게 중얼거리자 민혁은 그제야 고개를 끄덕였다.

어쩐지 낯이 익다 싶었더니, 그런데 왜 그 여자 이름이 여기 적힌 거지? 그의 말 없는 질문에 한상이 대답했다.

"합병 회의에 참석하시겠답니다."

"이 여자가 합병 회의를 참석한다고?"

민혁의 눈썹이 살짝 올라갔다. 또다시 그의 민감한 예감이 이건 아니라고 자꾸만 경고하고 있었다. 정확한 데이터, 치밀한 사전준비, 그리고 저돌적인 추진력을 가진 그에게 또 하나의 감춰진 강점은 뛰어난 직감이었다. 그녀는 그의 본능을 자극하고 있었다. 하지만 이제 와 그녀가 참석한다고 해서 특별히 달라질 건 없을 것이다.

합병 관련 회의는 채 일주일도 남지 않았다. 지완은 머리를 싸매고 아버지가 남기고 간 컴퓨터의 자료를 뒤지고 또 뒤졌다. 미래건설의 젊은 임원도 회의에 들어갈 자료들을 파악하느라 골머리를 앓고 있을 것이다.

무언가 있을 텐데, 쉽게 나오지를 않는다. 지완은 한숨을 폭 내쉬었다. 아무래도 카페인의 자극이 필요하다고 느낀 그녀는 원두커피를 내렸다.

인간의 음식은 지나치게 자극적이었다. 하지만 뿌리치기엔 유혹도 강했다. 특히 그녀가 인간의 음식 중에서 가장 매력적이라고 생각하는 건 바로 커피였다. 그윽한 향기와 혀끝에 맴도는 씁쓸한 맛은 순식간에 그녀를 사로잡았다.

"아직도 안 자는 거야?"

자다 깨서 부스스한 얼굴로 나온 미라가 인상을 썼다.

"죽었다 살아난 지 얼마나 됐다고 이러는 거야? 또 죽고 싶어? 그럴 거라면 관둬. 그런 장면 다시 보고 싶지 않으니까."

여전히 예의 없고 퉁명스러운 어조였지만, 그래도 희미하게 담긴 걱정의 흔적에 지완은 빙긋 미소를 지어 보였다. 예상대로 이복동생은 아주 나쁜 아이는 아니었나 보다. 그래, 그래. 선녀님들 말씀대로 세상에 정말 나쁜 사람은 없는 거야.

"조금만 더 보고 잘 거야."

"뭐 하러 언니가 회사 일을 해? 민혁 오빠 같은 부자랑 결혼하면서 쓸데없이."

미라는 지완을 이해하지 못하겠다는 듯 고개를 흔들었다. 돈 많은 남편을 만나 그 사람 돈을 펑펑 써주면서 살아주는 게 미라의 목표였다. 그래서 그녀는 민혁을 낚아챈 지완이 너무 부러웠다.

"넌 민혁 씨가 날 너무너무 사랑해서 약혼했다고 생각하니?"

"그거야 아니지."

미라는 말도 안 된다는 듯이 고개를 저었다. 그녀의 언니는 가끔 순진한 건지 맹한 건지 헷갈릴 때가 있다. 지금도 그랬다. 사랑이라니……. 잘생기고 능력 있는 민혁 오빠가 뭣 때문에 지완과 결혼한단 말인가. 아니, 지금 저 나이까지 사랑이란 게 있다고 생각하는 지완이 더 신기한 노릇이었다.

"그럼 왜 했을까?"

"그야 아버지 회사가 욕심나니까……."

"매출은 바닥이고 부도나기 일보 직전인데? 민혁 씨 정도면 나보다 괜찮은 여자랑 얼마든지 결혼할 수 있는데."

그녀의 질문에 미라의 눈동자가 그제야 커졌다.

"그러게? 왜 너랑, 아니, 언니랑 약혼을 했대? 언니가 예쁜 것도 아니고, 그렇다고 사람을 기분 좋게 해주는 상대도 아니잖아."

미라의 솔직한 고백에 지완은 금방 했던, 그녀가 아주 나쁜 아이는 아니라는 생각을 취소할까 심각하게 고민했다.

"그러니까 세상에 무조건 공짜는 없는 법이거든. 그 사람이 나랑 약혼까지 한 걸 보면 분명히 무언가 있기는 했을 거야. 하지만 그게 없어지면 아마 뒤도 안 돌아보고 날 버리고 갈 사람이야. 그래서 말인데, 내일 시간 좀 있니?"

"무슨 시간?"

"옷 좀 사려고. 네 옷 취향이 나랑 어울리는 거 같아서. 지난번에 빌려준 옷 마음에 들었어."

"내가 원래 그런 쪽에 감각이 좀 있잖아. 근데 얼굴이 그래서 그런지 화장은 좀 칙칙했어. 더 환하게 해야 얼굴이 살지."

미라의 지적에 지완이 순순히 고개를 끄덕여 인정했다

"그래? 화장을 한 지가 너무 오래돼서. 그럼 이사회 날은 네가 해줄래?"

그녀가 환생하던 시기에는 제대로 된 화장품도 없었고, 언제나 급하게 죽는 바람에 화장에 신경 쓸 여유조차 없었다. 그래서 제대로 메이크업이 되지 않는 모양이었다.

"언니, 진짜 이상해진 거 알아?"

말도 안 된다는 눈빛으로 미라가 그녀를 살펴봤다. 지완과 미라의 취향은 하늘과 땅의 차이만큼 달랐다. 지완과 미라의 공통점이라곤 한집에서 사는 것 외에는 하나도 없었다. 지완은 조신했고 미라는 화려했다.

아니, 예전의 지완은 패션에는 관심조차 없는 것처럼 보였었다. 그런데 이제 와서 쇼핑에 화장까지 하겠다고 나서니, 그야말로 귀신이 곡을 할 노릇이었다.

"알아. 아마 나도 늙나 봐. 화려한 게 좋아지네."

기가 막혀 웃음조차 안 나오는 미라를 남겨둔 채 지완이 빙긋 웃으며 한 손에 커피를 들고 2층으로 향했다. 썰렁한 거실에 미인의 눈썹 같다는 초승달의 희미한 달빛이 어렴풋이 스며들고 있었다.

드디어 이사회가 개최되는 아침이 밝았다. 오늘만 지나면 이 두껍고 재미없는 회사 서류들을 바라보지 않아도 될 것이다. 지완은 자신이 아무래도 이쪽엔 소질이 없다는 사실을 요 며칠 절감하고 있었다.

언제나 조용하기만 하던 지완의 방에는 아침부터 사람들로 부산스러웠다. 아침잠이 많기로 유명한 미라마저 벌써부터 일어나 옷장을 뒤적였다. 침대 위에는 옷들이 쌓여 있었고, 지완은 젖은 머리를 수건으로 감싼 채 화장대 위에 꼼짝없이 앉아 있었다.

"간지러워."

"가만 좀 있어봐. 넌 여태…… 아니, 언니는 여태 화장도 안 배우고 뭐 했는데?"

얼굴에 스쳐 가는 가벼운 깃털들이 간지러워서 미라의 붓질이 지나갈 때마다 지완은 계속 꼼지락거리고 키득거렸다.

"선녀…… 아니, 아가씨, 화장이 너무 진합니다. 그리고 요새는 쌩얼이 유행이랍니다."

지완의 옆에서 저 사악한 인간이 선녀님께 무슨 짓을 하나 지켜보고 있던 사자가 조용히 지적했다. 그냥 둬도 맑고 하얀 얼굴에 왜 쓸데없이 분가루를 묻히는지 사자로서는 도무지 이해할 수 없는 일이었다.

"진해요?"

"네. 빨갛고 꺼멓고, 품위 없습니다."

선녀님의 질문에 사자가 지체 없이 고개를 끄덕였다.

긴 속눈썹 위의 마스카라도, 입술 위의 다홍빛 립스틱도, 손톱 위의 살구 빛 매니큐어도 사자 입장에서 보면 답답하고 갑갑한 분장이었다.

"품위 없으면 안 되는데, 이사회 사람들이 우습게 봐서."

"언니, 괜히 노인네 말 들을 거 없어. 딱 예뻐."

"노인네라뇨. 전 아주 팔팔합니다."

발끈한 사자 아저씨가 눈을 번뜩이며 따지고 들었다. 그는 지엄한 명부에서 온 신참 사자였다. 인간 세계의 버릇이라고는 눈을 씻어도 찾아볼 수 없는 여자에게서 노인네라는 소리를 들을 정도로 늙진 않았다.

"몇 살이세요?"

"인간 나이로 따지면 서른입니다."

"누군 강아지 나이로 계산하나? 서른이면 늙은 거 맞거든요."

미라가 '훙' 하고 코웃음 쳤다. 스물두 살의 미라에게 서른은 충분히 늙어 보일 수 있는 나이였다. 지완은 웃음을 삼켰고, 사자는 분개했다.

"아저씨, 좀 천천히 가요."

지완이 머리 위의 손잡이를 꼭 잡은 채 부탁했다. 다른 어느 때보다 사자 아저씨의 운전은 상당히 거칠었다. 아무래도 늙었다는 얘기에 흥분 게이지가 빨간색 꼭대기까지 올라간 것 같았다.

"죄송합니다. 그래도 신호는 꼬박꼬박 지키고 있습니다."

지완의 웅크린 모습을 발견한 사자가 얼른 속도를 낮췄다. 언제나 꽉 막히던 서울의 거리가 웬일로 오늘은 텅텅 비어 있었다.

"이것도 아저씨 솜씨예요?"

"아닙니다. 인간 세상에서 일어나는 일에 사자는 손을 댈 수 없습니다."

지완이 재미있다는 듯 중얼거리자 사자가 고개를 흔들었다.

"봐주세요. 아직 애라서 그래요."

"저는 서른 안 되나 두고 봐야겠습니다."

여전히 씩씩대는 사자 아저씨를 지완이 달랬다. 어지간히 약이 오른 모양이었다.

"싸가지가 바가지잖아요. 나이도 어린 게 어른한테. 아니, 지가 나를 언제 봤다고 늙었네, 젊었네 바락바락 토를 답니까?"

"사자 아저씨를 미리 봤으면 안 되죠. 아직 창창한 젊은 앤데."

지완이 키득거렸다. 보통 사람은 딱 한 번, 자기 수명을 다 마친 그날에야 아저씨를 보게 되는 게 정석이었다. 가끔 두어 번씩 사자 아저씨를 조우하는 특별한 일도 있지만, 그런 경우는 워낙에 희귀한 일이었다.

"그나저나 오늘 재미있을 거 같지 않아요?"

"글쎄요, 제 생각으로는 그냥 달랑 명부로 데려갔으면 속이 시원하겠습니다."

"사자 아저씨는 명부 인구 늘리는 걸 너무 좋아하신다. 웬만하면 고쳐서 이승에서 살게 해야죠."

"그 컴컴한 영혼이 개과천선하는 일이 가능하려나 모르겠습니다."

자꾸만 독해지는 인간들을 몸소 겪어본 사자 아저씨가 회의적으로 고개를 흔들었다. 신이 만들어낸 마음과 착한 인성까지 돈에 팔아먹는 인간들이 회개하는 일은 알래스카 눈 바닥에서 선인장 꽃이 피는 일만큼 어려웠다.

"인간은 신의 모습이래요. 불가능은 없어요."

"저도 그랬으면 좋겠습니다. 민혁이처럼 나쁜 놈들이 정신을 차리면 저도 일하기가 한결 수월하거든요."

"잘될 거예요. 가자구요, 그 나쁜 놈 물 먹이러."

선녀가 사자가 열어준 차 안에서 내리며 활짝 웃어 보였다.

👑

민혁은 기어코 회의에 참석한 지완을 향하는 자신의 시선을 애써 붙잡고 있었다.

진홍빛 투피스를 차려입은 그녀의 모습은 회색과 브라운으로 가라앉은 사무실에서 불꽃처럼 피어나고 있었다. 진홍의 입술 색깔, 손끝만 맵시 있게 다듬어져 있는 살구 빛 매니큐어. 그야말로 온몸이 생기로 가득 차 있는 그녀는 의외로 편안한 얼굴로 변호사의 설명을 주시하고 있었다. 하지만 가끔씩 창가로 향하는 그녀의 눈빛은 아예 아무 생각이 없는 듯해 보였다. 저럴 걸 뭐 하러 나와서 괜히 그의 시선만 헷갈리게 하는 걸까? 민혁은 내심 투덜거리고 있었다.

결과를 뻔히 알고 있는 협상 테이블은 지루했다. 밀고 당기기도 없었고, 단 한 번의 고성도 없이 정해진 수순을 밟고 있었다. 부도 나기 직전의 회사와 합병을 추진하는 과정은 뻔했다. 한쪽은 느긋하고 당당할 수밖에 없었고, 다른 한쪽은 그저 처분을 바라는 수밖에 없었다. 최소한 미래건설의 대주주인 지완이 입을 열기 전까지는 그랬다.

"그럼 이제 서명을 하는 일만……."

"잠깐만요. 아직 서명은 못 하겠는데요."

상대 변호사가 준비된 서류를 협상 테이블의 중앙으로 보내왔지만 그동안 침묵만을 지키고 있던 지완이 점잖게 고개를 저으며 개입했다. 이미 협상이 막바지로 치닫고 있는 상황에서 대주주인 그녀의 반대는 사람들을 당혹스럽게 했다.

"지완아, 이번 일은 네가 참견할 일이 아니야."

지완의 부친이 사고를 당한 후 회사의 경영을 좌지우지하던 새엄마의 오빠라는 외삼촌이 얼른 지완의 예상치 못한 발언에 땀을 닦으며 말했다.

"부도 직전이긴 하지만 아직은 제가 미래건설의 최대 주주인 걸로 알고 있는데요. 아닌가요, 외삼촌?"

"그야 그렇지만, 그래도……."

"그래도는 없어요."

지완의 단호한 반격에 정 이사는 입을 다물었다. 회사의 실질적인 소유자의 분명한 명령 앞에 미래건설 관계자들은 입을 다물 수밖에 없었다.

"왜 반대하시는지 그 이유를 물어봐도 되겠습니까?"

민혁의 말 없는 지시에 태산건설 고문 변호사가 조심스럽게 물어왔다.

"우리 쪽 감자 비율이 너무 커요."

"그거야 저희 쪽에서 그쪽의 부채를 전부 부담하고 있으니……."

"알아요. 하지만 그냥 공짜는 아니잖아요."

"솔직히 말씀드리겠습니다. 아시다시피 저희 태산건설에서 미래건설을 인수하는 건 다 윤지완 씨와 저희 사장님의 관계를 배려해서 반영한 일입니다."

변호사가 냉정하게 현실을 지적했다. 지완을 바라보는 민혁의 눈빛이 안경 너머에서 차갑게 번뜩였다. 지금 항복하지 않으면 용서하지 않겠다는 무언의 협박이었다.

"설마요. 저도 솔직히 말씀드리지요. 아시다시피 저와 그쪽 사장님의 관계는 태산건설에서 미래건설을 인수하고 싶어서 시작된 거잖아요."

한순간 회의실에는 난감하고 당황한 눈빛이 교환되었고, 기침을 가장한 작은 놀라움이 여기저기서 터져 나왔지만 지완은 끄떡없었다.

"그럼 뭘 어쩌자는 건지……. 지금 저희 쪽에서 발을 빼면 그냥 부도 처리됩니다."

"상관없어요. 그럼 비싼 값을 부르며 다른 회사에서 달려들 테니까."

"네?"

"전 우리가 가지고 있는 그 자체로서 제대로 된 대접을 받고 싶은 거예요. 약혼자 회사라고 날로 먹으면 안 되지요."

"뭐, 날로 먹어?"

지금껏 침묵을 지키고 있던 민혁이 한순간 감정을 다스리지 못하고 낮게 중얼거리고는 곧 이를 악물었다.

조금만 참자고, 강민혁. 이 협상이 끝나는 날, 약혼도 끝나게 될 것이다. 그렇다면 저 여자의 어이없는 무례를 다시 보지 않아도 된다.

"완전히 파산하고 싶은 거야?"

민혁이 애써 성질을 눌러 참으며 퉁명스럽게 물었다.

"아니요, 다른 협상 대상을 찾고 싶은 거예요, 우리 회사의 가치를 제대로 평가해주는."

그녀가 민혁의 눈을 똑바로 바라본 채 분명하게 말했다.

"저기, 잠깐만요. 지금 이 상황에서 미래건설을 인수하려는 회사가 있을 리가……."

"있을 거예요. 아시잖아요. 미래건설 자체야 적자투성이지만, 미래건설이 중동에 사놓은 석산은 돈이 된다는 걸."

지완의 단호한 한마디에 주변이 갑자기 조용해졌다. 그리고 부산해졌다. 이미 회의장은 그녀의 뜻대로 움직이고 있었다.

이 여자가 그 사실을 어떻게 알았지? 민혁과 지완의 얼굴이 허공에서 부딪쳤다. 그의 눈빛이 무섭게 이글거리고 있었지만 지완은 끄떡도 하지 않았다.

"아마 그것만으로도 이대로 파산하지는 않을 거예요. 법정 관리쪽으로 가는 것도 그렇게 나쁘진 않다고 봐요. 저야 개인적으로는 사장님과 제 인연을 생각해서 그래도 합병 쪽이 낫다고 생각하지만, 우리 회사에 몸담고 있는 다른 직원들은 그렇게 생각하지 않을 거예요. 그럼 생각하실 시간이 필요할 테니 2차 회의에서 뵙지요."

그녀가 단호하게 말하고 자리에서 일어섰다. 민혁은 또박또박 걸어가는 지완의 뒷모습을 노려보며 이를 앙다물었다. 이번에야말로 제대로 뒤통수를 맞았다. 그것도 허수아비 약혼녀라는 여자한테 말이다.

작은 전투에서 드디어 승리했다. 하지만 회의를 끝내고 난 지완은 완전히 녹초가 됐다. 온몸이 물먹은 솜처럼 무겁고 힘들었다. 강민혁이란 나쁜 놈을 상대하는 일은 정신적으로나 육체적으로나 쉬운 일이 아니었다.

더구나 인간의 몸에 아직 적응하지 못한 지완에게는 더더욱 버거웠다. 아니, 몇 달을 아파서 힘들어했던 지완의 몸이었기에 어쩌면 당연한 일인지도 몰랐다.

그녀가 집 앞에 도착하자마자 민혁의 차가 그녀를 기다리고 있었다. 그녀를 발견하자 민혁은 뻣뻣한 동작으로 차 문을 열고 나왔다.

"어떻게 알았지?"

그는 자신을 그저 흘긋 바라보기만 하고 집으로 향하는 지완의 팔을 낚아챘다. 그녀가 종이 인형처럼 순식간에 끌려갔다. 눈가에 짙은 그림자가 드리워진 지완의 안색이 어두웠다.

"뭘요?"

"그 돌산 말이야."

"그게 중요한 건가요?"

그녀의 말이 이번에도 옳았다. 지금은 그게 중요한 게 아니다. 지완이 어떻게 알았건 이미 세상 사람들이 다 알아버린 이상에야 새롭게 협상을 할 수밖에 없었다. 코앞에서 날치기를 당한 기분이었다. 생각하면 할수록 민혁은 약이 바짝바짝 올랐다.

후다닥 사자 아저씨가 지완에게 달려왔지만, 지완은 괜찮다는 듯 고개를 끄덕여 진작부터 인상을 쓰고 있는 사자 아저씨를 제지했다.

"내 일을 망쳐놓으니까 기분이 좋은가?"

"이거 왜 이래요? 장사 하루 이틀 해요?"

"뭐?"

화가 잔뜩 났지만 애써 분을 참아내고 있던 민혁이 그녀를 노려보았다. 뭐든 제 뜻대로 해야 직성이 풀리는 사람이다. 그리고 이제 처음으로 그의 계획이 빗겨나가고 있었다.

"가치가 있는 물건에는 정당한 가격을 지불하란 얘기예요. 공짜 너무 좋아하면 머리 벗겨져요. 젊은 사람이 벌써부터 왜 그래요?"

한마디도 지지 않고 쏘아대는 지완의 얘기에 더더욱 열이 오른 그가 그녀의 어깨를 부여잡았다. 앙상한 어깨가 그의 한 손에 우악스럽게 잡히자 그녀의 몸이 나약하게 흔들거렸다.

"이봐요, 당신이 왜 이러는지는 알겠는데 내일 하면 안 될까요?"

지완이 그의 손아귀에서 애써 몸을 추스르면서 중얼거렸다. 지금은 그녀에게 상황이 불리했다. 안 그래도 지칠 만큼 지쳐 있는 지완에게 화가 머리끝까지 난 강민혁 같은 존재는 혼자 감당하기에 무리였다. 어두워진 안색의 지완이 금방이라도 무너질 것처럼 비틀거렸다.

"이봐, 괜찮아?"

"괜찮아요. 조금 피곤해서 그래요."

겨우 지완의 상태를 알아차린 민혁이 얼른 어깨에서 손을 옮겨 그녀를 감싸 안았다. 창백해진 그녀의 모습을 바라보며 민혁은 혀를 찼다. 지금 그녀는 쓰러지기 일보 직전의 얼굴이었다.

"그러게 왜 그런 쓸데없는 짓에 나서? 그냥 얌전히 집에서 살림이나 배우고……."

"알았어요. 그럴 거니까, 팔 좀 놔줄래요?"

"제가 집 안으로 모시겠습니다."

지금껏 성질을 눌러 참으며 상황을 지켜만 보고 있던 사자가 한 달음에 달려와 민혁의 손에서 지완을 건네받으려 하자 불쾌하다는 듯 그의 눈썹이 올라갔다.

"손 떼. 내 약혼녀야."

"제가 모시고 있는 분입니다. 아가씨에 대해서는 약혼자분보다 제가 훨씬 잘 알고 있습니다."

"이제부터는 내가 알아갈 테니 그런 걱정 그만하지."

그래야 했다. 오늘 그의 뒤통수를 제대로 치고 달아난 이 여자의 정체를 알아야 한다. 하지만 그게 오늘은 아닌 듯했다. 민혁은 단호하게 사자를 제지하고 그대로 그녀를 안아 들었다. 팔 안의 그녀는 거의 무게가 느껴지지 않았다. 마치 손 안에서 빠져나가는 공기 같은 느낌이었다.

"고마워요."

핏기라고는 완전히 가셔버린 채 아무런 반항도 없이 순순히 그의 품에 안긴 그녀가 그의 가슴팍에 대고 중얼거렸다.

"아무것도 하지 말고 쉬어. 이번 일은 나중에 얘기하자구."

민혁이 퉁명스럽게 중얼거렸다.

그가 그녀를 안은 채 집으로 들어서자 정 여사와 미라는 마치 귀신이라도 본 것처럼 놀란 눈으로 그들을 바라봤다. 당연히 이건 놀랄 만한 일이었다. 지완에게 민혁은 그리 다정한 약혼자가 아니었다. 그녀가 쓰러지건 혹은 죽었건 전혀 상관하지 않던 그였다. 오히려 지완의 연약함을 마땅치 않게 생각하던 남자였다.

그런 민혁이 지완을 손수 품에 안고 집 안으로 들어와 침대에 눕히는 모습이라니, 그건 아무도 상상할 수 없는 일이었다.

사실 민혁도 자신이 왜 안 하던 짓을 하는지 이유를 알 수 없었다. 다만 감히 자신이 계획한 일을 망쳐버린 그녀 때문에 화가 났고, 지나치게 가벼운 그녀 때문에 신경이 쓰였다.

"이봐요, 우리 언니 왜 저러는 거예요? 오늘 이사회에서 무슨 일 있었어요?"

미라가 사자의 귀에 입술을 가까이 대고 속삭거렸지만 사자는 아무 말이 없었다. 다만 그녀에게서 멀찌감치 몸을 피했다. 인간이 풍기는 화장 냄새도 독했고, 숨결도 너무 뜨거웠다.

"사람 말이 말 같지 않아요? 왜 대답을 안 해요?"

허리에 손을 올리고 미라가 노려봤지만 남자는 끄떡도 하지 않았다. 밉살스러운 남자였다.

미라가 자신을 어떻게 생각하건 사자는 선녀를 안고 2층으로 올라가는 민혁의 뒷모습을 바라보며 이를 갈았다. 나쁜 놈. 사악한 녀석. 저 죄 많은 영혼이 또 무슨 짓을 하려고 저러는 걸까? 따지고 보면 선녀님이 이 지경으로 된 것도 다 저 녀석 탓이었다. 또 무서운 짓을 해봐라. 그러고도 네가 무사하면 내가 명부의 지엄한 명령을 수행하는 사자가 아니다. 무슨 수를 써서라도 네놈의 영혼은 내가 접수하고 말 것이다. 2999호 사자는 그렇게 맹세했다.

👑

지완을 집에 데려다 준 후 사무실에 도착한 민혁은 자신의 의자에 털썩 주저앉았다. 오늘 하루, 아니, 정확히 오후 2시부터 일어난 일에 대해서 다시 한번 되짚어볼 필요가 있었다. 한상이 전해주는 차가운 물이 든 컵을 손에 들던 민혁은 잠시 멈칫거리고 살짝 인상을 썼다. 아직도 손끝에 그녀의 온기가 남아 있었다. 창백한 얼굴로 비틀거리던 그녀의 표정도 또렷이 기억한다.

말은 또박또박 잘하더구만, 밥도 안 먹고 다니는 건가? 민혁은 인상을 벅벅거렸다. 그러다 그는 갑자기 떠오른 생각에 화들짝 놀라 고개를 흔들었다.

지완이 밥을 먹건 낼모레 죽건 그와는 상관없는 일이었다. 지금 중요한 건 그녀로 인해 오늘 협상이 깨어졌다는 사실이었다. 결국 그가 그녀에게 승리하지 못했다.

"이런, 젠장, 젠장할!"

그의 계속되는 욕설에 한상이 낮은 한숨을 삼켰다. 지금 그의 상사는 잔뜩 화가 나 있었다. 아니, 화가 났다기보다 불쾌해하고 있다는 표현이 더 정확했다. 민혁은 지는 걸 죽기보다 더 싫어하는 남자였다. 그런데 지금 약혼자라는 여자한테 제대로 당했다.

"기획조정팀에서 미래건설과 4차 합병 회의 일정을 조정 중에 있습니다. 이번 달을 넘기지 않을 계획입니다만……."

민혁은 한상의 조심스러운 보고에 고개를 들었다. 그가 다른 생각을 할 때가 아니었다. 도대체 그녀가 이번 일을 어떻게 알았을까?

오늘 그녀의 약혼자는 지금까지 그가 생각했던 것보다 두 배는 영리한 여자였다.

"미래건설과의 합병 양해 각서는 처음부터 다시 작성될 예정입니다."

"그렇겠지."

상대가 바보가 아닌 이상에야 히든카드가 나타난 상태에서 게임이 그대로 끝날 리 없었다. 그동안 들인 공이 한순간에 물거품이 되어버렸다. 그의 라이벌들이 들으면 좋아할 일이었다.

"회장님은 뭐라시나?"

"별말씀은 없으십니다. 아무래도 사장님을 많이 신뢰하고 계신 분이니."

신뢰. 박 회장은 처음으로 민혁의 능력을 믿어준 사람이었다. 그의 믿음대로 단 한 번의 실수도 없이 승승장구하고 있었건만, 지금까지 완벽하기만 했던 그의 경력에 오늘 일로 씻을 수 없는 오점이 남게 되었다.

"약혼자분이 폭탄을 터뜨리셨습니다."

"그래, 그것도 제대로 말이야."

변명조차 할 수 없는 완벽한 케이오패였다. 누구도 인정하지 않을 수 없는 그녀의 승리였다. 일 년 전, 아니, 한 달 전이라면 어림도 없는 일을 그녀는 해냈다. 그것도 그의 코앞에서 말이다.

"아무래도 이상해."

민혁이 슬쩍 미간을 모았다. 비단 오늘 일뿐만 아니라 하루아침에 달라진 약혼녀가 그동안 계속 신경 쓰였다.

"이상하다면……."

"꼭 다른 여자 같아."

"하지만 겉으로 보기에는 분명히 지완 씨가 맞습니다."

"나도 알아. 겉으로는 윤지완이 맞는데…… 그래도 뭔가 달라. 이제 그 여자가 날 똑바로 바라본다고. 언제부턴지 모르게 말도 놓고."

그는 미간을 모았다. 눈, 코, 입, 전부 지완이 분명함에도 그녀의 숨결조차 다른 사람처럼 느껴지는 건 그가 경험해보지 못한 일이었다. 언제부턴가 그녀는 밝고 씩씩하고 도전적이다. 언제부턴가, 그 언제부터인가.

"하긴 저도 좀 다르다고 생각하긴 합니다. 병원에서 깨어나는 것도 신기했구요."

"병원!"

민혁의 외침에 한상은 조금 놀란 눈빛으로 그를 바라봤다. 그가 알고 있는 민혁은 어지간해서는 감정의 변화가 없는 사람이었다.

"그래, 그때부터 달라졌어."

죽었다 살아난 이후로 그녀는 달라졌다. 아니, 정확히 그녀는 그 병원에서부터 분명히 무언가 달랐다. 그는 죽음에 이르렀던 그녀가 다시 살아나는 광경을 직접 목격했다. 틀림없이 심장의 박동을 알려주는 초록색 계기판의 숫자는 '0'이었고, 작은 선들은 일정한 속도로 멈춰 있었다. 그는 그날 일을 곰곰이 다시 생각했다.

—죽은 게 아니었나?

—죽은 것처럼 보이나요?

—아직은 괜찮아 보이는군.

—아마 앞으로도 그럴 거예요.

그래, 그날도 달랐다. 그녀의 어조에는 도전이 섞여 있었고, 눈빛도 재미있다는 듯 반짝였다. 잘못 봤다고 생각했는데 지금 와서 생각하면 아닐 수도 있다.

"분명히 무언가 있어."

"한 번 죽음을 경험하고 나니까 마음가짐이 달라지지 않았을까요?"

"그 여자도 그렇게 말했어. 하지만, 그래도 수상해. 겉모습만 멀쩡한 윤지완이고, 나머지는 다른 사람이야."

─한 번 죽었다 살아나니까 무서운 게 없어졌어요.

민혁은 지난번 함께 밥을 먹으면서 대충 흘려들었던 지완의 중얼거림을 기억해냈다. 그렇지만 윤지완의 변화에는 죽었다 살아났다는 것 하나만으로는 설명할 수 없는 것들이 너무 많았다.

"말이 좀 안 되는데요. 아니, 설사 말이 된다 해도 바뀔 건 없습니다. 그걸 증명할 방법이 전혀 없으니까."

한상은 슬쩍 민혁의 눈치를 보면서 조심스럽게 자신의 의견을 피력했다. 평상시라면 이렇게 비논리적인 말에 코웃음만 쳤을 텐데, 오늘 일이 아무래도 사장에게는 타격이 컸던 모양이다.

"있어, 딱 한 가지. 겉모습은 완벽하게 바뀌었을지 몰라도 체질까지 바꾸진 못했을 거야."

사장은 혼자 곰곰이 생각하는 표정이었다. 한상은 갑자기 걱정스러워졌다. 도대체 무슨 짓을 하려는 걸까? 독해지려고 마음먹으면 얼마든지 잔인해질 수 있는 남자가 그가 모시는 상사였다.

무엇보다 강 사장이 약혼녀 윤지완에 대해서 이렇게 오래 생각하는 일은 약혼 이후, 아니, 그녀를 알게 된 이래로 처음 보는 광경이었다.

"아무래도 한번 찾아가야겠어."

"네?"

한상은 자신의 귀를 의심하고 다시 물었다. 찾아가는 주체가 혹시 약혼녀는 아닐 것이다. 그가 알기로 약혼 이후 사장은 약혼녀의 집에 개인적인 친분으로 먼저 방문한 적이 없었다.

"내 친애하는 약혼녀 말이야. 도대체 무슨 생각을 하고 있는지 알아야겠다구. 속셈을 알아야 우리도 대비를 하지."

설마 사람이 바뀐 건 아닐 것이다. 그건 그야말로 말도 안 되는 허무맹랑한 이야기다. 하지만 오늘 윤지완이 해낸 일도 말이 안 되긴 마찬가지였다.

"연락을 미리 드릴까요?"

"아니야, 됐어. 미리 준비할 시간이 없어야 본색을 파악하기가 훨씬 쉬워."

그가 하얀 이를 드러내며 싱긋거렸다. 사냥감을 눈앞에 둔 맹수 같은 그의 눈빛에 한상은 살짝 소름이 돋았다.

예상대로 느닷없이 들이닥친 민혁 때문에 지완의 집은 한순간 난리가 났다. 특히 정 여사는 완전히 긴장 상태였다. 이게 도대체 무슨 일이란 말인가. 약혼 기간 내내 코빼기도 볼 수 없었던 지완의 약혼자가 벌써 두 번째, 그것도 제 발로 찾아오다니. 지완만 이상해진 게 아니라 쌍으로 이상해진 모양이었다.

"연락이라도 하고 오지 그랬어?"

"지나가다 들른 겁니다."

부산스런 사람들의 움직임에는 아랑곳하지 않은 채 그가 천연덕스럽게 중얼거렸다. 민혁은 거실을 둘러보았다. 높은 천장의 거실에는 무거워 보이는 가죽 소파와 짙은 빛깔의 카펫과 커튼이 가장의 부재를 힘겹게 막아내고 있었다.

"지완이는요?"

그에 대한 대답으로 2층에서 피아노 소리가 들려왔다. 딩딩 동동, 딩동댕. 가볍고 맑은 음색이었다. 하지만 피아노를 전공한 피아니스트의 숙련된 솜씨는 분명 아니었다.

"누가 치는 거지?"

"언니가요."

미라가 조금은 당황스럽게 중얼거렸다. 그녀는 민혁이 인상을 쓰고 자신을 바라보는 이유를 알고 있었다. 하지만 그 이유에 대한 답은 알려주지 못했다. 지완의 피아노 실력에 대해서는 미라도 뭐라 해줄 말이 없었다.

"얘는 뭘 하고 안 나오니? 미라야, 네가 올라가서 네 언니 좀 내려오라고 해. 아니다, 내가 가마."

정 여사가 안달이 난 목소리로 중얼거렸다. 사실 그녀는 이 무뚝뚝한 사위 후보가 아무래도 어려웠다. 얼른 지완이 나타나서 이 싹싹하지 못한 사위와 함께 어디 오붓한 곳으로 사라져주었으면 하는 생각이 간절했다. 지완이가 이 젊은 사위를 질색하는 이유를 정 여사도 조금은 이해할 수 있었다.

"아니요, 제가 올라가죠."

민혁이 정 여사를 제지했다. 그녀의 실체를 알아야 했다.

지완의 방은 화려했다. 오렌지 빛깔의 침대 커버에는 더 짙은 다홍 빛깔의 쿠션이 포개져 있었고, 장미꽃 모양의 화사한 테이블 위에는 노란색 프리지아가 향기를 내뿜고 있었다.

크지 않은 공간에는 생기가 가득했다. 그리고 그녀도 그랬다. 밝은 핑크 티셔츠에 흰색 바지를 입은 지완은 반짝이고 있었다. 세상의 봄은 그녀에게 가장 먼저 다다른 것 같았다. 아니, 그녀 자체가 '봄'인 듯싶었다.

그의 시선을 느꼈는지, 아니면 다가오는 발자국 소리를 들었는지 고개를 들고 그를 올려다보는 지완의 눈이 또 반짝였다. 자신의 약혼녀의 눈빛이 이렇게 맑고 깊다는 걸 그는 오늘에야 깨달았다.

"이제 아픈 건 완전히 회복된 거야? 지난주에 보니까 아직도 비틀거리던데."

"많이 좋아졌어요. 그날은 내가 좀 무리를 했거든요."

그녀의 건강에 대한 순수한 걱정보다는 탐색하는 듯한 호기심이 깃든 질문에 지완이 활짝 웃어 보였다.

승자의 웃음이었다. 지난번 회의 결과가 떠오르자 민혁은 또다시 약이 올랐다. 감히 날 상대로 승자의 기쁨을 누리다니. 맹랑하기 그지없는 일이었다. 그의 오기가 모락모락 피어올랐고, 전의가 다시 강해졌다.

"아직 체력은 완전히 돌아오진 않았지만 지금은 괜찮아요."

그가 보기에도 그녀는 괜찮아 보였다. 생기로 반짝거리는 눈빛, 화색이 완연한 뽀얀 볼, 웃음이 걸린 붉은 입술. 윤지완이 이렇게 예뻤던가? 민혁은 한순간 그녀의 모습에 숨을 삼켰다.

열심히 먹고 잘 잔 덕에 그녀의 몸은 빠르게 회복하고 있었다.

"신청곡 받나?"

"뭘 듣고 싶은데요?"

"월광."

"아, 월광. 탁월한 선택이에요."

월광, 달빛. 그녀의 주제가 아닌가. 호수에 머무르는 고요한 달빛. 사랑하는 사람에게 바쳐진 헌정곡.

다행히 두 번째인가 세 번째인가 헷갈리는 환생의 어느 시간에 피아노를 배운 기억이 있었다. 하지만 그때는 그냥 남에게 보이는 고상한 취미일 뿐이었다. 피아노를 전공한 음대생의 솜씨와는 분명한 차이가 나는 게 당연한 일이었다.

지완의 손가락이 조용히 건반 위를 움직였고, 어설픈 피아노 소리에 예상대로 민혁의 눈썹이 또 올라갔다. 또다시 그의 머리가 복잡해지고 사고가 엇갈렸다. 그녀의 피아노 연주는 단 한 번도 들어본 적이 없지만 아무리 생각해도 그녀의 실력은 전문가의 빼어난 솜씨가 아니었다. 다만 지완의 월광은 화려하지는 않지만 음색만큼은 따뜻하게 느껴졌다.

"왜요? 이상해요?"

"당신이 더 잘 알 거 아니야."

그가 더 이상의 대답을 피한 채 여전히 지완의 진지한 얼굴과 손가락만을 번갈아 가며 바라보고 있었다. 이 어설픈 솜씨를 어떻게 이해해야 할까. 그는 지완의 콘서트에 단 한 번도 참석하지 않았던 일이 처음으로 아쉬워졌다.

"손이 굳었어요."

"뭐?"

"정말 오랜만에 피아노 치는 거거든요."

수상하다는 듯 자신을 살피고 있는 민혁에게 그녀가 사실대로 얘기했다.

마지막으로 피아노를 친 게 백 년 전쯤이었나? 다행히 19세기 유럽의 사교계에서 피아노는 숙녀에게 기본 소양이었다.

"상관없어, 피아노쯤이야. 치건 말건 큰일은 아니니까. 일어나. 밥 먹으러 가지."

"웬일이에요? 오늘은 금요일이 아닌데."

지완의 의외라는 듯한 반응에 민혁은 다시 한번 그녀를 자세히 살폈다. 가짜라고 하기에는 그와 그녀에 대해서 너무나 잘 알고 있었다.

그랬다. 강민혁은 약혼자도 사업 스케줄처럼 관리하던 남자였다. 매주 금요일 저녁 7시. 저녁을 먹고, 차를 한잔 마시고, 싸늘한 눈빛으로 그녀를 점잖게 집에까지 에스코트하고, 냉정하게 등을 돌리는 걸로 약혼녀와의 데이트를 마무리하던 민혁이었다.

"요즘 당신도 파격적으로 변했으니까, 나도 그 장단에 맞춰볼까 싶어서."

"그래요? 그럼 민혁 씨도 점점 인간이 되기로 했나 보지요?"

그녀가 생글거리며 대꾸했다. 마치 그동안은 인간이 아니었다는 어조였다. 민혁은 뜻밖에도 가슴 깊은 곳에서 모락모락 터져 나오는, '나도 피가 흐르는 인간이야!'라고 말하고 싶은 걸 꾹꾹 눌러 참았다.

웬일인지 요즘은 그녀의 페이스에 자꾸만 휘둘리고 있었다. 이상했다. 윤지완이란 여자랑 함께 있으면 언제나 철벽같던 그의 리듬

이 자꾸만 깨져버린다. 이런 반응 역시 그를 불만스럽게 했고, 그녀를 의심스럽게 했다.

강민혁, 냉정하자구. 이제 조금만 있으면 그녀의 정체를 확인할 수 있을 거야. 민혁은 스스로 자신을 다독이며 사라져가는 인내심을 되새기고 있었다.

"뭔 일이래니? 웬일로 그 사람이 여길 들러?"

그녀가 옷을 갈아입느라 민혁이 방을 비우자마자 정 여사가 달려와 소곤거렸다. 민혁과의 급작스러운 외출을 위해 이번에도 미라가 그녀의 옆에 붙어 앉아 화장을 챙겨주고 있었다.

"글쎄요, 그건 저도 잘 모르겠어요."

미라의 붓이 눈가에 닿자 지완은 살짝 눈을 감았다. 간지러움이 발끝까지 전해져오자 그녀가 키득거렸다.

매일 '바쁘다'를 연발하는 그가 그냥 오지는 않았을 것이다. 틀림없이 무슨 이유가 있을 테고, 그 이유를 알아보는 것도 즐거운 일임에 틀림없다. 인간의 세상에선 재미있는 일들이 끊이지 않는다.

"혹시 결혼 문제 때문이 아닐까?"

"결혼이요?"

설마 그 인간이 결혼? 그건 아닐 것이다. 설사 그가 그런 마음이 있다 해도 그건 이쪽에서 사양이었다. 머릿속에는 얼음이 흐르고, 눈에는 가시가 박힌 남자랑 살아가는 것만큼 무섭고 재미없는 일이 또 있을까? 그녀의 목표는 그를 '사람'으로 만드는 일이지 인생을 함께할 남편을 찾는 것이 아니었다.

"그래, 니들 약혼한 지도 꽤 됐으니까 이제 정식으로 결혼할 때도 됐잖니."

"절대 아닐걸요."

"얌전히 좀 있어. 화장이 자꾸 덧나가잖아."

지완이 눈을 뜨고 고개를 흔들자 미라의 구시렁대는 소리가 들렸다.

"왜 아니라고 해? 강 사장이 정말 결혼할 결심을 한 건지 또 누가 아니?"

그 사람의 욕심은 다른 데 있으니까. 윤지완을 정말 사랑해서 약혼한 게 아닌 게 분명하니까. 누군가를 사랑할 만큼 마음속이 따뜻한 사람이 아니니까.

얼마든지 답해줄 수 있었지만 아무것도 모르는 새엄마에게 이야기해봤자 이해할 수 없을 게 분명했다. 그래서 지완은 그냥 희미하게 웃기만 했다.

"뭐가 됐든 네 신랑 될 사람 좀 얼른 데리고 나가라. 좀 있으면 친구들 와서 고스톱 한판 하기로 했는데 강 사장 얼굴 보면 어디들 무서워서 말이라도 하고 숨이라도 쉬겠어?"

"고스톱이요?"

"오랜만에, 백 원짜리."

그녀가 변명처럼 중얼거리며 방을 나섰다. 남편도 저 세상으로 가고 없는 빈집에 혼자 있는 일은 정말이지 너무나 외롭고 심심했다. 오늘은 찜질방 친구들이 가볍게 한판 놀아주기로 해서 기대하고 있었는데, 간간해 보이는 사위 때문에 혹시라도 지장이 있을까 봐 그녀는 조바심이 났던 것이다.

"나 괜찮니?"

미라의 방에서 찾아낸 작은 사이즈의 원피스를 걸쳐 입은 지완이 몸을 돌려 미라를 바라봤다.

"재수 없어."

미라가 짜증난다는 듯 중얼거렸다. 지완에게서 빛이 나고 있었다. 창백한 얼굴은 어느새 절묘한 화장법으로 화사하게 감춰졌고, 병마와 싸우느라 부서질 듯 마른 몸에 걸친 화사한 원피스는 그녀를 모델처럼 맵시 있고 근사하게 만들었다.

"불공평해. 왜 좋은 건 너만 다 갖고 있는 거야?"

학벌도, 집안도, 괜찮은 남자까지 다 소유하고 있는 언니는 이제 병색이 사라져가며 점차 아름다워지고 있었다. 미라가 언제나 꿈꾸던 것들을 지완은 태어날 때부터 가지고 있다는 사실이 그녀를 짜증나게 했다. 그래서 지완이 더 미웠고, 그래서 더 친하게 지내고 싶지 않았다.

"넌 나보다 가지고 있는 게 훨씬 많아. 나보다 건강하고, 나보다 어리고, 그리고……."

잔뜩 심술이 난 미라에게 지완이 진지하게 말했다.

"그리고 뭐?"

너한테는 엄마가 있잖아. 난 지금이라도 날 낳아준 엄마를 다시 볼 수 있다면, 그래서 엄마 품에 안겨 엄마랑 말할 수 있다면 선녀가 되지 않아도 상관없어. 10분만이라도, 아니, 단 1분만이라도 엄마한테 사랑받고 싶어. 엄마. 호랑이에게 목숨을 잃은 엄마의 얼굴은 기억도 나지 않았지만, 전생의 인연 때문인지 그녀는 환생할 때마다 늘 어머니가 그리웠고, 가족애에 목말랐다.

"야, 괜찮아? 어디 또 아파?"

엄마를 생각하고 잠시 울컥해하는 지완의 표정에 담긴 무언가에 미라가 당혹스러운 표정으로 물었다.

"아냐, 괜찮아. 그리고 너, 나보다 예뻐. 정말로."

"지금 나 놀리는 거야?"

"아니. 진짜 이뻐. 심술만 안 부리면."

"뭐라구!"

미라가 미처 화를 내기도 전에 지완이 빙긋 웃으며 그녀의 손을 덥석 잡아 끌었다. 따뜻한 온기가 손끝에서 손끝으로 전해져오자 미라는 갑자기 지완이 친언니가 된 듯한 느낌이었다.

뭐지? 언니는 이렇게 따뜻한 체온을 가지고 있었나?

"이제 나가자. 강민혁 씨 반응이 어떨지 궁금하지 않니?"

전투 준비는 이제 끝났다. 이제 손님 맞을 일만 남았다. 이렇게 눈부신 약혼녀를 상대로 어떻게 나오는지 한번 봐야겠다. 그리고 느닷없는 방문의 이유까지 알아야 할 것이다.

"오래 기다렸죠? 미안해요."

천장에서 내려오는 햇살 속에서 지완이 환하게 미소 짓자 민혁이 일어섰다. 한순간 거실이 환해진 듯한 느낌에 민혁의 목울대가 잠깐 움직였다. 그녀의 등장으로 인해 민혁의 온몸이 순식간에 긴장했다.

젠장할. 그는 낮게 욕설을 삼켰다. 누군가에 의해 자신의 감정이 동요되는 사실이 정말이지 마음에 들지 않았다.

"왜 그래요? 날 딴사람 보듯이 쳐다보고."

지완은 민혁의 마음속에서 부글거리는 질문을 빙긋거리며 물었다.

그랬다. 그녀는 다른 사람 같았다. 평상시의 지완과는 전혀 달랐다. 그녀가 입고 있는 오렌지 빛깔의 원피스는 다른 장식 없이 단아한 라인의 품위 있는 디자인이었으나 주의 깊게 파인 네크라인은 부드러운 가슴의 곡선을 감질나게 보여주는 도발적인 디자인이었다.

그건 미래건설의 장녀로서, 또 한 남자의 약혼녀로서 나무랄 데 없는 선택이었다. 하지만 평상시의 지완이라면 절대로 고르지 않았을 게 분명한 컬러와 디자인이었다.

"그 옷은 어디서 났니?"

의붓딸의 달라진 모습에 정 여사 역시 놀라 물었다.

"미라 옷을 빌렸어요. 그래서 좀 커요."

"언니가 너무 마른 거야."

미라가 심술궂게 중얼거렸다. 요즘 남자들은 풍만한 여자를 좋아할 거야. 나 같은 글래머가 훨씬 인상적인 밤을 만들어줄 수 있다구. 비쩍 말라서 뼈만 잡히는 언니가 아니라, 라고 마음속으로 되뇌었지만 그녀에게 그리 큰 위로가 되지는 못했다.

그러기에는 눈앞의 지완이 너무 예뻤고 지나치게 화사했다.

"목걸이는 돌아가신 엄마 거예요. 괜찮죠?"

지완이 자신의 목에 걸린 선홍색의 루비 목걸이를 들어 보였다. 붉은 눈물 같은 보석이 그녀의 하얀 목과 원피스의 아슬아슬한 경계에서 반짝거렸다. 민혁의 눈길이 붉은 보석, 그리고 보석이 자리하고 있는 눈부신 피부에 머물렀다.

"가요, 민혁 씨."

지완이 재킷을 손에 들고 일어서며 붉은 입술로 속살거리자 민혁은 머리를 정통으로 한 대 맞은 기분이었다. 그의 약혼녀가 이렇게 섹시한 여자라고는 단 한 번도 생각해본 적 없었다.

약혼녀가 죽어도 눈썹 하나 까딱 않던 남자가 살짝 드러난 속살에 저렇게 흥분하다니. 지완은 잠깐이지만 움찔거린 민혁의 미세한 움직임에 혀를 찼다.

하지만 일이 재미있게 돌아간다. 이제야 약혼녀에게 관심을 가져주는 저 남자를 어찌해야 할까?

인간 세상에서 살면서 이제는 희미해진 신안(神眼)으로도 그의 영혼은 아직도 여전히 새까맣다. 사자 아저씨의 고집스러운 주장처럼 이 사람을 저승의 끝으로 데려가는 방법 외에는 없는 걸까. 이 어두운 남자가 사람처럼 사랑하며 살 수 있는 그날이 와야 할 텐데. 지완은 또 다른 지완과의 약속을 기억하며 그녀에게 손을 내민 민혁의 차가운 손을 마주 잡았다.

5. 그녀의 정체

　민혁이 안내한 곳은 꽤 화려하고 제법 유명할 것 같은 프랑스 요리 전문점이었다. 높은 천장과 커다란 유리가 인상적인 그곳은 한강이 한눈에 보이는 넓은 창과 붉은 공단과 얇은 레이스로 이루어진 커튼이 넘쳐나는 햇살을 받아들이며 반짝였고, 창을 따라 이어진 다른 쪽 벽에는 미술품이 진열되어 있었다. 오붓하고 은밀하고 다정한 약혼자와 함께이기보다는 서로 예의를 지키며 상대를 탐색하기 위한, 가진 자의 무게와 권위가 느껴지는 장소였다. 두 사람 사이의 공간이 너무 넓었다.

　여느 때처럼 민혁이 자리에 앉기가 무섭게 매니저가 순식간에 다가와서 허리를 숙여 물을 건네고 주문을 받았다. 그를 만날 때마다 느끼는 일이었지만, 세상의 모든 사람들은 마치 그를 위해 움직이는 것 같았다.

"편하겠어요."

뜬금없는 질문에 그의 눈썹이 살짝 올라갔지만 그녀는 그냥 생긋 거리며 웃을 뿐이었다. 그리고 그도 구태여 묻지 않았다. 오늘 중요한 건 그게 아니었다.

"이제 몸은 좀 괜찮은 거야?"

"네, 많이 좋아졌어요. 그날은 제가 좀 무리를 했어요."

그녀가 블라인드 틈새로 스며드는 오후 햇살 속에서 생긋거리며 미소 지었다. 정중하고 품위 있는 검은 옷들 사이에서 밝은 흰색 재 킷에 불타는 오렌지 빛깔의 원피스를 입은 지완만이 넘치는 생기로 반짝이고 있었다. 온통 차가운 겨울 속에서 그녀는 성급하게 한발 먼저 다가온 봄이었다. 성급한 사람들의 시선이 그녀에게 머물다가 민혁의 존재를 발견하고 아쉽게 빗겨 나간다. 예쁜 여자에게는 누구나 그러하듯.

가만…… 예쁘다고? 민혁은 메뉴판에 집중하고 있는 자신의 약혼 녀를 다시 한번 찬찬히 주시했다. 언제부터 이렇게 빛나던 여자였을까. 민혁의 시선을 느꼈는지 메뉴판에서 고개를 들고 그를 올려다보는 지완의 눈이 또 반짝인다.

"거위 간보다는 해물이 낫겠지?"

메뉴판을 쳐다보지도 않은 채 그가 농담인지 진심인지 구분이 안 가는 무뚝뚝한 얼굴로 물었다.

거위 간이라니, 약혼녀에게 참 친절하기도 하지.

"아마도 그럴걸요."

"그럼 해물 쪽으로 시키지. 육류를 먹기에는 좀 부담스럽고."

"마음대로 해요. 난 상관없으니까."

즉각적인 그녀의 대답에 그의 얼굴이 미묘하게 달라졌다. 뭐랄까, 꼭 무언가를 기대하고 있는 눈치였다. 그녀를 대신해서 주문을 하는 민혁의 묘한 눈빛이 다시 그녀를 향했다.

도대체 머릿속에 무슨 꿍꿍이가 있는 걸까? 예전 선녀였을 시절엔 인간의 머릿속 생각은 자신의 손바닥 안에 있었는데, 지금은 도무지 무슨 생각을 하는지 알 수 없다는 게 몹시 불편했다. 하지만 다른 한편으로는 기다리는 재미도 생겼다.

꼭 생일날 선물을 기다리는 것처럼, 아니, 마치 번지점프를 할 때 그 직전의 조마조마한 기분처럼 말이다. 그래, 번지점프. 언젠가 그것도 꼭 하고 말 테다. 인간 세상에는 재미있는 것들이 참 많다니까. 혼자만의 생각에 지완은 배시시 미소를 지어 보였고, 민혁은 그 모습에 아까와는 또 다른 미묘함으로 눈빛이 번뜩였다.

"합병 관련해서 2차 회의가 잡힌 거 같은데 어떻게 할 거야?"

"난 이제 회사 일에서 손 뗐어요. 그리고 다른 할 일도 있고."

식사가 나오기 전에 무표정한 민혁의 질문에 지완은 고개를 흔들었다. 새로 발령받은 미래건설의 젊은 경영진은 최대한 유리한 조건을 끌어내기 위해 노력 중이었다.

"다른 할 일?"

"직장 다니려구요."

"뭘 해?"

민혁이 다시 물었다. 26년 동안 손 하나 까딱하지 않고 살아왔던 그녀였다. 아무리 많이 변하고 바뀌었다 해도 직장에 다니겠다고 나설 줄은 몰랐다.

"회사 다니겠다구요."

"왜 그만 걸 하지?"

이번에도 안 하던 일이었다. 돈을 벌기 위해서 그녀가 일을 하겠다고? 민혁은 이해할 수 없다는 듯 눈썹을 치켜 올렸다.

"그만 거라뇨? 그럼 집에서 놀아요?"

그녀가 인간 세상에서 처음 갖게 된 직장은 솔직히 썩 마음에 드는 곳은 아니었다. 하지만 회사 일은 이미 그녀의 손을 떠났고 몸도 정상적으로 회복되고 있는 마당에 집 안에서 잘 치지 못하는 피아노를 딩동거리는 일은 그녀의 취미에 맞지 않았다. 인간 윤지완이었다면 피아노 실력만으로도 어디엔가 취업을 했을 테지만, 경력도 없고 특별한 자격증도 없는 지금의 그녀가 처음부터 입맛에 맞는 직장을 구하는 일은 무리였다. 언제가 될지는 모르지만 그동안 무언가 보람찬 일을 해야 했다. 그게 뭘까?

"직장을 안 다녀도 충분히 쓸 만큼의 돈은 있잖아."

민혁이 고개를 갸우뚱거리며 물었다. 태산건설의 인수 소식과 더불어 그녀가 지난번 이사회에 떨어뜨린 폭탄 때문에 갑자기 부도 직전의 미래건설 주식이 며칠간 상한가를 쳤다. 아마도 이번 협상이 끝나고 난 뒤에도 한 재산 건질 게 분명했다. 아니, 그보다 손에 물 한 방울 안 묻히고 자란 그녀가 일을 하겠다는 발상 자체가 신기했다.

"그러는 민혁 씨는 왜 나가서 일을 해요? 일 안 해도 충분히 쓸 만큼의 돈은 있을 텐데."

"당신이랑 나랑 같아?"

"다를 건 또 뭐 있어요? 아무튼 별난 데서 다 차별해."

황당해하는 민혁에게 그녀가 입을 비죽이며 흘겨보았다. 그녀의 고집은 이번에도 끄떡도 하지 않을 듯싶었다.

"집에 얌전히 있으면 안 되겠어? 결혼 준비나 하면서."

"언제 할지도 모르는데 그걸 뭘 벌써 준비해요. 정 필요하면 민혁 씨가 하든지요. 하긴…… 우리가 그런 게 필요할 때가 있기는 할까 요?"

분명 맞는 말이었다. 처음부터 그녀와의 결혼은 '회사'와 '조건'만 없었다면 생각할 가치도 없이 어림도 없는 일이었다. '회사'와 '조건'이 충족된 이제는 더더욱 굳이 결혼까지 해야 할 이유도 사라졌다. 그런 데 막상 당사자 입에서 '결혼'이라는 단어 대신에 '그걸'이라는 애매한 주어로 '언제'라는 의문형 시제와 부정적인 말꼬리가 붙은 '필요'에 대한 질문을 받게 되자 민혁은 은근히 기분이 상하고 있었다.

"말이 나와서 말인데 우리 파혼은 언제 할까요?"

"당장은 필요 없어. 그리고 그런 말은 당신이 먼저 하는 게 아니라고 보는데?"

"왜요? 민혁 씨가 원하는 걸 먼저 말해주면 고마워해야죠."

자기도 모르게 인상을 쓰고 있는 민혁의 기분과는 상관없이 천진 난만한 얼굴로 웃어 보이는 지완에게 그는 이제 슬슬 약이 오르고 있었다.

"와우! 멋진데요."

그녀가 접시에 놓인, 당근으로 만들어진 작은 조각품을 바라보며 감탄사를 내뱉었다. 그의 선택은 훌륭했다. 신선한 버섯과 게살과 새우로 만들어진 조금은 자극적인 스프는 그녀의 입맛을 재촉했고, 백포도주와 함께 나온 버터가 살짝 녹아든 연어구이와 마늘과 올리브 오일을 곁들인 새우로 이루어진 메인 요리도 근사했다. 다만 식사 중간중간 그녀를 바라보는 민혁의 시선이 영 마음에 걸렸다.

"먹을 만해?"

"맛있는데요. 민혁 씨는 별로예요?"

"아니, 나도 괜찮아. 거위 간보다는 더 나은 거 같아."

무언가 의미심장한 표정으로 천천히 중얼거린 민혁은 기분 좋게 식사를 즐기고 있는 지완을 향했다. 그녀가 참 예쁘게 음식을 먹는다는 사실을 민혁은 오늘에야 비로소 깨달았다. 예전처럼 깨작거리는 것도 아니었고, 접시 위에 코를 박듯이 게걸스럽게 먹는 것도 아니었다. 그저 편안한 얼굴로 차근차근 접시를 비우고 있는 그녀에게서 그는 눈을 떼지 못했다.

"왜 그래요? 내 얼굴에 뭐 묻었어요?"

아까부터 자신을 한참 동안 바라보고 있는 그의 시선에 그녀가 포크를 내려놓으며 물었다. 민혁의 눈빛이 아무래도 심상치 않았다. 잔뜩 경계의 털을 세우고 덤벼들 표범 같았다. 안 그래도 속을 알 수 없는 사람이 무슨 생각을 하는지 짐작조차 하기 어려웠다.

"넌, 누구지?"

"뭐 못 먹을 거 먹었어요? 이제 약혼녀도 몰라보게. 나 윤지완이에요."

"아니, 못 먹을 거 먹은 건 당신이야. 지완이는 새우는 입에도 못 대. 지독한 알레르기 때문에 숨도 못 쉬지."

"나도 알아요."

그녀가 전혀 당황하지 않은 채 당당히 말했다. 민혁의 또 다른 추궁이 시작되기 전에 가까이 있던 종업원이 정중하게 다가와 그와 그녀의 크리스털 컵에 물을 따라주는 바람에 잠시 그들의 대화가 멈추었다.

"고마워요."

그녀는 눈부신 미소를 지어 보이며 천천히 손을 뻗어 물 한 모금을 홀짝였다. 민혁을 바라보는 지완의 눈빛은 흔들림이 없었다. 오히려 그 서늘한 눈매에 그는 당황스러워졌다. 뭐지? 무엇 때문에 이 여자가 이렇게 당당할 수 있는 거지?

"하지만 그 사실을 민혁 씨가 아는 건 의외군요."

"난 내가 결혼할 사람에 대해서 속속들이 알고 있어."

"그래요? 내가 생각하기에는 아닌 거 같은데요. 당신은 다른 건 다 알아도 내 마음은 몰랐어요. 아니, 단 한 번도 알려고 하지도 않았죠."

그녀가 몸을 똑바로 한 채 그를 바라봤다. 어쩌면 그는 알면서도 모르는 체했을지도 몰랐다. 강민혁이라는 인간은 사자 아저씨의 말씀대로 영혼이 컴컴하고 질이 좋지 않은 남자였다.

"그나저나 이제 어쩌면 좋아요?"

"뭘 말이지?"

"내가 새우 알레르기인 줄 알고 있으면서 이걸 일부러 먹인 당신은 어떻게 되나요?"

그녀는 그 자리에서 하늘하늘한 소매를 걷어 올려 보였다. 하얗고 가는 팔뚝에 붉은 반점이 꽃처럼 피어오르고 있었다.

"당신!"

"지금 당장은 괜찮겠지만 특별한 처방을 하지 않는다면 아마 나는 죽을 거예요. 그럼 민혁 씨는 살인자가 되겠지요. 뭐, 그동안 나한테 한 짓을 생각하면 그다지 밑지는 장사는 아니군요."

"이런, 젠장할."

"그렇죠? 이건 진짜로 젠장할 일이죠?"

이제 얼굴색까지 붉게 물들어가면서 숨조차 색색거리는 그녀가 득의만만한 눈빛으로 그를 바라봤다.

그녀를 시험에 들게 한 게 아니라 자신이 시험에 걸려버렸다. 미친 여자였다. 미친 게 아니라면 목숨을 걸고 자신을 시험한다는 게 말이 되는가?

지완의 하얀 얼굴에서는 이미 붉은 열꽃이 피어나고 있었다. 민혁은 더 이상 주체하지 않고 그녀를 안아 들었다. 그의 품에서 지완이 서서히 무너져갔다.

"정신 차려. 금방 병원으로 갈 테니까. 버티라고."

그들에게 꽂히는 사람들의 시선에는 아랑곳하지도 않은 채 그는 급하게 레스토랑을 벗어났다.

이 여자가 죽어서는 안 된다. 물론 설사 죽는다 해도 그게 지완의 말대로 그에게 직접적인 귀책사유가 되어 돌아오진 않을 것이라는 건 누구보다 잘 알고 있었다. 하지만 뭐가 됐든 그녀가 죽어서는 절대 안 되었다.

"윤지완, 정신 차려."

그녀의 몸이 뜨거워지고 있었다. 그리고 이제는 의식도 완전히 놓은 상태였다. 이런 미련하고 고집 센 여자 같으니. 자신의 품 안에서 정신을 잃고 늘어진 지완을 바라보는 그의 얼굴은 잔뜩 긴장되어 있었다.

지완이 생사를 헤맬 즈음에 미라 역시 심각한 모습으로 저녁 식탁을 노려보고 있었다. 하필이면 오늘은 갈비찜이었다. 밥 한 공기 200칼로리, 갈비 조금 650칼로리, 된장찌개 120칼로리, 그리고 기타 등등. 계산하다 보니 머리가 복잡해졌다.

"밥 안 먹어?"

찜질방 친구들에게서 삼만 원이나 딴 정 여사는 기분 좋은 얼굴로 엉거주춤 계속 자리를 맴돌고 있는 딸에게 물었다.

"안 먹어. 다이어트할 거야."

그녀는 결심했다. 일단 남자를 꼬셔놓은 다음에 글래머가 돼도 늦지 않을 것이다.

"무슨 놈의 다이어트를 뻑하면 한다니? 그냥 생긴 대로 살아."

정 여사가 한 수저 가득 퍼담은 밥을 입으로 넣으며 소리를 질렀지만 미라는 아주 단호한 발걸음으로 주방을 벗어났다.

"싫어. 오늘 지완이 못 봤어? 옷발을 받으려면 역시 날씬해야 해. 아니, 아주 비쩍 말라야 해."

"비쩍 마른 건 옷에는 좋을지 모르지만 몸에는 안 좋습니다. 그리고 보기에도 안 예뻐요."

"엄마야!"

음식의 유혹을 벗어나기 위해 2층으로 향하던 미라가 화들짝 놀라 걸음을 멈췄다. 어느 때처럼 하얀 와이셔츠에 검은 양복을 차려입은 채로 언니 곁에 서 있던 그 남자였다. 그는 여전히 키가 컸고 얼굴은 창백했으며 행동은 절도가 있었다.

"뭐예요! 왜 사람을 놀래키고 그래요?"

"저희 아가씨는 어디 가신 거죠?"

미라의 질문에는 대답하지 않은 채 남자가 나직한 목소리로 물었다. 주변을 암만 둘러봐도 선녀 아가씨가 눈에 띄지 않았다.

"아가씨요? 아, 지완이 말이에요?"

그 컴컴하고 창백한 남자가 작게 고개를 끄덕였다. 이 남자는 소리도 크지 않았고 행동도 크지 않은 사람이었다.

"민혁 오빠가 찾아와서 둘이 밥 먹으러 갔는데요."

"그 나쁜 녀석이…… 아니, 그 남자가 여길 왔단 말이에요?"

조용조용하기만 하던 남자의 홍분한 목소리에 미라가 새삼스럽게 그를 살펴봤다. 조금은 상기된 듯한 그의 모습이 훨씬 매력적으로 느껴졌다.

가만, 이 사람 자세히 보니 꽤 괜찮게 생겼네. 남자 얼굴이 너무 하얗기는 하지만, 그거야 선탠이 있는데 무슨 상관인가. 게다가 눈빛도 이글이글하고. 어머, 어머, 그러고 보니까 이 남자 키도 장난아니게 크네. 158cm의 아담한 신장의 소유자인 미라는 남자를 볼 때 키를 제일 먼저 심사 대상으로 확인한다. 그녀가 그의 어깨 근처에서 머무르는 걸 보면 어림잡아도 180cm는 넘어 보였다. 미라는 갑자기 심장이 제멋대로 두근거리는 소리를 들었다.

"언제 나가셨죠?"

"한 두 시간쯤 됐는데요."

"젠장할."

미라의 대답에 사자가 나직이 욕설 비슷하게 중얼거리고는 코트를 들고 홱 돌아 나섰다. 대왕님이 긴급회의를 개최하시는 바람에 잠시 명부 세계에 다녀오는 동안, 그 못된 녀석이 선수를 쳤다. 순진한 선녀님이 그 흉흉한 놈에게 어떤 일을 당할지 모른다는 생각에 그의 마음이 급해졌다.

"어디로 간다고 말씀 안 하셨습니까?"

"안 했는데요."

급하게 움직이는 사자의 옷자락을 미라가 얼른 잡아 세웠다.

"잠깐만요."

"무슨 일이십니까?"

바빠 죽겠구만 이 버릇없는 인간 처녀가 또 무슨 볼일일까 싶어 사자는 인상을 굳힌 채 그녀를 향했다.

"저기요, 그 말 진짜예요? 마른 여자보다는 통통한 여자 쪽이 더 나아요?"

"제가 보기에는 그렇습니다. 인간의 몸은 뼈와 살로 이루어졌습니다. 어느 한쪽만 있는 건 보기 흉해요."

"그럼 저는 어때요?"

"그걸 왜 저한테 묻습니까?"

갈 길 급한 사자가 눈썹을 치켜세웠다. 지금 선녀님이 무슨 짓을 당하고 있을지 모르는 마당에 철없는 아이의 허튼 고민을 들어줄 여유 따위가 없었다.

어디로 가셨을까? 혹시 무슨 일을 당하지는 않으시겠지? 그래, 그분은 선녀님이시다. 걱정에 가득한 사자는 그렇게 스스로를 위로했다.

사자가 그렇게 자리를 떠나고 난 후에 미라는 거울을 바라보며 활짝 웃었다.

역시 남자들은 나처럼 살집이 통통한 글래머를 좋아하는 게 틀림없어. 그 무뚝뚝한 남자가 대놓고 나한테 예쁘다고 하기엔 좀 쑥스럽기도 했을 거야. 다이어트는 무슨. 꼬박꼬박 세 끼를 챙겨 먹는 게 미모를 유지하는 일이라고 미라는 생각했다.

병실에 누워 링거를 꽂고 안정을 취하는 지완의 옆에 민혁이 털썩 주저앉았다. 항히스타민제의 투여로 인해 그녀의 몸은 이제 정상을 찾아가고 있었다.

자칫하면 큰일 날 뻔했다는 의사의 진단에 그는 안도의 한숨을 몰아쉬고 넥타이를 느슨히 했다. 등에 흐르던 땀이 식어가고 있었다. 새우에 대한 지완의 급격한 반응은 무서울 정도였다.

한순간에 두드러기는 물론이거니와 급성 호흡 장애로까지 발전했다. 레스토랑에서 병원으로 이동하는 동안 축 늘어진 채 괴로워하는 그녀를 보는 일은 끔찍스러웠다. 병원에서 죽었다고 했을 때도, 죽은 그녀가 다시 살아났을 때도 이렇게 놀라지는 않았던 것 같았다.

이렇게 되리란 걸 뻔히 알면서 아무렇지 않은 얼굴로 접시를 다 비운 지완의 선택에 대한 의문과 철저하게 스스로를 증명해낸 그녀의 무모함 때문에 그는 당혹스러웠다. 이제 이 여자가 윤지완이라는 사실은 확인이 되었다. 하지만 왜 그의 직감은 자꾸만 아니라고 할까?

"괜찮은 거야?"

"다행히 죽지는 않은 거 같군요."

그녀의 대답에도 불구하고 민혁은 어느새 다가와 커다란 양손으로 지완의 얼굴을 부여잡은 채 구석구석 샅샅이 훑어내렸다. 얼굴의 붓기는 아직 다 가라앉지는 않았지만 창백한 피부에는 희미하게 핏기가 돌아오고 있었다. 호흡도 맥박도 제대로 돌아온 것 같았다. 다행이다. 정말 살았구나.

"나는 괜찮아요. 그리고 이제 당신도 괜찮아요."

"난 처음부터 아무렇지도 않았어. 알레르기 따위는 없으니까."

"아니요, 내가 잘못됐으면 민혁 씨도 큰일 날 뻔했어요."

아무리 신의 세계에서 왕따당한 그녀일지라도 그가 그녀를 해쳤다면 그 죄는 용서받지 못할 게 틀림없었다. 그가 최선을 다했으므로 그녀가 살았고, 그래서 그도 용서받았다. 물론 민혁은 전혀 모르고 있지만 말이다.

"또 그 살인죄를 적용하는 건가? 그렇다면 난 법정에서 몰랐다고 증언할 거야. 그러기 전에 변호사가 알아서 해결하겠지만."

"민혁 씨가 아무리 몰랐다고 우겨도 당신이 고의로 그랬다는 걸 아는 분들도 있어요. 세상엔 비밀이란 게 없거든요."

그가 그 정도는 얼마든지 처리할 수 있다는 듯 자신만만하게 대꾸했지만 그녀가 빙긋거리며 고개를 저었다. 인간이 사는 세상 위에는 하늘이 있고, 그 밑에는 땅이 있다는 가장 기본적인 사실을 사람들은 가끔 잊고 살아간다. 지금 이 남자처럼 말이다.

"왜 그런 무모한 짓을 한 거야? 알레르기가 있는 줄 알았으면 처음부터 입에 대지를 말았어야 하잖아."

"별로 특별한 이유는 없어요. 그냥 호기심이 나를 부추겼을 뿐이에요. 당신은 내가 새우 먹기를 바라는 것 같았고, 난 왜 당신이 날 죽이고 싶어 할까 궁금했을 뿐이에요."

"호기심? 그저 호기심 때문에 목숨을 걸었다고? 제정신이야, 아니면 겁이 없는 거야?"

"말짱하게 제정신이에요. 그리고 겁도 별로 안 났어요. 얘기했잖아요. 난 호기심이 많다고."

너무나 무모한 발언에 민혁은 어이가 없었다.

"왜 그랬어요? 왜 날 죽이고 싶었어요?"

"미쳤어? 내가 당신을 왜 죽이고 싶어! 난 그저……."

눈빛을 반짝이고 물어오는 지완의 질문에 그가 버럭하고 소리를 질렀지만, 마지막까지 말을 마무리하지는 못했다. 느닷없는 지완의 반격도 의외였으며 스스로도 의도하지 못했던 이 상황을 이성적으로 정리하지 못했기 때문이다.

"당신은 그저, 뭐요?"

"그게……."

민혁은 잠시 할 말을 찾으려다 번뜩이는 그녀의 눈빛과 마주쳤다. 손등에 링거 줄을 꽂은 채 한 치의 빈틈도 없이 자신만을 향하고 있는 지완을 바라보며 그는 묘한 감정이 가슴속을 채워가는 걸 느꼈다. 그건 아픈 사람에 대한 연민도 아니었고, 혹은 어떤 책임감도 아닌 생소한 느낌이었다. 뭐랄까, 그에 대한 분명한 도전으로 눈을 반짝이는 그녀에게서 민혁은 자신의 전투 의욕이 모락모락 피어나고 있음을 느꼈다. 마치 이제야 제대로 된 상대를 만나 제대로 된 승부를 눈앞에 둔 검객처럼 긴장감과 설렘이 그를 사로잡았다.

"내 약혼녀에게 괜찮은 요리를 대접하고 싶었을 뿐이야."

"고마워서 눈물 나겠군요. 이 고마움은 잊지 않고 되돌려 드릴 게요."

그가 딱 잘라서 그때의 상황을 정리했고 그녀는 아주 산뜻하게 복수를 다짐했다. 번쩍이는 그녀의 눈빛에 또다시 이해할 수 없는 감정들이 그의 가슴속에서 꿈틀거렸다. 심장이 두근거리는 느낌. 이런, 오늘 내가 꽤나 놀란 모양이다. 그는 자신에게 고개를 흔들었다. 아무래도 혼자 있는 시간이 필요할 듯싶다.

"어디 가요?"

그가 웃옷을 들고 일어서자 지완이 어렵게 몸을 일으켰다. 민혁은 자신도 모르게 다가가 그녀를 부축해 지완이 편안히 앉을 수 있도록 등 뒤에 베개를 받혀주었다.

"설마 이 썰렁한 병실에 환자를 혼자 두고 사라지진 않을 거죠?"

"그럼 어쩌라구?"

이해할 수 없다는 듯, 그가 의아한 표정을 지었다. 자신을 바라보는 그녀가 생글거리고 웃으며 그의 옷자락을 단단히 잡고 있었다.

"어쩌긴요, 오늘 하루 정도는 내 옆에서 간호를 해야죠. 밤새워서."

"당신 옆에서 밤을 새우라고? 말도 안 되는 소리 하지 마."

안 그래도 그녀의 눈빛과 미소에 적응을 못 하는 판이었다. 그런데 그 옆에 앉아 밤새 얼굴을 마주 보고 함께 있으라니……. 그에게 지금 필요한 건 혼자만의 공간과 생각을 정리할 시간이었다.

"왜 말이 안 돼요? 날 이렇게 만든 사람은 당신인데. 책임질 일을 했으면 책임을 져야죠."

"지금 협박하는 거야?"

"무슨 말을 그렇게 험하게 해요? 난 오늘 죽을 뻔했단 말이에요. 후유증이 있을지 누가 알아요?"

그녀가 순진한 눈으로 그를 바라보며 여전히 가는 손목으로 그의 옷을 단단히 부여잡았다.

"어머니나 동생보고 오라고 해. 아니면 간병인을 부르든지."

"안 되죠, 걱정하실 텐데. 그럼 이구 씨라도 불러야겠네."

매정한 남자의 말투에 그녀가 실망했다는 듯 그에게서 손을 떼고 다시 누웠다.

"이구?"

"우리 기사 아저씨 말이에요."

이구? 아, 그 건방진 운전기사. 그러고 보니 그 녀석이 없군. 모처럼 귀찮은 그가 그녀 옆에 따라붙지 않아 마음에 들었는데 그 녀석을 이곳으로 부르겠다는 말에 그의 심사가 뒤틀렸다.

"그 남자 혹시 결혼했어?"

"아마 아닐걸요."

저승사자 아저씨의 가정사는 개인적으로 들어본 적이 없지만, 워낙에 바쁜 직업인 데다 감정을 극도로 자제해야 하는 업무의 성격상 대부분 싱글 생활을 유지하고 있는 걸로 알고 있다.

"그럼 안 돼."

그가 더 들어볼 것도 없다는 듯이 딱 잘라 말했다. 이구라는 그 건방진 운전기사는 보통의 사람들하고는 질적으로 다른 사람이었다. 눈빛도 성격도 만만치 않았고, 약혼녀 옆에 두기에는 위험한 외모였다.

"왜요?"

"외간 남자랑 밤을 새우겠다는 게 말이 돼?"

"그럼 약혼자가 있어주든지요."

지완의 대꾸에 민혁이 그녀를 노려봤다. 병원에서 그가 누군가를 위해 밤을 새우는 일은 있을 수도 없는 일이었다. 회장님이 쓰러지셨을 때도 그는 병실이 아닌 사무실에 있었다.

하지만 그녀의 병실에 다른 녀석이 있는 건 더 싫었다. 오늘밤 지완은 절대 혼자 이 병실에 있을 생각이 없는 듯했고, 그렇다면 방법은 없었다.

그날 밤 민혁은 그녀 옆에서 뚱한 얼굴로 죄 없는 노트북을 두들겨댔고, 지완은 베개를 낮게 하고는 곤하게 잠들었다. 결국 이번에도 그의 약혼녀는 원하는 것을 얻어냈다.

한 시간쯤 후에 문이 열리자 민혁은 인상을 쓰고 뒤돌아봤다. 혹시 그 뻣뻣하고 시꺼먼 남자라면 당장에 쫓아내리라 생각했지만 그의 비서인 한상이었다.

"사장님! 여기 계셨습니까?"

"쉿."

민혁이 입에 손가락을 대고 조용히 하라는 뜻으로 고개를 흔들었다. 상사의 시선을 따라 한상의 시선 또한 침대 위의 지완을 향했다. 천장을 향해 똑바로 누운 그녀의 긴 속눈썹이 하얀 얼굴에 작은 그림자를 만들고 있었다. 잠시 전에 들른 간호사가 건네준 약 기운에 취했는지 그녀는 사람이 드나드는 기색도 느끼지 못한 채 깊은 숙면에 빠져 있었다.

"들어가세요. 제가 있겠습니다."

"됐어."

민혁이 딱 잘라 고개를 흔들었다. 그 시꺼먼 녀석도 질색이지만 그녀가 혼자 잠든 병실에 한상이 있는 것도 마음에 들지 않았다. 아니, 다른 누구라도 마찬가지였다. 뜻밖의 거절에 한상은 한순간 멈칫하다가 조용히 문을 닫았다. 지완과 단둘이 남은 병실에서 민혁은 다시 노트북을 펴 들었다. 그러다 색색거리며 곤하게 잠들어 있는 지완을 바라봤다. 하얀 볼은 더욱 창백해졌고, 헐렁한 환자복 사이에 드러난 가느다란 팔뚝에도 아직 열꽃의 흔적이 남아 있었다. 너무 말랐다 싶었다.

"흥, 사방팔방 잘난 척은 다 하고 다니니까 살이 안 찌지."

다음에는 제대로 된 음식을 사줘야 할 것 같았다. 일단 전쟁을 치르기 위해서는 먹여놓고 다시 시작할 것이다. 그리고 다음 전투에서는 꼭 승리하고 말 것이다.

"윤지완. 내 약혼녀. 우리, 이제부터 시작이야."

민혁은 잠들어 있는 지완의 시트를 어깨까지 끌어올렸다. 그리고 충동적으로 낮은 호흡으로 색색거리는 그녀의 마른 입술에 입을 맞추었다.

따뜻함이 입술 끝에서 전해져 심장까지 뜨거운 온기로 가득 차게 한다. 두근두근, 얼어붙어 있던 심장이 뛰는 소리에 놀란 민혁은 멈칫하고 입술을 떼어냈다. 그녀는 여전히 깊은 잠에 빠져 있었다.

도둑 키스라니. 미친 거니, 강민혁. 오늘 잘못된 음식을 먹은 건 그녀가 아닌 그였던 모양이다. 민혁은 쓴웃음을 지으며 고개를 흔들었다. 오늘은 아주 긴 하루가 될 것 같았다.

창가에 봄을 재촉하는 비가 톡톡거리며 내리고 있었다. 이 비가 그치면 조금 덜 추워지고, 조금 더 가벼워질 것이다. 창가에 부딪히는 빗소리와 그녀의 숨소리에 섞여 민혁은 잠이 들었다. 그 사이 비가 멈추고 파란 달빛이 그들의 공간에 스며들었다.

서서히 깊은 밤이 지나가고 희미하게 여명이 떠오를 즈음 지완은 눈을 떴다. 낯선 주변을 돌아보고 그제야 어제 일이 생각났다. 민혁이 긴 다리를 탁자에 뻗은 채 조금 불편한 모습으로 의자에 기대서 잠이 들어 있었다.

어쩌면 중간에 병실을 떠날지 모른다고 생각했는데 정말 온전히 이곳에서 밤을 지새웠다. 안경을 벗고 평상시의 긴장이 사라진 무방비한 그의 모습을 보는 것은 처음이었다. 긴 속눈썹이 날카로운 눈빛을 감춘 그의 모습은 생각보다 잘생겼다. 특히나 이마에서 시작하는 콧날은 예술이었다. 이런, 또 꽃미남 밝힘증이 재발한 듯했다.

뭐, 어때. 이번에는 약혼자인데. 일단 지금은 그녀가 저 남자의 임자 아닌가. 그러다 지완은 화들짝 고개를 흔들었다. 미쳤구나. 저 인간이 얼마나 나쁜 녀석인지 누구보다 그녀가 더 잘 알고 있지 않은가. 인간의 땅에서는 TV만 켜도, 잡지책 몇 장만 넘겨도 저 남자보다 몇 살은 어리고 2배, 아니 1.5배쯤은 잘생기고 샤방한 남자들이 얼마나 많은데 하필이면 저 성격 고약한 남자가 잘생겼다고 혹한단 말인가.

"정신차려, 윤지완."

지완이 얼른 자신의 두 뺨을 양손으로 감싸 안고 토닥거렸다. 환생의 기억이 생생한데도 불구하고 이번에도 잘생긴 남자한테 넘어가서 해야 할 일을 잊어서는 절대 안 되었다.

"뭐 하는 거지?"

"정신 차리라고 하고 있어요. 내가 아직 정상이 아닌 거 같아서요."

어느새 일어나 다가온 민혁의 질문에 지완이 솔직하게 대답했다.

"어디가 아픈데? 아프면 의사를 불러야지."

"몸이 아픈 게 아니에요."

급하게 인터폰을 찾는 민혁을 말리며 지완이 고개를 흔들었다.

"그럼? 어디가 아픈데?"

전화기를 내려놓는 민혁이 커다란 손을 지완의 이마에 가져갔다. 그의 손끝에서 나오는 열기가 순식간에 온몸으로 전해진다. 짧은 순간이지만 서로의 숨결이 닿고 체온이 느껴지고 있다. 두 사람의 눈빛이 마주쳤을 때 지완이 꼴깍하고 침을 삼켰고 민혁이 무언가 입을 열려고 할 때 급하게 병실 문이 열렸다. 2999호 사자였다. 도무지 그녀를 찾을 길이 없던 사자는 결국 지하의 명부까지 다녀와야 했다. 사자는 그녀를 향한 걱정스러움과 민혁을 향한 분노로 뒤범벅이 된 얼굴이었다. 걱정했던 대로, 예상했던 만큼 그가 잠시 자리를 비운 사이에 큰일이 벌어지고 말았다.

"선녀님, 아니, 아가씨! 괜찮으세요?"

사자는 민혁을 무시무시한 눈빛으로 노려보고 지완에게 달려갔다.

나쁜 놈, 나쁜 자식. 만약에 혹시라도 선녀님이 잘못되면 넌 내 손에 죽었다. 다행히 선녀님은 그가 걱정한 것보다는 훨씬 생기 있는 얼굴로 그를 맞이했다. 하지만 지옥 불에 밀어 넣어도 시원찮을 녀석이 선녀님 곁에 딱 달라붙어 있었다.

그는 오늘 새벽 명부의 이승경(이승을 비추는 거울)에서 병실에 누워 있는 선녀님을 발견하고는 기절하는 줄 알았다.

아, 사자로서의 막대한 사명만 아니었으면 진작 손을 봐줘야 할 녀석이었는데. 그는 다시 한번 자신의 막중한 책임과 임무를 생각하며 끓어오르는 분노를 참아내야 했다.

"어젯밤에 혹시 이상한 거 드시진 않으셨구요?"

"음, 어제는 아무것도 안 주던데요."

"진짜 괜찮으신 거예요?"

그녀가 다시 한번 고개를 끄덕이자 사자는 영 의심스럽다는 얼굴로 지완의 기색을 살펴봤다.

"저 남자는 내가 꼭 당신을 어떻게 할 거라고 생각하는 거 같아."

민혁이 사자를 노려보며 중얼거렸다. 저쪽도 그가 마음에 안 드는 눈치지만 그 역시 눈에 걸리긴 마찬가지였다.

"사실 그렇잖아요."

저승사자 아저씨야 원래가 기본이 반듯하고 착하신 분이다. 게다가 허락 없이 내려온 선녀가 이승에서 죽어간다면 저승사자 아저씨도 피곤해질 게 분명했다.

"어제 일은 사고였어."

"사고는 개뿔."

민혁이 지완에게 이야기했지만 대답은 이구가 했다. 민혁은 자신이 들은 말을 믿을 수 없어 이구 쪽으로 시선을 향했다. 남자의 눈빛이 만만치 않았다.

"지금 뭐라고 했지?"

"이제 그만 일어나고 싶은데."

상태가 심상치 않았다. 팽팽한 두 사람의 신경전을 지켜보던 지완이 몸을 일으켰다. 그녀가 개입하지 않으면 정말이지 큰 싸움이라도 날 듯한 분위기였다. 사자 아저씨의 강직함이 민혁의 싸늘한 무정함을 그냥 두고 보지만은 않을 듯했다.

"옷 갈아입게 다들 나가요. 아, 둘이 싸우면 안 돼요."

지완이 여전히 서로를 향해 적의를 감추지 않고 있는 두 남자에게 경고했다.

👑

두 사람의 신경전은 지완의 경고로 끝날 일이 아니었다. 퇴원 수속을 마치고 집으로 향하는 지완을 사이에 두고 민혁과 사자가 눈빛을 번뜩였다.

"내가 집까지 데려다 줄게."

"됐습니다. 운전기사인 제가 합니다."

명령이 분명한 민혁의 어조에 사자가 아주 단호하게 그의 지시를 거절했다.

사자는 절대 저 녀석에게 선녀님을 내맡길 생각이 없었다. 그리고 그의 결심은 표정 없기로 유명한 사자의 얼굴에도 확고하게 드러났다.

민혁은 가슴 속에서 확 하고 일어나는 알 수 없는 감정을 가라앉혔다. 저 녀석은 도대체 뭐지? 이 세상에서 그의 명령을 한 번에 이행하지 않는 간 큰 사람은 딱 두 명이었다. 윤지완과 윤지완의 운전기사.

"한상 씨가 아까부터 회의 시간 때문에 동동거리던데. 난 이구 씨가 데려다 주면 돼요."

달래듯 중얼거린 지완의 목소리는 들리지도 않았다. 그가 내민 손을 무시하고 창백하고 냉정한 얼굴로 서 있는 운전기사를 향해 몸을 돌리는 지완으로 인해 민혁의 얼굴이 금방 눈에 띄게 굳어졌다. 가냘프게 휘청거리는 그녀를 이구라는 남자가 거의 안듯이 받아 들자 민혁의 눈에서 불꽃이 튀어 올랐다.

감히 내 눈앞에서 내가 아닌 다른 남자와 함께 나간다, 이 말이지? 민혁은 끓어오르는 분노를 꾹꾹 눌러 참아내며 병실 복도를 걸어가는 두 사람을 뚫어지게 노려봤다.

"한상아."

"네, 사장님."

"저 녀석에 대해서 좀 알아봐. 뭘 하는 놈인지."

도대체 저 둘은 어떤 관계인 거야? 가족도 아니고, 그렇다고 친구도 아닌 관계임에도 그들이 서로를 바라보는 시선은 예사롭지 않았다. 그저 월급 받는 운전사라기에는 그의 눈빛이 너무 도전적이었다. 그리고 너무 친했다. 아무래도 그 사실이 마음에 들지 않았다.

"알겠습니다. 그리고 박 회장님이 들렀다 가시랍니다."

"사무실 들렀다 간다고 말씀드려. 벌써 소식을 들으신 모양이구만. 오지랖도 넓으시지."

민혁이 그답지 않게 꿍꿍거리며 투덜거리자 한상은 살짝 웃음을 삼켰다. 태산건설의 박 회장은 천하의 강민혁이 유일하게 신뢰하는 사람이었다.

"감히 선녀님 목숨을 걸고 시험을 하다니."

살다 살다 이렇게 나쁜 놈은 처음이었다. 머릿속까지 시커먼 녀석이었다. 예전에 만났던 나쁜 놈 중 하나인 도현이 그 녀석도 그딴 짓은 하지 않았다. 물론 입에 담을 수도 없는 더 나쁜 짓을 하는 인간들도 세상에는 많았다. 하지만 선녀님을 해하려는 인간은 처음이었다. 신이 내려주신 멀쩡한 인성을 가지고 그럴 수는 없는 노릇이다. 그런 녀석들 때문에 그의 업무량이 자꾸만 늘어나게 된다. 이대로 가만있지는 않을 참이었다. 어쩌면 이번 일로 대왕에게 또 한 번 징계를 먹을지도 몰랐다.

"감각이 뛰어난 사람이에요. 내가, 내가 아닌 걸 알았나 봐요."

"감각이 뛰어난 게 아니라 원래 나쁜 놈들한테는 신뢰라는 게 존재치 않습니다. 누구나 의심하고 아무한테나 의혹을 품습니다. 지들이 평소에 사기를 치고 다니니까 다른 사람들도 그런 줄 알거든요."

흥분한 사자의 말에 선녀가 고개를 끄덕였다.

"앞으로 조심, 또 조심하세요. 안 그러면 또 무슨 흉악한 짓을 할지 모를 놈입니다."

"걱정 마세요. 어제 밤을 새우는 걸 보면 아주 가능성이 없는 건 아니에요."

그가 무슨 생각으로 불편한 그곳에서 밤을 지냈는지는 모른다. 하지만 그건 강민혁이 윤지완에게 해준 첫 번째, 아니, 두 번째 배려였다. 처음은 이사회가 끝나고 집 앞에서였다. 화가 잔뜩 난 상황에서도 그는 그녀를 안아 들었다. 진작 따뜻한 마음 한 조각이라도 내어주었으면 그녀와 사자 아저씨가 이렇게 고생을 하지 않아도 됐을 텐데. 어쩌면 그의 마음은 달랑 두 조각일지도 몰랐다.

무겁고 어둡던 겨울이 지나 봄이 오고 있었다. 아직은 무딘 칼끝처럼 볼에 닿는 바람이 옷을 헤치고 들어왔지만 햇살이 따뜻한 양지 한구석에는 파란 기색이 분명해졌다. 이렇게 좋은 세상에 살아 있다는 사실이 얼마나 행복하다는 걸 사람들은 아는지 모르겠다. 사는 게 꽉꽉해서, 살아가는 게 힘들어서 내 힘으로 숨을 쉬며 살아갈 수 있다는 사실이 얼마나 소중한지 지상에 사는 그들은 가끔씩 잊는 것 같았다.

"어제는 뭐 했어? 민혁이 오빠하고 밤새운 거야?"

집에 도착하자마자 어젯밤 지완의 외박에 대한 호기심으로 미라의 눈빛이 반짝였다.

"병원에 있었어."

"병원? 왜? 또 아픈 거야?"

"아니야. 내가 새우 알레르기잖아. 잠깐 쇼크가 왔었어."

"너도 참 가지가지 한다."

미라가 한심스럽다는 듯 중얼거렸다. 아니, 그 비싼 걸 먹으면서 웬 알레르기? 거기다 쇼크라니. 그녀로서는 정말이지 이해할 수 없는 일이었다.

"또 너래지?"

"그래, 언니!"

지완이 경고하자 미라가 불쑥 입을 내밀고 정정했다. 그녀는 요즘 들어 왜 굳이 지완이 '언니'이기를 고집하는지 이해할 수 없었다. 지완의 아버지와 미라의 어머니가 결혼했을 때부터 그들은 그리 친한 자매가 아니었다.

"저기, 언니, 이구 씨 어때?"

"이구 씨? 이구 씨는 안 먹었으니까 괜찮아. 그리고 아마 알레르기도 없을걸."

"아니, 그런 거 말고. 인간적으로 어떠냐구."

"인간적으로?"

미라가 열정적으로 고개를 끄덕였다. 지완을 바라보는 그녀의 눈빛이 보석처럼 반짝였다. 사자 아저씨는 인간이 아니었다. 그래서 인간으로서 어떤지 그녀도 잘 몰랐다.

"글쎄? 그건 잘 모르겠는데. 이구 씨…… 왜? 관심 있니?"

지완은 농담이었는데 웬일로 미라의 볼이 붉어졌다.

이런, 이건 농담이 아니었군. 그녀는 난감한 얼굴로 한숨을 내쉬었다. 아무래도 미라의 관심을 다른 데로 돌려야 했다. 철없는 미라와 명부의 사자 아저씨라니, 아무리 생각해도 어울리는 커플이 아니었다. 선녀와 나쁜 놈 강민혁만큼이나 이상한 조합이었다.

"미라야, 너하고 연애하기엔 이구 씨가 너무 늙었잖니?"

"서른이라며? 그게 뭐가 늙어. 서른이면 한창 때지."

"내가 늙었다고 한 게 아니라 지난번에 네 입으로 그랬잖아."

미라가 발끈하자 지완이 싱긋 웃으며 지적했다. 나이는 별 문제가 안 되지만 이승과 명부의 간격만은 누구도 어쩔 수 없는 일이다. 그 사실을 알려줄 수 없는 지완이 곤란한 눈빛으로 미라를 바라봤다.

"그때는 그냥 화가 나서 그런 거지. 여자친구 있어?"

"글쎄, 아마 없을걸."

잠시 머쓱해하던 미라가 다시 새로운 희망으로 표정까지 환해지며 한발 다가왔다.

"혹시 몰라서 그러는 건데, 언니는 민혁 오빠 있으니까 이구 씨한테 눈길 돌리지 않을 거지?"

"이구 씨한테 난 마음 없어. 그런데 너도 안 돼."

"왜? 언니는 아니라면서."

지완이 단호하게 고개를 젓자 미라가 발끈해서 그녀를 노려봤다. 뭐라고 말을 해야 할까. 인간의 인연으로 만난 동생이 사랑 때문에 아파하는 모습을 보고 싶지는 않았다.

사랑, 세상에서 가장 귀하고 행복한 일이지만 사랑하지 말아야 할 상대를 사랑하는 일은 너무나 힘든 것이었다. 지완은 미라가 조금 편하고 덜 아픈 사랑을 했으면 했다. 그렇지만 미라는 벌써 가슴부터 두근거리는 사랑에 빠져 있는 듯했다.

"나도 아니지만 이구 씨도 아닐 테니까. 이구 씨는 쉽게 사랑에 빠지는 사람이 아니야."

"괜찮아. 내가 꼬시고 또 꼬시면 되니까. 열 번 찍어 안 넘어가는 남자 없어."

세상에는 고이 남겨둬야 할 상대도 있다는 걸 미라는 아직 알지 못한다. 미라가 선택한 남자는 절대로 만나지 말아야 할 인연, 결코 이어질 수 없는 운명이었다.

6. 또 다른 인연

박 회장의 집은 복작거리는 서울 시내를 벗어나 경기도 한쪽 구석에 자리 잡고 있었다. 지붕 낮은 집의 창밖으로 펼쳐진 풍경은 겹겹이 보이는 산자락이었고, 문을 나서면 바로 오막조막한 텃밭들이 보였다.

그는 황토가 깔려 있는 바닥에 앉아 편안한 모습으로 녹차를 홀짝였다. 태산건설의 회장이라는 직책은 여전히 그의 어깨를 무겁게 했지만, 그는 이제 대부분의 경영 실권을 눈앞의 남자에게 넘겨준 상태였다. 실내의 화초를 가꾸며 저녁마다 마누라 손을 잡고 산책하는 일은 돈을 버는 만큼은 아니더라도 쏠쏠한 재미가 있었다.

"그러니까 지난밤에 병원에서 밤을 새웠다는 거냐?"

"이미 보고받으셨을 텐데요."

민혁의 무뚝뚝한 대꾸에 박 회장은 재미있다는 듯 웃었다. 합병 건이 물 건너가고 그 약혼녀가 죽을 뻔했다는 소식은 당연히 박 회장의 귀에도 들어왔다.

미래건설의 비리비리한 딸내미의 유일한 장점은 약혼 기간 동안 조용했다는 점이다. 그런데 요 몇 주 계속 그녀에 대한 이야기가 여기저기서 심심찮게 들리고 있었다.

"얌전한 줄 알았더니 의외구나. 미래건설 딸내미가 꽤 무모한 짓을 했어."

박 회장이 재미있다는 듯 히죽거리자 민혁은 고개를 끄덕였다.

"네, 저도 그렇게 생각합니다. 아프고 나서 완전히 다른 여자가 돼 버렸어요. 아니, 완전히 다른 여자 같았어요."

"데리고 와봐라. 아무래도 내가 한번 봐야겠어."

다른 여자라……. 저 냉정한 녀석이 약 올라 죽을 지경이겠군. 박 회장은 어느 때처럼 표정 없는 민혁의 얼굴을 바라보며 혼자 키득거렸다. 민혁이 사업에 뛰어들면서 누군가에게 뒤통수를 맞아본 적은 그가 기억하는 한 아마도 이번이 처음일지 몰랐다. 그런데 그게 미래건설 딸이란 말이지? 박 회장은 이제는 아들 같은 존재가 되어버린 민혁을 빤히 주시했다.

그의 눈은 틀리지 않았다. 어느 날 갑자기 나타나 겁도 없이 도와달라며 감히 자신을 찾아온 머리에 피도 안 마른 녀석은 당돌하고 건방졌다. 그리고 그 절망적인 순간에도 패기에 가득 차 있었다. 그가 달랑 그의 오만과 패기 하나만을 믿고 그 어마어마한 돈을 내어 줬을 때 사람들은 그가 노망들었다고 했다.

하지만 그를 노망나게 했던 그 녀석은 얼마 안 가 원금에 이자까지 모든 빚을 다 갚아내고는 그의 회사에 들어왔다. 절제가 분명해서 지나치게 어른스럽고 냉소적인 녀석은 이제 태산을 이끌어가는 인물이 되어 있었다. 그가 제대로 사람을 고른 것이다.

"만나보진 않았지만 들리는 얘기만으로는 그다지 나쁘진 않구나."

"나쁘지 않으세요?"

민혁이 언뜻 이해가 되지 않는 얼굴로 되물었다. 회장은 지완을 그리 내켜 하지 않았고, 그의 약혼에 대해서도 환영하지 않았었다. 다만 그의 의견을 존중했을 뿐이었다. 게다가 그녀 덕에 합병 건은 완전히 처음부터 다시 시작해야만 했다.

"뭐가 됐건 지금이 너랑은 더 어울린다는 뜻이야. 아프기 전의 그 아이한테 넌 버거운 존재였을 테니까."

박 회장은 누구보다 예민하고 감각이 빠른 남자였다. 지금 나이가 먹어 순발력이 조금 떨어질지는 몰라도 세월이 닦아준 경험이 그를 더욱 무서운 남자로 만들어놓았다.

"그럼 지금은요?"

"웬일로 네가 말이 많구나."

재미있다는 듯 자신을 바라보는 회장의 지적에 민혁은 그제야 흠칫 놀랐다. 누가 누구에게 어울린다는 건 중요치 않은 일이다. 어차피 그는 그녀와 결혼할 생각 따위는 처음부터 없었으니까. 하지만 민혁은 회장의 답이 궁금했다.

"글쎄다. 보지 않았으니 딱 잘라 뭐라 말은 못 하겠지만, 지금 상황으로 볼 때는 네가 그 아이를 상대하기엔 버거울 것 같다. 너 같은 악당을 상대하려면 그만한 배짱은 있어야지."

"제가 악당인 건 회장님이 그렇게 키우셨기 때문입니다."

그가 뚱한 어조로 대꾸했다. 이왕 말이 많다고 지적받은 바에야 할 말은 해야 했다. 지난 시간 그를 단련시킨 사람은 다름 아닌 박 회장이었다. 박 회장은 혹독했고, 그는 그의 시험을 겪어냈다.

"말은 바로 해야지. 넌 우리 회사에 올 때부터 이미 그랬어."

회장이 코웃음 치며 지적했다. 자신과 닮은 얼굴을 가진 눈앞의 남자가 얼마만큼 성장하여 어떤 거물이 될지 박 회장은 못내 궁금해졌다.

민혁과 지완이 다시 만난 날은 역시나 금요일이었다. 다만 다른 날과 달리 오늘은 조금 이른 오후 시간이었다.

제법 따가운 봄 햇살을 널찍한 블라인드가 막아주고 있는 오페라 하우스의 넓은 공간에는 본 윌리엄스의 〈종달새의 비상〉이 나른하게 흐르고 있었다. 지겹도록 길기만 했던 겨울의 끝이 가고 봄이 오기는 온 듯했다.

"치마가 너무 짧은 거 아니야?"

지완이 걸치고 있던 연둣빛 바바리를 벗어서 한쪽 팔에 걸쳐놓자 그가 예민하게 눈썹을 치켜세우며 물었다.

저 남자는 불만스러운 일이 있으면 언제나 눈썹부터 올라간다. 민혁의 지적에 그녀는 자신이 입고 있는 옷의 상태를 다시 한번 점검했다.

흰색 니트 셔츠와 풀빛 면 스커트를 입은 그녀의 치마는 조금 짧은 듯했지만 다른 사람들의 옷 상태와 비교했을 때 그다지 무리가 없어 보였다.

"아니요, 이 정도면 적당한 길이 같은데요."

"무릎이 훤히 드러나 보이는 게 뭐가 적당해? 길게 입든지 바지를 입든지 하라고."

명령이 분명한 그의 지시에 지완은 한숨을 폭 삼켰다. 먹는 음식도 시험하던 그가 이제는 옷 입는 것까지 트집을 잡는다.

"치마가 짧아서 지금 내가 안 예쁘다는 거예요?"

"그거야……."

그녀의 질문에 민혁이 다시 한번 지완을 바라봤다. 이마 위에서 살랑거리는 몇 가닥의 머리카락을 제외하고 전부 모아 하나로 치켜 올린 그녀는 우아하고 산뜻해 보였다. 일단 예쁘기는 했다.

"물론 어울리기는 하지만……."

"그럼 됐어요."

"감기 걸리잖아. 몸이 회복된 것도 얼마 안 되고."

그녀의 당돌한 거절에 그가 얼른 다른 핑계를 생각해냈다.

이 여자가 벗고 다니든지, 이불로 똘똘 싸매고 다니든지 왜 자신이 신경 쓰이는지에 대해서는 잠시 접어두기로 했다. 지금 중요한 것은 흘긋거리고 지나가는 다른 남자의 시선으로부터 그녀를 감추어야 한다는 것이다.

"고마워요, 걱정해줘서. 그래도 지금 아니면 언제 또 이렇게 입고 다니겠어요."

"내 말은 그게 아니라……."

그가 다시 그녀의 옷에 대해 딴지를 걸려 할 때 마침 그들을 안내하기 위해 매니저가 다가오자 민혁은 자기가 하고 싶은 말을 꾹꾹 눌러 참아야 했다.

공연장이 코앞에 보이는 VIP 석의 자리에 앉은 지완은 프로그램 북을 보고 살짝 미간을 모았다. 이 날 좋은 날, 이렇게 컴컴한 곳에서 마음에 안 드는 공연을 보고 있어야 하다니. 이것 역시 이 사람의 또 다른 테스트일까?

"이거 꼭 봐야 하는 거예요?"

"오페라 좋아했잖아. 아니었나?"

민혁이 뚝뚝하게 말했지만 그 어조에 담긴 당혹스러움에 지완은 고개를 갸웃했다. 또 다른 테스트가 아니었나? 설마, 정말 윤지완이 좋아하는 걸 해주고 싶었던 걸까?

"나는 예전의 윤지완이 아니에요. 뭐, 그래도 민혁 씨 성의가 있으니까 보도록 하죠."

"싫으면 관두든지."

"보자니까요."

민혁의 퉁명스러움에 지완이 달래듯 웃어 보였다. 하지만 1막이 시작된 지 십 분도 지나지 않아 오페라의 요란한 음악 소리에도 불구하고 지완은 색색거리고 깊은 잠에 빠져들었다.

뭐지, 이 여자? 이런 예의 없는 여자가 또 있을까. 아니면 아직도 몸이 완벽하게 회복되지 않은 걸까?

민혁은 어깨를 눌러오는 그녀의 작은 머리통을 바라보며 허탈한 웃음을 삼켰다. 그리고 조심스럽게 팔을 들어 지완이 좀 더 편하게 기댈 수 있도록 움직였다. 어깨를 통해 전해오는 그녀의 온기와 목 근처에서 느껴지는 지완의 숨결에 민혁은 태어나서 처음으로 음악

소리도 들리지 않는 가장 가슴 떨리는 〈카르멘〉을 즐길 수 있었다.

"이게 다 민혁 씨 때문이에요. 알러지 약이 독해서 그런 거거든요?"

잠시 쉬어가는 시간에 지완이 민망한지 변명처럼 중얼거렸다. 본인이 생각해도 어이없었던 모양이었다.

"그렇다고 해두지."

"카르멘 별로 안 좋아해요."

민혁이 전혀 믿을 수 없다는 얼굴로 성의 없이 대답하자 지완이 다시 혼잣말처럼 투덜거렸다.

"왜?"

"신뢰할 수 없는 사람이라서요. 말이 자유로운 영혼이지 멀쩡한 남자 하나를 완전히 말아먹었잖아요."

"그게 매력인걸."

민혁을 바라보던 지완의 미간이 이해할 수 없다는 듯 살짝 모아졌다.

"정말 그렇게 생각해요? 사랑하는 사람의 마음을 가지고 장난치는 게 매력이에요?"

"아니, 그렇게 생각하지 않아."

잠시 고개를 갸웃하던 지완의 질문에 민혁도 천천히 고개를 흔들었다.

"그래, 그건 아닌 거 같다."

"그렇다니까요. 우리 처음으로 취향이 같아졌네요."

자신을 향해 활짝 웃어 보이는 지완의 모습을 보고 민혁은 왠지 가슴이 쿵쿵거렸다. 뭐지, 카르멘이 이렇게 강력했었나?

"그럼 일어날래?"

"그래도 돼요?"

"그게 나을 거 같아. 핑계가 뭐가 됐든 간에 열심히 준비한 배우들한테 코앞에서 그러고 있으면 예의가 없는 거야."

"그만해요. 나도 창피하니까."

여전히 민망해하면서 지완이 입이 퉁퉁 나와서 투덜거리자 민혁은 웃음을 겨우 삼켜야 했다. 무언가 유쾌해진다.

"아이구, 이게 누구신가? 강 사장 약혼녀 되시죠?"

두 사람이 로비를 걸어나올 때 누군가 끼어들어 반갑게 인사를 건넸다. 숱이 없는 머리에 작은 덩치를 가진 남자는 차돌 같은 느낌이었다.

민혁의 날카로운 시선이 안경 너머로 황 전무를 향했다. 저 능구렁이 같은 영감이 무슨 일로 이렇게 친절한 척 접근하는 걸까? 황전무의 시선이 지완에게 머물자 민혁의 눈빛이 매서워졌다.

"네, 안녕하세요."

"지난번에는 우리 강 사장이 아주 제대로 한 방 먹었습니다."

"황 전무님 기억해?"

지완으로서는 누군지 전혀 기억나지 않는 사람이었다. '또 다른 시험일까?'라는 생각을 할 틈 없이 황 전무가 먼저 대답을 해버렸다.

"물론 기억하시겠지. 창립기념일에 우리 한 번 만났었죠?"

"글쎄요, 그날 너무 많은 분들이 오셔서. 죄송합니다."

창립기념일이라면 다이어리에 짧게 메모가 남겨져 있었다. 많은 사람. 날 알아주는 사람은 한 명도 없다. 그리고 결정적으로 이 사람의 눈은 맑지 않았다. 게다가 그는 그녀에게 지나치게 친절하다. 목적 없는 사람의 과분한 친절에는 무언가 바라는 게 있기 마련이다.

그녀의 공손하지만 무심한 대답에 황 전무의 얼굴이 굳어졌고, 민혁의 얼굴에선 긴장이 풀렸다.

"우리는 나가는 중이었습니다. 급한 일이 있어서……."

"아, 내가 방해를 한 건가? 미안하네."

명백한 축객령을 단번에 알아들은 황 전무가 몸을 움직였다. 돌아서는 황 전무의 눈빛이 노여움으로 번뜩이고 있었다. 지완은 마음속으로 혀를 찼다. 민혁은 적을 만드는 스타일이었다.

"황 전무님이랑 별로 친하지 않은 모양이에요."

"호랑이굴 넘보는 여우 같은 사람이니까."

민혁의 퉁명한 대답에 그녀는 입을 비죽이며 고개를 갸웃거렸다. 이상하다. 황 전무의 눈에는 탐욕 외에도 무언가 다른 게 있었다. 아, 천계에 있었다면 한 번에 알아챘을 텐데, 인간으로 사는 덕에 점점 선녀로서의 능력이 저하되고 있었다.

"그럼 그냥 두면 죽겠네요. 웬만하면 자비를 베풀어요."

"뭐?"

"여우가 호랑이를 이길 수 있을 거 같아요? 동물의 세계가 얼마나 무서운데. 그리고 좀 친절하게 행동해요. 저쪽이 훨씬 연장자 같은데."

"회사 일에는 간섭하지 마."

그가 칼날처럼 냉정하게 딱 잘라 명령했다.

방금 전까지 약혼자를 위해 오페라 공연을 보고 있던 친절한 남자는 정말이지 순식간에 사라져버렸다.

"간섭 아니에요. 약혼자의 미래에 대해서 그냥 궁금하고 걱정되는 것뿐이니까."

"걱정? 나 말이야?"

"그럼 여기 또 누구 있어요?"

지완이 걱정과 한숨이 뒤섞인 목소리로 대답하자 민혁의 눈빛이 잠시 흔들렸다. 그녀가 날 걱정한다고? 내 돈이 아니라, 날 걱정한다고? 그는 또다시 그녀가 알 수 없었다. 아무래도 그의 힘으로는 버거운 여자였다. 회장님이라면 이 여자의 정체를 눈치채실지도 모를 일이다. 그녀의 직장 문제보다 더 급한 일은 윤지완의 실체를 알아내는 일이었다.

도대체 내 눈앞의 여자는 누구일까. 내가 알던 내 약혼녀가 맞는 걸까?

강민혁이라는 사람은 누군가에게 걱정을 받아본 경험이 없는 모양이었다. 그녀의 걱정에 화들짝 놀라던 그의 표정이 떠올랐다. 메마르고 삭막한 그 남자의 영혼이 이제 지완은 측은하고 안쓰러웠다.

그나저나 하늘의 해성 오빠도 지금쯤 내 걱정을 많이 하고 있겠지? 아주 어려서부터 그들은 세상에 단둘뿐이었다. 신이 되기 위한 준비 수업을 위해 그들이 서로 만날 수 있는 시간은 길지 않았지만, 마음만은 언제나 하나로 연결되어 있었다.

하늘이 붉게 물들어가고 있었다.

민혁은 차에 오른 뒤부터 한참 동안 생각에 잠겨 있는 지완을 아무 말 없이 바라봤다. 그녀가 무슨 생각을 하는지 궁금했지만 자신의 호기심을 꾹 눌러 참아냈다.

그녀는 자신만의 세상에 있는 듯했다. 십 분 정도. 그리 긴 시간은 아니었다. 하지만 그 짧은 순간에 민혁은 자신이 철저하게 방치되어 혼자 남은 느낌이었다. 이전에도 그녀와는 별로 많은 이야기를 나누지 않았다. 서로 공통점도 없었고 관심도 없었으며 말을 해야 할 이유도 없었다. 아니, 오히려 그녀가 입 다물고 있어주는 일이 오히려 서로 편하고 당연한 일이었다.

그런데 지금 곁에 있는 그를 완전히 잊은 듯한 그녀에게 왜 이런 서운함이 느껴지는지 몰랐다. 그의 시선을 느꼈는지 아니면 이제야 그가 함께 있다는 사실을 알아차렸는지 그녀가 그에게로 시선을 돌렸다. 크고 검은 눈망울이 자신을 바라보자 민혁은 어쩐지 가슴 한 구석이 따뜻해졌다. 이상하게 이 여자의 시선을 마주하면 온기가 느껴진다.

"무슨 생각을 하는 거지?"

"응? 아, 그냥 이거저거요. 어디 가는 거예요?"

애매하게 대답하고 그에게서 다시 시선을 돌린 지완이 낯선 거리를 바라보며 물었다. 민혁의 차는 그녀의 집과는 다른 방향으로 가고 있었다.

"누가 당신을 보고 싶어 해서."

지완에 대한 자신의 반응에 당황스러운 한편, 은근히 약이 오른 민혁이 퉁명스러운 어조로 말했다.

"누가요?"

"회장님이 당신을 만나고 싶다고 하셔서."

"나를요?"

민혁의 무뚝뚝한 대답에 그녀의 눈이 커졌다. 회장님이라 하면 민혁이 사장으로 있는 태산건설의 보스를 말하는 게 틀림없었다. 이 남자가 또 무슨 짓을 하려는 걸까? 지완은 고개를 갸웃거렸다. 민혁에 대해서는 주변 정황과 그의 태도에서 한눈에 눈치챌 수 있는 상황이지만, 박 회장은 다르다. 지완이 그에 대해 아는 거라곤 하나도 없었다. 그리고 살아온 세월만큼 그에게는 어찌할 수 없는 관록이라는 것이 있을 게 분명했다. 이럴 줄 알았으면 박 회장에 대해 미리 천계에서 좀 알아보고 올걸. 하지만 이제는 이미 늦었고, 닥치는 대로 견딜 수밖에 없다.

어둑한 시골길에 자리 잡은 박 회장의 집은 난초 향기로 가득했다. 눈에 보이는 곳곳에 오래 묵은 책자와 동양란이 자리를 차지하고 있었다. 민혁과 박 회장은 참으로 비슷한 사람들이었다. 짙은 눈썹도, 날카로운 눈매도, 인정머리 없어 보이는 심성조차 많이 닮아 있었다.

"밝아졌구나."

지완은 자신을 샅샅이 바라보는 남자의 눈빛을 똑바로 마주 봤다. 인간의 눈치고는 꽤 예리하고 날카로운 눈빛이었다. 하지만 겁먹을 것 없었다. 세상이 훤히 비칠 만큼 형형하던 상제님의 눈빛에 익숙한 그녀가 이 사람의 눈빛에 기를 빼앗기진 않았다.

"얼굴 보니 건강은 걱정 없는 거 같아 마음이 놓인다."

"고맙습니다."

"들어라. 지난번에 내준 난초는 잘 자라고 있느냐?"

차가 나와 뚜껑을 열고 향기를 음미하던 박 회장이 아무렇지도 않게 물었다. 그리고 지완은 한순간 멈칫거렸다. 지난번에 내준 난초라……. 난감했다. 특별할 것 없는 질문이었지만 함정이 느껴졌다. 지완은 알지 몰라도 지완의 육신에서 환생한 달희는 모르는 일이었다.

민혁과 박 회장이 그녀의 대답을 기다리고 있었다. 이럴 때는 어쩌면 좋을까? 신안이 있었다면 한눈에 알아채겠지만 지금 그녀는 인간이었다. 집에 난이 있었던가? 약혼자인 민혁에게 막대한 영향력을 발휘하고 있는 남자가 준 화초라면 지완의 성격을 보건대 벌벌 떨었을 게 틀림없었다.

지완은 얼른 자신의 방을 떠올렸다. 기억이 나질 않는다.

흠, 인간은 정직한 게 최고지. 지금의 지완도 그리고 달희도 거짓말은 하지 못한다.

"죄송합니다. 제가 심하게 아프고 난 뒤라 정신이 좀 흐려졌습니다. 예전의 일이 전부 기억나질 않아요. 어떤 걸 말씀하시는지 잘 모르겠습니다."

차를 한 모금 마시고 조심스럽게 내려놓은 지완이 흔들리지 않는 눈빛과 분명한 목소리로 대답했다. 주위의 공기가 조금 달라졌다.

"민혁이 너는 잠깐 나가 있어라."

"네?"

"집사람이 너 준다고 하루 종일 부엌에서 복닥거리더라. 빈말이라도 가서 인사하고 와."

민혁이 마지못해 나가자 박 회장의 눈빛이 온전히 지완에게로 쏟아졌다. 인간의 눈빛이 이만큼 형형할 수 있다니, 지완은 마음속으로 작게 감탄했다.

"민혁이가 같이 살기에 편한 남자는 아니야."

"알고 있습니다. 고쳐서 살아봐야죠."

지완의 당돌하지만 나직한 대꾸에 박 회장은 갑자기 웃음을 터뜨렸다. 한동안 숨이 막힐 것처럼 웃어대던 박 회장은 똑바로 그녀를 주시했다.

"아주 나쁜 놈은 아니야."

박 회장의 변명에 당장 말대꾸라도 하고 싶다는 듯 그녀의 눈썹이 분명하게 일그러졌다. 아무래도 민혁의 약혼자는 생각보다 민혁에 대해 정확히 알고 있는 모양이었다. 그렇다면 좀 더 솔직하게 이야기하는 편이 나으리라.

"원래 나쁜 놈은 아니었어."

"그것도 알고 있습니다. 하느님이 인간을 나쁘게 만들 리 없지요."

그제야 그녀의 얼굴이 온화해졌다. 회장은 잠시 멈칫하고 지완을 바라보았다. 이 아이가 원래 이런 얼굴을 하고 있었던 걸까?

"그 녀석은 사람 인심이 간사하다는 걸 너무 어린 나이에 알아버렸어. 그리고 부모한테 버림받은 사실도 그 녀석 성격에 좋은 영향은 끼치지 않았고."

"버림받아요?"

민혁의 생모는 그가 다섯 살 때 다른 남자와 눈이 맞아 도망가서 죽었다. 어머니란 사람이 어떤 여자라는 사실을 끊임없이 주입시키던 쌀쌀맞고 냉정한 아버지는 회사가 부도나자마자 험난한 세상에 아들을 혼자 남겨두고 자살을 선택했다. 그리고 사랑하는 여자는 친구와 도망을 갔다. 스물여섯 살의 그에게 남겨진 거라고는 어마어마한 빚과 등 돌린 친구라는 낯선 존재들뿐이었다.

박 회장의 담담한 설명에 부드럽던 지완의 표정이 수시로 변해갔고, 마침내 미간이 굳어졌다. 박 회장은 지완의 얼굴을 빤히 바라봤다. 이 여자가 어떤 선택을 할지 궁금해졌다.

"놀랐나? 자네 약혼자가 썩 좋은 핏줄이 아니라서."

"핏줄이 중요한 건 아니잖아요. 지금 현재가 중요한 거지."

"허긴, 그 녀석이 지금은 돈이 좀 있어. 그나마 말이야."

"그러게요. 그나마 그 돈이라도 없었다면 좀 사람다웠을 텐데. 안타까워요."

지완의 대꾸에 박 회장은 파안대소했다. 당돌하고 맹랑하기는 해도 그녀는 자신에게 아들 같은 녀석의 배필로 손색이 없었다.

화초 따위는 준 적이 없었다. 그녀가 생각나지 않는 게 당연할지도 몰랐다. 하지만 본능은 그녀가 그가 알던 윤지완과는 다른 여자라고 말하고 있었다. 같은 얼굴과 같은 몸을 하고 있지만 다른 눈빛과 다른 표정, 다른 생각을 가지고 있었다. 하지만 상관없었다. 바뀌건 변하건 아주 다른 사람이건 민혁의 옆에 있는 여자가 내 아들에게 정말 잘 맞는 최고의 여자라는 것만으로도 그에게는 충분하다.

"무슨 얘기를 그렇게 오래 했어?"

돌아오는 길에 민혁이 지완의 눈치를 살피며 슬쩍 물었다. 아무래도 궁금했다. 회장님의 서재를 나온 후 회장님도 그리고 그녀도 아무 얘기가 없었다.

"당신 과거 얘기요. 별로 나쁜 얘기는 안 하셨어요. 그래도 박 회장님한테 빡빡하게 굴지는 않았나 봐요. 점수를 좀 딴 걸 보면."

그녀가 신기하다는 듯한 눈빛으로 민혁에게 몸을 돌렸다. 널찍한 차 안임에도 그녀의 무릎이 그에게 스치자 기분 좋은 긴장감이 온 몸에 느껴졌다. 갑자기 그녀의 숨결이, 온기가 탐나기 시작한 민혁 은 자연스럽게 지완의 어깨에 팔을 둘러 더 가까이 끌어당겼다. 이 상하다는 눈빛으로 고개를 갸우뚱한 지완도 웬일로 아무 소리 없 이 순순히 몸을 기대어왔다.

"그래서 듣고 난 소감은?"

"소감이랄 게 뭐 있어요? 과거가 어떻든 간에 현재엔 나쁜 놈인 데."

너무나 당연한 그녀의 대꾸에 민혁은 웃어야 할지 화를 내야 할 지 갈피를 잡을 수가 없었다. 누구도 이렇게 대놓고 그에게 욕을 하 는 사람은 없었다.

운전을 하던 한상이 나직하게 기침을 삼켰다.

잠시 침묵을 지키며 혼자 끙끙거리던 그와는 상관없이 그녀는 한 가롭게 평안한 표정이었다. 차 안의 룸미러를 통해 죄 없는 한상을 노려본 민혁은 다시 지완에게로 시선을 돌렸다. 뭐가 됐든 간에 박 회장은 그녀를 마음에 들어 하는 눈치였다.

"주말에는 뭐 할 거지? 특별한 일 없으면 회장님이랑 저녁 식사 같이하기로 했는데."

"주말에는 출근해야 해요."

"무슨 회사가 주말에 출근해? 회사가 어디야?"

그가 못마땅하다는 듯 물었다. 원래부터 그들이 만나는 시간은 금요일로 정해져 있었지만 민혁은 언제나 자신의 스케줄대로 움직여야 직성이 풀리는 남자였다.

"드림시네마라고…… 극장이에요. 매표소 일은 정식 직원이 하는 일이라 아직 안 되고, 안내부터 하래요."

"극장? 안 돼."

민혁이 소리 지르듯 고개를 흔들었다. 생각보다 격렬한 반대에 지완이 이해할 수 없다는 얼굴로 민혁을 향했다.

"왜요?"

"원한다면 우리 회사에 자리를 내줄 수도 있어. 아니면 차라리 이번 합병 관련 프로젝트 팀에서 근무를 하든지."

"뭐 하러요. 거기 참석해봤자 민폐인데. 나는 경영에 대해서는 무지해요."

지완이 단호하게 고개를 흔들었지만 민폐에 무지라고 하기에는 지난번 이사회에서 그녀의 활약은 인상적이었다.

"그럼 꼭 극장 나부랭이를 다녀야 하는 거야?"

"왜 안 되는데요?"

그녀가 겨우 찾아낸 소중한 직장에 대한 민혁의 과격한 표현에 발끈하는 마음을 참으며 지완이 물었다. 그는 굉장히 다급해 보였고 한편으로는 절실해 보였다. 그녀가 돈 버는 일에 대해서 이런 반응을 보이는 이유가 궁금했다.

"그런 건 중요한 게 아니야."

그가 이를 악문 채 중얼거렸다. 굳이 극장 안내데스크에 약혼자를 내세우지 않아도 세상에 할 일은 얼마든지 있었다. 하필 극장이라니. 민혁은 지완의 동선에 대해 아무래도 관심을 가지고 지켜봐야겠다고 결심했다.

"난 중요해요."

그가 말해줄 생각이 없다면 그녀도 굳이 직장을 포기해야 할 이유가 없었다. 지완의 고집은 그를 능가했다. 그녀가 이렇게 고집 센 여자라는 사실을 민혁은 이제야 깨달아가고 있었다.

"그냥 싫어."

"난 좋아요."

"그런 게 왜?"

"잘생긴 사람들이 많아서요."

그의 집요한 질문에 지완이 간단하게 대답했다. 그리 큰 비밀도 아니었다. 언제나 이승경을 통해 만나왔던 사람들이 커다란 스크린에서 나타난다. 극장은 꽃미남 밝힘증이 있는 지완을 위한 완벽한 선택처럼 보였다.

요즘 가장 핫한 헐리우드 배우가 커다랗게 웃고 있는 포스터를 바라보면서 지완은 인간 세상의 첫 직장을 결정했다. 그런데 왜 이 남자가 이렇게 안 된다고 반대를 하는 걸까.

"그래서 싫어."

"네? 그게 무슨?"

혼잣말처럼 중얼거린 민혁의 대꾸에 지완이 고개를 갸웃거렸다.

무슨 뜻일까. 잘생긴 사람이 많아서 싫다니. 그가 스크린 속의 남자들을 상대로 질투하지는 않을 것이다. 아니, 처음부터 질투 따위는 없을 것이다. 질투는 좋아하는 사람에게 느끼는 감정이니까. 그렇다면 왜 이렇게 질색을 하고 싫어하는 걸까. 지완은 민혁에 대한 호기심이 모락 피어올랐다.

지완은 유니폼의 넥타이를 바로 했다. 인간인 윤지완이 뭘 좋아하는지 그녀는 몰랐다. 하지만 한 가지 분명히 깨달은 건, 그녀는 칙칙한 색깔도, 향이 강한 백합도, 고풍스러운 오페라도 좋아하지 않는다. 그리고 비 오는 조용한 창가보다 햇살의 밝음을 훨씬 더 좋아했다. 그렇지만 그녀에게 첫 번째 주어진 임무는 눈부신 햇살이 쏟아지는 오늘 같은 날, 컴컴한 실내로 손님을 안내하는 일이었다.

"저기, 손님, 표를 주셔야 하는데요?"

지완은 티켓도 없이 고개만 까딱하고 들어서는 남자를 불러세웠다.

"저기, 나 몰라요?"

"그럼 그쪽은 저 아세요?"

남자가 지완의 부름에 멈춰 서서 고개를 갸웃거렸다. 안 그래도 컴컴한데 선글라스까지 끼고 있던 남자는 답답했는지 선글라스를 벗어던지고 지완을 빤히 바라봤다. 눈빛을 통해 본 그의 영혼은 맑았다.

"그럼 진짜 나 모르는 거에요?"

"어?"

그녀의 짧은 감탄사에 상대방 남자는 그럴 줄 알았다는 듯 고개를 끄덕였고 지완은 고개를 갸웃했다. 남자는 그의 말대로 아는 얼굴이었다. 누구인지는 몰라도 분명 한 번 본 사람이었다. 지완은 열심히 머리를 굴렸지만 기억이 나지 않았다. 환생, 그 어느 중간에 본 걸까? 아니, 그럴 리가 없다. 그녀의 마지막 환생 때 이 남자는 태어나지도 않았으리라. 그럼 어디서 봤을까?

"우리 어디서 봤나요? 어디서 봤죠?"

"글쎄요. 어디서 봤을까요?"

지완의 질문에 선글라스를 얼굴로 가져가던 남자의 얼굴에 살짝 비웃음이 스치고 지나갔다. 뭐지, 이 웃음의 의미는?

"그러게요. 분명히 봤는데."

지완이 입술을 깨물고 고민하는 사이 남자는 그냥 극장 안으로 들어갈 기세였다. 지완은 후다닥 남자의 소매를 붙들었고, 남자의 얼굴에는 불쾌함이 분명하게 드러났다. 비웃음. 그리고 불쾌함. 뭐니, 이 남자.

"저기요, 제가 그쪽이 누군지 기억 못 하는 건 미안한데요, 그렇다고 그냥 들어가시면 안 되거든요. 아는 사람이라고 그냥 공짜로 들어갈 수는 없게 돼 있어서요."

지완은 눈에 확실하게 힘을 주고 말했다. 그녀의 안내에 뚫어질 듯 지완을 바라보던 남자가 갑자기 허리를 굽히고는 쿡쿡거렸다. 처음에는 그가 우는 줄 알았다. 하지만 다음 순간 그는 거의 뒤집어질 듯 웃어젖혔다.

"저기, 여보세요?"

배를 움켜쥐고 웃음을 터뜨리던 남자는 선글라스를 완전히 벗어젖히더니 그녀를 보고 하얀 이를 드러내며 눈부시게 웃었다.

"세상에, 내가 그렇게 유명한 건 아니었군요. 난 내가 그래도 뜬 줄 알았는데. 근데 나 정말 몰라요?"

"안다니까요. 분명히 보기는 봤는데…… 우리가 어디서 봤을까요?"

그는 정말 믿을 수 없다는 얼굴이었다. 지완은 한숨을 내쉬었다. 누구일까? 어디서 봤을까? 그녀는 선녀였던 달희가 보던 이승경의 시간을 거슬러보았지만 아무리 생각해도 기억나지 않았다.

"이, 석, 환입니다."

다시 한번 기억해보라는 듯 그가 또박또박 자기 이름을 말했다. 하지만 여전히 머릿속에서 '톡' 하고 기억나는 이름은 없었다. 어렴풋한 감각도 전혀 움직이지 않는다.

"미안해요. 제가 조금 아팠어요. 그래서 기억력이 정확치 못해요."

"다행이에요. 제 자존심이 조금은 회복됐습니다. 그래도 나 정말 유명한 게 아니었네."

그가 혼잣말처럼 중얼거렸다. 머리를 긁적이는 그는 유쾌해 보였다.

"저기, 이거 진짜 연기 아니지요?"

아무래도 이해할 수 없다는 듯 그가 다시 물었다.

이게 무슨 비싼 밥 먹고 쌋나락 까먹는 얘기일까? 그녀의 의문스런 얼굴에서 완전히 답을 알아낸 그는 고개를 끄덕였다.

"하긴, 이 정도의 연기를 해낼 정도면 여기서 표를 팔 게 아니라 할리우드에 있어야 해요."

"저기, 손님, 죄송한데요, 일단 표부터 사오시고……."

'우리 얘기는 나중에 하죠'라고 말하려는 찰나, 극장 안에서 튀어나온 어떤 여자가 그를 보며 반색을 했다.

"어머, 어머, 이석환 씨, 여기서 이러고 계시면 어떻게 해요. 지금 객석에서 난리 났는데."

"그게요, 제가 표가 없어서."

석환이라는 남자가 흘긋 지완을 바라보며 곤란하다는 듯 웃어 보였다.

"네? 표요?"

그때야 여자는 지완과 석환을 번갈아 바라보며 마지막으로 지완을 향해 인상을 썼다. 아니, 내가 무슨 짓을 했다고 저렇게 잡아먹을 것처럼 노려보는 걸까? 그녀는 자신의 업무 매뉴얼을 머릿속에서 기억해냈다. 아무리 생각해도 실수한 구석은 없었다. 그런데 그나저나 저 남자를 도대체 어디서 봤던 걸까?

"세상에, 여기 극장 서비스가 왜 이래요? 매니저 나오라고 해요."

그녀의 앙칼진 목소리에도 지완은 여전히 영문을 모르는 상태였고, 석환은 배를 잡고 웃어야 했다.

이제는 차갑지 않은 바람이 살랑거리며 해가 지는 어둑한 주말의 한강공원엔 데이트하는 젊은 연인들과 저녁 운동을 하러 나온 사람들로 제법 붐볐다.

지나가는 자전거를 피해 공원의 벤치에 주저앉은 지완에게 석환이 뜨거운 커피를 건네주었다. 커피 향에 이끌려 냉큼 받아든 지완의 얼굴엔 잔뜩 심술이 나 있었다.

출근한 지 네 시간 만에 잘리다니. 석환을 못 알아본 죄의 결과로 그녀는 지배인에게 호되게 야단을 맞았고, 그것도 모자라서 해고당했다.

직장 생활 첫날에 부당 해고라니. 선녀로서의 위신이 서지를 않는다. 하늘에서 해성 오빠가 보고 있다면 아마 배를 잡고 웃을 게 분명했다. 강민혁에게는 절대 비밀로 해야 할 것 같았다. 그리고 미라한테도. 인간으로서의 내 인생은 이번에도 만만치 않을 것 같았다.

"왜 배우라고 미리 말하지 않았어요?"

커피를 한 모금 홀짝거린 지완이 석환에게 투덜거렸다.

진작에 말했으면 기억해내기도 쉬웠을 텐데. 선녀 달희였을 때 혹해서 바라보던 꽃미남 중 한 명이었는데, 왜 이 얼굴을 잊었을까. 하기는 태평양과 대서양을 가로질러 그녀가 관리했던 남자가 한두 명이었나? 게다가 지완이 혹했던 얼굴은 인간 세상의 시간으로 한참 어렸던 모습이었다.

"여태 내 입으로 배우라고 떠들며 다닐 필요가 없었거든요."

그의 얼굴을 모르는 사람이 아직도 대한민국에 있으리란 생각은 해본 적이 없었다. 가끔 그의 연기력에 대해 논란이 있긴 했어도 그는 지금 몸값 최고의 흥행 배우였다.

남자의 말에 지완은 고개를 끄덕였다. 그래, 이러고 보니까 그녀가 홀딱 반했던 어린 시절 그 모습이 보이는구나. 하얀 피부에 검은 눈썹, 짙은 눈빛을 가진 그 남자는 눈에 띄는 외모와 매력을 가지고 있었다.

"당신 때문에 잘렸잖아요."

"미안해요. 대신에 내가 책임질게요."

"됐어요. 주연 배우를 몰라본 내 책임도 있어요."

더 화를 내리라고 생각했던 그녀가 한숨을 푹 쉬고는 일어섰다.

생각보다 불만을 삭여내는 시간이 짧은 아가씨였다.

"그럼 앞으로 어떻게 할 거예요?"

글쎄, 앞으로 뭘 해야 할까?

회사 일은 이미 그녀의 손에서 넘어갔고, 직장에선 해고를 당했다. 하지만 여기, 인간의 땅에는 무언가 재미있는 다른 것들이 많아 보였다. 이승 세계의 인간들은 더없이 부지런했고, 부단히 노력하며 살아가고 있었다. 신성(神性)을 가슴에 품고 있는 사람들에게서 지완은 가능성을 읽었다. 인간이 신이 되는 일은 결코 쉬운 일은 아니겠지만 노력하는 자를 따를 사람은 아무도 없었다.

"뭘 할 건지 찾아봐야죠. 오늘 커피 고마웠어요. 안녕히 계세요."

"저기요, 잠깐만요."

그에게 가벼운 헤어짐의 인사를 건네고 뒤돌아선 지완의 손목을 석환이 얼른 잡아 세웠다. 어쩐지 이대로 그녀를 보낸다면 내내 후회할 듯한 기분이 들었다.

"왜요?"

"오늘 일 사과할 겸 밥이라도 사고 싶은데."

석환의 질문에 지완이 그를 빤히 바라봤다. 상당히 세련된 남자인 줄 알았는데 의외로 고전적인 구석이 있는 사람이었다.

지완은 지난번 환생에서도 비슷한 질문을 받았고, 그 결과 그 남자의 꼬임에 넘어가 동반 자살을 했었다. 설마 같은 일이 이승에서 두 번 일어나지는 않을 것이다. 그리고 오늘 커피를 사준 이 남자의 호의를 딱 잘라 거절하는 것도 너무 인정머리 없는 짓임에 틀림없다. 게다가 뱃속의 위장은 음식 이야기에 급격한 반응을 보이고 있었다. 밥 한 끼 같이 먹는다고 설마 따라 죽기야 하겠어? 지완은 그렇게 생글거리며 석환을 따라나섰다.

지난번 환생 때도 선녀로서의 기억이 있었다면 좋았을걸. 아마도 그랬다면 그녀는 이미 선녀가 되었을지도 모를 일이었다.

석환은 이승경에서 그녀가 처음 봤던 그 순간보다 훨씬 더 유명한 배우가 돼 있었다. 두 사람이 밥을 먹는 동안 몇 명이 사인을 받으러 왔고, 사람들은 핸드폰과 디지털 카메라의 플래시를 쉴 새 없이 터뜨렸으며, 식사하는 내내 사람들이 소곤거리는 소리가 분명하게 들려왔다.

"어머, 어머! 저 사람 이석환 아니니?"

"맞는 거 같은데. 근데 저 여자는 누구니? 못생겼다, 얘."

"생긴 게 별로인 걸 보니 아마 코디나 매니저 같은데. 설마 여자친구가 저렇게 생겼겠니?"

못생겼다는 소리에 지완이 카메라를 눌러대는 여자를 향해 슬쩍 고개를 돌려 웃어 보였다. 상대방이 화들짝 놀라 시선을 돌리는 게 느껴졌다.

석환은 지완이 하는 양을 바라보며 웃음을 삼켰다. 직장에서 해고된 사실보다 지금 이 상황 — 못생긴 여자가 되어버린 사실 — 이 그녀를 더 자극하는 모양이었다.

"신경 쓰지 마요. 지완 씨는 매력적이니까."

"매력적이라는 얘기, 예쁘지 않다는 말을 돌려 말하는 거죠?"

"어, 아닌데. 지완 씨는 예뻐요. 거기다 매력적인 건 덤이고."

아무래도 그냥 해보는 말 같지는 않았다. 배우라서 그런지 닭살스러운 멘트도 상당히 자연스러웠다. 석환의 선언에 지완이 곤란하다는 듯 고개를 갸웃거렸다. 예쁘고, 거기다 매력적이기까지 하다고?

"미안한데요, 혹시 나한테 관심 있으세요?"

"네. 드디어 눈치챈 거예요?"

남자의 진지한 웃음에 지완은 살짝 미간을 모았다. 짐작은 했지만 이건 별로 환영할 만한 관심은 아니었다. 인간의 땅에 너무 많은 인연을 만들어서는 안 된다. 그럼에도 불구하고 아무튼 이놈의 인기는 식을 줄을 모른다. 어느새 완전한 인간이 되어버린 모양이다. 금세 여자의 허영이 채워지며 흐뭇해진다. 지완은 얼른 고개를 흔들었다.

"미안하지만 난 안 되거든요."

"왜요? 설마 벌써 임자가 있는 거예요?"

"당연하지요. 나처럼 예쁜 여자한테 남자가 없겠어요?"

지완이 농담처럼 웃으며 말하자 석환이 웃음을 터뜨렸다. 완전히 스스로에게 자백한 공주처럼 말했지만, 그녀는 분명 공주과 여자는 아니었다. 그녀는 이상했다. 그를 싫어하는 건 분명 아니었다. 하지만 그렇다고 그에게 관심이 있는 것도 아니었다. 그런 여자는 난생 처음이었다.

배우가 아니었을 때도 이석환의 잘난 외모에 넘어가는 여자는 많았다. 그리고 배우가 된 이후엔 더더욱 말할 바가 아니었다. 도대체 이렇듯 무심한 표정으로 말하는 그녀는 누구일까? 아니, 그게 중요한 게 아니었다. 중요한 건 그녀를 쫓아다닌 오늘 하루, 단 1분도 지루하지 않았다는 사실이다.

"결혼한 건 아니지요?"

"아직은요."

"그럼 됐습니다. 결혼한 사람들도 헤어지는 판에 결혼도 안 했는 걸요. 안심했어요."

"그건 안심할 문제가 아닌데요. 난 내 약혼자 하나만으로도 벅차거든요."

그녀가 아무리 선녀 후보일지라도 인간 세상의 문제 있는 사람들 전부를 해결할 수는 없었다. 게다가 강민혁 성격이 좀 더러운가? 그는 하루 이틀 가지고 해결할 수 있는 타입이 아니었다.

"그럼 그런 피곤한 남자는 치워버리고 대신 날 만나는 건 어때요?"

그가 장난스럽게 말했지만 그녀는 걸려들지 않았다. 아니, 오히려 더 진지해졌다.

"안 돼요. 난 사람을 장난으로 만나지 않아요."

"나도 장난 아니에요."

"그래도 안 돼요. 그리고 당신한테는 내가 필요 없어요."

가벼워 보이긴 하지만 사악하고 음침한 사람은 아니었다. 이 사람이 날 아무리 좋아한다 해도 이승에서 또 다른 인연을 만드는 건 곤란했다. 그녀는 강민혁이라는 나쁜 남자만 해결하면 곧 복귀해야 할 몸이었다.

그녀가 단호하게 고개를 흔들고 일어서자 석환도 같이 일어섰다. 벌써 밤이 깊어가고 있었다.

"바래다줄게요. 너무 늦었어요."

"괜찮아요. 혼자 갈 수 있어요."

사양하는 지완의 의견을 완전히 무시한 채 석환이 그녀의 팔을 잡고 지하철에 올랐다. 밤늦은 지하철은 붐비지는 않았지만 사람이 없는 것도 아니었다.

석환은 자신의 머리를 슥슥 헝클어뜨린 채 가볍게 모자를 눌러썼다. 스타의 평범한 모습은 오히려 사람들의 눈을 피할 수 있는 좋은 방법이었다.

"너무 빤히 보지 말아요. 들킨단 말이에요."

지완은 사소한 변신 하나만으로도 어느새 다른 사람이 되어버린 석환을 신기하게 바라봤다.

"그래도 석환 씨는 눈에 띄는데요."

겉모습은 평범하게 변했을지 몰라도 큰 키와 홀쭉한 몸매만은 가릴 수가 없는 듯했다. 지완은 자신의 옆에서 이렇게 환하게 웃고 있는 남자의 정체를 또 다른 누군가가 눈치채지 않았을까 싶어 주변을 둘러봤다.

밤늦은 지하철에는 듬성듬성 빈자리가 있을 만큼 한산했다. 핸드폰으로 TV를 보는 사람, 음악을 듣는 사람, 꼬박꼬박 피로에 절어 조는 사람까지 다양했다. 그리고 술에 취해 떡이 되어버린 사람과 오밤중에 지나치게 눈빛이 번뜩이는 험상궂은 남자들. 그들은 잔뜩 취해서 누가 업어가도 모를 정도로 뻗어버린 남자의 주변을 둘러싸고는 그중 한 명이 친한 척 옆에 앉아 취객의 호주머니를 뒤적거렸다.

"아저씨, 뭐 하는 거예요?"

석환이 어찌할 틈도 없이 지완이 쪼르르 달려가 그의 앞에서 물었다. 지하철 안의 사람들이 순간 쥐 죽은 듯 조용해졌다. 취객의 몸을 뒤지던 남자도 한순간 당황한 눈빛이었지만 아무래도 상황이 상황인지라 인상부터 썼다.

"우리 아는 사이거든? 그러니까 아가씨는 그냥 조용히 가던 길이나 가지."

"정말 아는 사이예요?"

"이 아가씨가! 그럼 내가 도둑놈이라도 된단 말이야?"

"네, 도둑놈 같아요."

그녀의 당당한 목소리에 사람들은 다시 한번 쥐 죽은 듯 몸을 사리며 그들을 살폈다. 그야말로 지하철에서 살얼음판을 걷고 있는 와중에 어디선가 키득거리는 웃음소리가 터져 나왔다.

"브라보!"

석환도 낮게 중얼거렸다. 하지만 지금은 웃고 감탄할 시간이 아니었다. 그녀를 바라보는 일당의 눈빛이 달라지고 있었다. 이대로는 아무래도 경을 칠 것 같았다.

"그런 줄 알면 조용히 자리를 비켜주시지."

"원하시는 게 그거라면 그렇게 하지요. 그전에 잠깐 여기 좀 봐주실래요? 치즈 하세요."

그녀는 겁도 없이 핸드폰을 들고는 그들에게 들이댔다. 갑자기 상황이 급박해졌지만 그녀는 찰칵거리는 핸드폰의 낭랑한 신호음이 나올 때까지 작업을 멈추지 않았다. 어이없게도 순식간에 사진이 찍혀버린 도둑 일당의 움직임이 험악해졌다.

"뭐야, 저 여자. 야, 그거 안 내놔?"

"왜 내 걸 달래요? 이상한 아저씨네."

도착역을 알리는 지하철 안내 음성 속에서 그녀의 목소리가 또랑또랑하게 들렸다. 아무래도 위험해지겠다 싶은 석환은 그녀의 손목을 붙잡고 뛰기 시작했다.

"야, 안 서!"

뒤쫓아오는 남자들의 목소리가 뒤통수를 울렸지만 석환은 때마침 열린 문 사이로 몸을 날린 채 계속해서 냅다 달렸다. 잡혔다간 무슨 일이 일어날지도 모른다.

"정말로 겁 없는 아가씨네."

다행히 역 내에 들어서자 쫓아오는 움직임이 사라졌다.

"원래 이렇게 겁이 없어요?"

헉헉거리는 숨을 고르며 그가 중얼거렸다. 아직도 잡고 있는 작은 손길이 분명하게 느껴졌다.

"당연한 거 아니에요? 나쁜 짓을 보고 가만있으면 안 되지요. 어렸을 때 그렇게 배웠잖아요."

"배웠다고 다 배운 대로 하지는 않아요."

석환이 가만히 그녀를 바라보며 중얼거렸다. 그는 잡고 있는 그녀의 작은 손을 놓지 않았다. 이번에는 정말 제대로 된 여자를 고른 느낌이었다.

"내일 같이 밥 먹을래요?"

"안 되는데요."

"왜요?"

"약혼자가 싫어할 거예요."

왠지는 몰라도 민혁이 좋아하지 않을 듯싶었다. 사자 아저씨가 옆에 있는 것도 싫은 내색을 팍팍 내는 그 남자가 생판 모르는 배우랑 같이 있는 그녀를 가만히 참고 있을 것 같지 않았다. 민혁은 그녀 스스로 인간 세상에서 내려와 만든 인연이었다. 여전히 나쁜 놈이기는 하지만 안 그래도 사랑하는 사람에게서 받은 상처가 큰 남자의 마음을 다치게 하는 일을 하고 싶지 않았다. 지완은 자신이 왜 무심한 약혼자의 감정을 챙겨가며 그 남자의 쌀쌀맞은 마음까지 배려해야 하는지는 몰랐지만, 지금보다 일이 더 꼬이게 하고 싶지는 않았다.

"약혼자를 엄청 사랑하시나 봐요."

"아니요."

그녀는 한 치의 망설임도 없이 고개를 저었다. 가슴 깊은 곳에서 모락모락 피어오르는 유쾌함을 참지 못하고 석환이 웃음을 터뜨렸다. 정말이지 매력적인 여자였다.

"왜 그래요? 뭐가 그렇게 재미있는데요?"

"기뻐서요. 근데 왜 사랑하지도 않는 남자랑 약혼을 하셨어요?"

"그러게 말이에요."

그녀는 남의 일처럼 말하곤 슬쩍 어깨를 으쓱였다. 달희는 지완이 민혁과의 결혼을 선택한 이유를 알고 있었다. 가족 때문에 그녀는 원치 않는 남자와의 결혼을 선택했다. 아마도 그래서 지완은 더 우울해졌겠지.

"속을 모르는 남자예요."

"그런데 왜 결혼하세요?"

"그래서 알아가려구요. 처음에는 그렇게까지 나쁜 사람은 아니었어요."

그녀가 하얀 이를 드러내며 활짝 웃었다. 석환은 그때 깨달았다. 눈앞에 있는 이 여자와 사랑에 빠졌다고. 사랑이 이렇게 한눈에도 오는구나. 번개를 맞은 것처럼, 딱 한순간에, 그걸 느낄 수 있었다. 그녀를 사랑한다고.

민혁은 아까부터 집중을 하지 못하고 있었다. 그는 흘긋 시계를 바라봤다. 벌써 열두 시가 가까워지고 있었다. 지금쯤 그녀가 극장에서 퇴근을 하고도 남을 시간이었다.

'한 번쯤 전화해주면 어디가 덧나는 걸까?'

'아니지, 내가 왜 그 여자 전화를 기다려?'

'왜 하고 많은 일 중에서 하필 극장이야.'

'같은 일이 또 일어나지는 않았을 거야.'

그는 스스로에게 묻고 대답하는 혼잣말을 중얼거리며 불만스럽게 핸드폰을 노려봤다. 그때 마침 그의 시선에 대답이라도 하듯 핸드폰이 울렸다. 잽싸게 핸드폰 창을 바라보던 그의 얼굴이 굳어졌다.

"내일 약속 잊은 거 아니지?"

"안 잊었어."

윤하의 다짐에 그가 무뚝뚝하게 대답했다. 벌써 두 달도 넘은 약속이었지만 그는 어떤 약속도 잊는 남자가 아니었다.

"참, 나 다음 주에 프랑스 가."

"프랑스?"

"응. 이번 소송 건이 프랑스 회사랑 연관이 있어서. 좀 오래 걸릴 거 같은데, 바람 안 피울 거지?"

"내가 뭘 하든 당신이 상관할 바 아니야."

내키지 않는 전화를 받은 그의 목소리가 평소보다 훨씬 퉁명스러 웠지만 윤하는 개의치 않는 모양이었다. 전화기를 끊는 순간 그녀의 새치름한 웃음소리가 수화기에 들리는 듯도 했다.

　마윤하. 이 여자랑도 정리를 해야 할 것 같았다. 그녀는 점점 집요해지고 있었다. 그나저나 내일은 금요일이었다. 금요일. 내가 왜 시간 가는 줄을 몰랐지? 자신의 약혼녀에게 당당하게 전화할 수 있는 이유를 찾아낸 민혁은 전화기의 단축키를 눌렀다.

7. 엇갈린 만남

    첫 직장에서 해고당한 지완은 신문을 뒤적였다. 이번에도 번듯한 직장은 그녀에게 무리인가 보다. 게다가 시간이 없었다. 벌써 인간의 땅에 하강한 지 꽤 오랜 시간이 흘렀다. 천계의 상제님이 지금껏 호통을 치시지 않았다는 사실이 지완은 더 걱정스러웠다. 아마도 이번에는 호되게 야단을 맞을 것 같았다. 얼마나 어려운 데로 환생을 시키실까? 아니면 환생할 수 있는 시간을 더 늘리실지도 몰랐다. 신이 되어야 할 시간이 자꾸만 멀어지자 지완은 머리카락이 날릴 정도로 깊은 한숨을 내쉬었다.

    "무슨 걱정 있으세요?"

    "아뇨, 천계의 일이 걱정돼서요."

    "상제님은 워낙에 공평하신 분이니까 정상참작을 해주실 겁니다. 그 녀석이 좀 나쁜 놈입니까?"

누구보다 상황을 잘 이해하고 있는 사자가 그녀를 위로했다. 그역시 명부의 대왕님께 눈물이 쏙 날 만큼 야단을 맞지 않았는가.

"그 사람 영혼이 그렇게 어두운 건 사람한테 버림받았다고 생각해서일까요? 사자 아저씨는 그 남자 부모님이 그렇게 된 걸 알고 있으셨어요?"

"선녀님, 그건 변명이 안 됩니다. 잘 아시겠지만 그보다 더한 조건에서도 열심히 살아가는 사람들은 얼마든지 있어요. 게다가 그 녀석은 용서란 걸 아예 모릅니다."

사자의 말에 그녀가 고개를 끄덕였다. 하지만 그의 안경 너머 깊숙이에 감춰진 냉정함의 정체가 어쩌면 외로운 그늘을 감추기 위한방편일지도 모른다고 생각했다. 다시 사랑을 하고 다시 사랑을 받으면 그는 달라질지도 모를 사람이었다.

"아저씨, 혹시 사랑해본 적 있으세요?"

"아니요, 개인적인 감정은 제 직업 윤리에 어긋나는 일입니다."

"한번 해보세요. 그럼 명부 세상이 달라져 보일 텐데."

"그럼 곤란합니다. 명부는 변치 않는 공명정대함이 있을 따름입니다."

펄쩍 뛰며 고개를 젓는 사자 아저씨에게 지완이 무언가 더 말을하려 할 때 갑자기 문이 열렸다.

"언니, 엄마가 식사하러 오라는데. 이구 씨도 같이 드세요."

미라가 눈썹을 팔랑거리며 이구의 팔에 친근하게 팔짱을 끼자 사자는 펄쩍 놀라서 떨어졌다. 그는 '이 인간 여자가 갑작스럽게 왜 이럴까?' 하는 얼굴이었다. 당황하는 사자 아저씨의 얼굴을 바라보며지완은 웃음을 삼켜야 했다.

봄과 함께 사랑도 오고 있었다.

"차 마셔요."

웬일로 생각보다 조용하게 저녁 식사를 끝낸 후 정 여사는 이구에게 직접 대추차를 건네주었다. 미라가 마음에 두고 있다는 이 청년이 그녀도 마음에 들었다. 어딘지는 몰라도 외국물까지 먹은 걸 보면 공부도 할 만큼 했겠고, 체격도 듬직하고 말도 아낄 줄 아는 품이 여느 촐랑대는 철없는 아들내미처럼 보이지는 않았다. 특히나 그의 절도 있는 행동은 눈길을 끌 만했다.

"지완이 아버지 가고 나서 맨날 여자들끼리만 있다가 이렇게 든 든한 남자가 있으니 마음이 다 편안하네."

저승사자가 거실 한구석을 차지하고 있음에도 불구하고 마음이 편안한 사람이 있다니, 이 집안 사람들은 아무래도 이상했다.

사자의 눈빛에 지나가는 의문을 읽은 지완은 혼자 웃음을 삼켰다. 미라가 사자 아저씨한테 반했다고 하면 아저씨의 하얀 얼굴이 더 하얘질 것 같았다.

"아유, 지완이야 결혼해봤자 강 서방이 어디 살뜰할 것 같지도 않고, 그냥 사위가 자식 같은 사람이 오면 딱 좋겠구만."

"눈에 뭐 들어가셨습니까?"

정 여사가 이구를 향해 본격적으로 운을 떼기 시작하자 미라가 수줍은 듯 이구를 향해 또다시 속눈썹을 팔랑거렸지만, 남자는 엉뚱한 소리만 내뱉었다. 아무튼 꽉 막힌 벽 같은 남자였다. 알고도 저러는 건지, 진짜 모르는 건지. 미라는 답답했고, 지완은 볼살을 베어 물며 웃음을 참아야 했다.

"이건, 뭐, 우리끼리 있으니까 어디 고스톱을 쳐도 광 팔 사람이 있나."

"엄마! 왜 교양 없이 그런 소리를 해?"

"가만있어, 이것아. 남자는 술을 먹여봐야 속을 알고, 도박을 해봐야 인간성을 아는 거야."

기겁한 미라의 작은 불평에 정 여사가 딸의 귓가에 소곤거렸다.

"술은 별로 즐기지 않는 거 같고, 고스톱은 좀 쳐요?"

"광 파는 거 정도는 압니다."

말은 그렇게 했지만 사실 그의 고스톱 솜씨는 수준급이었다. 저승사자의 임무를 수행하다 보면 고스톱은 가장 눈에 익은 인간의 오락이었다. 인간의 죽음과 고스톱의 연관관계에 대한 이유에 대해서는 잘 몰랐지만 이승의 사람들은 그가 수명이 다한 사람을 인도하는 긴긴 밤에 언제나 고스톱과 함께하는 듯했다. 게다가 재미있는 것은 인간의 오락은 상황마다 장소마다 지역마다 그 룰이 조금씩 달랐다. 어깨너머로 배운 사자의 솜씨도 판을 싹쓸이할 정도로 전문가 수준이었다.

흠, 오늘밤은 심심하진 않겠군. 사자는 남몰래 중얼거렸다. 안 그래도 꼭 한 번은 해보고 싶던 인간 세상의 잡기였다. 하지만 사자의 예상과는 달리 정 여사는 만만치 않은 실력을 갖추고 있었다. 게다가 고스톱이란 도박은 눈으로 익힌 것보다 한 판의 실전이 더 중요하게 다가왔다. 사자 아저씨는 그날 도산 지경에 이르렀다.

"많이 잃으셨어요?"

"아무래도 훈련이 더 필요한 모양입니다. 이럴 줄 알았으면 상갓집에서 더 열심히 배워놓는 건데."

득의양양한 정 여사를 바라보며 사자가 풀이 죽어 중얼거렸다.

"왜 아가씨는 안 하셨어요?"

"한 번도 해본 적이 없는걸요. 별로 재미있을 거 같지도 않고."

그녀가 어깨를 으쓱이며 말했다. 울긋불긋한 화투패들은 그게 그 것처럼 보였다. 겨우 48장의 조그마한 딱지를 가지고 그렇게 열광하는 이유를 지완은 알지 못했다.

"얘, 그건 네가 몰라서 그래. 이게 얼마나 시간 잘 가고 화기애애한 일인데. 안 그렇수, 이구 씨?"

정 여사가 만족한 얼굴로 사자의 어깨를 '탁' 하고 치자, 사자 아저씨가 할 수 없다는 듯 고개를 끄덕였다. '패자가 무슨 말을 하리오' 하는 얼굴이었다.

"한 판 더 할래요? 딱 한 시간만."

미라의 유혹에 사자 아저씨가 심각하게 갈등하는 모습이었다. 그 모습에 웃음을 터뜨리던 지완은 삑삑거리는 핸드폰의 문자를 바라보며 그 세 사람들에게서 시선을 돌려야 했다.

"배우는 한가한가 봐요. 이렇게 아무 때고 나올 수 있는 걸 보면."

지완은 주위를 두리번거리며 물었다. 넓은 창으로 이루어진 그곳은 개성이 넘치는 장소였다. 예정대로라면 민혁과의 저녁 약속을 위해 준비를 하고 있을 시간이었지만 오늘은 아니었다. 돈 버는 일에 목숨을 거는 민혁에게 아주 중요한 거래가 생긴 모양이었다.

"설마요. 지완 씨 때문에 일부러 짬을 낸 겁니다."

"저 때문에요?"

그녀의 약혼자라는 사람도 바쁜 시간에 일부러 만날 만큼 애정이 넘치지 않는데, 지금 이 잘생긴 배우가 그녀를 위해 일부러 시간을 만들었다는 사실에 지완이 고개를 갸웃했다.

"나 때문에 회사 짤렸잖아요. 그러니까 내가 직장 알아봐줄게요."

"고맙지만 사양할게요."

지완이 고개를 흔들었다. 그녀가 이곳에서 머무를 수 있는 시간이 별로 남지 않았다. 지금은 상제님이 조용하셔서도 조만간 틀림없이 벼락이 내릴 게 분명했다. 그러기 전에 이곳에서 해야 할 일이 많았다.

"뭐예요? 벌써 다른 데 찾은 거예요?"

그가 실망한 얼굴로 중얼거렸다. 하루 종일 기획사 사장님을 꼬셔서 겨우 그녀를 옆에 둘 수 있는 방법을 찾아냈는데 말도 꺼내기 전에 그녀가 싫다고 한다.

"그건 아닌데, 일단 이것저것 할 일이 많아서요."

"그럼 오늘 저녁에 바쁜가요?"

그녀의 거절에 석환은 얼른 다시 물었다. 이대로 지완을 보내기는 싫었다.

"오늘이요? 음, 원래는 약속이 있긴 했는데, 취소됐어요."

민혁과의 금요일 정례 행사가 취소됐다.

"잘됐네요. 그럼 오늘 저녁에 내 파트너 좀 돼줄래요?"

석환이 잘생긴 얼굴을 들이밀며 생글거렸다.

아, 인간의 얼굴에도 후광이라는 게 있구나. 비가 오는 세상은 우중충했지만, 그의 미소로 인해 카페 안이 다 환해질 지경이었다. 뽀얀 얼굴에 반짝거리는 눈빛을 한 그에게 넘어가지 않을 여자란 없으리라.

"파트너요?"

"네, 조그만 행사가 있거든요. 같이 갔으면 좋겠어요. 친구끼리 그 정도는 해줄 수 있잖아요."

"그야 그렇긴 하지만……."

잠깐 생각을 하던 지완은 고개를 끄덕였다. 특별한 일도 없었다. 인간 세상에서 처음으로 사귄 친구의 부탁 하나쯤 들어주지 못할 일도 아니었다.

유명한 디자이너가 주최하는 파티에 참석한 지완은 지루함에 터져 나오는 하품을 참아 눌렀다. 음식을 앞에 두고 뭔 연설을 저렇게 길게 할까? 그가 만든 옷은 어떨지 모르지만, 눈치란 건 없는 게 분명한 사람이었다. 도저히 참지 못하고 입을 막은 채 하품을 하던 그녀를 바라보며 석환은 웃음을 터뜨렸다.

"우리끼리 먹자구요."

"그래도 돼요?"

"저 아저씨 하고 싶은 얘기가 많아서 당분간 안 끝날 거 같은데요."

석환이 아직도 침을 튀기며 자신의 예술적 세계에 대해 혼자 심취한 디자이너를 바라보고 말했다. 그리고 바로 그때 지완은 민혁을, 아니, 그들은 서로를 발견했다. 민혁은 그녀가 미소 짓고 있는 상대를 발견하자마자 얼굴이 굳어졌다. 하지만 중요한 건 그 역시 혼자가 아니라는 점이었다. 아, 또 그녀다. 지난번에 그들을 향해 묘하게 웃고 있던 여자. 그녀가 다시 자신을 향해 묘하게 웃었다. 아니, 이번에는 훨씬 더 자신만만한 미소였다.

뭐니, 뭐니, 저 여자는. 그러니까 나하고 약속은 펑크 내고 오늘밤에 저 여자랑 같이 지내겠다는 거지? 지완은 자신을 발견하자마자 딱딱하게 굳어진 민혁의 얼굴을 살짝 흘겨봤다. 민혁과 그 여자의 눈빛이 그녀에게로 쏟아지고 있었다.

"당신이 여기는 어떻게 온 거야? 나랑 같이 온 거니?"

민혁은 지완의 답변도 듣지 않은 채 바로 석환에게 물었다. 얼음 조각이 사각사각 사방으로 날아가는 느낌이었다. 그들 사이의 공기가 서늘해지고 있었다.

"그럼 지완 씨가…… 네 약혼녀였니?"

석환의 질문에 대한 답으로 민혁은 아무 말 없이 한 발짝 다가가 지완의 어깨에 팔을 힘 있게 둘렀다. 너무도 분명하고 명백한 소유의식이었다. 내 약혼녀, 내 여자라는 분명한 의사표현이었다. 아니, 이 남자가 왜 안 하던 짓을 하고 그럴까? 지완은 느닷없는 민혁의 행동에 의아한 눈동자로 그를 바라봤다. 하지만 그의 눈빛은 석환을 향하고 있었다.

"뭐예요? 서로 아는 사이예요?"

지완이 물었지만 두 사람 다 아무 대답 없이 서로를 노려볼 뿐이었다.

"가자."

"이거 왜 이래요?"

민혁은 지완의 의사와는 전혀 상관없이 그녀의 손목을 잡아끌고 큰 걸음으로 걸어 나갔다. 등 뒤에 꽂히는 시선들이 따가웠다. 이렇게 예의 없이 사람을 끌고 나가다니 그녀의 친구가 얼마나 걱정을 하고 그의 여자가 얼마나 우습게 보겠는가. 종종걸음으로 바쁘게 그를 쫓아가며 지완이 그에게 항의했다.

"왜 이러는 건데요? 손 좀 놓고 가면 안 되겠어요?"

"시끄러워. 나 지금 화났으니까 아무 말도 하지 마."

적반하장이라니까. 왜 자기가 화를 내고 난리일까?

지완이 불퉁한 표정으로 그를 노려봤지만 그는 걸음을 멈출 생각이 전혀 없어 보였다. 하지만 아플 정도로 꽉 잡고 있던 손은 조금 여유로워졌다.

패션쇼장에서 빠져나온 뒤에도 민혁은 싸늘한 침묵을 지킬 뿐이었다. 그 싸늘한 공기 탓에 잘하면 봄이 오는 계절임에도 불구하고 차 안에 얼음이 얼게 될지도 몰랐다. 그들을 태운 차의 엔진이 낮게 부르릉거리며 서울 숲 주차장에 멈춰 섰다. 숲의 공기는 서늘하고 향긋했다. 벚나무의 분홍 꽃봉오리가 물을 잔뜩 머금고 있었다. 아마도 이번 주가 지나면 그 화려한 꽃잎들이 눈처럼 날릴 게 분명했다.

"말해봐. 언제부터 그런 사이였어?"

민혁이 나직한 목소리로 그녀를 몰아댔다.

"누구랑요?"

"석환이랑 말이야!"

민혁이 그답지 않게 빽 하고 소리를 질렀다. 그가 이렇게 감정적으로 동요하는 모습을 보는 일은 흔치 않았다. 그녀가 죽다 살아났어도, 이사회에서 결과가 뒤집혔던 순간에도, 심지어는 그의 품에서 그녀가 의식을 잃었던 그 순간에도 이 정도는 아니었다.

"얼마 안 됐는데요."

"도대체 처신을 어떻게 하고 다니는 거야? 아무하고나 그렇게 어울리나? 남자라면 무조건 다 좋은 거야?"

"그게 무슨 말이에요?"

뭐야, 지금 이 남자가 대체 무슨 말을 하는 거야? 지완은 자신의 귀를 의심하며 민혁의 얼굴을 빤히 올려다봤다.

"몰라서 물어? 천박해 보여. 그러니까 제발 얌전히 좀 있으라고. 당신은 내 약혼자라구. 최소한의 품위는 지켜야 할 거 아니야!"

"이봐요, 약혼자 양반. 그런 걸 뭐라고 하는지 알아요?"

천박하다는 말에 그녀의 눈썹이 예쁜 선을 그으며 올라갔다. 감히 선녀에게 천박하다는 말을 대놓고 하는 인간은 정말이지 처음이었다. 처음 만났던 그 순간처럼 그는 여전히 무례했다.

"뭐?"

"사돈 남 말 한다고 하는 거예요."

이 남자, 생각보다 기가 막힌 남자였다. 감히 그녀를 싸구려 바람둥이 취급하다니, 절대로 용서할 수 없었다.

"나만 다른 남자랑 있었어요? 당신도 나 말고 다른 여자랑 있었잖아요."

"나야 일 때문에……."

"흥."

민혁이 말을 마치기도 전에 지완이 코웃음을 날렸다.

일이라니, 사람을 아주 바보로 아는구만. 두 사람이 보통 관계가 아니라는 건 한눈에 봐도 눈치챌 수 있었다. 지금까지 그에게는 낯선 향기가 묻어 있었다. 지완의 향수 냄새는 절대 아니었다.

"그럼 나도 일 때문이라고 해두죠. 그리고 설사 일 때문이 아니라도 그건 당신이 상관할 바 아니에요."

그녀가 털 세운 고양이마냥 허리를 꼿꼿이 한 채로 쌀쌀맞게 반격했다. 숲의 밤은 자꾸 서늘해져 갔지만 두 사람 다 추위를 느끼지 못했다. 두 사람 사이의 공기가 팽팽하게 부딪치고 있었다.

"왜 아니야, 난 약혼잔데."

"어머, 그러셨어요? 난 몰랐네. 근데 언제부터 그렇게 관심이 넘치는 약혼자였는데요?"

새침한 얼굴로 그녀는 그의 화를 바짝바짝 올리고 있었다. 어지간해서는 끄떡도 없는 민혁조차 흔들리게 할 만큼, 그런 쪽에 타고난 재주가 있는 여자였다.

"오늘은 금요일이었어요. 먼저 선약이 있다고 한 사람은 내가 아니라 민혁 씨예요. 기억할지 모르겠지만."

틀린 얘기는 아니었다. 하지만 그렇다고 이 상황을 참을 수 있는 것도 아니었다.

"다시는 석환이 녀석 만나지 마."

그가 한참을 씨근덕거리다 겨우겨우 자신을 진정시킨 채 딱 잘라 경고했다. 이 여자 때문에 흔들리고 동요하고 싶지 않았다. 민혁은 자제력이 무너지는 자신의 모습이 낯설고 마음에 들지 않았다.

"내가 유치원생이에요? 당신이 만나란다고 만나고, 만나지 말란다고 안 만나게."

"뭐야? 벌써 반한 거야? 잊은 거 같은데, 당신은 아직 내 약혼녀
야."

그녀가 기막힌다는 듯 낮은 한숨을 쉬었다. '약혼녀'라는 소리를
오늘 쉴 새 없이 듣는 듯했다. 하얀 입김이 그녀와 그에게서 모락모
락 피어났다.

"안 잊었어요. 그냥 석환 씨는 석환 씨대로 장점이 있다는 것뿐이
에요."

"그래도 그 녀석은 안 돼."

"왜요? 두 사람이 무슨 관계인데요?"

사실은 아까부터 그게 궁금했다. 이 사람은 생각보다 알아내야
할 것들이 많은 남자였다. 아무런 단서도 주지 않은 채 무조건 만나
지 말라는 건 그녀에게 무리한 요구였다. 더구나 석환은 이미 그녀
의 친구였다.

"알 거 없어."

"그래요? 그럼 됐어요."

그녀가 생각보다 순순히 고개를 끄덕이자 민혁은 의심스럽게 지
완을 바라봤다. 이 여자가 또 무슨 짓을 하려는 거지?

"정말 된 거야?"

"네. 건형 씨하고는 더 할 말 없어요. 석환 씨한테 알아보면 되
죠."

"만나지 말라니까!"

"그럼 당신이 말해주든지요."

민혁이 무시무시한 얼굴로 소리를 질렀지만 역시나 지완은 끄떡

도 하지 않았다.

"친구야. 아니, 친구였어."

"그럼 지금은 아니에요?"

"아니야."

석환의 이름을 부르는 것 자체만으로도 기분 나쁘다는 얼굴이었다. 지완은 더 캐묻고 싶었지만 너무나 단호한 그의 얼굴 때문에 하고 싶은 말을 이번만은 눌러 참았다.

민혁은 지난 시간을 생각하며 얼굴이 굳어졌다. 10년을 알아오던 친구와 사랑하는, 아니, 사랑한다고 생각했던 약혼자가 함께 사라지는 모습을 보는 일만큼 세상에서 더러운 것은 없었다. 다시는 자신의 것을 누군가에게 빼앗기는 일 따윈 겪지 않을 거라고 맹세했었다. 그런데 오늘 지완의 곁에서 석환을 발견했다. 그가 그녀 곁에 있다는 사실이 그를 화나게 하고 불안하게 했다.

불안? 불안이라니. 뭣 때문에 내가 이런 일로 불안해야 하지? 화나고 불안할 만큼 지완이 중요한 존재였던가? 하지만 석환과 지완이라니, 그건 말도 안 되는 일이었다. 다시 그런 모습을 볼 수는 없었다. 그의 머릿속 계산과 관계없이 현실은 자꾸만 복잡해졌다.

"농담 아니야. 난 그 녀석과 당신이 만나는 걸 참을 수 없어."

"석환 씨가 그렇게 마음에 안 들어요?"

민혁의 얼굴은 한순간이었지만 절실하고 치열했다. 그녀의 대답을 기다리는 그는 초조해졌다. 허언이라도 상관없다. 눈앞의 이 여자의 거짓말이라도 듣고 싶었다. 서연과는 다르다는 걸 확인받고 싶었다.

"부탁해. 만나지 마."

그녀의 질문에는 대답하지 않은 채 민혁이 말했다. 부탁이라는 말에 지완은 하고 싶은 말을 삼킨 채 그를 바라봤다. 부탁. 거만하고 건방진 걸로 세상에서 둘째가라면 서러운 그가 부탁이라니. 그로서는 참으로 하기 어려운 일일 것이다.

그녀가 그를 맑은 눈으로 바라보고 있었다. 지완과 서연의 얼굴이 겹쳐 보였다. 마치 과거로 돌아간 것 같았다. 말도 안 되는 일이었다. 아무리 운명이 그의 편이 아니라도 이럴 수는 없었다.

"알았어요. 하지만 아예 만나지 않을 수는 없어요."

"왜?"

"석환 씨가 예전에 당신 친구였듯이, 지금은 내 친구거든요."

민혁이 뭐라 하기 전에 그녀가 말을 이었다.

"당신이 뭘 걱정하는지는 모르지만, 난 윤지완이에요. 카르멘이 아니라. 사람 마음 가지고 장난 칠 생각은 없다구요."

그녀의 맑은 눈빛이 영민하게 빛났다. 카르멘이 아니라는 이 여자는 어쩌면 서연과도 다를지 모른다.

"그리고 누구처럼 뒤에서 나쁜 짓은 안 해요."

"그 누구가 지금 나라는 거야?"

"왜 흥분하고 그래요? 내가 언제 당신이라고 그랬어요?"

발끈하는 민혁 때문에 지완이 샐쭉 웃었다. 그런 그녀의 발개진 볼과 빨간 입술에 걸린 웃음이 예쁘다는 생각에 민혁은 얼른 자신을 자제했다. 지금 중요한 건 그녀의 약속이었다.

"그럼 석환이하고는 거리를 둘 거지?"

"좋아요. 대신 당신도 그 여자랑 거리를 둬요."

"그 여자? 누구?"

"잊었어요? 오늘 당신이 날 바람맞히고 함께 있던 그 여자 말이에요."

"윤하?"

윤하. 지완과 석환 때문에 너무 화가 나서 까맣게 잊고 있었다. 이 여자에게 윤하의 존재를 어떻게 설명해야 할까? 오늘이 마지막이었다. 오래전의 약속이었고, 정리하기 위해서 만난 자리였다.

"정식으로 인사를 안 했으니까 그 여자 이름이 뭔지는 모르겠고, 뒤에서 그렇게 딴짓하면서 날 바보로 만들지는 말아요."

지완의 매서운 경고와 추궁에 민혁은 인상을 썼다. 일이 자꾸 그에게 불리한 쪽으로 돌아간다. 그는 누군가의 간섭과 지시에 익숙한 사람이 아니었다. 특히나 그냥 이름뿐이었던 약혼녀에게는 더더욱 말이다. 도대체 얌전하고 말 잘 듣던 내 약혼녀는 어디로 간 거지? 아니, 그보다 왜 난 예전의 그녀가 하던 행동들은 하나도 기억나지 않는 걸까?

나직하게 한숨을 내쉰 민혁은 여전히 자신에게 약속을 원하고 있는 지완을 품 안으로 끌어당겼다. 좋아하지도 않았던 과거 따위는 기억할 필요도 없다. 지금 내 품 안의 이 여자, 그대로면 충분했다.

커다란 두 손이 지완의 얼굴을 감싸고 조용히 입술을 부딪쳤다.

봄빛의 밝은 달이 하얗게 빛나고, 양지 쪽 섣부르게 일찍 핀 분홍빛깔 벚꽃 잎에 바람에 흩날린다.

지완과 헤어지고 집으로 돌아오는 길에 석환을 생각하니 운전대를 잡고 있던 민혁의 손에 힘이 들어갔다. 용케 서로 부딪치지 않고 지금까지 지내왔다. 서연이 석환과 떠났다는 사실을 알고 그는 배신감에 치를 떨었었다. 친구와 사랑을 동시에 잃어버린 아픔을 삭일 여유조차 그에게는 없었다. 감춰두었던 그때의 상처가 새록새록 드러났다. 그런데 서연이만으로 부족해서 이번에는 지완이라고? 다시는 그런 상처를 받지 않을 것이다.

서연이 석환과 함께 떠나고 한참을 힘들어했다. 그가 좀 더 다정했더라면, 좀 더 세심하게 챙겨줬더라면 그녀가 떠나가지 않았을 텐데. 더 많이 사랑할걸, 더 많이 아껴줄걸……. 온갖 자책과 의문들로 미쳐버릴 것만 같던 시간이었다.

아주 오랜 상처가 다시 아픔으로 다가오자 민혁의 목울대가 꿈틀거렸다. 어쨌든 이미 지난 일이었고, 다시 반복되지 않을 것이다.

👑

"아마 극장에서 만났을 확률이 높아."

민혁이 책상 위에 찻잔을 내려놓으며 말했다. 주말이었지만 여느 때처럼 민혁도 그리고 그의 비서도 일찌감치 출근해 있는 상태였다.

"그럼 약혼자분의 움직임도 보고드려야 합니까?"

"아니, 석환이만. 다른 거 할 필요 없이 그냥 스케줄만 챙겨봐."

한상이 고개를 끄덕이고는 결재판에서 다른 보고 서류를 꺼내들었다.

"뭐야? 이게 말이 돼?"

민혁은 한상이 건넨 보고서를 훑어보며 인상을 썼다.

"죄송합니다. 하지만 도저히 배후를 알아낼 수가 없었습니다. 우리나라 사람 같지가 않습니다."

지완이 새로 채용하여 그림자처럼 그녀에게 붙어 다니는 이구라는 사람에겐 과거라곤 찾아볼 수 없었다. 이름도 주민번호도 전혀 알아낼 수 없었다. 마치 다른 세상에서 온 사람 같았다.

젠장할. 그녀에게 접근하는 이석환도 문제였지만, 지금 당장 옆에 붙어 있는 이구라는 녀석도 만만치 않은 골칫덩어리였다.

"우리나라 사람이 아니라면 입출국 흔적이라도 있을 거 아니야."

"그것도 알아낼 수가 없었습니다. 이렇게 철저한 보안은 처음입니다."

그가 마음먹고 알아내려고 해서 알 수 없던 일이란 지금까지 존재하지 않았다. 정말이지 이상한 일투성이었다. 그의 약혼녀는 무엇 때문에 그의 존재를 그렇게 완벽히 감추는 걸까? 그 남자에 대해 정확히 알려면 아무래도 직접 묻는 수밖에 방법이 없을 것 같다.

안 그래도 지난밤 그녀의 대꾸가 신경 쓰이는 참이었다. 카르멘이 아니라고 얘기하면서 또 석환은 친구라고 주장하는 그녀의 말똥거리는 미소가 아무래도 마음에 걸린다. 설마 엉뚱한 생각을 하는 건 아니겠지? 게다가 석환. 그는 서연 때와 다른 모습이었다. 그날 그 녀석은 진지해 보였다. 젠장할. 한 번도 아니고 두 번씩이나 남의 약혼녀를 가로채겠다고? 어림도 없는 일이었다. 지완을 양보할 생각은 눈곱만큼도 없었다.

"웬일이에요? 오늘은 금요일도 아닌데."

핸드폰 속에서 들려오는 지완의 목소리는 경쾌했다. 어젯밤, 그들 사이의 작은 충돌은 이미 잊은 듯 생기 넘치는 울림에 민혁은 마음속으로 작게 안도의 한숨을 삼켰다.

"모처럼 주말에 시간이 났어."

"그래요? 근데 어떡하지요? 내가 시간이 없는데."

"뭐? 뭐라구?"

그는 그녀의 대답을 잘못 들은 줄 알았다. 지금 이 여자가 무슨 말을 하는 거야?

"오늘은 내가 바쁘다구요."

역시나 잘못 들은 게 아니었다. 더구나 그녀는 조금도 미안해하는 눈치가 아니었다.

"무슨 일로?"

"당신은 별로 좋아하지 않을 일이에요."

그렇게 말하니까 더욱 궁금해졌지만 그녀는 말해줄 생각이 없는 듯했다. 갑자기 스치고 간 생각에 그의 얼굴이 굳어졌다.

"석환이 만나는 거야? 안 만난다고 했잖아."

"내가 언제 안 만난다고 했어요? 조심한다고 그랬지."

귀가 울릴 정도로 소리를 지르는 민혁 때문에 지완은 얼른 귀에서 핸드폰을 떼어내야 했다.

"그래서 오늘 석환이를 만나겠다구?"

"오늘은 아니에요."

"그럼?"

"뭘 그렇게 꼬치꼬치 캐물어요? 언제부터 나한테 그렇게 관심이 많았다고."

지금부터! 그가 그렇게 소리 지르기 전에 달래는 듯한 그녀의 말이 이어졌다.

"어차피 우리 만나봤자 밥 먹고 차 마시고 헤어질 거 아니에요."

그들은 언제나 그랬다. 언제나 사무적이었고, 규칙적이었다. 지금 이 남자가 이렇게 흥분하는 이유 역시 지완에 대한 특별한 애정 때문이 아니라 약혼자에게 관심을 갖는 또 다른 존재 때문이라는 사실을 그녀는 잘 알고 있었다.

"욕심이 너무 많아서 속이 컴컴한 녀석입니다. 조심하고 또 조심하셔야 돼요."

불같이 화를 내는 민혁을 대충 달래는 지완에게 사자 아저씨가 경고했다. 그는 빛도 들어갈 틈 없이 욕심으로 너무 가득 차 있어서 그야말로 속이 컴컴한 남자였다. 조금은 비어 있어야 나도 편하고 남도 고요할 수 있다는 사실을 그는 전혀 몰랐다. 그래서 지완은 그런 그가 더 측은했다.

"저기 이구 씨, 오늘 제 옷 어때요? 이구 씨 스타일로 맞춘 건데."

이구와 지완이 2층에서 내려오자 미라가 반짝거리는 얼굴로 다가와 뱅그르르 돌아 보였다. 반짝이는 검은색 재킷 밑에 검은색 스니키진을 챙겨 입은 그녀는 젊음으로 밝아 보였다.

"그게 왜 제 스타일입니까? 옷에 통풍이 안 돼서 숨 막혀 죽겠군요. 사이즈를 좀 맞춰서 사 입으세요."

"치, 그러는 자기는 패션 감각이 넘치는 줄 아나. 이구 씨, 그 검은 양복도 별로거든요."

무뚝뚝한 이구의 충고에 실망한 미라가 잔뜩 털을 세운 고양이처럼 허리에 손을 올린 채 쏘아댔다. 요즘 그녀가 상대하는 남자는 아주 꽉 막힌 사람이었다. 통풍이 안 된다니. 뭐야, 그럼 한복을 입으란 말이야?

"아니, 내 옷이 어떻다고 시비입니까, 시비가?"

"넥타이까지 칙칙하고 컴컴하잖아요. 장례식장 옷처럼."

"그게 아니라 이건 품격을 지키는 겁니다."

이렇게 옷을 보는 안목이 형편없다니 답답하기 그지없는 노릇이었다. 검정 슈트에서 묻어나는 정갈함과 단정함을 사랑하고 있는 사자는 하고 싶은 말을 꾹 눌러 참으며 대꾸했다.

"내가 보기엔 패션을 모르는 거 같은데요?"

"왜 내 스타일을 그쪽에서 간섭합니까?"

미라의 계속되는 딴지에 사자가 불쾌하다는 듯 중얼거렸다. 여전히 독한 그녀의 화장품 냄새는 사자를 질리게 했다.

"그야…… 내가 이구 씨를 사랑하니까 그렇죠."

"이봐요, 아가씨. 말이 되는 얘기를 하세요."

미라의 달콤한 고백에 안 그래도 하얀 이구의 얼굴이 더 창백해졌다. 이건 그가 고스톱에서 참패한 사실보다 더욱더 놀라운 일이었다.

"왜 말이 안 되는데요? 난 여덟 살 차이는 얼마든지 극복할 수 있어요."

"나이랑 상관없이 난 그쪽 같은 타입을 좋아하지 않아요."

여덟 살 차이가 아니라 2겁하고도 한 2천 년쯤 차이가 날 것이다.

"왜 내가 싫은데요?"

미라가 이해할 수 없다는 얼굴로 물었다. 얼굴 예쁘지, 몸매 빵빵

하지, 거기다 내 쪽에서 좋다는데 남자가 싫어하는 이유를 미라는 도무지 이해할 수 없었다.

"얼굴만 예쁘면 뭐합니까? 난 버릇없고 예의 없는 여자는 딱 질색입니다."

그녀의 생각을 꿰뚫기라도 하는 것처럼 그가 대꾸했다.

"내 성격이 어디가 어떻다고 그래요?"

"단 한 번이라도 나 말고 다른 사람을 생각해본 적 있어요?"

"이구 씨 생각 때문에 잠이 안 온다니까요."

엄숙한 사자의 질문에 그녀가 볼을 붉히며 배시시 수줍게 미소 지었다.

"그거야 내 걱정 때문이 아니라 당신 이기심 때문에 그런 거잖아요. 세상에 태어나서 좋은 일은 단 한 번도 해본 적 없는 당신이 사랑이라는 고귀한 감정을 이해할 리가 없어요."

"그렇다고 나쁜 짓 한 적도 없어요."

"맙소사, 나만 알고, 내 생각만 하고, 나만 사랑하는 일은 지독한 이기심이에요. 그게 바로 나쁜 짓입니다."

말도 안 되는 공자 할아버지 도덕책 같은 얘기에 미라는 어안이 벙벙했다. 여자가 남자를 사랑하는 데 꼭 착한 일을 해야 한다는 건 그녀로서는 들어본 적도 없는 논리였다. 하지만 이미 저 혼자 사랑에 빠진 미라는 그가 원하는 여자가 되고 싶었다.

"그럼 내가 착한 사람이 되면 이구 씨를 사랑해도 되는 거죠? 좋아요. 착한 사람이 될게요."

사자가 뭐라고 대꾸하기도 전에 하고 싶은 말은 다 끝낸 미라가 활짝 웃으며 돌아섰다. 남겨진 사자는 난감한 한숨을 쉬어야 했다.

인간과 저승사자가 사랑이라니, 정말이지 강아지 풀 뜯어 먹는 소리였다. 선녀님의 키득거리는 웃음소리가 들려왔다. 그는 또다시 난감해졌다.

"미라가 사자님한테 빠진 모양이에요."

"영혼 관리도 못 하면서 눈은 쓸데없이 높은 처녀입니다. 제가 인물이 좀 되잖습니까."

당당하게 주장하는 사자의 대꾸에 지완은 '풋' 하고 웃음을 터뜨렸다. 요즘 미라는 조금씩 달라지고 있었다. 아마도 그건 사랑 때문이지 싶었다.

지완과 사자의 다정한 모습을 멀찍이 떨어진 차 안에서 바라보고 있던 민혁은 인상을 썼다.

뭐 하는 거야? 왜 차에 타지 않는 거지? 왜 서로를 저런 눈빛으로 바라보는 걸까? 저 둘은 무슨 관계지? 석환이도 모자라서 또 다른 남자라고? 민혁의 머릿속이 복잡하게 돌아가는 동안 지완을 태운 차가 출발했다.

"어떻게 할까요? 외출하시는 모양인데."

"따라가 봐."

한상은 민혁답지 않은 행동에 한순간 고개를 돌려 그를 바라봤다.

"도대체 나 없는 데서 무슨 짓을 하는지 내 눈으로 확인해야겠어."

차에 오른 민혁은 매섭게 앞서 가는 차를 노려봤다.

어차피 그의 결혼에 사랑 같은 것은 끼워 넣지도 않았었다. 다들 사랑해서 결혼을 하는 것은 아니었다. 특히 그처럼 돈과 권력의 중심에 있는 사람들에게 사랑은 있으면 귀찮고, 없어도 상관없는 사치스러운 감정일 뿐이었다. 살다 보면 서로의 타협점도 생길 테고, 또 그렇게 살다가 운이 좋다면 없는 정도 생길지 몰랐다. 그가 원하는 건 대외적으로 부끄럽지 않고 그에게 부담되지 않는 여자, 그저 그것뿐이었다. 윤지완과의 결혼도 그런 관점에서 그나마 합격점을 얻었다. 조용하고 문제를 일으키지 않을 여자라고 생각해서 한 결정이었지만, 요즘 들어 지완은 내내 그의 신경을 긁고 있었다. 그의 기준과는 전혀 다른 여자였다.

그녀가 왜 신경 쓰이는 걸까.

왜 내내 그녀가 마음에 남는 걸까.

사람에 대한 애정이 넘치는 사람이 아니었다. 특히 윤지완에 대해서는. 하지만 어느 때인가부터 그녀가 편했다. 지완이 불편하지 않았다. 함께 있는 시간이 행복했다. 행복. 갑자기 불쑥 찾아온 감정에 민혁은 자기도 모르게 잠시 인상을 썼다. 행복이라니. 행복하다고 느낀 적이 언제였지? 민혁은 고개를 흔들었다. 그때와 같아서는 안 되었다. 다른 시간, 다른 사람, 다른 사랑이어야 했다. 그랬으면 했다. 가슴을 두근거리게 하고 마음을 흔들리게 하는 윤지완 때문에 민혁은 혼란스러웠다.

8. 하나 되어

　주말이면 언제나 차량들로 붐비는 경춘국도는 토요일 이른 시간
이라서인지 제 속도를 지킬 수 있을 만큼 한산했다. 이제 제법 푸른
기운들이 산야에 넘쳐났고, 호젓한 강가의 수면은 가득한 햇살로
보석처럼 반짝였다.

　"거머리가 한 마리 들러붙었습니다."

　백미러를 바라보던 사자가 조용한 목소리로 중얼거렸다. 지완이
차 안의 룸미러로 조심스럽게 뒤쫓아오는 차량을 훔쳐봤다. 낯익은
차였다.

　"그러게요. 근데 제법 잘생긴 거머리네요."

　"저기…… 선녀님."

　"네? 사자님."

　"너무 보이는 것에만 혹하지 마세요."

사자가 충고하듯이 그녀에게 중얼거렸다.

민혁이 부모에게 버림받고 사랑에 상처받았다는 사실을 알게 된 순간부터 지완이 그에게 조금은 관대해졌다는 사실을 사자는 민감하게 느끼고 있었다. 그가 확인한 바에 의하면 달희 선녀님은 인간에 대한 측은지심이 넘치고 흘러서 환생할 때마다 번번이 인간에게 마음을 건네주어 제 운명을 다 채우지 못했다고 한다. 설마 저 나쁜 놈에게까지 연민을 느끼지는 않으리라 믿고 있었지만, 혹시 미운 정이라도 쌓여서는 안 되는 일이었다. 선녀와 나쁜 놈이라니, 가당치도 않은 말이었다.

"저 녀석은 아주 속이 시꺼먼 녀석입니다."

혹시라도 있을지 모르는 불상사를 막기 위해 사자가 신신당부했다.

"걱정 마요. 나보다 저 남자가 더 질색할 테니까."

그녀가 덤덤하게 말했다. 흔들림 없는 눈빛이었다. 다행이었다. 사자는 자신도 모르게 안도의 한숨을 삼켰다. 인간과 선녀가 함께 살 수는 없는 노릇이었다. 그들은 서로 살고 있는 세상이 다른 사람들이었다. 나무꾼에게 날개옷을 빼앗겼던 선녀도 결국은 아이들을 데리고 원상복귀하지 않았는가. 절대 두 사람 사이에 무언가가 존재해서는 안 된다. 허락받지 못한 환생만으로도 틀림없이 곤욕을 치를 것이다. 그런데 또 다른 인연까지 만든다면 그건 수습이 불가능하다.

"이대로 갈까요, 아니면 방향을 바꿀까요?"

"이대로 알려주는 건 좀 심심하지 않아요? 저 남자는 잔뜩 기대를 하고 있을 텐데."

"그럼……."

천계의 사고뭉치 선녀와 명부의 의협심 강한 사자의 눈빛이 장난스럽게 마주쳤다. 어차피 인간으로서 살아가는 짧은 시간, 놓칠 수 없는 흥미로움이 있는 법이다.

"이 차는 얼마나 튼튼한가요?"

"글쎄요, 전 이승의 물건에 대해서는 그다지 관심이 없습니다. 그래도 아마 꽤 비싼 금액을 지불했을 테니 그만큼의 가치는 하겠지요."

"그럼 우리 한번 시험해볼까요?"

"그럴까요?"

사자가 너무너무 기대된다는 듯한 눈빛으로 차의 속도를 밟아 나갔다. 사실을 고백하자면 그는 아주 오래전부터 이 속도감이 탐났었다. 맡고 있는 직무가 너무나 막중하고, 또 인간의 물건엔 손대지 말아야 하는 금기 때문에 여태 참고 있었지만 지금은 기회였다. 천계의 선녀님은 확실히 그와 잘 통하는 분이었다.

앞서 가는 차와의 거리가 조금씩 멀어져가자 뒷좌석에 앉은 민혁의 심기가 점차 불편해졌다. 두 차 사이에 눈치 없는 차들이 자꾸만 끼어들자 그의 마음이 조급해지고 있었다.

"눈치를 챈 거야?"

"그런 거 같진 않습니다. 속도는 일정합니다."

갑자기 급한 일이라도 생긴 걸까? 하지만 앞서 가는 차의 진행은 성급하지 않았다. 마치 따라오라는 것처럼 그들을 유인하고 있었다. 도대체 저들은 어디로 가는 걸까?

그 의문은 곧 풀렸다. 시내에 들어선 차는 또 얼마간 속도를 줄였고, 어느새 비닐 터널 속의 모텔 주차장으로 그대로 사라졌다. 저 안에서 석환이가 기다리고 있을까, 아니면 지금 함께 들어간 이구 라는 녀석이 주인공일까?

한상은 조심스럽게 차 안의 룸미러로 뒷좌석의 민혁을 살펴보았 다. 그의 얼굴이 석상처럼 딱딱하게 굳어져 있었다.

모텔이라니. 머리에 피가 거꾸로 솟는다는 건 이런 걸 의미하는 모양이었다. 그 역시 세상을 겪을 만큼 겪었다고 생각했지만, 얌전 한 약혼녀가 운전사랑 그가 모르는 곳에서 이런 식으로 뒤통수를 치리란 생각은 해본 적이 없었다. 감히 이 강민혁을 물 먹일 짓을 했 다는 사실만으로도 그는 턱관절이 굳어질 만큼 이를 악물었다.

"따라갈까요?"

"아니, 조금 이따."

현장을 잡아야 했다. 현장을 잡아서 뭘 어쩔지는 몰라도 아무튼 내 눈으로 확인해야 했다.

다시 한번 민혁을 살펴보면서 한상은 길가 한쪽에 조심스럽게 차 를 댔다. 상사 약혼녀의 불륜을 목격하는 일은 그에게도 난감한 상 황이었다.

차에서 내린 민혁은 곧 살인이라도 낼 것처럼 무서운 눈빛을 하고 는 모텔을 쏘아봤다. 그러니까 저기 어디에 그 여자가 있단 말이지? 결국 그런 여자였나? 이번에도 그가 사람을 잘못 본 걸까? 카르멘을 좋아하지 않는다는 말에 방심해버렸다. 그는 솟구치는 분노를 꾹꾹 눌러 참았다. 하지만 그때였다. 민혁과 한상은 자기도 모르게 자신 들의 자동차 밑으로 몸을 감춰야 했다. 지완을 태운 게 분명한 하 얀색의 고급 차가 다시 주차장에서 나오고 있었다.

뭐야, 그럼 저 차 안에 딴 놈이 있었단 말이야? 아니다. 옆 좌석에 앉은 여자는 분명히 지완이었다. 그들의 앞에서 지완을 태운 차는 유유히 속도를 높여 사라졌다. 채 1분도 되지 않은 시간이었다. 그럼 어디 다른 장소를 찾는 걸까? 아무래도 석환이는 아닌 모양이었다.

"비켜봐. 내가 운전할 테니까."

마음이 급해진 민혁은 한상을 밀치고 직접 운전대를 잡았다. 그녀가 어디로 가는지, 누구와 함께할지 그의 눈으로 직접 확인해야 했다. 그가 뒤를 쫓는지 아는지 모르는지, 차는 유유히 강변도로를 달리고 있었다.

차의 속도가 급해졌다. 마치 경주라도 할 듯이 속력을 내고 있었다. 100, 110, 120⋯⋯. 미친 게 분명했다. 고속도로도 아닌 국도에서 달릴 속도가 아니었다. 하지만 어쩔 수 없이 민혁도 같은 속도로 달려야 했다. 봄이 오는 북한강의 아름다운 풍경도 눈에 담을 여유조차 없었다. 차가 사거리를 지나 모퉁이를 돌았다.

─끼익!

어느새 그가 뒤따르던 지완의 차는 언제 그랬냐는 듯이 길가 한쪽에 얌전하게 섰지만 속도를 제어 못한 민혁은 금방 설 수 없었다. 아슬아슬하게 앞차를 피했지만 그야말로 십년감수할 뻔했다. 운전석의 차 문이 열리고 사자가 먼저 내렸다. 그는 민혁을 완전히 무시한 채 차를 돌아 지완이 앉아 있는 조수석의 차 문을 정중하게 열었다.

"미쳤어? 무슨 운전을 그렇게 고약하게 해. 사고 날 뻔했잖아!"

그녀가 차에서 내리자마자 급하게 따라 내린 민혁이 버럭버럭 소리부터 질러댔다. 지금 자신의 위치를 잠시 잊은 모양이었다.

"안 났잖아요. 그나저나 이런 데서 민혁 씨를 만나다니, 진짜 우연이네요."

생긋거리는 그녀의 인사에 그가 움찔했다. 그제야 자신이 어디 있는지, 무얼 하고 있었는지를 깨달은 모양이었다.

"운전을 그렇게 하니까 걱정이 돼서 그렇잖아. 까딱 잘못하면 죽을 뻔했어."

"난 괜찮아요. 문제는 민혁 씨였지. 우리가 속력을 낸다고 같이 내요? 따라오지도 못하면서."

"따라갔어."

그 와중에 그가 발끈해서 주장했다. 어떤 상황에서도 지는 건 질색인 남자였다.

"아니요, 이구 씨가 따라올 수 있을 만큼 적당히 속도를 맞춰준 거지요."

그녀가 다 알고 있다는 듯 빙글거렸다. 이 여자는 정말이지 여우였다.

"거긴 일부러 들른 거야?"

이제 조금은 체념했지만, 그래도 확인할 필요가 있었다.

"생각보다 머리가 좋으시네, 한눈에 딱 알아채고."

다시 한번 그녀가 웃었다. 젠장, 이번에도 그가 당했다. 그나저나 이번엔 제대로 한 방 먹었다. 아니, 어느 순간부터 번번이 그가 그녀에게 패하고 있었다. 또다시 그의 오기가 부르르 발동했다.

"왜 그런 짓을 했지?"

"원하는 게 그거였잖아요. 내가 꼼짝달싹 못 할 증거를 찾는 거. 아니었어요?"

"아니야."

"거짓말."

아니다. 그녀를 제압하고 싶은 마음은 굴뚝같지만, 그런 식의 증거는 질색이었다. 운전하는 내내 느꼈던 감정을 민혁은 지완에게 알려주고 싶지 않았다. 스스로도 확신하지 못하는 자신의 마음을 보여주고 싶지 않았다.

"그나저나 어디 가는 거지? 단순한 드라이브인가? 아니면 다른 사람이 어디서 기다리고 있는 거야?"

"둘 다 아니에요."

다른 사람이라 함은 이석환이라는 사실을 민혁이 굳이 말하지 않아도 지완은 알고 있었다.

"그럼?"

"뭘 그렇게 알려고 들어요? 알아봤자 당신은 관심도 없을 일이에요."

집요하게 물어대는 민혁의 질문에 그녀가 고개를 저었다.

"난 내 약혼자 일에는 항상 관심이 많은 사람이야."

"또 거짓말."

속이 훤히 들여다보이는 말도 안 되는 거짓말에 그녀가 혀를 찼다. 다른 건 몰라도 그에게 처음부터 그런 애정이 있었다면 그녀가 인간 세상에서 이렇게까지 할 필요도 없었다.

"거짓말 아니야. 못 믿겠으면 나도 같이 가."

"거기가 어딘지 알고 당신이 가요?"

"모르니까 이제부터 알아보려고. 가자고."

민혁이 그녀의 어깨에 손을 감아 자신의 차로 이끌자 이구가 눈빛이 형형한 얼굴로 얼른 막아섰다.

저 영혼 시꺼먼 녀석이 또 무슨 짓을 하려고 저렇게 친한 척을 하는 걸까? 안 그래도 이렇게 외진 곳에서 또 얼마나 흉악한 짓을 하려는 건지……. 선녀님이 인간과 사랑에 빠지는 일도 절대 있어서는 안 되지만 인간에게 목숨을 잃는 일 또한 절대로 생겨서는 안 되었다.

"죄송합니다. 아가씨는 저랑 같이 가실 겁니다. 제가 모셔다 드리겠습니다."

180cm가 넘는 민혁 앞에서 사자가 전혀 밀리지 않는 몸짓으로 한 발짝도 물러서지 않았다.

민혁은 기분 나쁜 얼굴로 자신을 막는 남자를 훑어봤다. 민혁은 지금껏 그가 뭘 원할 때 제지를 받아본 적이 없었다. 하지만 윤지완과 그녀의 운전기사는 그의 카리스마에 끄떡하지 않는 얼마 안 되는 사람 중 하나였다.

"내 약혼녀야. 그리고 자네 말이야, 지완이 운전기사라구. 지나치게 간섭하는 거 아닌가?"

"죄송하지만 전 이분의 명령만 받습니다."

그의 차가운 경고에도 불구하고 지완의 운전기사는 하나도 죄송하지 않은 표정으로 뻔뻔스럽게 대꾸했다.

"이구 씨, 이 차 탈게요. 앞장서세요. 이 사람은 어차피 길도 모르는데."

그녀를 두고 두 남자의 눈빛이 매섭게 부딪히자 지완이 할 수 없이 중재에 나섰다. 사자 아저씨만큼이나 눈앞의 이 남자도 고집이 셌고, 더욱이 이 사람은 안타깝게도 무언가를 양보하는 법을 배우지 못한 남자였다. 그렇다면 마음 좋은 사자 아저씨가 참는 게 나을 것이다. 지완의 결정에 이구가 잠깐이지만 아주 못마땅한 얼굴로 민혁을 흘겨보고 뒤돌아서자 민혁은 어이없는 얼굴로 그의 뒤통수를 바라봤다.

갈수록 태산이라더니, 지금 저 남자가 날 노려본 거 맞지? 감히 운전기사 주제에 날 그런 시선으로 바라봐? 결혼만 해봐라. 그날로 잘라버릴 테니. 아니, 아니, 결혼이라니. 강민혁, 네가 지금 제대로 미쳐가고 있구나. 민혁은 스스로에게 기가 찼다. 맹랑한 약혼녀 때문에 거의 미치기 일보 직전이었다.

"우리, 결혼할지 안 할지 모르잖아요."

그의 마음속을 다 알고 있다는 듯 그녀가 말했다. 그녀는 남의 마음을 읽어내는 재주가 있었다. 결혼하면 협상 테이블마다 데리고 다녀야겠다고 민혁은 마음속으로 중얼거렸다. 이왕 이렇게 된 이상 그도 물러설 수 없었다.

"할 거야."

"글쎄요."

그가 고집스럽게 말했고, 그녀는 희미하게 고개를 저었다.

그와 그녀가 결혼을 한다? 말이 안 되는 소리였다.

그는 지상의 악독한 장사꾼이고, 그녀는 천상의 말썽쟁이 선녀였다. 사자 아저씨 말대로 함께 있을 수 없는 신분이었다. 같은 하늘 식구인 견우 아저씨와 직녀 아줌마도 일 년에 한 번 겨우 만나는 마당에 인간이랑 결혼을 한다고? 그녀는 고개를 저었고 민혁은 인상을 썼다.

"잘라, 저 남자."

"왜요? 얼마나 좋은 분인데."

"좋은 분?"

지완이 말도 안 된다는 듯 그를 변명하고 나서자 민혁이 불만스럽게 눈썹을 치켜 올렸다.

"내가 더 괜찮은 사람으로 찾아볼 테니, 운전사 바꿔."

"이구 씨 같은 사람은 이 세상에 없을걸요."

"도대체 뭐 하는 사람이야?"

전혀 해고의 의지가 없어 보이는 지완이 다시 이구를 감싸고 나서자 민혁이 씩씩거리며 물었다. 그의 힘으로 못 알아낸다면 이 여자의 입을 통해서라도 이구라는 남자의 정체를 알아야 했다.

"누가요?"

"그 남자 말이야."

"배우라니까요."

"뭐? 석환이 말고 저 시꺼먼 남자도 배우란 말이야?"

'그럼 혹시 석환이가 소개한 인물일까'라는 생각이 잠시 머리를 스쳤지만 그건 아닌 듯싶었다. 지완이 극장에 다니기 시작했던 시점으로부터 몇 주일이 채 지나지 않았다. 그전에 석환을 알고 있지는 않았을 것이다.

"시꺼먼 남자요? 아, 이구 씨 말하는 거예요?"

"그래, 저 남자. 저 남자, 우리나라 사람 아니야."

"어떻게 알았어요?"

저승사자 아저씨의 신분이 인간에게 들통 날 수 있다는 생각을 해본 적 없던 지완이 동그래진 눈으로 물었다.

"그럼 어디서 온 거야? 어떻게 알게 된 거야?"

역시나, 한국 사람이 아니었다. 민혁은 그녀의 입에서 흘러나오는 작은 정보들을 머리에 담아두며 계속해서 그녀를 추궁했다.

"그게 왜 궁금한데요?"

"난 약혼자야. 당신 근처에 어디 근본도 모르는 사람이 얼씬거리는 게 말이 돼?"

말이 된다고 반박하고 싶었지만 지금 그의 얼굴은 반론을 듣고 싶어 하는 눈치가 아니었다. 그래, 정 궁금하면 얘기해주지.

"병원에서요."

"병원에서?"

민혁이 미간을 모으며 시간을 더듬었다.

병원이라 함은 그녀가 아팠던 그 긴 시간을 말하는 것 같았다. 이럴 줄 알았으면 그때 한 번쯤 병원에 들러보는 건데 실수였다. 아주 사소한 부분을 놓친 실수의 대가가 꽤 크게 느껴졌다.

"네, 내 옆에 있었어요. 근데 환생에 대해서 나랑 의견이 똑같더라구요."

"환생?"

"뭐 잘못 먹었어요? 앵무새도 아니고, 왜 자꾸 내가 한 말을 따라 하는 거예요?"

또박또박 되묻는 그에게 그녀가 눈을 흘겼다.

"하도 어이가 없고 기가 막혀서. 다른 것도 아니고 환생에 대한 의견이 같다는 이유로 그 사람을 당신 옆에다 두는 거라고? 지금 그걸 말이라고 해?"

"네, 그게 우리들의 운명이거든요. 민혁 씨는 전혀 이해할 수 없겠
지만."

그녀의 말대로 전혀 이해할 수 없었다. 환생도 모자라 거기다 운
명이라고? 그게 무슨 개뼈다귀 같은 소리인가. 뭐야, 설마 저 여자
저 시꺼머죽죽한 남자하고 무슨 관계가 있는 건 아니겠지?

아무래도 그 남자가 자꾸만 그의 신경을 긁어댔다. 이석환도 모
자라서 운전기사까지? 그녀는 그를 잠시도 한눈 팔 수 없게 만드는
여자였다.

그녀의 최종 목적지는 가평 근처에 위치한 제법 큰 레포츠 시설이
었다. 하늘과 바람과 공기가 좋은 그곳에는 번지점프를 하는 사람
들의 비명이 메아리쳤고, 아직은 차가울 게 분명한 봄의 강물에도
수상스키를 즐기는 사람들로 북적거렸다.

"도대체 여기가 어디야? 아니, 여길 왜 온 거지?"

"번지점프 하려구요."

지완의 대답에 민혁은 눈빛을 반짝이는 그녀와 높이 올라선 번지
점프대를 도저히 이해할 수 없다는 얼굴로 번갈아 바라봤다. 번지
점프라니, 이게 무슨 해괴망측한 소리인가. 쓸데없이 저 높은 곳에
서 뭐 하러 떨어지는 일을 한단 말인가. 게다가 돈까지 주면서 말이
다.

"재미있을 거 같지 않아요?"

번지점프는 예전 지완의 꿈 중 하나였다. 작은 다이어리에 적힌, 그녀가 하고 싶지만 하지 못했던 많은 일들 중에는 자동차 경주도 있었으며 번지점프도 있었다. 그리고 사랑하는 사람과의 결혼도 있었고, 죽음도 숨어 있었다. 결국 마지막 한 가지 소원을 이루기 위해 그녀는 모든 걸 버렸지만, 지완은 다시 천계로 가기 전에 예전의 그녀가 하고 싶었던 작은 꿈들을 이루어주고 싶었다. 비록 영혼은 다르지만 말이다.

"당신은 저런 게 재미있을 거 같아?"

"안 해봐서 모르지만 엄청 재미있을 거 같아요."

그가 말도 안 된다는 얼굴로 물었고 지완은 고개를 끄덕였다.

"가요. 여기까지 왔는데 당신도 한번 해야죠."

"싫어. 절대로 싫어."

잡아 끄는 지완의 손을 제지하며 그가 완강하게 고개를 저었다.

어느새 사자와 한상은 몸무게를 측정하고 번지점프대로 이동하는 엘리베이터 쪽으로 옮겨가고 있었다. 한상과 사자의 얼굴에는 아찔한 추락에 대한 호기심이 넘쳐나고 있었다. 민혁은 다시 고개를 저었다. 다들 단체로 정신을 어디다 두고 온 모양이다.

민혁은 생각보다 완강했다. 싫으면 자기만 안 뛰면 되는 일을 부득부득 지완의 손목까지 잡고 놓지 않았다. 사자 아저씨의 아름다운 낙하를 바라보며 열심히 손을 흔들던 지완이 그에게 고개를 돌렸다.

이 남자 때문에 여기까지 와서 번지점프를 못 하게 될지도 모르겠다. 천계에 올라가면 절대로 할 수 없는 일인데. 그녀는 밧줄을 타고 하늘로 올라간 적은 있어도 밧줄에 매달려 떨어져본 경험은 해본 적이 없었다.

"혹시 고소공포증 같은 거 있어요?"

"아니."

그녀의 조심스러운 질문에 민혁이 단호하게 고개를 흔들었다. 건설회사 사장이 고소공포증이라면 소가 웃을 일이었다. 설사 있었다 해도 극복해냈을 것이다.

"그럼 왜 안 뛰겠다는 거예요?"

"위험해."

그가 딱 잘라 말했다. 모든 사고를 책임지겠다는 서약서까지 써가면서 달랑 밧줄 하나에 내 목숨을 건다는 건 말도 안 되는 일이었다. 그는 누구도, 아무도 믿지 않았다.

"안전장치가 다 돼 있어요. 그리고 지금까지 한 번도 사고 난 적 없대요."

"한 번도 나지 않았다는 게 앞으로도 없을 거란 얘기는 아니잖아."

제법 논리적이기는 하지만 이해할 수 없는 그의 고집에 지완은 눈을 감았다 떴다. 아무튼 의심은 엄청나게 많은 남자였다.

"난 저거 하고 싶어요."

"글쎄, 위험하다니까."

"그러니까 당신은 여기 안전하게 있으라구요. 나만 갔다 올게요."

"난 당신이 위험한 것도 싫어."

안달이 난 지완의 요구에 민혁이 그녀와 눈을 똑바로 마주치며 말했다. 당신이 위험한 것도 싫어. 그의 말 한마디가 그녀의 가슴에 푹 하고 머물렀다.

사람들의 즐거운 비명이 저 멀리에서 묻혀진다. 이 사람이 지금 나를 걱정하고 있다. 무슨 이유에서인지는 몰라도 그가 분명히 그녀를 배려하고 있었다.

"아니, 무서우면 무섭다고 말을 해야지, 왜 우리 아가씨까지 못 하게 하십니까?"

어느새 지상으로 내려온 사자가 두 사람 사이의 침묵을 흔들었다.

무섭다고? 내가? 저까짓 게 무섭다니. 민혁은 건방진 운전기사의 가시 돋친 빈정거림에 코웃음을 쳤다. 맹세코 무서운 게 아니었다. 그는 왜 저 높은 곳에서 뛰어내려야 하는지 그 이유를 모를 뿐이었다.

"아저씨, 무서운 게 아니라 안전하지 않아서 그렇대요."

"그게 그 말입니다. 핑계 없는 무덤이란 없는 법이죠."

사자가 민혁을 바라보며 지완에게 말했다. 2999호 사자는 방금 전 두 사람 사이에서 느껴지던 묘한 분위기는 그저 자신이 잘못 본 거라 믿고 싶었다. 그를 바라보는 선녀님의 온화한 표정은 그저 측은지심이라 생각하고 싶었다.

"맞아. 난 번지점프가 무서워."

"괜찮아요. 무서울 수도 있어요."

민혁이 사자를 바라보며 천천히 말했다. 의외의 솔직한 고백에 한 상과 사자의 얼굴이 살짝 굳어졌고 지완의 얼굴엔 이해와 아량이 넘쳐났다.

젠장할, 약은 녀석. 선녀님의 약점을 파고들다니. 사자는 그를 향해 눈을 부라렸지만, 민혁은 끄떡도 하지 않았다.

"그러니까 당신은 저걸 꼭 하고 싶다는 거지?"

민혁이 번지점프대에서 그녀에게로 시선을 옮겼다. 그의 질문에 지완이 고개를 끄덕였다.

"좋아, 그럼 같이 하자."

"네?"

"당신은 번지점프 해보고 싶다면서? 그런데 난 당신 혼자 위험한 거 싫거든. 그러니까 우리 같이 뛰어내리자."

지완의 손목을 움켜잡은 그의 시선과 사자의 눈빛이 마주쳤다. 승리감으로 번뜩이는 그의 눈빛에 사자는 발끈했지만, 이미 선녀님은 그와 함께 번지점프대로 향하고 있었다.

"우리 아버지가 어떻게 돌아가셨는지 알아?"

서약서를 쓰고 체중을 잰 후에 번지점프대로 올라가는 엘리베이터 안에서 그가 물었다. 지완은 고개를 돌려 그를 바라봤다. 그의 아버지가 가족을 남겨두고 자살을 했다는 이야기는 이미 들었다. 하지만 어떤 방식으로 죽음을 택했는지는 전혀 모르는 일이었다.

"당신이 짓고 있는 건물 20층에서 떨어지셨어."

그가 지완에게는 시선조차 주지 않고 무심하게 중얼거렸다. 서늘한 바람이 날아갈 듯이 불어왔고, 엘리베이터가 번지점프대에 도착했다. 민혁은 굳은 얼굴과 놀란 눈으로 자신을 바라보는 지완의 손을 잡아끌었다.

"내려가도 돼요. 우리 내려가요."

"여기까지 와서?"

민혁의 눈썹이 또 올라간다. 지완은 옛 기억에 공허해진 그의 눈빛이 슬퍼서, 상처로 가득한 그의 눈빛이 아파서 목이 메었다. 높은 번지점프대 밑으로 보이는 깊은 강물이 아득해 보였다.

"걱정 말아요. 나만 믿어요. 아무 일 없을 거예요."

그의 허리에 손을 얹은 지완이 달래듯 속삭였다.

두 사람이 한 밧줄로 하나가 되어 묶여 난간에 아슬아슬 몸을 걸쳤다. 그녀의 어깨 너머로 까마득한 북한강의 깊은 물이 아찔하게 흐르고 있었다.

괜찮다고 토닥이는 그녀의 정수리에 턱을 내려놓은 채 민혁은 그에게 고스란히 전해지는 지완의 체온과 감촉이 마음에 들어 훨씬 기분이 좋아졌다. 높은 곳이 무서운 게 아니었다. 다만 혹시라도 있을지 모르는 사고로 인한 다른 사람들의 오해가 싫었을 뿐이었다. 그 아버지에 그 아들이라는 오랜 얘기가 그에게는 세상에서 제일 듣기 싫은 험담이었다. 그는 그래서 지금도 현장에 나갈 때 조심에 조심을 더하곤 했다.

금세 굳어진 그의 긴장을 알아채고 지완이 다시 걱정 말라는 듯 꼭 잡은 허리에 힘을 주었다. 그녀의 더운 숨이 가슴에서 느껴지자 민혁은 슬쩍 입가에 흐뭇한 웃음 하나를 베어 물었다. 번지점프가 이런 거라면 한 번쯤은, 아니, 앞으로 몇 번쯤은 감수할 생각이었다. 과거는 그저 지난 시간일 뿐이었다.

"두 분, 사랑하는 사이 맞습니까?"

착 달라붙어 있는 두 사람을 바라보며 교관이 장난스럽게 물었지만, '사랑'이라는 단어에 굳어버린 그들은 묵묵부답이었다.

'사랑? 사랑이라고? 내가 저 여자를? 아니, 다시 사랑 따위는 안 해. 하지만 저 여자를 놓치고 싶지 않아.'

'사랑? 사랑이라니. 내가 저 남자를? 아니, 절대 사랑은 안 돼. 하지만 내가 아니면 저 남자를 이제 누가 돌봐줄까?'

"뭡니까? 사랑하는 사이 아닙니까? 그럼 사랑하는 사이도 아니면서 왜 혼자 뛰는 불쌍한 청춘들 염장 질러가며 그러고 붙어 있습니까?"

교관의 벼락같은 질문에 정신을 차린 두 사람이 시선을 마주쳤다. 가슴에서 다리까지 한 몸이 되어 있는 두 사람의 온기가 서늘한 강바람 속에서 서로를 감싸 안았다.

"자, 다시 묻습니다. 두 분 사랑하십니까?"

"사랑합니다."

사랑, 그까짓 거. 다시 한번 해보면 되는 거지. 이 여자를 놓치는 것보다는 그 편이 나으리라.

덤덤한 민혁의 고백에 교관은 만족한 미소를 지어 보였지만 아까부터 두근거리던 지완의 심장은 더 크게 울려왔다.

이건 너무 높은 데 올라온 공포감 탓일 거야. 저 남자는 그냥 못 이겨서 하는 얘기야. 그녀는 자신의 귀에도 들릴 것 같은 심장 소리를 민혁이 눈치채지 않았으면 싶었다.

"여자분은요? 이거 남자분 혼자 하는 짝사랑입니까? 자, 시간 없습니다. 다른 사람들 저기 줄 서서 기다리고 있어요."

교관은 자신이 듣고 싶은 얘기를 듣지 않으면 절대로 카운트를 하지 않을 것 같은 얼굴이었다. 교관 역시 언제나 혼자 뛰는 불쌍한 청춘이었다. 민혁이 고개를 숙여 지완을 바라봤다.

"대답 안 해? 안 뛸 거야?"

"환불은 안 됩니다. 잘 생각하고 대답하세요."

"사랑······할 겁니다."

민혁과 교관, 두 남자 모두 지완의 조그만 답변이 마음에 들지 않았지만 이쯤에서 타협을 해야 했다. 그렇지 않으면 오늘 오후 번지점프를 하기 위해 기다리는 다른 사람들의 초조한 지루함이 너무 길어질 게 분명했다.

"카운트다운 하면 낙하합니다. 오, 사, 삼, 이, 일!"

교관의 카운트다운이 진행되자 민혁은 팔을 올려 지완의 머리를 감싸 안아 자신의 가슴에 닿게 했고, 다른 한 손으로 그녀의 허리를 힘차게 안았다.

그의 가슴에 그녀의 얼굴이 파묻혔고, 그의 허리에 그녀의 두 팔이 둘러졌다. 이제 완벽하게 하나가 되어 두 사람이 공중을 날았다. 지완의 작은 비명과 민혁의 나직한 웃음 속에서 하늘과 바람, 그리고 사람이 하나가 되어 비상했다.

9. 번개가 치는 날

  돌아오는 길은 겹겹이 둘러싸인 산 어름 중간에 해가 걸려 있었다. 민혁과 지완이 타고 있는 차는 이구와 한상이 타고 있는 차와 이미 다른 길로 들어서고 있었다.

  "왜 이쪽으로 가는 거예요? 이구 씨 차는 아까 저쪽으로 가던데."

  "왜 꼭 같이 가야 하는데?"

  한참을 기분 좋게 운전하던 민혁은 그 버릇없는 남자 얘기에 정색을 하고 그녀를 노려봤다.

  그들이 타고 있는 차가 도착한 곳은 햇살이 반짝거리는 강변을 따라 오붓한 산길의 한적한 어느 곳에 자리 잡은 자그맣고 아름다운 별장이었다. 지붕이 낮은 별장 주변의 굽이굽이 산길에는 벚꽃이 눈처럼 휘날렸다.

  "여기는 조용하네요."

그녀가 창문을 활짝 열어젖힌 채 말했다. 느릿느릿 저무는 태양이 하늘과 거실을 온통 오렌지 빛으로 물들이고 있었다. 창밖의 라일락 향기에 섞여 살구꽃과 사과꽃 향기도 함께 묻어나는 듯했다.

"왜 온 거예요?"

"쉬었다 가려고. 오늘은 너무 무리를 했어. 심장이 놀랐다구."

"진짜 무섭긴 했던 거예요?"

"당연하지. 난 앞으로도 혼자 번지점프는 절대 안 할 거야. 당신이랑 같이 한다면 또 모를까."

지완의 의심 섞인 질문에 민혁이 확실하게 대답했다. 어느새 베이지색 니트 셔츠에 검은 진바지로 갈아입은 그는 퉁명한 어조와는 달리 경쾌해 보였다.

"그렇게 놀랐으면 혼자 쉬는 게 낫지 않겠어요? 난 이구 씨랑 가면 되는데."

지완의 입에서 눈치 없이 튀어나온 다른 남자의 이름에 민혁의 얼굴이 금세 굳어졌다. 그도 왜 그녀와 함께 이곳에 오고 싶었는지 몰랐다. 굳이 알고 싶지도 않았다. 다만 한 가지 확실한 건 이구인지 삼구인지 하는 마음에 안 드는 녀석하고 그녀가 나란히 가는 꼴만은 보고 싶지 않았다는 것이다.

"그래서 하는 말인데, 도대체 그 녀석하고는 무슨 관계……."

그의 추궁이 시작도 되기 전에 지완의 핸드폰이 주인만큼이나 눈치 없이 분위기 파악도 못 하고 울려댔다. 민혁은 하고 싶은 말을 꾹 눌러 참고 그녀가 핸드폰을 찾기도 전에 잽싸게 뺏어 들어 전원을 꺼버렸다.

석환은 다시 단축키를 눌렀다. 통화음이 가던 전화가 이제는 전원이 꺼졌다고 한다. 혹시 그녀 옆에 민혁이 있는 걸까? 머리를 벅벅 긁어대던 석환은 핸드폰을 집어던지고 대본을 집어들었다.

이 바닥에서 오래 굴러먹은 매니저는 아까부터 한참 동안 안절부절못하는 석환의 행동에 인상을 썼다. 뒤늦게 정서 불안 증세가 나타나다니. 웬만한 무대에서도 배짱 하나만으로 버티던 녀석이었는데 요즘 들어 아무래도 수상했다. 빽빽한 스케줄을 한 번의 펑크도 없이 성실하게 소화해내고 있기는 하지만 아무래도 무언가 불안해 보였다. 보통 몇 년씩 함께하다 보면 무슨 생각을 하는지, 무슨 마음을 먹고 있는지 이심전심, 부처님 손바닥 알듯이 알게 마련인데, 이번만큼은 인기 절정인 이 잘나가는 젊은 배우의 머릿속에 뭐가 들어 있는지 그는 도무지 짐작할 수가 없었다.

"무슨 일 있는 거야? 왜 그렇게 빠져 있어?"

매니저는 석환이 바라보고 있는 대본이 한참 동안 넘어가지 않자 슬며시 물었다.

"형, 사랑의 도피 같은 거 해본 적 있어요?"

"사랑의 도피? 왜, 이번 회에 주인공들이 도망이라도 가?"

거의 생방송에 가깝게 진행되는 미니시리즈에서 석환은 부모의 원수를 사랑하는 재벌 역을 맡아 시청자들의 마음을 흔들고 있었다. 매니저 입장에서 보면 석환과 아주 적절하게 어울리는 배역이었다.

"아니, 내가 한번 해보면 어떨까 해서. 사랑하는 여자를 보쌈해서 알래스카 같은 데 숨어 사는 거야."

"왜 하필 알래스카냐? 얼어 죽겠다."

"형은, 분위기 깨고 있어. 둘이 사랑하는데 추위 같은 게 뭐가 중요해."

"사랑은 사랑이고, 추운 건 추운 거지."

요즘 들어 얼굴이 어둡고 안색이 안 좋은 석환이 그답지 않게 말장난을 걸자 매니저가 장단을 맞춰주고 있었다.

"그런가? 그럼 하와이로 할까?"

"하와이로 가든 알래스카로 가든, 도망갈 여자는 있어?"

"아? 그게 문제네. 여자를 꼬셔야겠네."

매니저의 수상쩍은 눈빛에 석환이 그제야 생각났다는 듯 고개를 끄덕였다.

"근데 형, 여자가 싫다고 하면 어쩌지?"

"눈 나쁜 여자를 꼬실 생각이니? 거울을 봐라. 누가 널 싫다고 하겠냐?"

그는 남자가 봐도 잘생긴 녀석이었다. 게다가 집안 괜찮고 매너 역시 나쁘지 않았다. 여동생 있으면 가족이라도 삼고 싶을 정도로 탐나는 놈이었다.

"그렇겠지? 그런데 만약 임자 있는 여자라면?"

석환의 무심한 질문에 이번에는 매니저가 펄쩍 뛰었다.

"야, 너 혹시……."

"혹시 뭐?"

석환의 눈썹이 궁금하다는 듯 물었다.

"임자 있는 여자한테 껄떡대는 건 지랄하는 거다."

매니저의 거친 충고에 석환이 키득거리며 웃음을 터뜨렸다.

흠, 유부녀는 아닌 모양이군. 가만, 그럼 여자가 있긴 있다는 소리야? 석환의 장난기 가득한 웃음에 겨우 안도의 한숨을 내쉬던 매니저의 머릿속이 더욱 복잡해졌다.

주인의 허락도 없이 핸드폰의 전원을 끊은 것도 모자라 아예 배터리까지 분리한 그는 결국 핸드폰을 소파 한구석으로 던져버렸다. 틀림없이 그 허옇고 시꺼멓고 건방진 녀석이 분명하다. 그들의 차가 따라오지 않으니까 아마 부리나케 전화를 해대는 모양인데 어림없었다.

"지금 뭐 하는 거예요."

지완이 잽싸게 달려갔지만 민혁은 한 발짝 먼저 다가가 핸드폰이 있는 그 자리를 차지하고 눌러앉아버렸다. 세상에, 핸드폰 고장 나겠다. 애도 아니고 어쩌면 이렇게 단순할 수 있을까.

"저리 안 가요? 핸드폰 망가지겠어요."

"망가지면 하나 사줄게. 아, 이 기회에 번호도 새로 바꾸는 게 어때?"

민혁이 아무렇지도 않게 대꾸했지만 빤히 보이는 그의 속셈에 지완이 인상을 썼다.

"됐거든요. 우리 언제 가요?"

"하룻밤 쉬고 갈 건데? 얘기했잖아, 심장이 놀랐다고."

"나는 갈아입을 옷도 없단 말이에요."

"찾아보면 있을 거야."

그가 그녀의 손을 잡아끌었다. 손끝에 전해오는 온기에 화들짝 놀라서 떨어졌지만 그는 완강했다. 도대체 이 남자가 왜 안 하던 짓을 하는지 지완은 이해할 수가 없었다.

2층의 한쪽 벽장에는 꽤 비싸 보이는 여자 옷들이 여러 벌 걸려 있었다.

"누구 옷인데요?"

그녀는 민혁이 챙겨주는 옷들을 손에 들고 의심스럽게 물었다. 언젠가 패션쇼 현장에서 만났던 그 여우 같은 여자 옷이라면 절대 안 입겠다고 마음속으로 굳게 다짐했다.

"지은이 거."

"그 여자는 또 누군데요? 왜 이렇게 여자가 많아요?"

"회장님 따님. 나한테는 여동생 같은 친구야. 벌써 결혼해서 애가 둘이지."

웬일로 민혁이 친절하게 설명했다. 하지만 네 마음을 다 알고 있다는 듯 그의 히죽거리는 미소는 영 마음에 들지 않았다. 그나저나 사자 아저씨가 엄청 걱정하시겠네.

"어쩌면 그렇게 음식 솜씨가 없어요?"

붉은 티셔츠와 찢어진 청바지, 그리고 레이스가 잔뜩 달린 앞치마를 두른 지완이 민혁에게 비누 거품이 가득한 그릇 하나를 건네주며 투덜거렸다. 산속의 밤은 다른 곳보다 이르게 온다. 어느새 그들을 둘러싼 세상이 캄캄해졌다.

"지금 누가 할 소리를 누가 하고 그래? 요리는 당신이 해야지."

"그런 게 어디 있어요? 여기는 당신 별장인데 당신이 해야지."

마지막 그릇을 건네주던 그녀가 눈을 동그랗게 뜨고 대꾸했다. 두 사람 다 아무것도 할 줄 모르는 덕에 관리인 아저씨가 채워놓은 냉장고의 고기나 생선은 건드리지도 못했고, 관리인 아저씨 집에서

공수한 산나물과 밑반찬으로 허겁지겁 급하게 저녁을 챙겨 먹어야
했다.

"그럼 나중에 우리 집에서는 당신이 할 거야?"

"음, 그때는 우리 집이니까 같이 해야겠죠?"

'우리 집'이라는 말에 민혁이 한순간 멈칫거렸지만, 그녀는 '우리'라
는 단어의 무게를 전혀 눈치채지 못한 모양이었다.

우리 집. 그녀와 나의 집. 썩 나쁜 그림은 아닐 것 같았다. 꽤 오랫
동안 우리집을 가져본 기억이 없었던 것 같았다. 아버지가 돌아가시
고 가족이 뿔뿔이 흩어진 후 집은 언제나 그냥 집일 뿐이었다.

"그런데 왜 이렇게 서늘해요? 보일러를 올리면 안 돼요?"

민혁이 건네주는 찻잔을 받으며 지완이 팔뚝 위로 돋은 소름을
문질렀다. 창문을 꼭꼭 닫았지만 봄이 오는 밤은 추웠다. 가볍게 재
채기를 한 그녀가 부르르 몸을 떨자 민혁이 일어섰다.

"보일러가 고장 났나 봐."

진작부터 보일러 온도를 올려놨지만 거실에는 냉기만이 가득했
다. 보일러 돌아가는 소리도 영 시원찮았다. 너무 오랫동안 이곳을
비워둔 모양이다. 민혁이 인상을 썼다.

"할 수 없다. 페치카에 불이라도 올려야겠어."

"페치카, 그냥 장식품 아니었어요?"

"난 가짜는 좋아하지 않아. 겉으로만 번쩍거리는 것엔 관심 없
어."

그가 능숙하게 페치카에 불을 올렸다.

"그런데 약혼은 가짜였잖아요."

"아니, 가짜로 하려고 했으면 약혼 따위는 하지도 않았어."

"그럼 진짜 결혼할 생각이었어요?"

"결혼할 수 없을 거라고 생각했어. 당신이…… 사랑하는 사람이랑 도망가면 포기하려고 했으니까. 그런데 그 남자가 먼저 포기하더군."

민혁이 몸을 일으키며 담담하게 중얼거렸다. 아, 그렇구나. 예전의 윤지완에게도 사랑하는 사람이 있었지. 하지만 그녀는 그 남자에게 어떤 약속도 해주지 못했었다. 헤어지자는 그를 붙잡을 수도 없었다.

"알고 있었어요?"

"그 사람이 왜 너한테 헤어지자고 했었는지 생각 안 해봤어?"

"아…… 설마, 당신이……."

그녀는 그제야 상황을 깨달았다. 예전의 지완을 버려두고 유학을 가버린 그 남자와의 사이에 민혁이 개입했을 거라고는 생각하지 못했다.

"아니, 내가 그런 게 아니야. 당신 아버지가 선택하셨지. 그리고 날 찾아온 건 그 남자야."

민혁이 지완의 동그래진 눈을 똑바로 보고 말했다. 합병은 다른 방법으로 얼마든지 가능했다. 결혼을 선택한 사람은 다름 아닌 지완의 가족과 지완의 첫사랑이었다.

"그 남자는 당신보다 돈을 사랑했어. 원하는 걸 가졌으니까 그 녀석한테는 미안할 게 없는데, 당신한테는 이런 일에 얽히게 해서 미안하다고 사과해야 하나?"

"네, 당연히요."

"왜? 오히려 고마워해야 하지 않나? 어차피 돈 때문에 결혼하려던 남자인데."

지완은 나직하게 한숨을 내쉬고 그를 마주 바라봤다.

"당신은 아닌가요? 돈을 보고 접근하든, 회사를 두고 접근하든 최소한 그 남자는 내가 선택한 사람이었어요. 사랑을 해도 내가 하고, 이별을 해도 내가 결정해야 했어요. 아닌가요?"

"약혼은 당신이 결정했잖아."

덤덤한 민혁의 대답에 지완은 나직한 한숨을 내쉬었다. 틀린 말은 아니었다. 어쨌거나 지완의 선택이었다.

"그래서 난 최소한 약혼은 가짜라고 생각해본 적 없어. 결혼은 쉽게 하지 못했겠지만."

페치카 안의 나무에서 요란하게 불꽃이 타오르자 민혁이 다가갔다.

가짜. 약혼은 가짜가 아니었는지 모르지만, 지금 그녀는 그와 약혼한 지완과는 다른 사람이었다. 어쩌면 이 사람한테 나도 가짜일 수 있겠구나. 이 사람의 인연은 어쩌면 앞으로 만나게 될 다른 연인이었을지 모를 일이었다. 언젠가는 하늘로 올라가야 할 선녀가 아닌, 진짜 인연. 그녀처럼 가짜가 아닌 정말 사랑하는 사람. 지완은 불을 지피는 그의 뒷모습을 바라보며 문득 스친 생각에 머리가 복잡해졌다. 왜 갑자기 이런 생각이 드는 걸까? 오늘 번지점프가 머리와 가슴을 뒤흔들어놓은 게 틀림없었다.

"그래서, 아직도 그 남자를 사랑해?"

한동안 지난 시간에 대한 기억과 엮여버린 인연으로 침묵하던 지완에게 민혁이 물었고 지완은 새삼스럽게 고개를 들어 그를 바라봤다.

"아니요."

"진짜 아닌 거야?"

"얘기했잖아요. 난 신뢰할 수 없는 사람 별로 안 좋아한다고. 사랑하는 사람의 마음을 가지고 장난치는 일은 해서는 안 돼요. 그게 진짜이건 가짜이건 간에요."

지완의 대답에 민혁이 만족스러운 얼굴로 고개를 끄덕였다.

봄의 날씨는 변덕스러웠다. 방금 전까지도 아름답던 저녁노을은 어느새 검은 구름에 가려진 채 하늘을 더더욱 무겁게 가라앉혔고, 작은 빗방울들이 커다란 창에 조금씩 내려앉기 시작했다. 페치카의 은근한 불빛 속에서 두 사람이 커피 잔을 마주했다. 산속의 고요한 빗소리에 시간이 멈춘 듯했다.

"왜 그렇게 나한테 못되게 굴었어요?"

커피를 홀짝이던 그녀가 물었다. 조금만 친절했으면, 조금만 더 다정했으면 우리가 이런 식으로 만나지는 않았을 텐데.

"내가 언제?"

"당신 나한테 무심했어요. 외로워서 죽고 싶은 만큼 날 방치했어요."

그녀의 나직한 지적에 민혁도 머그컵을 내려놨다. 그는 단호했다.

"세상 누구나 혼자야. 외롭다는 건 어리광이라구."

"아니요. 세상은 같이 살아가는 거예요. 그리고 외롭다는 건 사랑받고 싶다는 얘기예요."

"사랑? 당신은 정말 아직도 그런 게 있다고 믿어?"

그는 정말 궁금한 얼굴이 아니었다. 지완은 낮은 절망의 한숨을 내쉬었다. 번지점프대 위에서 그녀를 감싸 안고 사람들 앞에서 사랑한다 고백하던 중얼거림은 역시나 할 수 없이 그냥 한번 해본 소리였다. 난 이 사람에게 뭘 기대한 걸까? 지난번 환생에서도 그랬듯, 잠시나마 또 다른 남자의 꼬임에 넘어갈 뻔했다.

"믿어요. 그리고 민혁 씨도 예전의 그녀를 사랑했다면서요?"

"옛날 얘기는 하고 싶지 않아. 하지만 사랑이 있었다면 그녀가 그렇게 떠나지는 않았겠지."

남의 과거 얘기는 뒤집어놓고 민혁은 자신의 사랑에 대해서는 더 이상의 대화를 거부했다.

서연. 오랜 첫사랑. 그는 아직도 그날의 일을 생각하면 자기도 모르게 손에 힘이 들어갔다. 어리고 나약하고 힘이 없었다. 그래서 그녀가 그렇게 뒤돌아가는 걸 막지 못했다는 사실이 언제나 그를 괴롭혔다. 이제는 뭐든지 할 수 있는데 내 옆에 그 사람이 없다는 사실이 그를 힘들고 아프게 했다. 행복하니, 민서연? 날 버려두고 가서 잘 사는 거니? 그는 묻고 또 묻고 싶었다. 그런 그의 모습에는 지난 시간의 그리움이 가득했다. 차갑고 냉정한 이 남자도 사랑을 알고, 사랑을 할 줄 아는 남자였다.

서늘해져 가는 공기 속에서 그녀가 몸을 웅크리고 팔로 자신의 무릎을 감싸 안았다. 그런 지완을 바라보며 민혁이 몸을 일으켜 페치카로 다가갔다.

"날이 더 추워지는 거 같네. 안 되겠다. 오늘은 여기서 같이 자야겠다."

"뭐라구요? 같이 자자구요?"

그가 벽난로 안의 나무들을 뒤적였다. 붉은 불꽃이 섬광처럼 일어났다 가라앉았다. 그리고 지완도 불꽃처럼 펄쩍 뛰어올랐다.

"이 날씨에 이런 냉방에서 잠이 들면 감기 걸릴 게 뻔해."

"그냥 서울로 올라가는 건 어때요?"

"이 시간에 운전하는 거 귀찮아."

지완은 민혁의 급작스러운 행동들에 고개를 갸웃거렸다. 이 사람이 또 무슨 생각을 하고 있는 걸까? 아무래도 오늘 평상시의 그답지 않은 일을 너무 많이 하고 있었다.

"이상한 짓만 해봐요. 가만 안 있을 테니까."

그녀가 단단히 경계하는 목소리로 경고했다. 이불을 똘똘 몸에 말고 있는 지완은 꼭 허물을 몸에 두른 애벌레 같았다.

"싫다는 여자를 덮칠 만큼 여자가 부족하진 않아."

"잘나셨어요."

그녀가 '홍' 하고 비웃었다. 또다시 지난번 그 여자가 생각나자 그녀가 그를 흘겨봤다. 푸른 섬광이 거실을 훤히 비추는 듯하더니 거센 빗방울들이 유리창을 금방 사납게 두들겨댔다.

"무서워하지 마."

민혁이 그녀 곁에서 나직하게 달랬다. 하늘을 찢을 듯한 천둥소리가 우렁찼다.

"별로 안 무서워요. 자연의 이치에 무서울 게 뭐가 있어요."

"그럼 당신은 뭐가 무서운데?"

"사람이요. 그것도 아주 나쁜 마음을 품고 있는."

그녀는 그가 마치 그런 나쁜 사람이라도 되는 양 눈길을 돌리지 않고 말했다.

"난 그렇게 나쁜 놈은 아니야."

"원래 나쁜 놈들은 본인을 그렇게 얘기해요. 양심이 있으면 나쁜 짓을 막 할 수 없거든요."

"어떤 사람이 좋은 사람이지? 그런 거 상대적인 거 아니야?"

그가 되물었다. 그리고 그녀가 뭐라 대꾸하기도 전에 말을 이었다.

"난 나한테 잘하는 사람만 좋은 사람이야. 착한 사람인 척하면서 아무 데나 퍼주고 누구한테나 간섭하는 거 질색이야. 끔찍해."

"누가 간섭하래요? 절실하게 힘들어서 손 내미는 사람은 손을 잡아줘야지요."

"본인이 무능력해서 그런 걸 왜 다른 사람이 도와줘야 하지?"

쌀쌀맞은 민혁의 대꾸에 그녀는 등을 휙 돌렸다. 여전히 구제 불능이었다. 다시 환한 섬광이 방 안을 채웠다.

"벼락은 뭐 하나 몰라."

"피뢰침이 설치되어 있거든."

천둥소리에 묻힌 그녀의 혼잣말을 용케 알아들은 그가 유쾌한 목소리로 대답했다. 어둠 속에서 그의 하얀 이가 번뜩이는 듯도 싶었다.

그렇게 그 밤은 빗소리와 함께 지나가고 있었다.

민혁은 쏟아지는 햇살 속에서 눈을 떴다. 밤사이 비가 그친 모양이었다. 침대가 아닌 바닥에서 잔 덕에 온몸이 뻐근했지만 오랜만에 정신없이 편안한 숙면을 취한 듯했다. 그런데 한쪽 어깨가 저릿해왔다. 지완이 그의 한쪽 어깨에 머리를 기댄 채 쌕쌕거리며 잠들어 있었다. 나쁘지 않은 아침이었다. 아니, 요즘 들어 이처럼 숙면을 취한 적이 언제였는지 기억도 나지 않았다. 그는 깊이 잠들어 있는 그녀를 물끄러미 바라봤다.

하얀 얼굴에 긴 속눈썹, 분홍빛 볼, 붉은 입술을 가진 그녀가 다시 그의 품을 파고들었다. 가슴을 스치는 숨결에 그가 조용히 입술을 가져갔다. 그건 순전히 급작스러운 충동에서였다. 입술과 입술이 닿는 순간, 단 한 번도 가져보지 못했던 낯선 감각에 그는 갑자기 행복해졌다. 그건 따뜻하고 부드러웠고 매혹적이었다. 꼭 포근한 봄을 품에 안은 느낌이었다. 그래서 민혁은 욕심을 냈다. 어제 번지점프를 할 때에도 그는 이 느낌이 너무 좋았다. 하늘에서 떨어지는 짜릿함과 자유로움보다 그녀를 품에 안을 수 있다는 사실이 더 마음에 들었다. 조금만, 아주 조금만 더.

"음."

낮은 그녀의 호흡까지 그는 같이 마셔버렸다. 달콤함이 온통 그녀를 감싸왔다. 잠결에 눈을 뜬 그녀의 입술이 열리자 낯선 갈증과 흥분이 그를 집어삼켰다. 그의 손가락이 그녀의 머리카락에 엉켰고, 그의 체중이 그녀에게 실렸다. 입술 끝에서 전해지는 따뜻한 느낌이 온몸으로 전해지고 있었다.

"그만."

그가 그녀의 탐스러운 목에 입술을 파묻는 순간 갑자기 모든 것이 일시에 중지되었다. 민혁이 겨우 자신의 몸을 떼어내자 몸을 일으킨 그녀가 야무지게 그의 뺨을 때렸다. 정신이 번쩍할 정도로 매서운 손놀림이었다.

"아야! 싫어하진 않았잖아."

"그렇다고 허락하지도 않았어요."

"약혼한 사이에 키스 정도는 괜찮잖아."

"안 괜찮아요. 약혼은 했을지 모르지만 우리가 그렇다고 사랑하는 건 아니잖아요."

입술에는 아직도 그의 온기를 간직한 채 그녀가 단호하게 말했다.

"사랑 그까짓 거 하면 되잖아."

"사랑 그까짓 거요?"

민혁의 대답에 지완이 어안이 벙벙한 얼굴로 되물었다. 아무도 재촉하지 않았는데 이 사람이 먼저 사랑을 이야기한다.

"나도 당신도 한 번은 해본 거잖아. 그러니까 한 번 더 한다고 큰일 안 나겠지."

"그래서 지금 나랑 결혼이라도 하겠다는 거예요?"

"그럴 수도 있지. 미래는 아무도 몰라."

진지한 그의 표정을 지완은 도저히 이해할 수 없다는 얼굴로 바라봤다. 입술과 온몸에는 아직도 그의 체온이 분명하게 느껴졌지만, 아직도 그의 마음은 알 수가 없었다. 그런 그녀를 바라보며 민혁이 싱긋거렸다. 그의 웃음이 지완은 자꾸만 가슴 안에 와 닿았다.

10. 만월의 밤

시간은 잘도 흘러갔다. 연하던 나뭇잎이 짙어졌고, 신록의 향기도 강해졌다. 이제 완연한 봄날이었다.

그리고 두 사람의 사이에도 봄기운이 흘렀다. 항상 무정하기만 했던 민혁도 지완을 대하는 태도가 조금씩 달라졌다. 언제나 약속되어 있던 금요일의 오후와는 상관없이 그들은 시시때때로 만나 밥을 먹고, 거의 매일 싸움을 했다. 물론 그가 근본적으로 변했다고 보기에는 무리가 있었다.

그는 여전히 연민이나 자비심과는 상관없는 남자였고, 세금이 면제되는 최소한의 기부 행위를 제외한 자선 행동을 이해하지 못하는 남자였다. 어제만 해도 회사 합병이 이루어지며 생긴 주식배당금의 일정 부분을 버려진 아이들을 위한 고아원에 기부하는 일을 놓고 그들은 한참을 싸워야 했다.

"아이들이 불쌍하지도 않아요?"

"왜 내가 걔들을 불쌍히 여겨야 해? 자기 부모도 돌보지 않는 아이들을 어째서 내가 챙겨야 하는 거지?"

그가 정말 이해할 수 없다는 얼굴로 반문했다. 어지간히 이기적이고 인정머리 없는 발언에 지완은 그저 혀를 차야 했다.

"부모가 오죽했으면 그랬겠어요?"

"당신이 순진해서 그런데, 일부러 그러는 부모들도 많아."

"왜 그렇게 부정적으로만 생각해요?"

"세상은 나쁜 일투성이니까."

한숨 쉬는 그녀에게 그가 당연하다는 투로 말했다. 세상엔 나쁜 일보다 좋은 일, 악한 일보다 선한 일이 많기 때문에 굴러간다는 사실을 이 남자에게 이해시키는 건 그야말로 그녀가 진짜 선녀가 되는 일만큼이나 어려웠다.

지완이 차 안에서 커다란 한숨을 내쉬자 그가 그녀에게로 시선을 돌렸다. 어느새 차가 목적지에 도착하고 있었다.

"안 들어가?"

"여기가 어디예요?"

그렇게 묻기는 했어도 이미 알고 있었다. 대리석 바닥이 깔린 호화로운 주상복합 아파트 로비는 한눈에 봐도 그가 살고 있는 집이었다. 그의 손가락 지문에 무거운 문이 '삑' 소리를 내며 열리자 민혁이 머뭇거리는 그녀의 손목을 잡아끌었다.

"걱정 마. 아무 짓도 안 할 테니까. 그냥 조용히 얘기하고 밥만 먹을 거야."

"걱정 안 해요. 같이 안고 뛰어내리고, 함께 잠도 잔 사이에 걱정

할 게 뭐 있어요?"

　그녀가 새침하게 대꾸하자 그가 픽 하고 웃음을 터뜨렸다. 그녀는 도전을 피하는 스타일이 아니었다.

　모든 가구가 빌트인 되어 있는 그의 집 안은 지나칠 정도로 깔끔하게 정돈되어 사람의 온기라고는 찾아볼 수 없는 공간이었다. 높은 천장의 간접조명, 브라운 색으로 통일된 목제 가구와 더 짙은 색의 가죽 소파, 차가운 대리석 식탁에 물 한 방울 없는 주방. 지완이 주변을 두리번거리며 인상을 썼다. 차갑고 썰렁하고, 게다가 도무지 색감이라고는 찾아볼 수 없는 곳이었다. 안 그래도 칙칙한 사람인데 아주 사방이 컴컴하구만.

　"밥 먹기 전에 뭐 마실래? 커피 줄까?"

　"싫어요. 커피도 시커멀 거 아니에요?"

　"응? 뭐라구?"

　지완이 고개를 흔드는 이유를 못 알아들은 민혁이 다시 물었다.

　"안 그래도 집 안이 전부 어두컴컴한데 마시는 것까지 블랙으로 들이켤 수는 없잖아요. 오렌지주스 줘요. 아니면 딸기주스라도."

　"그럼 불을 켤까? 어두워?"

　지완의 불평에 그가 얼른 거실의 불을 전부 올렸다.

　"아주 많이 어두워요. 도대체 누가 인테리어를 한 거예요? 색이라고는 달랑 검정이랑 갈색밖에 없네요."

　"그럼 오렌지주스 마셔. 딸기까지는 안 챙겨놨을 것 같으니까."

　그가 그제야 지완이 하고자 하는 말을 알아듣고는 미소 지었다. 분홍빛 재킷에 붉은 꽃이 선명하게 프린트된 티셔츠 차림의 그녀가 그의 집에서 유일하게 빛나는 원색이었다.

"여기가 마음에 안 들어?"

"살기는 편할 거 같은데 온기가 너무 부족해요. 화분이라도 좀 키
워요. 그럼 좀 사람 냄새가 날 거예요."

사람 냄새. 그녀는 그에게 부족한 무언가를 정확하게 알고 있었
다. 하지만 지완이 오기 전까지는 그는 그가 살고 있는 집에 아무런
불만이 없었다. 벽지가 어두워 보인다는 생각도, 원목이 무거워 보
인다는 느낌도 전혀 없었다. 하지만 그녀의 지적에 어느새 집 안의
분위기가 서늘해지고 있었다.

"그리고 또?"

"그리고 또 뭐요?"

"또 뭘 바꾸고 싶은데?"

"하나둘이어야죠. 내 맘대로 하라고 하면 완전히 다른 집이 될 텐
데 괜찮겠어요?"

"진작에 각오하고 있어. 설마 그렇게까지 나쁘기야 하겠어?"

그녀가 놀리듯 물었고 민혁은 전혀 문제 될 것 없다는 듯한 표정
으로 대답했다. 어차피 결혼하게 되면 인테리어는 새로 해야 할 것
이다. 결혼이라……. 또 결혼. 민혁은 자꾸 그녀와의 미래를 생각하
는 자신의 모습에 자기도 모르게 놀라게 된다. 그러면서 왠지 그 미
래가 나쁘지 않았다. 아마 지완이 이 집에서 살게 된다면 화초는 필
요 없을 것이다. 그녀의 존재만으로 집 안은 충분히 환해지고 사람
냄새가 넘치게 될 것이다.

"무슨 생각 하는데 그렇게 혼자 웃어요?"

"좋은 일, 내 마음에 드는 생각."

"그게 무슨 생각인데요?"

"아마 당신은 아주 마음에 들지는 않을 거야. 그러니까 이 생각은 그냥 나한테 맡겨봐."

지완의 반짝이는 호기심을 살짝 모른 척하면서 민혁이 다시 한번 입가에 기분 좋은 호선을 그렸다. 그런 민혁을 지완이 수상스럽게 지켜봤다.

식사를 마치고 민혁이 컴컴한 커피를 내리는 동안 지완은 거실 한쪽에 장식된 콘솔 위에 넘어져 있는 액자 하나를 바로 세웠다. 가죽으로 테두리가 된 액자 안에서 중년 남자와 젊은 여자, 그리고 사춘기쯤으로 보이는 두 명의 남자아이와 여자아이가 웃고 있었다. 썰렁하기만 한 민혁의 거실에서 유일하게 사람 냄새가 나는 물건이었다.

"누구예요?"

"새엄마, 그리고 동생."

커피 잔을 테이블 위에 내려놓으며 그가 말했다.

"아, 그런데 다 어디 있어요?"

"미국에서 공부하는 중이야. 둘 다 제법 잘해내고 있어."

그녀에게 다가온 그의 얼굴에 흐뭇함과 자랑스러움이 스치고 지나가자 지완은 살포시 미소 지었다.

"왜 웃는 거야?"

"아니, 오늘 민혁 씨가 제일로 사람 같아서요. 이분은 아버님이에요?"

그가 말없이 고개를 끄덕였다. 짙은 눈썹과 반듯한 이마, 날카로운 눈을 가진 사진 속의 남자는 민혁과 닮아 있었다. 아마도 그가 나이를 먹게 되면 이런 모습일 게 분명했다.

"닮았네요?"

"설마, 절대 이 양반처럼은 되지 않을 거야."

그는 자신에게 맹세하듯 중얼거렸다. 사진을 굳이 치우지 않는 이유도 자신의 결심을 잊지 않기 위해서였다.

지완은 민혁의 중얼거림에 새겨진 원망의 소리에 작은 한숨을 삼켰다. 그가 그녀의 손에서 사진을 빼앗듯이 가져가 다시 콘솔 위에 엎어놨다.

"사람들이 전부 다 당신처럼 강하기만 한 건 아니에요."

"아니, 그건 비겁한 거야."

그가 차갑게 말했다. 세상에 혼자 남겨진 그는 병실에 싸늘한 주검으로 남겨진 아버지를 위해 슬퍼할 여유조차 없었다. 동생들을 책임지고 회사를 떠맡아야 했기 때문이다.

"당신 아버지는 외로우셨고 남들보다 조금 약하셨던 것뿐이에요. 그게 당신을 사랑하지 않는다는 뜻은 아니에요."

"부모가 자식 앞에서 나약해질 수도 있는 건가?"

"가끔은요. 그분들도 인간이잖아요. 그 순간이 외롭고 아프고 힘들었던 거예요."

그녀가 나직하게 말했다. 지완을 바라보는 그의 눈빛이 뜨거웠다.

사람들은 다 아버지가 무책임하고 이기적이라고 했다. 모질고 비겁한 인간이라고도 했다. 그는 그런 사람들에게 아무 대꾸도 할 수 없었다. 아버지는 아팠던 거라고 왜 말하지 못했을까? 왜 자신은 조금 더 빨리 아버지가 힘들었다는 사실을 이해하지 못했을까?

"괜찮아요. 그건 당신 탓이 아니에요."

민혁의 눈빛이 너무 슬퍼 보여 그녀는 가슴이 아팠다. 지완은 손을 뻗어 그의 어깨를 토닥였다. 그 순간 그는 커다란 짐을 내려놓은 기분이었다. 지금껏 누구도 그를 위로해준 적이 없었다. 아니, 위로 같은 건 받고 싶지 않았다. 하지만 그녀만은 달랐다.

"나도 우리 아버지처럼 힘들고 어려운 일에 맞닥뜨리면 도망가게 될지도 몰라."

"아니요, 그건 절대 아니에요."

그의 목소리에 묻어 있는 희미한 두려움에 지완이 단호하게 고개를 흔들었다.

"그걸 당신이 어떻게 알아?"

"난 다 알아요. 당신은 좋은 사람은 아니지만, 그렇다고 약한 남자는 절대 아니에요."

지완의 자신만만한 대답에 민혁이 한참 동안 그녀를 바라봤다. 아들은 아버지를 닮는다고 했다. 그래서 그는 자신이 약해질까 봐 언제나 걱정스러웠다. 하지만 그녀의 한마디에 갑자기 자신이 강해진 듯한 느낌이었다.

"다행이군. 난 좋은 남자는 되고 싶은 생각이 없으니까."

"장하네요. 그렇게 찬바람 나게 살다가는 얼어 죽는단 말이에요."

어느새 예전의 그로 되돌아온 민혁의 대답에 지완이 절망에 가까운 한숨 소리를 내자 그가 웃음을 터뜨렸다.

"따뜻한 당신이 있어서 난 죽을 것 같지는 않은데. 당신은 봄 같아."

"봄이요?"

"응, 당신이랑 있으면 춥지가 않아."

민혁이 자리에서 일어나 그녀 곁으로 다가왔다. 그는 지완의 손에서 커피 잔을 빼앗아 테이블 위에 옮겨놓고 그녀를 자신의 품으로 끌어당기며 중얼거렸다.

마음속의 냉기가 가시는 듯했다. 엉겹결에 그에게 안긴 지완은 아무 반항 없이 그의 몸에 팔을 두르고 그의 어깨를 토닥였다. 왠지는 몰라도 그래야 할 듯했다.

어느새 밤이 깊어가고 있었다. 고층 아파트 창가로 서울의 현란한 조명에 가리어진 달이 하얗게 보였다. 가득 차오른 만월의 달이었다. 어느 곳엔가 날개옷을 입은 선녀가 하강을 하고 있을지도 몰랐다.

"좀 더 있다 가면 안 돼?"

지완이 가방을 들고 일어서자 민혁이 그녀의 팔목을 잡아 세우며 제안했다.

"너무 늦었어요. 집에서 걱정해요."

같이 마주 앉아 식사를 하고 나란히 함께 음악을 듣고 그리고 둘이 뜨거운 커피를 홀짝이며 시간이 주는 편안한 침묵을 즐겼다. 그러다보니 어느새 자정이 다 되어가고 있었다.

"전화하면 되잖아."

"그래도 안 돼요."

"왜?"

"민혁 씨가 나 꼬실 거 같아서요."

불만스럽게 묻는 민혁에게 지완이 진지한 얼굴로 대꾸했다. 자신의 감정을 감출 생각이 전혀 없는 듯 여전히 그녀의 손목을 꼭 붙들고 있는 그의 얼굴에 얼핏 미소가 지나갔다.

그녀가 느끼고 있는 것처럼 그는 오늘 밤 지완을 보내고 싶지 않았다. 그녀가 없는 텅 빈 거실에 혼자 남고 싶지 않았다.

"꼬시면 넘어가줄 건가?"

"아니요."

"그럼 반대로 하지. 당신이 나를 꼬시는 건 어때? 난 넘어가줄 생각이 있는데?"

"그럴까 봐 안 돼요."

여전히 미련이 가득한 얼굴로 민혁이 중얼거렸고 지완은 새침하게 고개를 흔들었다. 단호한 그녀의 대답에 그가 할 수 없다는 듯 천천히 꼭 붙들고 있는 지완의 손목을 내려놓고 자동차 키를 챙겨 들었다.

지완이 민혁의 집에서 나왔을 때는 꽤 늦은 시각이었다. 하지만 아무래도 민혁의 얼굴이 심상치 않아 보였다. 운전대를 잡고 있는 그는 화가 난 듯 굳어 있었다. 집에서 나올 때까지만 해도 나쁘지 않았던 그가 또 무슨 일로 저렇게 심통을 부리는지 그녀는 이유를 알 수 없었다.

"왜 그렇게 화가 나 있어요?"

"아냐, 아무것도."

"내가 집에 간다고 해서 화났어요?"

"그런 거 아니야."

그의 대답에 지완이 이해할 수 없다는 듯 고개를 갸웃거렸다.

민혁은 자신이 왜 심술이 나는지 스스로에게조차 설명할 수 없었다. 일단은 그녀의 집으로 가는 길이 너무 짧았다. 게다가 매일 교통 체증에 시달리던 길도 시원하게 뚫려 있었다. 그리고 그녀를 데려다 주고 다시 이 길을 혼자 와야 한다는 사실도 마음에 안 들었다. 하지만 그는 그런 단순한 일에 화가 날 사람이 아니었다. 자신이 이렇게 기분 나쁜 데는 무언가 이유가 있을 게 분명하다고 생각했다. 그녀의 집이 가까워지면 가까워질수록 민혁의 기분도 나빠지고 있었다.

"음악 들어도 돼요?"

굳어진 민혁의 얼굴을 바라보며 지완이 물었다. 어느새 무거워진 차 안의 공기 탓에 그녀는 두 사람 사이를 중재할 무언가를 찾아야 했다.

그가 핸들을 꼭 잡은 채 그녀는 쳐다보지도 않고 고개만 까딱거리자 지완은 또 한숨을 내쉬었다. 남자가 변덕하고는. 성질만 더러운 줄 알았는데 알고 보니 변덕도 장난이 아니었다.

지완은 모니터 밑에 달린 몇 개의 버튼 중 전원 버튼을 찾아 눌렀다. 오디오라고 생각했던 버튼은 위성방송 수신기 전원이었던 모양이다. 엉겁결에 켜진 커다란 모니터 화면 속에서 석환이 미소 짓고 있었다. 연예 프로그램의 인터뷰 모습이었다.

"좋아하는 이상형은요?"

"음, 맑고 밝고 달처럼 예쁜 여자요. 눈빛은 반짝거리고 웃을 때는 그 눈이 반달이 돼요. 한쪽 볼에는 보조개가 들어가고. 아, 손가락은 길어야 돼요. 가끔은 너무 솔직해서 절 웃게 하는 여자가 좋아요."

지완은 다시 화면을 끄기가 뭐해서 슬쩍 민혁을 바라봤다. 그의 얼굴은 여전히 굳어 있다. 아이고, 이제 나는 모르겠다.

"상당히 구체적이시네요. 혹시 좋아하는 사람이라도 있으세요?"

"노코멘트. 없으면 연예인들의 뻔한 거짓말이라고 안 믿으실 거면서. 그리고 있다고 하면 또 귀찮게 하실 거잖아요. 한 가지 확실한건 발견하면 즉시 납치해올 겁니다."

"석환이가 말하는 사람이 당신이야?"

석환의 재치 있는 대답에 리포터가 웃음을 터뜨렸다. 그리고 지금껏 침묵을 지키고 있던 민혁이 드디어 입을 열었다.

"당신 눈에도 내가 맑고 밝고 예뻐요?"

"아니야, 절대."

민혁이 가차 없이 고개를 흔들자 그녀가 입을 비죽거리며 다시 화면으로 눈을 돌렸다. 석환의 잘생긴 얼굴이 그들을 향해 웃고 있었다.

"웃을 때 눈이 반달 모양으로 되는 여성분들은 다 희망이 생기겠네요. 그럼 팬 여러분께 마지막으로 인사라도 남겨주시죠."

"사랑해요, 당신을."

그가 한쪽 눈을 찡긋거리며 지완에게 고백하고 있었다. 민혁은 마지막 인사를 하는 석환을 바라보며 눈빛을 번뜩였다. 그동안 용케 서로를 피해왔다. 하지만 한 번 얽힌 인연은 자꾸만 또 다른 운명이 되어 다가오고 있었다. 민혁이 무서운 얼굴로 거칠게 모니터를 꺼버리자 지완은 '푹' 하고 한숨을 내쉬었다.

"나한테 그러는 거 아니에요."

"맞아, 당신한테 그러는 거 아니야. 그러니까 절대 이상한 생각은 하지도 마."

"이상한 생각은 당신이 하잖아요."

"난 당신을 누구한테도 안 뺏겨."

차를 세운 그가 단호하게 말했다. 이 남자는 지금 무슨 생각을 하고 있을까? 자신을 버린 약혼녀? 혹은 함께 떠난 친구? 아니면 지금 다른 남자에게 고백을 받은 나? 무엇이 됐든 지금 그의 상처를 낫게 해줄 수는 없을 것 같았다.

― 음, 맑고 밝고 달처럼 예쁜 여자요. 눈빛은 반짝거리고 웃을 때
  는 그 눈이 반달이 돼요. 한쪽 볼에는 보조개가 들어가고. 아,
  손가락은 길어야 돼요. 가끔은 너무 솔직해서 절 웃게 하는 여
  자가 좋아요.

석환의 목소리가 분명하게 각인되어 들려왔다. 맑고 밝고 달처럼 예쁜 여자. 또 한 여자를 함께 사랑하다니, 이건 절대로 있어서는 안 되는 일이었다.

지완과 헤어진 민혁은 그대로 핸드폰을 눌렀다. 벌써 오래전부터 기억에 담고 있던 번호였다. 아마 달라졌을지도 모른다고 생각한 번호는 바뀌지 않은 채 그대로였다. 연예인이기 때문에 수시로 변할 거라고 생각했는데 그렇지 않았던 모양이다.

"나 강민혁이야. 지금 봤으면 좋겠는데."

"지금? 어디가 좋은데?"

그의 나직하고 직접적인 요구에 석환의 낮은 목소리가 대답했다. 전화를 끊은 민혁의 얼굴이 더욱 딱딱하게 굳었다. 다시는 마주치지 않을 거라고 생각한 남자와 또다시 한 여자를 놓고 만나게 되리

라고는 생각지도 못했다.

　민혁은 무표정한 얼굴로 자신을 기다리고 있는 석환을 바라봤다. 오랜 시절 알아왔던, 한때는 친구라고 부를 수 있는 몇 안 되는 남자였던 석환의 절실한 눈빛이 그를 향하고 있었다.

　"오랜만이다. 안 그래도 할 말 있었는데."

　"난 너랑 할 말 없는데. 특히 내 약혼녀를 두고는."

　그가 뭘 바라는지 이미 알고 있었다. 하지만 그 역시 지완에 관한 한 어떤 것도 양보할 생각이 없었다.

　"서연이하고는……."

　"됐어. 지난 일이야. 그리고 넌 그냥 착한 운반책이었을 테니까."

　민혁은 석환의 얼굴은 쳐다보지도 않은 채 중얼거렸다.

　서연이 어쩌면 자신을 진심으로 사랑하지 않았을지도 몰랐다. 그동안의 속삭임은 다 거짓일 수도 있었다. 하지만 그녀의 선택이 석환이라는 생각은 들지 않았다. 최소한 그의 친구를 사랑하지는 않았을 거라 믿고 싶었다.

　"알고 있었어?"

　"그래, 알고 있었어. 너 원래 남의 부탁, 거절 못 하는 녀석이었으니까."

　석환은 마음 약한 놈이었다. 학교 다닐 때도 민혁이 사고를 치면 석환이 그 뒤처리를 감당했었다.

　"알면서 왜 가만있었니? 쫓아올 수도 있었잖아."

　"아니, 서연이가 그 많은 사람들 중 널 택한 이유는 나를 다시 보지 않겠다는 의미였으니까. 내 힘으로는 어쩔 수 없었어."

민혁은 서연이 하필이면 그의 친구와 함께 떠난 이유를 알고 있었다. 그건 그들의 관계에 대한 분명한 메시지였다. 서연이 하고 싶은 말을 민혁은 말하지 않아도 눈치챘었다. 이제 끝이라는, 다시는 보고 싶지 않다는. 세상 사람들의 수군거림보다 그녀가 남긴 메시지에 민혁은 더 힘들어야 했다.

"그렇다면 난 너한테 빚이 없는 거구나."

민혁은 희미하게 고개를 끄덕였다. 오랫동안 알아왔던 사이였다. 예전의 서연도, 그리고 지금 눈앞의 석환도. 그때 그들은 너무 어렸고, 너무 몰랐다.

"그래도 지완이는 안 돼. 내 걸 다시 양보하는 일은 없을 거야."

석환이 무슨 말을 하기도 전에 그가 단호하게 매듭을 지었다. 분명한 소유권의 표시였다.

"다시 사랑할 자신이 있는 거야?"

"이미 시작했어."

석환의 의심 섞인 질문에 민혁은 단호하게 대답했다.

지금껏 석환이 단 한 번도 보지 못한 모습이었다. 민혁의 진지한 모습에 석환의 머릿속까지 절실한 안타까움이 밀어닥쳤다. 차갑게 얼어붙어 있던 친구의 눈빛에 감정이 담겨 있었다. 그가 이제 정말 사랑을 할 생각인 모양이다.

♛

민혁의 집을 다녀온 후로 그와 지완의 사이는 무언가 달라져 있었다. 그는 하루에 두어 번은 그녀에게 전화를 했고, 가끔은 그녀의 집 앞으로 차를 보내기도 했다. 눈을 마주치고 밥을 먹고 손을 잡고 영화를 보는 일도 이제는 그리 낯설게 느껴지지 않았다. 물론 그렇다고 해서 그가 자비심 넘치고 관대한 인간이 된 건 아니었다. 다만 조금은 말이 통하는 상대가 되어가고 있었다.

미라가 노크도 없이 씩씩대며 들어올 때 지완은 피아노를 치고 있었다. 이건 예전의 지완이 좋아하던 일이었다. 비록 손가락은 굳어 있지만 인간 윤지완의 몸은 다행히도 예전의 습관을 아직도 간직한 채였다.

"언니! 이렇게 한가하게 있으면 어떡해?"

"왜 그러는데?"

미라가 소리를 지르는 통에 더 이상 연주가 진행되지 않자 지완이 피아노에서 손을 내려놨다.

"오늘 시내에 나갔다가 뭘 봤는지 알아?"

잔뜩 열 받은 미라가 도무지 알아들을 수 없는 말을 내뱉으며 지완에게 손에 들고 있던 잡지를 펼쳐 보였다. 재벌가의 결혼 이야기가 제목이 되어 제법 크게 페이지를 장식하고 있는 사진에 지난번 패션쇼에서 봤던 여자와 민혁이 팔짱을 낀 채로 환하게 웃고 있었다. 여기가 할리우드도 아닌데 이런 기사가 잡지에 실린단 말이지? 이거 재미있는 일이었다.

"아마 그 계집애 블로그에 올라온 사진 같아."

"생각보다 어울리네."

"지금 그렇게 속 편한 소리 할 때가 아니라니까. 기사 내용을 보라고. 아주 웃기지도 않아."

미라가 안달이 나서 소리쳤다.

흠, 정말 웃기지도 않는군. 이번에는 지완도 미라의 말에 전적으로 동의했다. 이 여자의 이름이 마윤하였군. 그동안 복잡했던 회사 문제가 정리되면서 강민혁과 마윤하가 올해 안에 결혼식을 올릴 거라는 내용이었다. 이 기사를 쓴 기자는 강민혁에게 이미 약혼녀가 있다는 사실을 모르는 걸까? 아마도 알고 있을 것이다. 다만 지금까지 두 사람의 결혼을 방해해온 복잡했던 회사 문제가 지완, 그녀란 뜻이었다.

"내가 그 여자 블로그에 가봤는데 이 사진들 말고도 몇 장 더 있더라고. 민혁 오빠는 그런 모임에 언니를 놔두고 왜 그 여자를 데려 갔던 거야?"

"글쎄, 그건 나도 모르겠는데."

지완은 흥미진진한 얼굴로 미라가 가져온 잡지의 사진을 다시 한 번 바라봤다. 한 장은 패션쇼 현장이었고, 또 한 장은 무슨 공식적인 모임 같아 보였다. 오호, 매일 바쁘다면서 여자 데리고 이런 데를 다니셨다?

"지금 그렇게 태평하게 말할 때야? 난 눈 뒤집혀서 죽는 줄 알았단 말이야."

"그러게. 나도 기분 별론데?"

말이야 태평하게 하고 있지만 지완 역시 썩 좋은 기분은 아니었다. 그러니까 나한테는 사자 아저씨든 석환 씨든 접근도 못 하게 윽박질러놓고 자신은 뒤에서 이런 짓을 하고 다녔다는 거지? 그쪽에서 이런 거라면 내 쪽에서도 할 말은 많았다.

지완이 심기 불편한 얼굴로 미라에게 손을 내밀자 눈치 빠른 그녀의 동생은 잽싸게 핸드폰을 건네주었다. 물적 증거도 있겠다, 이런 건 만나서 해결해야 한다.

　민혁은 느닷없이 사무실에 처들어와 자신만을 한참 동안 주시하고 있는 지완 때문에 고개를 갸웃거렸다. 이렇게 오랜 시간 동안 약혼녀의 시선이 그를 향하고 있는 데는 분명히 이유가 있을 것이다. 의자에서 몸을 일으킨 그는 노트북을 닫고 책상을 돌아 그녀 앞에 섰다.

　"왜 그렇게 보는 거지?"

　"그래서 날짜가 언제예요?"

　"무슨 날짜?"

　밑도 끝도 없는 질문에 그가 인내심을 갖고 되물었다.

　"당신 결혼 날짜 말이에요. 그것까지는 정확하게 안 나왔더라구요."

　"회장님은 올 여름을 넘기지 않으셨으면 하더군."

　올 여름이라, 정말 몇 달 안 남았군. 기사가 전혀 틀린 내용은 아니었던 모양이다.

　지완의 얼굴이 금세 굳어지자 민혁이 수상한 눈빛으로 그녀를 주시했다. 도대체 무슨 소리인지 알아듣게 설명을 들으려면 또 한참의 시간이 필요하겠다. 저 작은 머릿속에 뭐가 들어 있는지 그는 정말이지 궁금했다.

　"당신은 언제쯤이면 좋겠어?"

　"그걸 왜 나한테 물어요?"

　"그럼 누구랑 결혼 얘기를 해야 하는 건데?"

　"잡지에서는 마윤하 씨라던데요?"

그녀가 생긋 웃으며 대답하자 민혁은 낮게 한숨을 쉬었다. 안 그 래도 지난주에 스크랩된 기사를 보면서 말도 안 되는 기사에 코웃 음을 친 기억이 났다. 그에게는 별반 대수롭지 않은 일이 지완에게 는 아니었던 모양이었다.

"잡지? 아하, 그거."

"아하, 그거요?"

"아무 일도 아니야."

지완의 싸늘한 눈빛에도 민혁의 코멘트는 간단했다.

"자기 멋대로 생각하는 거야. 패션쇼에는 당신도 같이 있었고, 나 머지는 그쪽 당 대표의 후원 행사에서 잠깐 부딪혔던 거야. 그것도 아주 예전에."

"잠깐 부딪혔는데 사진은 참 잘 나왔더라구요."

"지금 바가지 긁는 거야? 질투해?"

그녀의 반응에 그가 재미있다는 듯 웃었다.

"어머, 어머, 질투요? 세상에! 이런 걸 질투라고 하는 거예요?"

발끈할 거라고 생각했던 그녀가 신기하다는 듯이 고개를 갸웃거 렸다.

질투. 이게 질투라고? 하늘에 있을 때는 단 한 번도 이런 감정을 느껴본 적이 없었다. 뭐랄까, 가슴 한쪽에 불이 확 붙어버리는 느 낌. 그리고 심장을 갉아먹는 것 같은 불쾌한 불안감. 그래, 이 기분 나쁜 감정이 질투였구나. 세상에, 나한테도 이제 인간의 마음이 생 기네.

"그럼 왜 그러는 건데?"

"글쎄요, 그건 좀 생각해봐야겠네요. 아무튼, 당신 여자는 당신이 알아서 해요. 나까지 귀찮게 하지 말고."

"신경 쓰지 마. 윤하랑은 정말 아무 일 없단 말이야. 패션 쇼 이후
로는 손끝 하나 까딱한 적 없어."

말도 안 된다는 듯 코웃음 치는 지완을 가만히 바라보던 그가 갑
자기 다가왔다. 한순간 키스라도 할 줄 알았는데, 그는 아무 말 없
이 허리를 굽혀 그녀를 품에 안았을 뿐이었다.

"이게 무슨 짓이에요?"

"미안해. 기분 나쁠 거란 생각은 못 했어. 정말 별것 아니었거든."

지완의 머리 위에 턱을 떡하니 갖다 댄 민혁의 편안한 목소리가
머리 위에서 들려왔다. 그리고 더 깊이 안겨졌다. 귓가엔 그의 심장
뛰는 소리가 들리고, 등 뒤엔 그의 손길이 느껴진다. 그의 따뜻한
체온이 고스란히 전해져왔다.

"이런다고 내가 순순히 용서하겠다는 뜻은 아니에요."

이런, 약아빠진 남자. 이렇게 말랑말랑할 때 사과를 해버리면 더
이상 심통을 낼 수 없다.

"그럼?"

"이에는 이, 눈에는 눈. 그러니까 나랑도 찍어요."

"뭘?"

"사진 말이에요. 그 여자랑 떡하니 그렇게 찍혀왔으니까 약혼자
인 나랑도 찍어야죠."

그의 품에서 몸을 빼낸 지완이 팔짱을 끼며 배시시 웃어 보였다.
그녀의 웃음과 온기 때문에 그는 조금씩 행복해지고 있었다. 아니,
지완이 아까 사무실에 들어오는 그 순간부터 그는 행복했다.

스튜디오의 조명이 환하게 비치자 민혁이 인상을 썼다. 협박 반, 부탁 반에 끌려오기는 했지만 이런 일은 영 취향에 맞지 않았다. 뚱하니 스튜디오 의자 위에 앉아 있는 민혁을 바라보며 사진사가 난감한 얼굴로 고개를 갸웃거렸다.

"저기, 손님, 약혼 사진이라면 좀 웃으셔야 하는데요."

사진사가 곤란한 듯한 목소리로 명령했지만 남자는 그녀의 말은 들을 생각이 전혀 없는 듯했다. 게다가 그는 쉽게 말 붙이고 누군가에게 지시를 받을 만큼 만만해 보이는 얼굴이 아니었다. 카메라 렌즈를 통해 비치는 멀뚱히 앉은 남자와 생글거리는 여자를 바라보며 사진사인 민주는 혀를 차야 했다. 어쩌다가 선녀처럼 고운 아가씨가 저렇게 험악스러운 남자랑 만나게 됐는지 도무지 모르겠다.

"좀 웃어요."

민혁의 얼굴에 변화가 없자 지완이 그의 옆구리를 팔꿈치로 세게 쳤다. 그제야 겨우 민혁의 입술 끝이 올라갔고, 그녀는 얕은 안도의 한숨을 내쉬었다.

아무튼 일일이 손이 가는 남자였다. 하지만 카메라를 손에 든 사진사는 벅벅거리며 머리를 긁었다. 아까보다 별로 나아진 게 없는 그림이었다. 이건 아무래도 안 되겠다.

"손님, 웃지 않으셔도 되거든요. 근데 화는 내지 마세요."

"말 좀 들어요. 안 그래도 무서운 얼굴로 왜 그렇게 오만상을 다 찡그리며 사진을 찍어요?"

지완이 카메라를 향해 미소 지으며 그에게 소곤거렸다.

"사진 찍는 거 별로 안 좋아해."

"왜요? 민혁 씨 인상만 좀 긋지 않으면 괜찮은 얼굴인데."

"작위적이잖아."

"그렇게 인상을 쓰면 더 작위적으로 보여요. 그리고 찍기 싫으면 그냥 가셔도 되거든요."

그의 퉁명스러운 중얼거림에 카메라의 셔터를 눌러대던 여자가 행동을 멈추고 허리에 팔을 올린 채 민혁을 향해 쏘아댔다. 그녀의 눈빛이 간간하게 빛나고 있었다. 어지간히 말 안 듣는 피사체 때문에 화가 난 모양이었다.

"아니요, 이 사람이 좀 뻣뻣해서 그래요."

지완이 그를 대신하여 얼른 사과했다. 영원히 함께 있을 수 있는 건 그나마 이 사진에서뿐일 텐데 그는 여전히 도움을 주지 않는다.

"좋아요. 두 분, 다가가서 앉으세요. 남자분은 여자분 어깨 위에 팔 올리시고, 여자분은 옆으로 좀 기대세요. 좀 더 가까이요."

사진사가 또 한 번 카랑카랑한 목소리로 명령하자 뚱해 있던 남자의 표정이 그제야 조금 밝아졌다. 진작 그럴 것이지. 마음에서 우러나오는 미소는 사람의 인상을 변화시킨다. 무섭고 딱딱하다고 생각했던 남자의 눈빛이 반짝이고 있었다. 저건 틀림없이 사람에 대한 애정이다. 어라, 그러고 보니까 보기 좋은 한 쌍이네. 셔터를 눌러대는 민주의 눈빛도 반짝거렸다.

"네, 더 붙어 앉으세요. 아니, 그리고 한쪽 손은 내려서 꼭 잡아주시구요."

그녀의 지시가 떨어지기 무섭게 여자의 손 위에 남자의 한쪽 손이 낚아채듯 올려졌다. 생각보다 남의 말을 잘 듣는 남자였다. 역시

나 사람은 겉모습으로 판단할 게 아니었다. 민주는 이제 만족한 미소를 띤 채 셔터를 열심히 눌러댔다. 이렇게 그림처럼 잘 어울리는 피사체를 카메라에 담는 일은 언제나 행복하다. 그리고 민혁 역시 지완의 달콤한 숨결과 따뜻한 체온을 온몸으로 느낄 수 있는 사진 작업이 마음에 들었다.

"이제 다 된 거지?"

"아니요."

사진 서너 장을 찍는 데 거의 한 시간을 넘게 보낸 것 같았다. 민혁의 무뚝뚝한 질문에 지완이 고개를 흔들었다.

"왜 또? 당신 소원대로 사진까지 찍었잖아."

"우리는 잡지에 안 실렸잖아요."

"이봐, 이봐, 그건 참아주라고. 얼마나 예쁘다고 사방에 광고를 하고 다녀?"

그가 질색을 하며 고개를 흔들자 지완이 허리에 손을 올린 채 그를 노려봤다. 참 밉살스럽게도 말한다.

"그럼 그 여자는 예뻐서 그런 거다, 이거죠?"

"누가 그렇대? 그건 일 때문이었잖아."

그녀의 반격에 민혁은 인상을 썼다. 단어를 잘못 선택했다. 하지만 민혁은 지완의 사진을 다른 사람과 공유하고 싶은 생각이 절대 없었다.

두 사람이 싸우고 있는 동안에도 작은 셔터 소리와 환한 플래시가 터졌지만 아무도 신경 쓰는 사람이 없었다.

"좋아요, 나도 잡지에 실리고 싶지는 않아요. 저기, 액자도 만들어주실 수 있죠?"

"그럼요."

두 사람의 토닥거리는 광경을 빼놓지 않고 바라보던 스튜디오 디렉터가 물론이라는 표정으로 고개를 끄덕였다. 저런 남자랑 살려면 어지간히 힘들겠구나 하고 생각했는데, 예상보다 여자가 뻣뻣하기만 한 남자를 잘 조절하고 있었다.

"그건 뭐 하게?"

지완이 샘플로 만들어진 첫돌 기념품처럼 보이는 아이 얼굴이 담긴 열쇠고리를 만지작거리자 민혁이 눈썹을 치켜 올렸다.

"우리 둘이 하나씩 가지고 다니면 좋을 거 같지 않아요? 당신은 거기다 차 키 매달면 되겠네."

"미쳤어? 그런 유치한 짓을 하게?"

그가 어이없다는 듯 픽픽거렸지만 작정한 그녀는 끈질겼다.

최근 들어 그녀의 고집을 이겨본 기억이 그다지 없었다.

"웨딩 사진을 찍을 때는 웃는 연습을 좀 하고 오세요."

머리를 질끈 묶은 사진사가 그들에게 명함을 건네주며 명령했다. 오늘의 피사체 때문에 정말이지 곤란스러웠다는 표정이었다.

"웨딩 사진이요?"

"네, 약혼 사진이라고 하신 거 같은데, 결혼할 사이 아니신가요?"

"결혼할 사이 맞습니다."

지완이 미처 뭐라 대답하기 전에 민혁이 활짝 웃으며 사진사의 명함을 받아들었다. 그의 완벽한 웃음에 지완이 입을 비죽였다. 아웅대고 나가는 두 사람의 뒷모습을 바라보는 스튜디오 사람들의 입가에 흐뭇한 미소가 걸렸다.

11. 질투

　　민혁은 가죽 테두리 안에 감싸인 그들의 사진을 만족스럽게 바라
봤다. 스튜디오에서 책상 액자용으로 골라낸 사진은 의외였다. 붉
은 입술을 작은 풍선처럼 부풀린 지완이 그를 향해 바라보고 있었
고, 그런 그녀를 재미있다는 눈빛으로 보며 웃고 있는 그를 찍은 모
습이었다. 사진 속의 그녀는 한입에 삼킬 만큼 예뻐 보였다. 언제 이
런 사진을 찍었을까? 결혼사진은 꼭 그 스튜디오의 사진사에게 부
탁해야 할 것 같았다.

　　가만, 결혼이라구? 그래, 결혼이라……. 까짓 거 나쁘지 않을 것
같았다. 지완과 결혼하게 되면 최소한 심심해서 미치겠거나 아니면
욕구 불만 때문에 서로 안 맞는 일은 없을 것 같았다.

　　결혼이라……. 또다시 서연이 생각났다. 세상에 태어나 처음으로
사랑하여 함께하고 싶었던 여자였다.

이런저런 그의 생각들은 갑작스럽게 방문한 손님에 의해 깨어졌다.

"오랜만이죠?"

지난번 패션쇼에서 만난 이후로 처음이었다. 그리고 그 잡지에서 얼굴을 본 이후로도 처음이었다.

"어쩌면 전화 한 번을 안 해요? 나 안 보고 싶었어요?"

"우리가 끝났다는 걸 잊었나?"

"그럼 정말로 마음이 변한 거예요?"

윤하가 입술을 깨물고 물었다. 지난번 패션쇼가 끝난 후 그녀는 민혁에게서 정리한다는 통보를 받았다. 일 때문에 프랑스에 머물러야 했던 윤하에게 그건 그저 장난이었고, 말도 안 되는 얘기였다.

"알아들었을 텐데. 그래서 기자한테 사진을 제공한 거 아니야?"

"지금 그 잡지 말하는 거죠? 나도 설마 기자들이 내 블로그에 그렇게 관심이 많은 줄은 몰랐어요."

그녀가 변명하듯 외쳤지만 민혁은 싸늘하게 미소 지을 뿐이었다.

"됐어. 이제 이렇게 찾아오는 일 없었으면 하는데."

"뭐예요? 진짜 헤어지자구요?"

그의 싸늘한 시선에서 대답을 읽은 윤하의 얼굴이 굳어졌다. 민혁은 윤하를 완전히 무시한 채 그대로 책상에 앉아 노트북에 집중했다. 이건 말도 안 되는 일이다. 어떻게 그가 그녀에게 이별을 통보할 수 있을까.

그에게 다가가던 윤하는 책상 위에 올려진 무언가를 발견하고는 눈이 커졌다.

민혁과 그의 약혼녀가 어깨를 나란히 한 사진이었다. 어색하긴 하지만 그가 그녀를 보고 웃는다. 그녀는 사진 속의 민혁과 눈앞의 민혁을 믿을 수 없는 눈으로 다시 한번 확인했다.

　세상에, 어떻게 이런 말도 안 되는 일이 벌어질 수 있단 말인가. 그녀가 한국을 비운 시간은 채 두 달이 넘지 않는다. 그 사이에 두 사람이 이런 관계가 됐다고?

　"뭐죠, 이게?"

　"당신이 상관할 바 아니야."

　민혁이 윤하의 손에 들린 액자를 순식간에 빼앗아 책상 위에 조심스레 올려놓았다. 그의 그 조심스러운 손길에 윤하의 얼굴이 더욱 굳어졌다.

　"하, 내가 상관할 일이 아니라구요? 그럼 상관하게 해줘요. 결혼해요, 우리."

　"우린 벌써 오래전에 끝났어."

　민혁의 사무적이고 차가운 답변에 윤하는 독이 올랐다. 그는 그녀의 프러포즈에 단 일 초도 생각하지 않고 기다렸다는 듯 거절했다.

　"나랑 결혼하면 차기 대통령의 사위가 되는 건데. 당신한테 손해 보는 일 아니야."

　"아니, 내가 손해 보는 일이야. 난 누구한테도 내 인생 안 맡겨."

　민혁이 표정 없는 얼굴로 단호하게 말했다. 지완과 상관없이 좀 더 일찍 정리를 했어야 했다. 그녀의 야심은 위험했다. 그와 닮은 그녀는 언제라도 그의 가슴에 칼끝을 들이댈 수 있을 것이다. 그가 그럴 수 있는 것처럼 말이다.

　"왜요? 지금 날 못 믿는 거야?"

　"응. 난 아무도 안 믿어."

그가 양복 웃옷을 손에 든 채 일어섰다. 결혼이라니, 그 역시 요즘 들어 심각하게 생각하고 있는 문제이긴 하지만 그 상대가 윤하는 아니었다. 그들 사이에 결혼이란 건 있을 수도 없는 일이었다.

"난 믿어도 돼요. 당신을 사랑한단 말이야."

"사랑? 미안하지만 난 사랑 따위는 더더욱 안 믿어. 차라리 네 아버지를 믿어보라고 해."

매달리는 그녀의 손을 뿌리친 민혁이 싸늘하게 웃었다.

"그 여자는 그냥 무늬만 약혼녀랬잖아."

"다시 말하지만 네가 간섭할 일이 아니야, 마윤하."

천천히 고개를 든 민혁의 눈빛이 매섭게 쏘아보자 윤하는 이번만큼은 하고 싶은 말들을 삼켜야 했다.

윤하는 민혁의 사무실을 나오며 이제는 결정이 필요하다고 생각했다. 민혁이 하지 못한다면 누구라도 해야 한다. 이렇게 속수무책으로 별 볼일 없는 여자에게 휘둘리는 일은 정말이지 사양이었다. 그녀가 누구인가. 어쩌면 대통령의 딸이 될지도 모르는 여자였다. 단 한 번도 누구에게 져본 적도 없었고, 자신의 것을 빼앗겨본 적도 없었다.

"저예요, 김 비서님. 전화번호 하나만 알려주세요."

윤하는 핸드폰을 꼭 쥐고 입술을 깨물었다. 그 여자 때문에 이렇게까지 해야 하는 것이 못내 분했다.

지완은 자신에게 전화를 건 여자의 얼굴을 빤히 바라봤다. 화려하게 차려입은 그 여자는 아름다웠다. 하지만 칼날 같은 눈빛에선 사람의 온기라고는 찾아볼 수 없었다. 하느님이 주신 저 예쁜 얼굴로 도대체 왜 저렇게 살벌하게 살아가는 건지 지완으로선 이해할 수 없는 노릇이었다.

"안녕하세요. 마윤하예요. 길게 얘기하지는 않겠어요."

그녀가 턱 끝을 올린 채 싸늘하게 인사했다.

"민혁 씨랑 내 사이, 알고 있지요?"

"네, 끝난 사이라고 하더군요."

"어머, 순진해라. 그 말을 믿나요? 우리는 보통 관계가 아니에요."

"그럼요, 약혼자 말을 믿어야죠. 이렇게 처음 만난 분의 얘기를 들을 게 아니라."

윤하의 비웃음을 지완이 여유 있게 받아쳤다. 조금도 동요하지 않는 지완에게 윤하의 차가운 눈길이 쏟아졌다.

"우리 두 사람 결혼할 거예요. 알다시피 우리 같은 세계에선 이런 일 흔하잖아요."

"살다 살다 별 희한한 소리를 다 듣겠네요. 약혼자 놔두고 다른 여자랑 결혼하는 일이 흔하다니, 몹쓸 세상이네요."

생각보다 제법 충격적인 공격이었지만 윤지완이라는 여자는 조금도 흔들림이 없었다. 서늘하게 자신을 바라보는 그녀의 눈빛에 윤하는 어쩐지 더 초조해졌고, 그래서 자신도 모르게 손끝을 더 꼭 쥐었다.

"이봐요, 그 사람이 왜 당신이랑 약혼했는지 내가 모를 거라고 생각해요? 이제 회사 문제도 해결됐으니까 두 사람 정리할 때도 됐잖아요. 설마, 정말 결혼까지 생각한 건 아니겠죠?"

"맞아요. 회사 문제도 정리됐고 하니까 이제 충분히 결혼할 때도 됐다고 생각해요."

그와의 결혼은 감히 꿈도 꾸지 못한다. 그들이 함께할 수 없는 사람들인 걸 누구보다 더 잘 알고 있는 지완이었지만, 눈앞의 이 여자에게 그 사실을 알려주고 싶은 생각은 전혀 없었다.

"뭐라구요?"

"윤하 씨도 강민혁 씨에 대해서는 잘 알고 있을 텐데요. 민혁 씨가 그깟 부도난 회사 하나 때문에 나랑 약혼까지 할 만큼 호락호락한 남자라고 생각해요? 그리고 회사 문제 해결된 지가 언젠데 지금까지 우리가 이렇게 만나겠어요?"

"민혁 씨가 겨우 당신 같은 여자랑 어울린다고 생각해요?"

지완의 역습에 당황한 윤하의 목소리가 앙칼졌다.

화를 내고 열을 내야 할 사람은 그녀였음에도 불구하고 상대의 목소리는 점점 날카로워졌다. 약혼녀가 있는 남자한테 흑심을 품어 놓고 감히 누구한테 화풀이를 하는 걸까. 찬바람이 쌩쌩 이는 그녀는 자신의 욕심 때문에 기본적인 예의조차도 잊은 듯했다. 어쩌면 이 여자는 강민혁과 아주 잘 어울릴지도 모르겠다는 생각이 지완의 머리를 스쳐 지나갔다.

아니지, 똑같은 두 사람이 어울리면 진짜 눈 뜨고는 못 봐주겠군. 그냥 내가 참아야겠다.

강민혁, 그 남자는 아주 재수가 좋다. 짧은 순간에 지완은 심술궂게 투덜거렸다.

"우리 어울리지 않아요?"

지완은 그들이 함께 찍은 사진이 걸려 있는 열쇠고리를 들어 보였다. 지난번 민혁의 책상에서 본 사진과 비슷한 느낌의 것이었다.

"말도 안 돼."

"꼭 말이 돼야 사랑을 할 수 있는 건 아니에요."

윤하의 비웃음 섞인 중얼거림에 지완이 완고하게 대답했다.

사랑은 원래 말로 표현할 수 있는 성질의 것이 아니었다. 한 번 눈을 마주쳤을 때 번개처럼 지나가기도 하고, 오랜 세월을 눈에 익혔을 때 마음으로 다가오기도 한다.

낮과 밤처럼 다른 사람들이 서로의 매력에 빠지기도 하고, 나와 너무 닮은 편안함에 끌리기도 한다. 눈으로, 손끝으로, 그리고 체온으로, 마음으로 느껴지는 것들을 단어 몇 마디로 표현하는 일은 쉬운 일이 아니었다.

"누가 뭐래도 그 사람, 결혼은 나랑 하게 되어 있어요."

"아닐걸요. 내 약혼자가 당신이랑 결혼하고 싶었으면 벌써 했을 거예요. 그 사람 보기보다 참을성이 없거든요."

그녀가 '내 약혼자'라는 단어를 강조했다. 그리고 윤하도 지완이 보내는 메시지를 분명히 알아들었다.

"그게 무슨 뜻이에요?"

"당신과 나, 둘 중에서 그 사람은 날 선택했어요. 그것만 봐도 알 수 있잖아요?"

둘이 결혼만 해봐라. 상제님한테 부탁해서 결혼식장에 벼락을 떨어뜨리고 말 테다. 지완은 마음속으로 그렇게 결심하고 일어섰다. 더 이상 영양가 없는 대화를 할 이유가 없었다.

"누군가의 대역이 되는 거 자존심 상하지 않나요?"

가방을 들고 일어서는 지완에게 윤하가 앙칼지게 쏘아붙였다. 그녀의 불안감은 이제 분노로 변해가고 있었다. 강민혁은 냉정하고 이 여자는 무심하다. 두 사람 다 그녀의 신경을 기분 나쁘게 긁고 있었다. '대역'이라는 단어에 일어서던 지완이 다시 자리에 앉았다.

"오빠가 제일 싫어하는 사람이 당신 같은 여자예요. 절대로 당신이랑 결혼할 리가 없어요. 지금이야 당신이 서연 언니랑 닮았기 때문이겠죠."

"나랑 닮아요?"

의외의 반격에 처음으로 지완의 얼굴에 진지한 호기심이 스쳐 지나갔다. 이제야 겨우 이 여자의 약점을 잡았다는 만족감에 윤하의 눈빛이 사악하고 잔인하게 빛났다. 눈앞의 그녀는 서늘한 눈매와 여릿한 느낌이 서연 언니와 많이 닮아 있었다.

"얼굴만요. 얼굴은 당신 같을지 모르지만, 당신하고는 정반대의 여자였어요. 좋은 집안에서 제대로 교육받았어요. 재계에서도 손꼽히는 수재였고, 우아하고 품위 있었지요. 누구에게나 사랑받는 완벽한 여자였다구요."

그녀의 눈이 무섭게 빛났다. 서연 언니를 생각하면 할수록 눈앞의 이 여자가 싫어졌다. 윤하는 언제나 민서연이 부러웠다. 서연의 남자도, 서연의 집안도, 그리고 서연의 아름다움도.

"당신 같은 여자랑은 비교도 되지 않는 여자였어."

"당연하지요. 난 최소한 신의를 저버리진 않아요."

지완이 자신의 속내를 단단하게 여민 채 명료히 대답했다. 지나치게 흥분한 윤하와는 다른 모습이었다.

서연. 그 남자의 첫사랑. 그와 약혼했었고, 그가 가장 힘들 때 떠난 여자. 이로써 강민혁이 윤지완과 약혼까지 했던 이유를 조금은 알 듯도 싶었다. 미워하고 원망하면서도 결국은 그녀를 사랑한 남자의 선택은 닮은꼴의 여자였던 모양이다.

"뭐라구요?"

"마윤하 씨가 중요한 걸 잊고 있는 모양인데, 그 똑똑하고 완벽하다는 여자는 약혼자 몰래 다른 남자랑 외국으로 도망갔어요."

지완은 눈빛이 별처럼 빛나며 윤하를 똑바로 향했다. 그 서늘한 눈빛에 이번에도 윤하는 자신도 모르게 움찔거렸다.

"민혁 씨는 서연 언니 그림자까지 사랑했다구요."

"그랬다면 더더욱요. 사랑하는 사람을 배신하는 건 그 사람 영혼에 상처 입히는 짓이에요."

지완의 나직한 지적에 윤하의 눈빛이 흔들렸다. 한 번도 그런 식으로 생각해본 적이 없었다. 서연에 대한 민혁의 사랑이 언제나 부러웠고, 언제나 탐날 뿐이었다.

"강민혁 씨가 마음에 들어요? 그렇다면 온몸으로 부딪쳐봐요, 여기에 없는 사람 핑계 댈 게 아니라. 두 사람 다 진심인데 나 혼자 발목 잡고 있을 생각 없으니까요."

"그 말, 진심이에요?"

"물론이에요. 하지만 나도 호락호락 착하기만 한 여잔 아니에요. 내 약혼자를 다른 여자한테 넘겨줄 생각은 없으니까 각오하는 게 좋을 거예요. 난 지금 여기서 한 발짝도 물러날 마음이 없거든요."

지완이 윤하를 남겨둔 채 일어섰다. 허리를 똑바로 세운 채 또박또박 걸어가는 그녀의 뒷모습이 지는 햇살 속에서 눈부셨다.

윤하와 헤어진 지완은 불투명한 쇼윈도에 비친 자신의 모습을 뚫어지게 바라봤다. 그러니까 그의 첫사랑이 이런 모습이었단 말이지? 그래서 그는 나를 볼 때마다 다른 사람을 떠올렸을 거고. 쇼윈도에서 그녀는 또 다른 누군가를 생각해내려 애쓰고 있었다.

퇴원한 후 한 번도 미용실 문턱을 넘지 않은 탓에 적당히 웨이브 진 반 곱슬의 머리는 큐빅이 박힌 하늘색 집게 핀으로 단정하게 묶여 얼굴의 윤곽을 더욱 분명히 드러냈다.

하얀 이마 밑에 유리창이 반사되어 유난히 반짝이는 얇은 쌍꺼풀이 있는 눈과 동그란 코, 그리고 붉은 입술을 한 여자가 자신을 바라보고 있었다.

기분이 이상했다. 강민혁이라는 남자가 누군가를 미치게, 뜨겁게 사랑해본 경험이 있다는 건 어쩌면 그도 보통 인간들처럼 따뜻한 심장을 가지고 살아갈 가능성이 있다는 얘기였다. 그건 차갑고 냉정하다고 생각한 그에게는 정말이지 다행스러운 일이 아닐 수 없었다. 사랑을 해본 사람은 다시 사랑할 아량이 생기기 마련이다. 그런데 왜 이렇게 마음 한구석이 쓰리는 걸까? 그건 무언가 묘한 느낌이었다.

지나가는 사람들이 지완을 이상한 눈빛으로 흘긋거렸고, 마침내 그녀가 서 있는 쇼윈도 매장의 주인이 종업원을 내보낼 정도로 그녀는 한참 동안 쇼윈도 앞에서 생각에 잠겨 있었다.

"저기, 혹시 뭐 필요한 거 있으신가요?"

매장 종업원이 자신의 가게와 그녀의 머리카락을 번갈아 바라보며 물었다. 종업원의 시선을 좇아 지완도 덩달아 자신의 머리카락에 손을 가져갔다.

"네? 아니요. 그게……."

여전히 이상한 눈으로 자신을 바라보는 여자 때문에 지완은 애매하게 미소 지었다. 거참, 강민혁 때문에 내가 별 취급을 다 당하는구나. 이래저래 죄 많은 인간이었다.

♛

벌써 20분 전에 도착해야 할 그녀가 아직도 오지 않고 있다. 아프기 전에도 시간만은 정확하게 지키던 여자였다. 민혁이 핸드폰을 들고 단축키를 눌렀다. 그가 먼저 그녀를 찾는 일이 점점 많아지고 있었다.

"어디야?"

"눈앞이요."

"도대체 어디 있다는 거야?"

주위를 둘러보던 민혁은 바로 코앞에서 생글거리는 지완 때문에 놀라 의자를 젖히고 일어났다. 다행히 고급스러운 재질 탓에 의자는 넘어지지 않았지만 민혁은 기절할 정도였다.

"도대체 무슨 짓을 한 거야?"

그녀는 다른 여자 같았다. 빨강과 노랑, 그리고 사이사이 연둣빛으로 프린트된 티셔츠에 짙은 초록색 바지를 차려입은 지완은 여느 때처럼 눈이 돌아갈 만큼 화려했지만, 어깨까지 찰랑대던 머리카락은 반듯한 이마부터 시작해 짧은 층을 이루어 가늘고 하얀 목이 훤히 드러날 정도로 짧아져 있었다.

"왜요? 안 예뻐요? 사람들이 다 어울린다고 했는데."

지완이 자리에 앉자마자 가방을 뒤적여 거울을 찾아냈다. 이곳에 오기 전, 그녀가 한참 동안 서 있던 곳은 바로 미용실 앞이었다. 미용실 종업원들은 그녀가 머리카락 손질을 두고 갈등하는 줄 알았던 모양인지 과감한 도전을 부추겼다. 그리고 그건 마음이 움직이는 유혹이었다.

"글쎄, 예쁘긴 한데, 내가 도둑놈이 된 기분이야."

그녀의 얼굴은 평상시보다 조금 상기되어 있었다. 눈빛은 반짝였고, 볼은 발갰고, 입술은 촉촉했다. 민혁은 순식간에 긴장해버리는 몸의 반응에 심술궂게 인상을 썼다. 이런, 젠장할. 강민혁, 네가 아직 열일곱이냐?

"그게 무슨 뜻이에요?"

"당신, 고등학생 같아. 도대체 무슨 생각으로 머리를 자른 거야?"

그가 낮게 투덜거렸다. 안 그래도 동글동글 동안인 여자가 완전히 어린아이가 돼서 나타났다. 민혁은 그녀에게 손가락 하나라도 잘못 건드렸다가는 미성년자 성범죄로 잡혀갈 것 같은 기분이었다.

"내가 서연이라는 여자랑 그렇게 많이 닮았어요?"

지완의 질문에 한순간 멈칫거리던 민혁이 아무 소리 없이 물 컵을 입에 가져다 댔다. 한 모금, 두 모금……. 차가운 물이 그의 입안에서 사라졌고, 컵을 내려놓은 후에도 그는 더 이상 입을 열 생각이 없어 보였다.

"왜 아무 말도 안 해요?"

"말 같지 않아서. 혹시, 그래서 머리를 자른 거야?"

문득 든 생각에 민혁이 인상을 썼다.

"겸사겸사요. 난 누구 대타 되는 거 싫어요."

"괜한 짓을 했구나. 처음부터 비슷하지도 않았어. 도대체 누가 그런 헛소리를 했어?"

"당신의 윤하 씨요."

"윤하가 왜 내 거야?"

지완의 대꾸에 그가 기가 막힌다는 듯 인상을 썼다.

"윤하는 정리했어. 그러니까 신경 쓰지 마."

"윤하 씨는 그렇게 얘기 안 하던데요?"

"그 여자를 만났어?"

그녀가 고개를 끄덕이자 그의 눈빛이 달라졌다.

"우리 결혼에 대해서 아주 관심이 많던데요?"

민혁은 '끙' 하고 낮은 신음을 삼켰다. 윤하와 그녀라니, 상대하기에는 아무래도 불안한 조합들이었다.

"혹시 이상한 짓 하지 않았지?"

"구체적으로 무슨 이상한 짓이요?"

"그냥 보냈어?"

이 작은 폭탄 같은 여자가 윤하에게 당하고 그냥 보냈을 리 없었다. 갑자기 궁금증이 치밀어 올랐다. 윤하는 만만한 여자가 아니었다. 하지만 지완은 천하의 강민혁도 몇 번씩이나 물먹인 경력이 있는 여자였다. 호락호락 당하고만 있을 리가 없었다.

"그냥 보내지 않으면 머리라도 뜯었을까 봐요?"

"설마, 그딴 교양 없는 짓은 안 했겠지?"

머릿속을 스치고 가는 끔찍한 장면에 민혁이 인상을 썼다. 후다닥 지완의 모습을 다시 훑어봤다. 다행히 어디 다친 구석은 없어 보였다.

"할까 하다 참았어요. 죄는 당신한테 있는데 여자만 잡는 건 형평성에 어긋난 거 같아서."

그녀가 눈도 입술도 뾰족해져서 그를 흘겨봤다. 민혁은 주위에 사람만 없었다면 품에 안고 짧은 키스라도 퍼부어주고 싶다는 생각을 문득 했다.

아서라, 강민혁. 네 나이를 생각하라구. 네 사회적 지위와 체면을 생각해봐. 그는 나이도 지위도 체면도 모두 잊어먹고 싶은 욕망을 꾹꾹 눌러 참아야 했다.

"이봐요, 그래도 내가 이렇게 머리가 짧으니까 옛날의 첫사랑이랑 헷갈리지는 않겠죠? 민서연 씨는 긴 생머리였다면서요."

"이보세요, 하나도 안 닮았다니까."

정말이지 서연과 지완은 하늘과 땅만큼이나 달랐다. 서연은 파스텔 톤의 정물화 같은 여자였다. 그에 비해 지완은 그림 속에 갇혀 있기에는 지나치게 역동적이었다. 그녀의 작은 움직임 하나에도 살아 있다는 에너지가 넘쳐나고 있었다.

"정말요?"

"당연하지. 서연이는 훨씬 여성스럽고 얌전해. 누구처럼 극성스럽지도 않고."

민혁이 채 말을 끝내기도 전에 지완은 사람들의 시선을 완전히 무시한 채 자신의 등 뒤에 있던 쿠션을 '퍽' 하고 그의 얼굴을 향해 집어던졌다. 그는 지완의 쿠션을 아슬아슬하게 피해서 그녀에게 건네줬다.

"질투하지 마."

"질투 아니에요."

그녀가 발끈해서 눈을 부라렸다. 질투라니, 이건 질투가 아니었다. 보이지 않는 상대에 대한 부러움이었다. '사랑'이라는 단어와는 담을 쌓은 이 남자의 마음을 빼앗아간 여자, 그리고 지금도 가슴속에 살아 있는 그녀에 대한 선망이었다.

"난 질투였으면 좋겠는데."

"암튼 양심도 없이 바라는 것도 많아. 왜 그렇게 좋은 여자한테 안 가고 여기 앉아 있는 거예요?"

"고약한 나 때문에 힘들어지면 안 되니까. 내가 워낙에 나쁜 놈이잖아."

"그럼 난 괜찮단 말이에요?"

팔짱을 낀 채 그녀가 씩씩거렸다.

이 사람이 정말 보자보자 하니까! 선녀인 내가 못된 자기 옆에 있어주는 것만으로도 감지덕지해야 할 일인데, 감히 내 앞에서 다른 여자를 싸고돌다니. 정말 자기 말대로 나쁜 놈이었다.

"당신이야 내가 뭐라 하든 끄떡도 안 하잖아. 나 때문에 변할 일은 없을 텐데."

"핑계 같아."

"맞아, 핑계야. 변명이고. 사실은 내가 변했어."

웬일로 그가 순순히 인정했다. 민혁의 눈빛이 그녀에게서 떠나지를 않는다. 그의 눈빛이 짙어질수록 지완의 심장 뛰는 속도가 빨라졌다. 먼저 시선을 피한 쪽은 그녀였다.

"회사 합병이 곧 이루어진다구요?"

"응."

그가 간단하게 대답했다. 제법 오랜 시간을 끌었던 태산과 미래의 합병은 이제 최종 서명 단계만 남아 있었다.

"그럼 우리 헤어지는 건가요?"

"뭐? 그게 무슨 말이야?"

그녀의 질문에 민혁의 눈썹이 치켜 올라갔다.

"당신 목적은 다 이루어졌잖아요. 진짜 결혼할 생각까지는 없다는 거 알아요."

"알긴 뭘 알아. 쓸데없는 얘기하지 말고 그냥 건강이나 챙겨. 그래도 시간이 남으면 나한테 전화나 좀 하고."

아주 쉽게 이별을 이야기하는 지완 때문에 민혁은 인상을 썼다. 처음 시작했을 때도 그녀와의 결혼까지 계획에 있었던 것은 분명 아니었다.

"혹시라도 딴마음 품을 생각 꿈에도 하지 마."

"딴마음이요?"

"그래. 석환이 자식이 꼬셔대는 모양인데, 어림없어. 난 아직 놔줄 생각 없다고."

혹시나 이 남자가 나에게 관심 비슷한 게 있다고 믿었다면 그녀는 정말이지 순진한 선녀였다. 이게 다 천계에서 무조건 인성 안에 신성이 있다고 주장하는 신들의 교육 때문이다. 그에게 존재하는 감정이라곤 질투심과 승부욕처럼 아주 단순한 것들뿐이었다.

집으로 가는 차 안에는 어느 영화의 주제가로 쓰인 드뷔시의 〈달빛〉으로 가득했다. 차창 밖으로 스쳐 지나가는 도시의 야경을 무심하게 바라보는 지완은 반짝이는 피아노의 푸른 선율에 무의식적으로 손가락을 까딱거렸다. 그런 지완을 바라보는 민혁의 마음은 갑자기 편해졌다. 지금 가고 있는 이 길의 끝이 그녀의 집이 아니라 그들이 함께 있는 집이었으면 좋겠다는 생각이 문득 들었다. 아니, 요즘 그녀를 집에 바래다주고 혼자 뒤돌아올 때마다 항상 느끼는 마음이었다.

결혼을 하게 되면 이렇게 밤마다 헤어지지 않아도 될 것이고, 서로 다른 지붕에서 따로따로 자는 일도 없을 것이다. 생각해보면 약혼 기간이 너무 길었다.

"다음부턴 궁금한 건 미리 물어보고 사고를 쳐. 혼자 소설 쓰지 말고."

"내가 무슨 사고를 쳐요. 달랑 머리카락 조금 잘라낸 거 가지고."

"조금? 뒤에서 보면 사내아이인 줄 알걸?"

"흥, 이렇게 예쁜 몸매를 가진 사내아이가 어디 있어요?"

그녀가 입을 비죽이자 민혁이 웃음을 터뜨렸다. 그리고 아쉽다는 듯 한쪽 손을 뻗어 그녀의 머리에 손을 대고 쓰다듬었다. 결 좋은 머리카락이 기분 좋게 손에 감겨온다. 음, 이 느낌도 나쁘지는 않군.

"운전이나 해요. 괜히 남의 머리 망가뜨리지 말고."

"그러지 뭐. 안전한 게 최고니까."

지완이 그의 손을 잡아 핸들에다 놓아주자 민혁은 그대로 그녀의 손을 돌려 잡아 움켜쥔 채 핸들에 함께 포갰다. 얼결에 손이 잡혀 몸이 움직인 지완의 동그래진 눈을 바라보며 민혁이 낮게 키득거렸다.

손에서 손으로 체온이 따뜻하게 전해온다. 손끝의 열기가 심장까지 그대로.

미라는 옷장 속을 뒤져 찾아낸 한복을 입고 거울을 향해 이리저리 몸을 돌렸다. 소매 끝에 색동이 묻어나는 초록색 저고리와 촘촘히 수가 놓인 붉은색 치마가 그녀의 몸을 휘감고 있었다. 역시나 우리 것이 예쁘긴 하다. 머리카락이 조금만 길었다면 댕기를 맬 수 있었을 텐데 아쉽게 됐다.

언니가 들어오는 기척에 미라는 조심조심 계단을 내려가서 현관 입구로 달려갔다.

"이구 씨! 언니? 이구 씨는?"

지완에 대한 인사는 생략한 채 미라는 고개를 빼고 이구를 찾기에 바빴다.

"이구 씨? 오늘 못 만났는데. 아마 회사에 있을 거야."

명부 세계 업무까지 챙기느라 사자 아저씨는 요즘 꽤 바쁘다. 들리는 얘기로는 똑똑하기는 하나 착해빠진 신참이 들어왔다고 했다.

"그런데 어디 잔칫집 가니? 오밤중에 웬 한복이야?"

"이구 씨 스타일대로 입은 거란 말이야, 통풍 잘되는."

이구의 부재 소식에 미라의 얼굴이 금방 울 것처럼 일그러졌다. 모처럼 꽃단장을 했는데 봐줄 사람이 없다는 실망감에 그녀는 속이 상했다. 아무래도 인간 세상에서 만난 동생이 쉽지 않은 사랑을 시작한 듯했다. 그녀의 상대가 너무 버거울 것 같아서, 그녀의 사랑이 너무 힘들 것 같아서 지완 역시 마음이 아팠다.

"다음 주에는 올 거야. 그때 보여주면 되잖아."

"그래도 오늘 보여주고 싶은데."

지완이 달래듯 말하자 금세 미라의 얼굴이 밝아졌다. 그리고 그 때야 지완의 달라진 모습이 눈에 들어온 듯했다.

"언니, 머리 자른 거야?"

"괜찮니?"

"잘했어. 말이 나와서 말이지만 그 숱 많은 곱슬머리 별로였어. 지금이 훨씬 예쁘다."

"정말?"

칭찬은 고래도 춤추게 한다더니 그녀의 가벼운 칭찬에 지완의 얼굴엔 금방 화색이 돌았다. 짧아진 머리카락 덕분인지 조금 더 어려 보이고, 조금 더 예뻐진 지완은 좋아 보였다. 같이 살아왔던 10년의 세월 중 그녀가 지금처럼 밝아 보이는 건 처음이었다. 가만 생각해 보면 지난 세월 동안 그녀는 지완을 샘내고 무시하고 멀리했었다. 조금은 미안해지는 기분이었다.

"어울리네. 요즘 민혁 오빠랑 잘되나 봐. 아주 반짝반짝해."

부러움과 호기심이 섞인 미라의 눈빛에 지완은 그냥 희미하게 미소 지었다. 잘돼간다는 게 어떤 의미인지 지완도 잘 몰랐다. 그녀는 선녀가 될 신분이고, 그는 여전히 못된 인간이었다. 그녀가 하늘의 선녀가 되고 그가 인간 세계에서 좋은 남자로 사는 것, 그게 우리 두 사람에게는 정말 잘되는 일일까? 밝았던 지완이 조금 어두워졌지만 미라는 눈치채지 못했다.

"언니, 어떻게 하면 착한 사람이 돼?"

미라가 심각하게 물었다. 이구 씨의 희망사항이 착한 사람이란 얘기는 이미 들었었다.

착한 사람, 까짓 것 돼준다. 부창부수라고, 남편이 그렇게 살겠다는데 아내가 따라가지 못할 것도 없었다. 그런데 어떻게 해야 착한 사람이 되는 거지? 그의 주변에 그나마 착한 것처럼 보이는 사람은 지완 하나뿐이었다.

"착한 사람?"

뜬금없는 미라의 질문에 지완이 새삼스럽다는 얼굴로 바라봤다. 자초지종을 들은 그녀는 '풋' 하고 웃음을 터뜨렸다. 어쩐지 미라가 조금은 귀여워 보이고 또 안돼 보였다.

"벌써 조금은 착한 사람이 된 거 같은데? 다른 사람 말도 들어주는 걸 보면."

지완의 대답에 미라가 수줍게 웃어 보였다. 내 사랑은 아직 한발도 진도가 안 나갔지만 언니 말을 들어보면 점점 사랑의 희망이 보이는 듯하다.

"착하다는 거 알고 보면 별것 아니야. 그냥 사람답게 살면 돼. 힘든 사람한테는 손 내밀어주고, 어려운 사람은 배려해주고."

"쉽네. 그거면 되는 거야?"

"응, 그거면 돼. 그런데 그 정도도 안 하고 사는 사람들이 훨씬 더 많아."

환하게 웃는 미라에게 고개를 끄덕이는 지완의 얼굴이 조금 어두워졌다.

석환은 소속사 사장과 길고 지루한 대화를 겨우 끝낸 후 조금은 시원한 마음으로 차에 올랐다. 얼마 전에 종영된 미니시리즈 시청률이 역대 최고 순위에 꼽힐 만큼 인기를 얻었고, 덕분에 배우 이석환의 인기도 한동안은 지속될 게 분명했다. 이제 그는 명실상부한 톱스타였다.

"그래, 네 맘대로 하고 나니까 속이 시원하냐?"

매니저가 영 불편한 얼굴로 중얼거렸다.

"내가 할리우드 진출하는 게 형은 불만인 거야?"

"인마, 그래서 그런 게 아니잖아. 네가 할리우드 가서 안젤리나 졸리나 매릴 스트립 같은 여자랑 영화라도 한 편 찍는다면 내가 또 모르겠다."

"누가 알아, 앞으로 그렇게 될지. 그럼 내가 형이 좋아하는 아만다 사이프리드 사인 하나 얻어다 줄게."

"싫어, 인마. 걔 남자친구 있단다. 그것도 많이."

매니저의 대꾸에 석환이 하하거리고 웃음을 터뜨렸다. 역시나 시원하고 매력 있는 웃음이었다. 인기 절정의 이 잘생긴 녀석이 뭐 하러 부귀영화 다 버리고 미국엘 간다고 하는지 그로서는 도저히 이해할 수 없는 일이었다. 벌 수 있을 때 바짝 벌고 편안하게 살면 좋을 텐데. 가진 놈들 머릿속에는 뭐가 들었는지 아무리 달래고 협박을 해도 말을 들어먹지 않는다.

"혹시 지난번 알래스카 때문에 이러는 거야?"

"형도 가만 보면 눈치 많이 늘었어."

"야, 너 진짜 여자 있는 거야?"

"어. 그런데 그 여자도 남자친구가 있어."

그가 농담인지 진담인지 알 듯 모를 듯 대답하고는 또 하하거리며 웃음을 터뜨렸다. 누가 배우 아니랄까 봐 얼굴 표정은 감쪽같이 숨겨낸다. 아무래도 속을 알 수 없는 녀석이다.

"형, 에메랄드 호텔에 세워줘."

"거긴 또 왜?"

"약속 있어."

석환이 가방 안에서 챙 깊은 모자 하나를 꺼내 쓰면서 간단하게 대답했다. 차 안에 있는 거울로 자신을 바라보는 폼이 진지해 보였다.

"약속? 오늘은 그쪽에 스케줄 안 잡혔는데."

"아까 눈치 늘었다는 얘기 취소. 개인적인 약속이야."

"야, 너 혹시? 그럼 여자가 진짜 있단 말이야?"

석환을 바라보는 매니저의 눈빛이 심각해졌다. 이 녀석이 정말 여자가 있었던 거다. 지난번 알래스카인지 하와이인지 할 때도 수상쩍었고, 이번의 급작스러운 미국 건도 심상치 않았다. 설마, 임자 있는 여자랑 도망이라도 갈 생각인가?

"혹시 뭐? 거긴 룸만 있는 게 아니라 커피숍도 있거든. 리셉션장도 있고. 잊은 거야?"

"그래. 잊었다, 인마."

"걱정 마. 지금 당장 하와이 갈 생각 없으니까."

"알래스카도 안 돼. 내가 다시 말하지만 임자 있는 여자한테 껄떡대는 건 지랄하는 거다."

호텔 앞에 차가 서고, 매니저의 원색적인 경고가 분명하게 들려왔다. 그리고 뒤를 이어 석환의 유쾌한 웃음소리도 함께 들렸다.

석환은 그에게 다가오는 지완을 한참 동안 바라봤다. 짧아진 머리에 찰랑거리는 귀걸이, 찢어진 청바지를 입고 있는 그녀는 경쾌해 보였다. 달라진 모습이 더 예뻤다.

"오랜만이네요."

"그러게요."

"안 나올 줄 알았어요, 나한테 실망해서."

석환이 낮설게 중얼거렸다. 패션쇼에서 만나고 처음이었다. 처음 만나는 그 순간 딱 한 번에 영혼을 빼앗겨버린 상대를 만날 수 없어서, 볼 수 없어서, 가질 수 없어서 눈앞의 여자가 더 간절해졌다. 석환은 갑자기 민혁과 서연, 그리고 자신과 지완의 얽히고설켜 있는 관계가 버거웠다.

"놀라긴 했어요. 그렇다고 친구를 모른 척할 순 없잖아요."

친구. 얼마든지 따뜻하고 친밀한 의미가 될 수 있는 '친구'라는 단어가 석환의 가슴에 비수처럼 박혀왔다.

"당신이 민혁이 약혼자일 거라고는 상상도 못했어요."

"나도 석환 씨가 민혁 씨 친구일 거라고 상상해본 적 없어요. 그런 거 보면 세상 참 좁아요."

지완이 담담하게 말했다. 내 약혼자의 여자와 함께 떠난 남자. 친구에게 절대 용서할 수 없는 죄를 지은 그의 눈빛은 복잡하고 힘들어 보였다.

"그러게요. 징그럽게도 말입니다."

석환이 생각 많은 얼굴로 나직하게 말했다.

서연. 친구의 여자라서 포기했었다. 그냥 바라보는 꽃일 뿐이었다. 하지만 그녀의 부탁을 거절할 만큼 냉정하지도 못한 그였다.

"매니저가 나보고 지랄한대요. 지완 씨 생각은 어때요? 그게 그렇게 무모한 짓이에요?"

"아니, 무모한 짓은 아니에요."

"역시 지완 씨는 이해해줄 줄 알았다니까. 어때요? 나랑 알래스카로 숨을래요?"

"왜 숨어 있을 만한 짓을 해야 하는데요?"

그녀가 요점을 찔러왔다.

"그야……."

"내 마음한테 떳떳하지 못한 일은 세상 사람한테도 그래요."

"난 지완 씨만 괜찮으면 이 세상 누가 뭐래도 상관없어요."

상관없었다. 그가 지금 가지고 있는 걸 모두 포기할 수도 있었다. 오래 만나지도, 함께한 시간도 길지 않은데 왜 이렇게 그녀가 간절한지 스스로도 설명할 수 없었다. 그는 그녀를 사랑했다.

"아니요, 나도 괜찮지 않고, 석환 씨도 상관있을 거예요. 알잖아요."

석환이 씁쓸한 표정으로 시선을 돌렸다. 한 번 배신을 한 그의 꼬리표는 아마도 영원히 따라다닐 것이다. 민혁도 그의 친구였고, 서연도 그의 친구였다. 그날 이후로 민혁은 소중한 두 사람을 잃었다. 그리고 그건 석환도 마찬가지였다.

여기저기서 눌러대는 핸드폰과 디카의 셔터 소리에 그는 더 깊이 모자를 눌러썼다. 이 여자에게 힘든 얼굴은 보여주고 싶지 않았다.

"잠깐 자리를 옮길까요? 여기는 생각보다 보는 눈이 많네요."

"그러게요. 석환 씨가 이렇게 유명한 사람인데 몰라봤으니 많이 웃었겠어요."

석환은 그들이 처음 만났던 날을 생각했다. 반짝이는 보석 같고 불꽃처럼 따뜻했던 그녀. 남들은 쉽게도 하는 사랑이 왜 나에게는 이렇게도 버거운 걸까?

"잘못하다간 내일 아침 스포츠 신문 1면을 장식하게 될 거 같은데, 얼른 나가죠."

"그래요. 그랬다가는 아마 우리 약혼자께서 가만있지 않을 거예요."

그녀가 농담처럼 중얼거렸다.

우리 약혼자, 강민혁. 그는 다시 모자를 깊이 눌렀다.

호텔의 로비를 나란히 걸어가는 두 사람은 보기 좋았다. 윤하는 뜻밖의 광경에 얼른 몸을 감추고 두 사람의 모습을 바라봤다. 그 여자의 다른 남자라……. 윤하가 의미심장한 미소를 지었다. 이래서 역사가 돌고 도는 모양이다.

작은 물방울들이 흩어지며 고운 무지개를 만들고 있는 공원의 분수 주변에는 자전거를 타는 아이들과 사랑에 빠진 듯한 연인들이 지나가고 있었다. 한참 동안 아무 말 없이 그들을 바라보던 석환이 모자 위로 머리를 긁적거렸다. 바로 곁에 앉아 있는 지완이 너무 멀리 느껴졌기 때문이었다.

"조만간 미국에 갑니다."

"촬영 있으세요?"

"아니요, 공부를 하려구요. 아주 예전부터 영상 공부를 제대로 하고 싶었어요."

"좋은 선택이네요."

"같이 갈래요?"

석환이 물었다. 예전에 서연이 그에게 물은 것처럼.

―같이 가줄래?

서연의 애절하고 가냘픈 음성이 가슴에 저려와 '그러마라고 대답했었다. 지금 눈앞의 그녀도 자신에게 그런 대답을 해줬으면 한다. 동정이라도 상관없고 연민이라도 괜찮았다. 그녀만 괜찮다면 세상의 모든 비난을 참아낼 수 있으리라.

"안 되는 거 알잖아요."

그녀는 그와 달랐다. 맑은 눈에는 조금쯤 연민을 담은 듯도 싶지만 거절은 단호했다.

"지난번에 그랬죠, 민혁이 사랑하지 않는다고."

석환은 처음 만났을 때 공원에서의 대화를 기억하고 있었다. 봄이 완전히 오기 전이었다. 이제 계절은 신록이 푸르른 여름으로 달려가고 있었다.

"네."

"그럼 지금도 그래요?"

글쎄, 지금도 그럴까? 그에 대해 난 아무 감정이 없는 걸까? 사랑, 사랑. 사랑해서는 안 될 사람이다. 그녀는 인간의 몸을 가지고 있는 선녀였다. 언젠가, 이곳을 떠나야 할 사람이었다. 석환의 질문에 지완의 눈빛이 진해졌다.

"사랑하지도 않는 사람이랑 결혼을 해야 한다면 그 조건은 저도 같습니다. 아니요, 오히려 한쪽이라도 사랑하는 편이 더 낫지 않을까요? 난 당신을 사랑합니다."

사랑한다는 고백에 지완의 시선이 오랫동안 그에게 머물렀다.

"고마워요. 하지만 난 사랑만큼이나 신뢰를 중요하게 생각해요. 약혼은 그 남자와 나와의 약속이에요."

"약속이 영원한 건 아니잖아요."

그는 간절했다. 결혼을 한 것도 아니다. 하지만 사랑하느냐는 질문에 침묵을 지키는 그녀 때문에 그는 마음이 급해졌다.

"네. 하지만, 지켜야 하는 그 순간까지는 지켜주는 게 예의잖아요."

집요한 그의 질문에 그녀는 여전히 담담했다. 왜 이 여자는 이렇게 강직한 걸까? 왜 그 주변의 다른 여자들처럼 한눈 같은 걸 팔지 않는 걸까?

"석환 씨는 나보다 더 좋은 여자 만나서 사랑하고 사랑받을 자격이 있는 사람이에요."

지완은 어느새 벤치에서 일어나 자신을 향하는 석환을 바라보며 고개를 흔들었다. 지상의 강민혁 한 사람만으로도 버거웠다. 더 이상의 인연은 만들 수 없는 노릇이었다.

"나한테 당신은 별 같았어요."

그가 아픈 눈으로 그녀를 바라보며 한 발짝 다가가 그녀를 안았다. 지완은 자신을 품에 안은 남자를 가만가만 토닥였다. 사랑하는 감정은 아니었다. 그저 외로운 영혼을 위로할 뿐이었다.

"고마워요. 하지만 석환 씨도 누군가에게는 그런 사람이에요."

"난 지완 씨에게 그런 사람이고 싶습니다."

겨우 그녀를 품에서 떼어낸 석환의 나직한 고백에 지완은 마음 아픈 한숨을 깊이 삼켰다.

　　미안해요. 미안합니다. 당신의 마음을 받아주지 못해서 미안하고, 다른 사람을 사랑해서 미안합니다.

👑

　　한상은 잔뜩 긴장한 채 한국과 외국의 주요 일간지의 중요한 기사들이 스크랩되어 있는 서류를 민혁에게 건네주었다. 빠르게 페이지를 넘기며 기사 제목을 훑어내리던 민혁이 예상대로 어느 순간 딱 멈추었다. 한상은 지금 사장이 읽고 있는 기사 내용을 거의 외우다시피 하고 있었다.

　　"이게 누구지?"

　　'배우 이석환 열애'라는 기사 아래에는 젊은 여자가 요즘 가장 잘 나가는 배우의 품에 안겨 있었다. 민혁은 신문을 뚫어져라 바라보며 물었다. 그 역시 묻긴 했지만 신문 속의 여자가 지완이라는 사실은 한눈에도 알아챌 수 있었다. 굳어진 민혁의 얼굴에서 시선을 피하며 한상이 조심스럽게 헛기침을 했다.

　　"인터넷 쪽 기사는 일단 막아놨습니다만, 초판은 어쩔 수 없었습니다. 게다가 워낙 이석환 씨가 유명인사다 보니 기자들이 순순히 그냥 넘어가진 않을 모양입니다."

　　"지완이에 대해서는 눈치채지 않았고?"

　　"다행히 지완 씨 얘기는 아직 없습니다. 호텔 로비에서 찍힌 사진은 선명도가 떨어지고, 나머지 사진에서도 그나마 얼굴이 전부 드러난 게 아니라서요."

한상이 다시 민혁의 눈치를 살피며 중얼거렸다. 로비에서 찍힌 사진은 전문가의 솜씨가 아니었는지 거리가 좀 멀었고 초점이 흐릿했다. 또 한 장의 선명한 사진에서 지완은 석환의 품에 안겨 있어 반쯤 얼굴이 가려졌다.

"불행 중 다행이구만."

그가 이를 악물고 중얼거렸다. 신문 속에서 지완의 팔이 석환을 안고 있었다. 젠장할, 뭐 이런 거지 같은 일이 다 있는지 모르겠다.

12. 봄날의 팔광

　지완의 방은 여전히 화려했다. 하늘거리는 커튼도, 정갈해 보이는 침대의 시트도, 작은 소파 위의 쿠션도, 그리고 그녀가 입고 있는 옷들까지도 온통 환한 색으로 휘감겨 있었다.

　"어머나, 나 신문 1면에 실린 건 처음이에요."

　민혁이 내민 신문을 받아들고 그녀가 재미있다는 듯 눈빛을 반짝였다. 지금 이 상황에서도 재미있을 수 있는 그녀 때문에 민혁은 약이 바짝 올랐다.

　"그럼 이게 정말 당신이란 말이야?"

　"네, 이걸로 공평하네요. 당신은 잡지에 실리고, 난 신문에 실리고."

　그의 추궁에 그녀가 다시 한번 문제의 신문을 바라보며 중얼거렸다. 죄를 지은 사람치고 그녀는 너무나 당당했다. 민혁은 그녀의 어깨를 흔들어 진실을 듣고 싶은 마음을 애써 눌러 참았다.

"약혼했을 때도 신문 1면은 아니었는데. 민혁 씨보다 석환 씨가 훨씬 더 유명한가 봐요."

"지금 그걸 말이라고 하는 거야! 어떻게 감히 당신이 나한테 이런 짓을 할 수 있지?"

"소리 지르지 말아요. 난 서연 씨가 아니에요."

지완이 나직하지만 명료한 목소리로 대꾸했다.

"여기서 왜 서연이 얘기가 나와?"

"그 여자의 죄를 나한테 덮어씌우지 말란 말이에요."

"뭐?"

"난 바람 같은 건 피우지 않았으니까. 그러니까 쓸데없는 오해……."

하지 말라고, 걱정하지 말라고 말할 틈이 없었다. 키스의 시작은 도전에 대한 응징이었다. 그렇게 맹랑한 눈으로, 세상의 모든 진실을 다 알고 있는 듯한 얼굴로 날 쳐다보지 말란 말이야. 나도 모르는 내 마음을 아는 척하지 말란 말이야. 감춰두고 묻어두었던 서연이라는 이름에 그의 분노가 한순간 끓어올랐다.

거친 키스가 깊어지고 또 깊어졌다. 분노로 시작한 키스가 어느새 열정으로 변해갈 무렵 지완은 키스로 인해 질식해서 죽을 수 있다는 사실을 깨달았다. 이 남자를 어떻게 해야 하는 걸까.

아슬아슬한 순간에 지완의 저항을 느꼈는지 절대 놔주지 않을 것처럼 그녀의 몸을 꽉 붙들고 있던 민혁의 입술이 처음 입을 맞췄을 때만큼이나 순식간에 떨어졌다.

"미안, 내가 잠시 돌았어."

몸속에 아직도 남아 있는 흥분과 스스로의 의지에 대한 좌절, 그리고 그녀에 대한 욕망으로 인해 그는 아주 복잡하고 혼란스러운 모습이었다.

"다쳤어?"

"아니요."

"다행이다. 하마터면 큰일 날 뻔했다."

그가 안도의 한숨을 내쉬며 그녀의 어깨를 끌어안았다. 이번만큼은 지완도 반항하지 않고 순순히 그의 품에 안겼다. 또다시 그의 가슴에서 작은 안도의 한숨이 터져 나왔다.

"미안하다."

"좋아요, 사과는 받아들일게요. 대신 이번만이에요. 한 번만 더 이러면 정말 가만 안 있을 거예요."

여전히 그의 품에 있는 그녀가 살짝 머리를 들고 흘겨보니 민혁이 얼른 고개를 끄덕였다.

"고마워. 자, 그럼 당신도 사과해야지."

"내가 뭘 잘못했는데요?"

그녀를 살짝 떼어놓은 민혁의 당당한 요구에 지완이 어이없는 얼굴로 물었다.

적반하장도 따로 있지, 잘못은 자기가 하고 왜 물귀신처럼 나까지 끌어들일까?

"그 녀석이랑 만나지 말랬잖아!"

"그 녀석이라니, 석환 씨요?"

"석환이 이름 입에 담지도 마."

민혁이 발끈해서 인상을 썼다. 지완이 석환에 대해 특별한 감정을 갖고 있지 않다는 걸 민혁도 어렴풋이 인정하고 있었다. 그리고 지완이 서연과 다르다는 사실 또한 알고 있었다. 하지만 그녀의 입을 통해 석환의 이름을 듣는 것은 그리 유쾌한 일이 아니었다.

"이건 석환 씨 잘못이 아니에요. 당신은 당신 친구를 그렇게 몰라요?"

"그럼 당신이 먼저 꼬셨단 말이야!"

말이 되는 소리를 하라는 듯 그가 버럭 소리를 질렀다. 아무튼 버럭 대장이었다. 별일도 아닌 일에 걸핏하면 참 잘도 소리를 질러댄다.

"강민혁 씨, 평상시에도 그렇게 머리가 나빴어요? 여태 사업은 어떻게 했어요?"

"뭐?"

"석환 씨라면 이것보다 더 근사하게 기사를 터뜨렸을 거예요. 그럴 만한 위치에 있는 사람이잖아요."

그녀의 지적에 민혁이 주춤거렸다. 그녀의 말이 틀리지 않았다.

"이제 좀 정신이 들어요?"

그가 제대로 된 방향으로 결론을 내리고 있음을 의심하지 않고 그녀가 물었다.

"그래도 당신이 한 짓이 달라지는 건 아니잖아. 어떻게 내 뒤에서 이런 짓을 할 수가 있어?"

"난 그것보다 누가 감히 이런 사진에, 이런 기사를 실을 수 있는지가 더 궁금한데요. 근데 내 얼굴이 정말 이렇게 커요?"

사진이 영 마음에 안 드는 듯 그녀가 징징거렸다. 다시는 내가 배우랑 사진을 찍나 봐라. 흐릿한 사진 속에서도 빛이 나는 석환에 비해 그녀는 그야말로 평범하기 그지없었다.

"커. 대빵 커."

그가 두 번 생각도 않고 단호하게 선언했다. 게다가 그답지 않은 단어까지 사용해서 말이다. 대빵이라니, 애들도 아니고 평상시 온갖 거만을 다 떨던 강민혁에게는 어울리지 않는 언어였다. 지완이 허리를 꼿꼿이 세운 채 민혁을 노려봤다. 잔인한 남자 같으니라구.

"지금 말 다 했어요?"

"지금 그게 중요한 게 아니란 말이야."

"나한테는 그게 제일 중요해요."

"나는 아니야."

그녀가 꼬장꼬장 물고 넘어갔지만 그 역시 이번만큼은 물러서지 않았다. 두 사람의 시선이 조금의 양보도 없이 팽팽하게 마주쳤다.

"그럼요?"

"나만 봐."

민혁이 분명하게 선언했다. 그리고 그녀의 얼굴을 양손으로 감싸 쥐고 자신의 얼굴을 가까이 가져갔다. 지완의 눈빛이 그의 눈길에 꼼짝없이 갇혀버렸다.

"다른 사람은 쳐다보지 말라구. 생각도 하지 말고, 눈길도 주지 마."

그가 분명한 어조로 명령했다. 한순간 간절하게 들린다고 생각했던 건 그녀만의 착각일지도 몰랐다. 더 깊은 생각을 하기에는 그의 숨결이 너무 가깝게 느껴졌고, 그녀의 심장 뛰는 소리가 너무 크게 들렸다. 지완은 그의 입술의 온기에 얼른 눈을 감았다. 십 분 전과는 다른 키스였다. 부드럽고 따뜻한, 하지만 욕망이 가득한 키스가 계속되었다. 아주 천천히 맞닿은 입술이 떨어졌다. 지완이 겨우 정신을 차리고 그의 품에서 고개를 들었다.

"뭐 하나만 물어봐도 돼요?"

민혁은 그녀를 품에 그대로 안은 채 조금 몸을 움직여 자세를 편안하게 고쳐 앉았다. 짙은 핑크의 2인용 소파는 둘이 앉기에 딱 좋은 크기였다.

"뭐가 궁금한데?"

"정말 날 안 믿었어요? 내가 진짜 석환 씨랑 눈이 맞은 줄 알았던 거예요?"

담담한 목소리로 지완이 물었고, 민혁은 한참 동안 침묵을 지켰다. 사진 속에서 다정한 두 사람을 보는 그의 심기는 굉장히 불쾌했다. 하지만 불안하지는 않았다.

"아니, 그럴 거란 생각은 안 했어. 기분은 나빴지만."

"그럴 줄 알았어요."

그녀가 만족한다는 듯 싱긋 웃었다. 이 사람도 이제는 조금씩 사람을 신뢰하기 시작했다.

민혁이 그녀의 어깨에 팔을 둘러 더 가까이 끌어당기자 지완이 순순히 머리를 기댔다. 온몸에 전해지는 그녀의 체취와 온기가 좋았다.

"나도 하나만 부탁해도 돼?"

"난 부탁 같은 건 안 했는데요. 하지만 말해봐요, 들어줄 만한 건 들어줄게요."

그녀가 고개를 들어 그를 바라봤다. 민혁의 눈빛이 어느 때보다 진지했다.

"우리끼리 비밀 같은 거 만들지 않았으면 좋겠어."

"음, 그 비밀이란 거 석환 씨를 말하는 거예요?"

"석환이를 비롯한 모든 남자."

"좋아요, 대신 마윤하 씨를 비롯한 다른 여자들에 대한 비밀도 마찬가지예요."

"오케이."

냉큼 고개를 끄덕인 민혁은 그녀의 얼굴을 양손에 잡은 채 깊이 키스했다. 그건 믿음과 약속의 의미였다. 그녀라면 비밀을 함께 공유해도 괜찮았다. 지완이라면 믿을 수 있을 것 같다.

민혁과 지완이 2층에서 내려오자 사자 아저씨가 고압적인 기세로 그들을 기다리고 있었다. 벌써부터 2층에 뛰어 올라가겠다는 그를 미라가 열심히 막고 있는 중이었다. 사자 아저씨의 눈빛이 지완에게서 민혁으로 건너가 무섭게 번뜩였다. 아니, 저 녀석이 또 무슨 짓을 하려고 여기까지 온 걸까? 지난번 민혁이 집에 왔을 때 선녀님은 저 녀석이 사준 음식을 먹고 죽을 뻔했었다. 그런데 겁도 없이 감히 여기를 또 오다니.

"여기는 어쩐 일이십니까?"

"그러는 당신이야말로 여기는 웬일이지?"

사자 아저씨의 삐딱한 질문에 민혁이 지지 않고 대답했다. 지완은 조마조마한 얼굴로 두 사람을 바라봤다. 그녀가 이곳에 있는 동안만이라도 저 두 사람이 그나마 친하게 지내주면 좋을 텐데. 그건 아무래도 불가능한 듯했다. 사자 아저씨도 민혁도 결코 만만한 상대가 아니었다.

"왜 운전기사까지 집 안으로 불러들이는 거야?"

"그게 무슨 말이에요? 운전기사는 그럼 밖에만 있으란 법 있어요?"

지완이 뭐라 대답하기도 전에 미라가 발끈해서 민혁에게 쏘아댔다. 두 사람도 부족해서 이제 미라까지, 집 안에 보이지 않는 피가 사방으로 튀고 있었다. 지완은 곤란한 얼굴로 정 여사를 바라봤다.

"이 사람들을 어쩌면 좋지요?"

"어쩌긴, 친목 도모에는 고스톱이 최고라니까."

멤버를 구성한 정 여사는 우아한 얼굴로 웃어 보였다.

이렇게 해서 판은 벌어졌다. 사자 아저씨와 강민혁, 게다가 정 여사의 삼파전은 그야말로 치열했다. 지완은 열심히 차 심부름을 했고, 미라는 사자 옆에 달라붙어 개평을 뜯느라 정신이 없었다. 완전히 집 안 분위기가 도박장 같은 느낌이었다.

"아니, 난 강 사장이 우리랑 고스톱을 친다는 게 믿기지가 않네."

"지완이가 가족을 중요하게 생각해서요. 사위도 자식이라잖아요."

"가족은 무슨, 돈에 욕심이 있겠지."

사자 아저씨가 판을 싹 쓸어가며 중얼거렸다. 오늘따라 패가 손에 딱딱 붙었다. 강민혁, 너 두고 봐라. 아주 오늘은 홀딱 벗겨 보낼 테니까. 지난번 정 여사에게 참패한 후 사자는 상갓집을 돌며 몇몇 고수들의 동작을 눈에 담아두고 있었다.

"가족이 아닌 사람 돈은 욕심이 나는 법이지."

그가 경쾌하게 패를 맞추며 점수를 냈다. 역시나 강민혁은 만만한 상대가 아니었다. 이 영혼 컴컴한 녀석이 무슨 장난을 치는지도 몰랐다.

"이번에는 나도 할래요."

몇 판이 돌아가고 난 후 심심해진 지완이 민혁과 사자 사이를 비집고 앉았다. 민혁이 얼른 그녀의 손을 잡아 사자보다 자신에게 더 가깝게 끌어당겼다. 그래도 마음에 안 들었는지 벌떡 일어나 지완과 자리를 바꾸어 앉았다. 그 모습에 사자 아저씨의 눈썹이 못마땅한 듯 올라갔다.

"언니는 짝도 잘 못 맞추잖아."

"아니야, 지완이도 이제 이런 걸 좀 알아야지. 그리고 원래 선무당이 사람 잡는 거야."

정 여사의 충고에 따라 지완은 잔뜩 기합이 들어간 얼굴로 어색하게 화투 패를 잡아들었다. 가족들의 친목 도모라는 명분으로 인해 조용하던 거실이 북적거리고 있었다.

"이게 뭐죠?"

지완이 자신이 들고 있는 패를 민혁에게 보여줬다. 그녀가 보기에 48장의 화투 패는 똑같이 요란했고, 똑같이 알록달록했다.

"삼광, 벚꽃. 일본의 사쿠라야."

"아, 이 빨간 꽃이 벚꽃이에요? 그럼 이건요?"

그녀가 또 다른 패를 들었다.

"팔광, 달이야."

"세상에, 달이 왜 이렇게 경박하고 못생겼어요? 이건 정말 달의 몰락이네."

그녀가 동그랗고 노란 달을 바라보며 분개해서 중얼거렸다. 달빛이 얼마나 환하고 아름다운지 이걸 그리는 사람은 잠시 잊은 게 분명했다.

"뭘 못생겨, 휘둥그레 잘만 생겼구만. 38광땡이 얼마나 좋은 건데 몰락이래."

"가만, 가만. 지금 둘이 짜고 치는 겐가?"

두 사람의 속닥거림에 정 여사가 발끈해서 말했다. 가족이 되겠다는 사위라는 사람도 인정사정없었고, 지난번에는 별반 실력이 없던 예비 사위의 솜씨도 상당한 탓에 조금 있으면 지갑이 털릴 위기에 처해 있는 정 여사는 상당히 예민해져 있었다.

"그러게. 아무리 약혼자라도 그렇지, 자기 걸 보여주는 게 어디 있어?"

"맞습니다. 게임의 룰은 지켜주셔야죠."

미라의 주장에 사자 아저씨까지도 강력하게 항의했다. 아무래도 친목 도모가 지나치게 과열되는 느낌이었다.

"우리가 짜고 쳤으면 지완이가 지금껏 거덜 나 있겠습니까?"

"흥, 그럼 뭐 해? 그게 다 같은 주머니 안에 들어가는데."

"맞아. 주머니 돈이 쌈짓돈이잖아."

언제나 부담스럽고 위험해 보이는 강민혁이라는 남자는 더 이상 신경 쓰이는 상대가 아니었다. 그는 그저 오락을 함께 즐기는 게임 상대일 뿐이었다.

"할 수 없네. 그럼 당신은 그냥 그거 팔고 들어가라."

"이걸 팔아요?"

"언니는 여태 뭐 봤니? 광 파는 거 아까 가르쳐줬잖아."

미라가 답답하다는 듯이 중얼거렸다. 고스톱을 저렇게도 어렵게 배우는 사람은 보다 처음이었다.

"난 이쪽에 소질이 없나 봐요."

"소질이 없는 게 아니라 머리가 나쁜 거야."

"민혁 씨, 이깟 거 못한다고 무슨 머리가 나빠요?"

그녀의 변명에 민혁이 위로는 못할망정 초를 치고 나서자 지완이 발끈해서 노려봤다. 같은 말을 해도 참 밉살스럽게 하는 남자였다.

"어머, 애는. 이깟 거라니. 이게 얼마나 고도의 두뇌 활동인데. 머리 나쁘면 이거 못해."

"그럼요, 점수 계산하고 타이밍 맞춰야 하는데 머리가 나쁘면 좀 곤란하긴 하죠."

"맞아요. 그래서 치매 예방에도 도움이 된다잖아요."

정 여사와 사자 아저씨와 미라가 온통 한 편이 돼서 민혁의 말에 맞장구쳤다. 세상에, 정말이지 고스톱이 친목을 도모하긴 하는구나.

"다음부터 강 서방은 고스톱 치지 말라고 해라. 무슨 사위가 그렇게 인정머리가 없다니?"

다음 날 아침 정 여사는 입이 잔뜩 나와서 중얼거렸다. 예전에도 벌써 짐작한 일이긴 했지만 딸의 남편이 될 강민혁이라는 남자는 가족에 대한 기본적인 예의가 없는 사람이었다. 아니, 사위가 장모를 거덜 내는 경우는 듣다 듣다 처음이었다. 암만 생각해도 예비 둘째 사윗감이 그야말로 양반이자 신사였다.

"남의 돈을 그렇게 몽땅 쓸어가 놓고는 어쩌면 개평도 없다니?"

정 여사의 민혁에 대한 불만이 자꾸만 쏟아져 나오자 지완은 곤란한 듯 웃었다. 그녀는 그야말로 광만 팔았다.

"있는 사람들이 더하다고, 언니네 약았어. 언니도 어제 광만 팔았지? 38광땡."

"난 몇 번 하지도 않았어. 머리가 나빠서 고도의 두뇌 활동에 참석을 못 했다구."

지완이 고개를 흔들었지만 그녀에게 머무르는 미라와 정 여사의 눈초리는 여전히 날카로웠다.

"니들 설마 짜고 한 거 아니야? 아주 부부 도박단으로 나서라."

"그런 거 아니라니까요."

"그런 거 아닌데 그렇게 거덜을 내? 내가 아주 피박에 독박 쓴 거 생각하면……. 아구구, 지금도 머리가 아프다."

정 여사가 어지간히 약이 올랐는지 이마에 손을 얹고 신음을 내뱉었다. 역시나 가족 간에 돈 문제가 얽히면 친목 도모에 어려움이 생기는 모양이었다. 지완은 미라와 정 여사의 시선을 피해 눈을 굴렸다.

정작 자신이 어떤 욕을 먹고 있는지 모르고 있는, 아니 관심도 없는 민혁은 밤새 고스톱을 치고도 끄떡없는 얼굴로 서류를 뒤적였다.

"사장님 예상대로 정보를 흘린 쪽이 있었습니다."

"당연하지. 아무리 전 국민이 파파라치라도 이렇게 절묘한 시간에 기사를 올릴 순 없으니까."

"그룹 차원에서 조치를 취할까요?"

"아니, 이건 내가 직접 하겠어."

사장이 직접 나서는 일의 결과가 어떻게 나타나리라는 사실을 잘 알고 있는 한상은 변함없는 그의 표정에 의구심이 일었다. 보통의 경우 이러한 기사와 내막에 대한 사장의 냉기와 분노는 그도 움찔거릴 정도로 오싹하지만, 지금의 사장은 아무래도 달랐다.

"저…… 그런데 무슨 좋은 일 있으십니까?"

"별로."

그렇게 말하면서도 민혁은 히죽 웃어 보였다.

생각만큼이나 지완은 승부에 대한 집착이 강했다. 하지만 아쉽게도 그럴 만한 능력이 없었다. 몇 번이나 좋은 패를 손에 쥐고도 중간에 손을 놓아버리는 경우가 허다했다. 그가 보기엔 그녀는 도박을 하기에 너무 정직했다. 손에 쥐고 있는 패를 보지 않아도 그녀의 얼굴을 보고 있노라면 뭘 가지고 있는지 누구든 짐작할 수 있을 정도였다.

"이한상 씨, 오늘 내가 밥 살까요?"

"네? 죄송하지만 다시 한번 말씀해주시겠습니까?"

한상은 자신이 들은 말을 믿을 수 없어 다시 한번 반문해야 했다.

"특별히 약속 없으면 내가 밥 산다구. 어젯밤에 공돈이 좀 생겼거든."

그가 일어서며 다시 한번 히죽 웃었다. 한상은 앞서 걸어가는 사장의 뒷모습을 홀린 듯 바라봤다. 식사 후에라도 오늘 해가 어디서 떴는지 기상청에 전화 문의를 해야 할 것 같았다.

한상과의 식사를 기분 좋게 끝낸 민혁은 윤하를 만나기 위해 그녀가 일하고 있는 로펌 사무실에 들렀다. 반짝거리는 검은 투피스

차림의 그녀가 그를 향해 자신만만한 얼굴로 바라봤다.

"웬일이에요, 당신이 나를 보자고 하고? 우리는 끝난 사이잖아요."

"그 신문 기사, 잘 봤어."

"무슨 신문 기사?"

윤하는 아무것도 모른다는 얼굴로 완전히 시치미를 떼고 있었지만 그는 속지 않았다. 한상의 특별한 보고를 받지 않아도 대충은 짐작하고 있었던 일이다. 지난번 윤하와 그에 관한 기사가 실렸을 때 확실히 해두지 않은 걸 그는 후회하는 중이었다.

"내 약혼자 건드리지 마."

민혁은 차가운 목소리로 경고했다. 지완은 아무 말도 하지 않았지만 윤하에 대해서 은근히 신경 쓰고 있다는 사실을 이미 짐작하고 있었다. 처음에는 재미있었고, 그다음엔 지완의 반응이 귀여웠고, 지금은 그녀가 오해해서 마음 다치게 하고 싶지 않았다.

"뭐?"

아니, 강민혁이 지금 내 앞에서 다른 여자 편을 들고 있다고? 윤하는 기가 막혔다.

"정말 그 멍청하고 말라빠진 여자랑 결혼할 생각은 아니겠지?"

"그 여자가 내 약혼자를 말하는 거라면 당연히 결혼할 생각이야. 그리고 지완이는 멍청하지도 않고, 좀 마르긴 했지만 그것도 봐줄 만해."

"왜 이러는 거예요, 당신답지 않게!"

"나에 대해서 당신이 뭘 알지?"

그가 히죽거리며 이를 드러내고 웃었다. 그 순간 그녀는 강민혁에 대해 자신이 알고 있는 모든 것들이 의심스러워졌다.

"우리는 잘 어울렸어요. 그리고 좋았고."

"그래, 어울렸지."

"그런데 왜 내가 당신 짝으로 안 되는 건지 그 이유를 알고 싶어."

"내가 왜 그걸 설명해야 하는데?"

민혁의 차가운 대꾸에 윤하는 한순간 온몸이 굳어졌다.

"당신이랑 나랑은 완벽하게 어울릴 거예요. 사업도, 성격도, 전부다."

"그래, 그런 면에서 너랑 나랑 어울릴지도 모르지. 그런데 난 너한테 전혀 끌리지 않아. 처음부터 너랑 결혼할 생각 따윈 없었어."

그의 분명한 거부는 누군가에게 단 한 번도 거절당해본 경험이 없는 윤하에게 충격이고, 모욕이었다.

"이럴 순 없어요. 나한테 이런 거, 후회하게 해줄 거야."

"마음대로."

그가 그녀의 손목을 뿌리치며 일어섰다. 뒤도 돌아보지 않고 걸어가는 그 남자의 뒷모습을 윤하는 앙칼진 눈으로 쏘아봤다. 나쁜놈, 제까짓 게 감히 나를 이런 식으로 취급하다니. 도저히 용서할 수 없다.

13. 덫

태산그룹 비리 의혹, 하도급 업체와 짜고
공사비를 실제보다 부풀리는 수법으로 비자금 조성!

신문 1면에 난 기사를 바라보는 민혁의 얼굴은 무표정이었다.

"누군가 아주 완벽하게 덫을 놓은 모양이구나."

회장의 나직한 중얼거림에 민혁이 고개를 끄덕였다. 그 누군가를 찾는 일이 급했다. 틀림없이 찾아내고야 말 것이다. 다만 시간이 문제였다. 일단 건수를 찾아낸 검찰 쪽에서는 지금 태산건설에 끊임없는 압박을 가하고 있었다.

"혹시 짐작되는 사람이라도 있으십니까?"

회장의 사업 스타일을 누구보다 잘 알고 있는 그였다. 흰 눈처럼 순백하지는 않을지 몰라도 보이지 않는 곳에서 비열한 짓을 할 정도는 아니었다. 아니, 더 정확히 이런 위험한 행동을 하실 분이 아니다. 마음만 먹으면 이것보다 더 치밀하고 감쪽같이 처리하실 게 분명했다.

그렇다면 누굴까? 감히 누가 그의 등에 칼을 박는 걸까…….

"사방이 친구고, 그 사람들이 경쟁자고, 또 적 아니겠냐."

회장의 퉁명한 대답에 민혁은 '끙' 하고 짧은 신음을 삼켰다. 옳은 얘기였다. 어차피 이 바닥에서 천사로 군림하던 박 회장이 아니었고, 당연히 짐작되는 인물도 수없이 많았다. 그렇다면 방법은 하나다. 일단 시간을 버는 수밖에 없었다.

"이번 일, 제가 책임지겠습니다. 회장님은 모르시는 걸로 해주십시오."

"그 말은 네가 항복하겠다는 소리냐?"

민혁의 제안에 회장이 한쪽 눈썹을 치켜세웠다.

"한 번쯤 타협해줄 수도 있습니다."

"제법이다. 많이 컸구나. 죽어라 돈키호테처럼 달려드는 방법만 아는 줄 알았는데."

갑갑하고 답답한 상황 속에서 회장이 '픽' 하고 웃음을 터뜨렸다. 언제나 앞만 보는 녀석이었다. 누구한테도 고개 숙이는 법은 처음부터 가르치지 않았다. 그런데 이 어려운 상황에서 스스로 고개를 숙이겠다고 한다.

"그저 잠깐 동안의 타협일 뿐입니다. 전쟁의 끝은 제가 승리합니다."

"알았다. 그러려면 이번에 넌 잠자코 있어."

복수와 약속을 다짐하는 젊은 남자의 선언을 바라보며 회장은 고개를 끄덕였다. 이 녀석은 제대로 컸다. 이제 혼자서도 얼마든지 태산을 끌고 나갈 수 있을 것이다.

"회장님!"

"걱정 마라. 그리고 이건 내 회사야. 네 것이 아니라, 내가 오너란 말이다. 책임을 지려면 내가 진다."

그가 당당하게 일어섰다. 이 녀석에게 필요한 건 날개였다. 회사의 오너로서, 그리고 이제 자식 같은 이 녀석에게는 부모로서 그의 날개에 권리를 심어줄 것이다.

"회장님, 그건 안 됩니다."

"왜?"

"구속 수사가 될지도 모릅니다. 재벌 기업에 대한 국민들의 인식은 굉장히 차갑습니다."

"내가 그걸 모른다고 생각하느냐?"

회장이 민혁의 지적에 코웃음을 쳤다.

"그러니까 제가……."

"시끄럽다. 네가 거길 들어가 있으면 태산은 누가 운영을 해? 지금 네 몸이 달랑 너 하나만 책임지면 된다고 생각하는 게냐? 네 밑에 사람이 몇이야. 그 사람들 가족은 또 몇이야. 너 혼자 몸이 아니니 마음 굳게 먹어. 벌은 죄지은 사람이 받는 게야. 넌 모르는 일이다."

회장이 칼날처럼 날카로운 목소리로 민혁의 말을 중간에서 잘라버렸다.

"아, 그리고 그 아이 괜찮더구나. 놓치지 마라."

이제 사업을 알아가는 아들에게 필요한 건 마음을 다스려줄 여자뿐이다. 그리고 다행히 민혁의 곁에는 그런 여자가 있었다. 민혁의 복잡한 눈빛을 바라보며 박 회장은 보이지 않을 만큼 희미한 미소를 지어 보였다.

회사의 비상 대책 회의에서도 어떤 결론을 얻을 수 없었다. 결백을 증명해내기 위해선 틀림없이 길고 지루한 전쟁을 치러야 할 것이다. 지금은 고개를 숙이고 한발 물러서는 수밖에는 방법이 없었다. 이미 모든 상황이 그의 통제를 벗어나 있었다. 그 사실은 민혁을 더욱 약 오르고 화나게 했음은 물론이다. 태산그룹의 비리 파동은 계열사 분리로까지 이야기가 번지고 있었다. 주식은 하루에도 열두 번씩 요동을 쳤다.

"만약 태산그룹이 규모를 축소한다면 매각 1순위는 매출 전망이 불투명한 의류 사업 부문이지 건설 쪽은 아니다."
그룹의 한 고위 관계자는 일부 언론이 제기한 매각설에 대해 태산건설을 매각하는 일은 결코 일어나지 않을 것이라며 항간의 소문을 일축했다.

"흥, 누구 마음대로 남의 회사를 매각한대?"
민혁이 낮게 코웃음 치며 신문을 덮었다. 그의 머리가 빠르게 돌아가고 있었다. 누군가 배후에 있다. 그 사람을 찾는 일이 가장 급했다.

"공식 기자회견이 필요하지 않을까요?"

"아니, 지금은 안 돼. 이렇게 우리를 찔러보고 있는 건 저쪽도 급하다는 뜻이니까."

"하지만 아직 회장님의 결백이 증명되지 않은 상태입니다."

"알아. 그렇지만 비자금의 실체도 드러나지는 않았어. 그리고 사용처도."

한상의 조심스러운 지적에 민혁은 단호히 말했다. 실제 공사비보다 부풀려 장부를 조작하는 방법은 이 바닥에서는 고전적인 수법이었고, 이렇게 확보된 자금은 누군가의 계좌에 흘러들어 가야 옳았다. 하지만 현재로선 확보된 비자금의 내역도, 그 비자금의 사용처에 대해서도 누구 하나 아는 이가 없었다.

"이번에 문제가 된 도원건설은 이미 3년 전에 도산했습니다. 그 외 협력 업체에서는 일단은 함구하고 있는 상태입니다."

"누굴까. 누가 감히 나도 모르는 자료를 검찰에 넘겼을까……."

하도급 업체랑 짜고 사기칠 정도라면 틀림없이 회사 고위층 인사일 게 분명했다. 검찰의 내부 문서에 의하면 이미 10년 전부터 이루어진 일이라는데, 왜 진작 이런 사실을 발견하지 못했을까. 민혁은 자신의 무능함에 이를 악물어야 했다.

"자금 흐름을 추적하다 보면 곧 알게 되겠지만, 차용 계좌를 통해서 회장님이 책임을 지시게 될지도 모릅니다."

"오너니까 할 수 없는 일이야. 내부자 소행인 건 분명한데, 그 사람이 누구인지 기대가 되는군."

박 회장을 생각하자 그의 얼굴이 잔인해졌다. 지금은 잠시 기다리고 있는 중이다. 그가 당한 오늘의 이 수모는 분명히 갚고야 말 것이다.

"잠시 전부터 손님이 기다리고 계십니다."

민혁과 한상이 비상대책팀과 오랜 회의를 끝내고 나오자 사무실을 지키고 있던 비서가 일어나 전했다. 손님이라는 얘기에 민혁은 피식 하고 웃음을 삼켰다. 아마도 지완일 것이 분명했다. 그녀를 마지막으로 보았던 때로부터 벌써 일주일이 넘었다. 참을성 없는 그녀가 지금까지 기다렸다는 사실이 기특했다. 사실 그 역시 그녀가 보고 싶었다.

그는 그녀가 기다리고 있는 임원 휴게실로 발걸음을 빨리했다. 주인 없는 사무실에 손님을 맞지 않는다는 규칙은 그의 약혼녀에게는 예외라는 사실을 이제는 비서진에게도 알릴 필요가 있었다. 아니, 한상만 자리에 있었어도 그녀가 그곳에서 그를 기다리지는 않았을 것이다.

민혁이 도착했을 때는 임원 휴게실은 비어 있었다. 주변을 둘러보던 민혁은 자신의 어깨를 두드리는 손길에 얼른 고개를 돌렸다.

"오랜만이야."

작고 가냘픈 목소리. 그녀는 서연이었다. 민혁은 얼어붙은 얼굴로 자신의 첫사랑이자 오랜 아픔이었던 그녀를 바라봤다.

"언제 온 거야?"

"어제. 아직 시차 적응 못 했어."

그는 겨우 자신을 가다듬고 고개를 끄덕였다. 서로 얼굴도 제대로 보지 못하고 헤어진 지 긴 시간이 지났음에도 불구하고 모든 것이 그대로였다. 그녀의 영민한 눈빛도, 우아한 몸가짐도, 그리고 그런 그녀를 그리워했던 그의 마음 한 조각도.

"회사 일에 무슨 문제 있는 거야? 다들 정신없어 보이던데."

"아니, 그냥 사소한 정도야. 그때랑은 달라."

그때, 그 눈부시고 가슴 아팠던 시간. 민혁과 서연의 눈빛이 한참 동안 마주했고, 그녀는 먼저 눈을 돌렸다.

"그래, 그때도 넌 자신만만했어. 여전하구나, 회사 일에 빠져 사는 건."

민혁은 쓴 미소를 지어 보였다. 내가 회사 일에 조금만 덜 관심을 가졌더라면 그렇게 날 떠나지 않았을까? 민혁은 무의식중에 이렇게 물을 뻔했다. 하지만 언제나 굳건한 그의 자제력은 이번에도 그를 침묵하게 했다.

"그대로네."

민혁의 얼굴을 가만히 바라보던 서연이 조그맣게 중얼거렸다. 반듯한 이마도, 짙은 눈썹도, 굳은 턱 선도 변하지 않았다. 그렇다면 그의 마음도 여전할까? 서연은 그의 얼굴을 떠올릴 때마다 언제나 그의 마음이 궁금했었다.

"설마. 거울을 봐도 내가 내 얼굴에 놀라는데."

민혁이 고개를 저었다. 서연의 가슴 한구석이 '뚝' 하고 무너져버렸다. 내 눈에는, 내 마음은 여전히 네가 그대로야. 그런데 너는 입에 발린 인사조차 묻지 않는구나. 그녀는 자꾸만 그리움이 차오르는 눈빛을 애써 돌렸다.

"아예 들어온 거야?"

"응, 아버지가……."

그녀의 입에서 나온 단어에 한순간 민혁도, 말을 꺼낸 서연도 긴장해버렸다.

"괜찮아, 얘기해. 지난 일인걸."

지난 일이라는 얘기에 서연이 민혁을 바라봤다. 무심한 남자. 당신에겐 지난 일일지 몰라도 그녀에게는 일상이었다. 삭막한 바람이 부는 겨울의 뉴욕 거리에서 내내 한 사람 생각만으로 견뎌 지금까지 버틸 수 있었다. 그런데 그에게는 이미 지난 일이란다.

"아니야, 됐어. 괜한 말을 꺼낸 거 같아."

"우리 다시 시작하면 안 되는 거야?"

그녀의 제안에 민혁이 잠시 놀란 얼굴로 서연을 바라봤다.

"내가 또 괜한 말을 꺼낸 거야?"

"그게…… 지금이랑 그때랑 너무 많이 변했어."

"그러니까, 그래서 하는 얘기야."

그들을 둘러싼 환경이 바뀌었다. 민혁은 이제 흔들리지 않는 위치를 차지하고 있었고 두 사람을 끝까지 반대하던 서연의 부친도 이제는 민혁을 인정하고 있었다. 그렇다면 우리 둘만 변하지 않았다면 가능한 일이었다. 그리고 그녀는 변하지 않았다.

"난 약혼했어."

"알고 있어. 그래도 내가 상관없다면?"

네가 약혼했다는 소식에 내가 얼마나 흔들렸는지…… 네가 나 아닌 다른 여자와 나란히 있다는 사실에 내가 얼마나 마음 아팠는지 너는 짐작이나 할까?

"네 생각이니? 아니면 민 회장님 생각이니?"

"그게 중요한 거야?"

"중요해."

그가 그녀를 벨 듯이 날카롭게 바라보고 있었다. 그의 눈빛에 오랜 상처가 덧나고, 여린 곳이 또 베어지고 있었다. 민혁아, 나 아픈데, 넌 내 상처는 봐주지 않는구나. 그는 변해버렸다.

"지난 일을 덮는 게 그렇게나 어려운 거야?"

"무리라는 건 네가 더 잘 알고 있잖아."

이별의 인사도 제대로 남기지 않고 서연은 그를 떠나갔다. 아버지의 오랜 지인이었던 서연의 부친은 민혁을 만나주지도 않았었다. 그런데 이제 와서 다시 시작하자는 서연에게 민혁은 최대한 담담한 목소리로 고개를 흔들었다.

"뉴욕은 있을 만했니?"

아니, 네가 없어서 외로웠어. 서연은 눈빛으로 그렇게 말했다. 하지만 5년 전 그를 혼자 두고 간 죄는 여전히 그녀에게 남아 있었다. 혼자 있는 뉴욕은 너무 추웠고, 죽을 만큼 외로웠다. 아무리 봄이 오고 여름이 와도 사랑하는 사람을 등지고 왔다는 사실만으로도 아프고 힘들었다.

"그냥 그랬어. 공부하느라 바빴고."

"그래, 그럼 공부는 다 끝난 거야?"

서연이 무심하게 고개를 끄덕이고 민혁을 바라봤다. 이곳에 오기까지, 그를 만나기 전까지 수없이 이 순간만을 생각하며 하고 싶은 말들을 몇 번이고 참아야 했다. 그런데 그 모든 것들이 그를 만나는 순간 덧없어 보였다.

두 사람은 서로를 마주한 채 한참 동안 아무 말도 하지 않았다. 시간이란 건 참으로 잔인했다. 매일같이 만났지만 하고 싶은 말은 언제나 많았고, 들어야 할 말도 가득했었다. 하지만 오랜 시간 서로에게 해야 할 말과 들어야 할 말을 가슴에 묻어두었음에도 불구하고 두 사람은 단 한마디의 단어조차 입 밖으로 꺼내지 못했다. 지난 과거 애기는 너무 아팠고, 지금은 할 말이 없었고, 앞으로의 일은 알 수 없었다. 날씨 애기는 지나치게 평범했고, 안부를 묻는 인사는 너무나 짧았다. 서로의 가족을 챙기기에는 너무나 위선적이었다. 시간은 그들을 평범하고 짧은 의례적인 애기조차 입에 담을 수 없는 사이로 만들어버렸다.

"지금 약혼자랑 결혼할 거야?"

"아마도."

영원히 너만을 사랑하겠다고 다짐하던 그 남자는 지금 내 앞에서 다른 여자와의 미래를 부정하지 않는다는 사실에 서연은 설움 하나를 삼켜야 했다.

"그 여자를 사랑해?"

"아마도."

한참을 침묵하던 그가 또 한 번 나직하게 말했다. 사랑한다는 것도, 그래서 결혼을 하겠다는 애기도 아니었다. 하지만 서연은 민혁의 입에서 나온 말이 또 아팠다. 민혁의 시선이 마지막 인사를 하기 위해 똑바로 그녀를 향했다.

"서연아, 지금 행복하니?"

"응? 응, 아마도."

너와 같은 하늘 아래 있다는 사실만으로도 행복해. 서연은 하고 싶은 말을 가슴속에 새기고 또 새겼다. 행복하냐고 묻고 있는 눈앞의 남자는 예전보다 훨씬 여유 있고 부드러워 보였다. 내가 없는 이곳에서 네가 어떻게 행복할 수 있니? 서연은 마음이 아파왔다.

　두 사람은 한참을 마주 보고 있었다. 예전의 그날도 이랬다. 이렇게 서로 힘들고 아프게 얼굴만 바라보다 헤어졌고, 그렇게 다시는 볼 수 없었다. 아마 이번에도 그러리라.

　"저기…… 민혁아."

　"가자. 바래다줄게."

　민혁이 일어섰다. 그는 이별에 대한 사과조차도 들으려 하지 않았다. 헤어짐을 서두르는 그의 움직임에 서연도 천천히 몸을 일으키며 하고 싶은 말을 삼켰다. 처음부터 그녀가 저지른 짓이었다. 지금 이 순간은 그녀가 감당해야 할 몫이었다.

　민혁과 헤어진 서연은 가슴이 답답하고 터질 것 같았다. 그냥 이대로 죽을 것만 같았다. 힘들었던 지난 5년의 시간보다 그를 마주하고 있던 그 시간이 더 아플 거란 생각은 미처 하지 못했다.

　석환을 마주 보고 앉은 서연의 얼굴은 처연했다. 사랑에 아프고, 기다림에 지친 표정이었다.

　"민혁 씨가 나 말고 다른 여자를 좋아할 수 있다는 생각은 해본 적 없어. 내가 뭘 믿고 그렇게 오만했던 거지?"

　"너 말고는 아무도 사랑하지 않았어."

　석환이 중얼거렸다. 예전에 그들이 얼마나 사랑했는지, 그래서 얼마나 아름다웠는지 석환은 잊지 않고 기억한다.

　"그런데 지금은 아니잖아."

"민혁이한테 심장에 칼을 박은 여자까지 사랑하라고 강요하지 마."

"나도 어쩔 수 없었어."

터져 나오는 자신의 갈라진 목소리에 서연이 입술을 깨물었다. 그런 서연을 석환은 안타깝게 바라봤다. 그녀의 선택이 어쩔 수 없었다는 사실을 누구보다 잘 알고 있는 그였다. 또한 그날 그녀의 선택이 민혁에게 어떤 상처가 되었는지 또한 그는 알고 있었다.

"민혁이도 어쩔 수 없었어."

"난 그래도 변하지 않을 줄 알았어. 다른 사람은 몰라도 민혁 씨만큼은 기다려줄 거라고 생각했어."

"알잖아. 네가 민혁이한테 기다리라고 했다면…… 아마 광화문 한복판에 망부석이 생겼을 거야. 너, 민혁이 버려둔 채 매정하게 걸어 나갔어. 그것도 남자랑."

석환이 이제는 냉정하게 중얼거렸다. 진실이 무엇이든 지금의 현실은 그들이 만든 것이었다.

"민혁 씨가 그 여자를 사랑하는 걸까?"

"아마도."

석환의 똑같은 대답에 서연의 눈에 절망이 스며들었다.

"아마도? 왜 그 말이 너무너무 사랑한다는 얘기를 듣는 것보다 더 무섭고 가슴 아픈 걸까?"

내 마음속에서도 여전히 그가 남아 있는데, 그들의 사랑은 현재 진행형이라는 사실에 속이 상하고 마음이 아팠다.

"그 여자 연락처 알아?"

"알아서 뭐 하게?"

"그냥. 내가 사랑하는 남자가 사랑하려는 여자가 누군지 궁금해."

"접어둬."

석환이 잘라 말했다. 그들은 엇갈린 사람들이었다. 그리고 그 안에서 지완은 아무 관계도 없는 여자였다.

"어떻게 그렇게 담담할 수 있어. 오빠도 그 여자 좋아한다며?"

"난 배우잖니? 이런 데서 미친놈처럼 흥분하면 내일 아침 신문 1면에 난다. 그냥 술이나 마시자."

그가 피식거리고는 단번에 술을 들이켰다. 하지만 술잔을 내려놓는 그의 손에 푸른 힘줄이 선명하게 잡혔다. 흥분해서 해결될 일이라면 스캔들이고 뭐고 할 것 없이 미친놈이 될 수도 있었다. 지완만 받아준다면 달리는 기차에 뛰어들 수도 있었다. 하지만 그녀가 원하는 것이 그게 아니란 걸 누구보다 석환은 더 잘 알고 있었다.

사랑하는 그녀가 원하는 걸 해주고 싶었다. 그게 이별이라도 말이다.

민혁은 서연을 생각하며 고개를 흔들었다. 처음 만나던 순간, 첫 키스를 하던 순간, 그리고 미친 듯이 사랑에 빠진 시간들, 그리고 마지막으로 만난 그날 밤과 이별의 전화를 받아야 했던 다음날까지…… 아버지의 죽음 후 회사가 파산하고 딱 일주일 만의 일이었다.

민혁은 그 시간을 여느 때처럼 고스란히 기억하고 있지만, 이제는 그때보다 훨씬 덜 아프고 덜 힘들었다.

"지완 씨가 여러 번 전화하셨습니다. 핸드폰으로 연락이 안 되신다고."

"아, 켜놓는 걸 잊었어."

민혁이 자리에 앉으며 핸드폰을 주머니에서 꺼내 전원을 켰다. 회의에 지장을 받는 게 싫어서 꺼놓은 채 지금까지 까맣게 잊고 있었다. 오늘은 급하고 바쁜 일이 너무 많았다.

"다른 말은?"

"음…… 그게……."

한상이 말끝을 흐렸다. 자신의 입으로 직접 옮기기에는 아무래도 곤란한 듯했다.

"괜찮아. 얘기해봐."

그가 무심하게 말했다.

"다른 건 몰라도 식사는 챙겨 드시라구요."

"그리고 또? 그것뿐이야?"

그 말뿐이라면 한상이 저렇게 불편하고 당황할 필요가 없었다. 비서의 대답을 기다리는 민혁의 어깨에 힘이 들어가고 눈빛이 서늘해졌다.

"에…… 음, 다른 건 몰라도 식사는 챙겨 드시라구요. 안 그럼 고약한 성격이 더 더러워져서 여러 사람을 힘들게 잡을 거라고 하셨습니다."

한상이 그와 눈을 마주치지 않은 채 빠르게 중얼거렸다. 민혁은 자신이 어떤 말을 기대했는지 모르지만, 그녀가 남긴 메시지에 갑자기 웃음이 터져 나왔다. 봄 햇살 속에 겨울눈이 녹아내리듯, 그의 몸에서 긴장이 한순간에 사라졌다.

"그럼 우리 약혼자 명령대로 밥을 먹긴 먹어야겠군."

"네, 사장님."

한상이 어느새 편안해진 민혁의 얼굴을 바라보며 빙긋이 미소 지었다.

지완과의 식사는 조금은 소란스러운 갈빗집에서 이루어졌다. 힘들 때일수록 잘 먹고 기운을 내야 한다는 그녀의 주장에 따라 사람이 가장 많이 북적거리는 곳으로 끌려온 것이었다. 다행히 음식만을 기준으로 평가한다면 그리 나쁜 선택은 아니었다. 고기는 푸짐했고 야채는 신선했으며 밑반찬들도 먹음직스러웠다. 한쪽 홀에서는 회식이라도 하고 있는지 박수 소리가 요란하게 들려왔다.

"힘들어 보여요."

그의 얼굴이 조금 야윈 듯했다. 천하의 강민혁도 이번만큼은 마음고생이 심했던 모양이다.

"괜찮아, 이 정도는."

"회사 일이 복잡해지는 것 같은데요."

"귀찮아지는 거지."

그녀의 질문에 민혁은 냉정한 얼굴을 유지한 채 짧게 설명했다. 일단 불구속 수사로 방향이 잡히긴 했지만 세무 조사는 피할 수 없는 수순이었다. 여러모로 거치적거리고 귀찮은 일이 될 게 분명했다. 입에서 튀어나오려는 험한 욕설을 민혁은 꾹 눌러 참았다. 걱정은 그 혼자만으로도 충분했다. 그녀까지 힘들게 하고 싶지 않았다.

"그럼 앞으로는 어떻게 되는 거예요?"

"어떻게 되고 말고도 없어. 이미지 손상이 클 거야. 이대로 회사가 무너지진 않을 테지만, 도덕성에 심각하게 타격을 받을 거야. 주위 시선도 안 좋아질 테고."

"홍."

"홍?"

지완의 뜻밖의 반응에 민혁이 슬쩍 눈썹을 올려 보았다. 이 상황에서 저 코웃음은 도대체 뭘로 해석을 해야 할까. 당연히 그녀가 그를 위로하며 괜찮을 거라고 다독일 거라 예상했는데 언제나 그녀는 그의 생각을 뛰어넘는다.

"당신이 언제부터 그렇게 남의 시선을 챙겼다고. 그리고 미안하지만 당신한테는 심각하게 타격받을 도덕성 같은 건 원래부터 없었어요."

지완의 대답에 심각하던 민혁은 웃음을 터뜨렸다. 맞는 말이었다. 처음부터 그에게 도덕성 같은 건 없었다. 그렇다면 이제 와서 고민하고 걱정할 필요가 없다. 처음부터 잃을 게 없다는 소리였다. 이 여자랑 이야기를 하다 보면 어려운 문제도 단순해지고, 어두웠던 기분도 즐겁고 행복해진다.

"맞아. 그리고 사업은 돈 갖고 하는 거지, 도덕 나부랭이 가지고 하는 게 아니니까."

"도덕 나부랭이요?"

그녀가 '푹' 하고 한숨을 쉬었다. 좀 나아졌다 싶으면 또 삐딱해지고, 좀 사람 냄새가 난다 싶으면 금방 수전노가 되어버린다.

"회장님이 문제가 아니라 당신이 문제예요. 왜 엄한 분을 수사하고 그러나 몰라요."

그녀가 혼자 중얼거렸지만 도덕에 관한 한 민혁은 전혀 관심 없는 표정이었다.

"내가 빈털터리가 되면 당신은 어떡할 거야?"

그는 갑자기 그게 궁금해졌다. 다른 사람들의 반응이야 불을 보 듯 뻔한 노릇이었다. 민혁은 이미 오래전에 손바닥 뒤집는 것보다 더 빠르고 쉽게 변해가는 사람들을 경험으로 깨우쳤다. 하지만 이 여자는 어떨까? 그의 약혼녀 윤지완도 다른 대부분의 사람들과 같 을까? 그는 지금의 상황이 아버지가 자살을 선택한 그때와 똑같다 는 생각을 어렴풋이 했다. 그때도 회사는 어지러웠고, 약혼자는 그 를 믿지 못했다.

"어떻게 하긴요. 당신이 내 재산 넘보지 않게 열심히 돈 벌도록 시켜야지요."

도망간다는 소리는 아니었다. 못 본 척한다는 이야기도 아니었다. 하지만 이것만으로도 그는 충분했다. 아니, 기대 이상이었다. 오래 오래 함께 남아 있겠다는 약속까지 얻어내지는 못했지만, 그의 심 장 깊은 곳에서 흐뭇한 안도감이 샴페인 거품처럼 부글거려서 갑자 기 자신을 제어할 수 없을 정도였다.

"그래서 말인데요, 내가 빈털터리가 되면 당신은 어떻게 할 건가 요?"

"미안하지만 당신은 원래부터 빈털터리였어."

민혁이 여느 때처럼 냉정하게 되받아쳤다. 그의 눈빛이 오랜만에 생기로 차올랐다. 그녀와 함께 먹은 고기 때문인지 그는 갑자기 에 너지로 충전된 느낌이었다. 이제 보이지 않는 어떤 적과도 싸워 이 길 자신이 생겼다.

"데려다 주지 못해서 미안해."

"괜찮아요. 바쁘잖아요."

민혁이 택시를 잡아주며 사과했다. 검찰 수사가 시작되고 있는 지금은 시간이 곧 재산이었고 가장 중요한 기회였다.

"가는 대로 전화하고."

"내 걱정 말고 민혁 씨 건강이나 챙겨요. 밥은 꼭 먹구요. 민혁 씨 성질부리면 정말 못됐으니까."

종알종알 타박은 하고 있지만 지완의 얼굴에 그를 걱정하는 기색이 역력하자 민혁은 희미하게 미소 지었다. 그녀의 근심이 가득한 눈빛에 가슴이 따뜻해온다. 민혁은 차에 올라타는 그녀의 손목을 잡아 세우고 재빠르게 입을 맞췄다. 충동적인 행동이었지만 이제야 완전하게 힘을 얻은 것 같았다. 역시나 고기만으로는 안 되는구나. 사람에게는 사람이 최고였다. 얼굴이 발개진 채 후다닥 택시에 오르는 지완을 바라보면서 민혁은 그제야 만족한 미소를 지어 보였다.

집으로 돌아오는 길, 지완은 벌게진 얼굴로 손으로 부채질을 했다. 입술에는 아직도 그의 온기가 남아 있고 심장은 여전히 두근거린다. 이미 다 봤다는 듯 그녀를 향해 웃어 보이는 운전사 아저씨를 모른 척하고 차에서 내리자 사자 아저씨가 그녀를 기다리고 있었다. 그의 얼굴에는 걱정이 가득했다.

"지금껏 그 녀석이랑 같이 있다 오시는 겁니까?"

"네, 그 사람이 요즘 좀 힘들어하거든요."

그의 추궁에 선녀님이 변명처럼 중얼거리자 사자는 깊은 한숨을 내쉬었다. 선녀님이 인간의 남자에게 신경 쓰시는 이유가 그저 측은한 연민이었으면 했다. 아무리 세상이 변해도 변하지 않는 것들이 있다. 하늘의 선녀와 땅의 인간 그리고 명부의 자신은 살아야 할 곳이 각각 정해져 있었다. 세상이 움직이는 이치와 그 법도대로 그들은 언제나 자신의 자리를 지키고 있어야 했다. 사자는 이제야 왜 대왕님이 인간의 땅에 사심(私心)을 품는 자신을 그리도 걱정했는지 그 이유를 알 듯도 했다.

"선녀님, 전 귀환 명령을 받았습니다."

지완이 겨우 고개를 들어 사자를 바라봤다. 사자 아저씨의 복장이 바뀌어 있었다. 언제나 입고 있던 검은 양복은 사라지고 처음 만났을 때의 도포 자락 근무복 차림이었다. 이제 사자는 자신의 세계로 돌아가 그의 임무를 맡아서 수행할 것이다.

"선녀님, 혹시 노파심에서 드리는 말씀이지만, 인간에게 사적인 감정을 갖는 건 금지되어 있습니다."

"알고 있어요. 저기요, 사자님."

"네, 말씀하세요."

"이별만큼은 관대하게 해주세요."

사자는 지완의 말을 알아들었다. 미라에 대한 배려를 말하는 것이었다.

깊이 허리를 숙이고 인사를 하고 사라진 사자의 뒷모습을 바라보며 그녀는 깊은 생각에 빠졌다. 후, 명부에서도 이번 일을 마무리하고 있구나.

그렇다면 그녀의 귀환 시간도 멀지 않았으리라. 처음부터 허락받지 않은 인간 세상이었으므로 당연한 일일지도 모른다. 앞으로 얼마나 남은 걸까? 갑자기 모래시계의 움직임이 빨라지는 듯한 느낌이었다.

사자는 물끄러미 미라를 바라봤다. 저승사자가 인간에게 사랑받다니. 혹독하고 엄격하던 저승사자의 교육 과정에는 인간과의 사랑과 이별에 대해서 언급된 적이 없었다. 사자는 그래서 어떻게 해야 관대한 이별이 될지 고심하고 있었다.

"오늘 저는 떠납니다."

"네? 어디로요?"

"제가 있는 세상으로 가야 합니다."

"그럼 저도 갈래요."

사자는 고개를 흔들었다. 명부는 인간이 가고 싶다고 해서 갈 수 있는 곳이 아니라는 사실을 이 철없는 아가씨에게 어떻게 알려줘야 할까.

"같이 갈 수 있는 곳이 아닙니다."

"거기가 어딘데요?"

"음, 설명하자면 복잡해요. 그동안 고마웠습니다."

사자가 정중하게 허리를 굽혀 인사했다. 그녀가 다소 맹랑하기는 했지만 그에게는 친절했다. 그녀의 이기심이라 타박하긴 했어도, 나 아닌 다른 사람을 바라보고 그를 생각할 수 있는 마음은 새로운 싹의 시작이었다. 설사 그에게 달가운 사랑은 아닐지라도 그녀의 진심은 인정받아야 마땅했다.

"그럼 우리 다시는 못 보는 거예요?"

"지금 당장은요."

벌써부터 눈물이 그렁그렁한 여자에게 사자는 최선을 다해 그가 할 수 있는 말들을 골라냈다. 여자의 눈물은 사자도 힘들었다.

"그럼 나중엔 볼 수 있어요?"

"아마도요. 아마도 말입니다."

그들이 다시 만나는 시간은 지금으로부터 아주 멀고도 먼 훗날이 될 것이다.

"내가 못되게 굴어서 그래요? 그래서 떠나려는 거예요?"

"미라 씨가 착한 건 아니지만, 그래서 그런 건 아니에요."

"그럼 왜 떠나는 건데요?"

미라의 눈물이 방울방울 볼을 타고 흘러내렸다.

"저기요, 울지 말구요. 우리는 인연이 아니에요. 나보다 더 젊고 괜찮은 남자를 만나게 될 겁니다. 이제 아가씨도 영이 많이 맑아졌어요."

"다른 사람은 필요 없어요. 난 이구 씨만 있으면 돼요."

"전 결혼해서는 안 되는 몸이에요."

사자가 안절부절못한 눈빛으로 사정했다. 여자의 눈물은 사자도 무서웠다.

"왜요? 혹시 신부님이 되려는 거예요? 아니면 스님?"

"뭐, 비슷한 거라고 해두죠."

젊은 여자의 눈물에 불편해진 사자가 어색하게 고개를 끄덕였다. 종교에 귀의하신 분들이 해야 할 의무와 책임이 있듯, 그에게도 주어진 임무가 있었다. 그건 개인적인 감정에 흔들려서는 안 되는 막중한 업무였다. 그 사실을 눈앞의 여자에게 설명해야 하는 일은 사자에게는 꽤나 어려운 일이었다.

　사자 아저씨가 떠난 그날 밤 미라는 눈물로 밤을 지새웠다. 다음날 아침까지도 소파 한구석에 쭈그리고 앉아 있는 미라의 눈은 퉁퉁 부어 있었다.
　"언니, 언니는 알지? 이구 씨 어느 나라로 떠난 거야?"
　미라가 지완을 향해 간절하게 물었지만 그녀는 고개를 흔들 수밖에 없었다.
　미안하다, 내 동생. 거짓말을 해서 미안해. 그런데 거긴 아직 네가 갈 수 있는 곳이 아니야. 그래서 차라리 모르는 편이 낫단다.
　미라는 절망감에 또다시 울음을 터뜨렸다.
　"언니, 죽고 싶어. 왜 난 이렇게 운이 없는 거지? 이제야 정말 사랑하는 사람을 찾았는데, 왜 떠나야만 하는 거지?"
　"괜찮아, 괜찮아. 사랑은 또 올 거야."
　그녀는 그 말밖에 해줄 수 없었다. 내가 사라진 뒤에 민혁도 이렇게 마음 아파해줄까? 이렇게 날 기억해줄까? 아니, 남겨진 사람이 이렇게 힘들어야만 하는 게 사랑이라면 차라리 잊었으면 좋겠다. 아파하지 않으면 좋겠다.
　"그래, 애. 그 남자 나이가 너무 많더라."
　"엄마! 그 사람 서른밖에 안 됐거든."
　무릎 사이에 얼굴을 박고 있던 미라가 정 여사의 참견에 발딱 일어나 눈을 흘겼다.
　"네 나이가 몇인데 서른이 적어? 지가 그 남자를 얼마나 봤다고 좋아 죽겠대."

"사랑에 나이가 무슨 상관이야. 사랑하는 데 꼭 오랜 시간이 필요한 건 아니야. 엄마가 사랑을 해보긴 했어?"

"아이구, 이것아. 누군 왕년에 사랑 안 해봤어? 네가 정말 다리 밑에서 주워온 줄 알아?"

"엄마, 그만하세요."

모녀간의 싸움이 아무래도 커질 것 같아 지완이 중간에서 조용히 개입했다. 지금 미라의 마음을 정 여사는 아무래도 이해하지 못하는 모양이었다. 왜 어른들은 자식의 사랑은 그 무게가 가벼울 거라고 생각할까?

"해도 해도 너무하니까 그렇지. 쟤가 내가 죽어도 저렇게 울 년이 아니야. 하루종일 눈물바다다."

정 여사가 혀를 끌끌 차면서 주방으로 들어가자 미라의 울음소리가 더 구슬퍼졌다. 지완은 낮은 한숨을 삼켰다. 하늘에 별조차 뜨지 않은 우울한 밤이었다.

14. 다른 사랑

"안녕하세요."

서연은 자신에게 다가오는 여자를 한눈에 알아봤다. 하얀 얼굴에 짧은 머리카락을 나풀거리는 민혁의 약혼자는 생기 있었다. 그녀는 밝고 환하고, 무엇보다 씩씩해 보였다.

왜 그녀를 만나고 싶었을까? 난 그녀에게 무슨 말을 하고 싶었던 걸까? 난 그녀에게 어떤 이야기를 듣고 싶은 걸까?

서연은 정갈하고 영민한 그녀를 바라보며 자신에 물었지만 답을 찾지 못했다.

"한 번쯤 만나서 얘기 나누고 싶었어요."

서연의 나직한 말에 그녀가 아무 말 없이 고개를 끄덕였다. 종업원이 뜨거운 커피와 홍차를 내오자 둘 사이엔 잠시 침묵이 흘렀고, 그동안 두 여자의 눈빛이 조용하게 마주쳤다.

"민혁 씨 사랑하세요?"

붉은 장미꽃이 화려하게 수놓인 하얀 잔을 오랜 시간 저어대던 서연이 드디어 진심으로 묻고 싶고 알고 싶은 말을 찾아냈다. 서연의 급작스러운 질문에 그녀가 멈칫거렸다. 서연을 주시하는 지완의 눈빛이 깊어졌다.

사랑, 사랑. 내가 그 인간 남자를 사랑하고 있는 걸까? 한밤의 불면도, 문득문득 떠오르는 그의 체취도, 갑자기 그리워지는 그의 낮은 목소리도 전부 그를 사랑해서 생기는 감정인 걸까?

인간의 사랑을 지완은 잘 몰랐다.

"잘 모르겠어요."

"잘 몰라요?"

"난 사랑을 제대로 해본 적이 없어요. 그래서 서툴러요. 그 사람을 생각하면 화가 나다가도 마음이 아프고, 그러다 또 보고 싶어져요. 그 남자가 자꾸 생각나요."

그녀가 고해성사하듯 작은 목소리로 고백했다. 문득 정신을 차리고 보면 그를 생각하는 자신을 발견하곤 놀라게 된다. 혹시 그가 전화하지 않았을까 싶어 자꾸 핸드폰을 보게 되고, 그가 집에 바래다줄 때는 눈치 없는 이 남자가 좀 천천히 갔으면 싶고, 침대에 누워 잠을 잘 때는 그 까칠한 성격으로 오늘은 누구랑 안 싸웠을까 걱정이 되었다. 그리고 아침에 눈을 뜨면 그를 다시 볼 수 있는 하루가 시작돼 행복했다.

서연은 지완의 깊은 눈에 담긴 그에 대한 애정에 입술을 깨물었다. 서연 또한 사랑에 대해서는 잘 모르지만, 그가 생각난다는 그녀의 눈빛은 이미 사랑에 빠져 있음을 대변했다. 다시는 사랑 따윈 않겠다던 민혁도 그녀를 사랑한다.

그녀가 자리를 비운 그 시간 동안 새로운 인연이 다가와 운명이 되어버렸다. 누군가에게는 너무 잔인하고, 누군가에게는 소중한 만 남이고 인연이다.

"우리는 서로 사랑했어요. 세상 누구보다 열렬하게요."

"알고 있어요. 그럴 거라 생각했어요."

자신을 바라보는 그녀의 맑고 검은 눈에는 이해와 연민이 가득했 다. 누구를 위한 이해와 연민일까? 지금 사랑하고, 앞으로 사랑할 수 있는 자의 오만이라는 생각에 서연은 다시 입술을 깨물었다.

"지완 씨는 사랑하는 사람과 영원히 함께 있을 수 있다고 생각하 세요?"

"아니요."

떨구듯 고개를 흔드는 그녀의 얼굴이 갑자기 슬퍼지자 서연은 당 황스러웠다. 그녀의 눈빛은 낯설지 않은 모습이었다. 그에게 이별의 통보를 남기고 서연은 혼자 감당해내야 할 이별의 아픔과 남겨질 그의 상처 때문에 힘들었고, 슬펐다. 그런데 지금 민혁의 옆에서 그의 사랑을 받고 있는 이 여자는 왜 이렇게 슬픈 눈을 하고 있는 걸까?

지완과 헤어진 서연은 내내 생각에 잠겨 있었다. 테이블 위의 향 이 짙은 얼 그레이가 어느새 차갑게 식어가고 있었지만, 서연은 자 신에게 슬프게 웃어 보이던 지완의 눈빛을 잊을 수 없었다. 그리고 그녀의 마지막 말도 마음에 걸렸다.

"지금도 사랑하고 계시죠?"

"그런데 이제 민혁이가 날 사랑하지 않아요."

"언젠가…… 그 사람이 만약 아프게 되면 옆에 있어 주셨으면 해요."

쓸쓸하게 미소 짓는 서연을 잠시 바라보던 지완이 나직하게 말했다.

"무슨 뜻이죠?"

"난…… 그 사람이 걱정돼요."

그녀의 눈에 가득 담긴 안타까움에 서연은 다시 멈칫거렸다. 그녀에게 너무나 익숙한 눈빛이었다. 그와 헤어진 지난 시간 내내 그녀는 거울을 대할 때마다 그 속에서 그 눈빛을 느끼며 살아왔다.

"혹시 누가 헤어지라고 하나요? 뭐라고 협박해요? 그렇다면 절대 헤어지지 말아요."

서연은 자신과 너무나도 닮은 그 얼굴을 바라보며 날카롭게 소리쳤다. 그가, 그리고 그녀가 자신이 겪었던 전철을 똑같이 밟게 할 수는 없었다. 사랑하는 사람들에게 그건 너무 가혹한 일이었다.

"아니요, 그런 거 아니에요. 다만, 사람 일은 모르니까요. 그 사람을 부탁합니다."

민혁이 사랑하는 여자는 그녀에게 간절한 눈빛으로 깊이 머리를 숙였다. 헤어져달라는 말을 들은 것도 아니었는데 왜 지나간 옛사랑에게 허리를 굽혀 부탁했을까?

서연은 왠지 불안한 마음에 미간을 모았다. 되돌려놓고 빼앗고 싶은 시간이었고 사람이었다. 하지만 그게 그 사람을 더 힘들게 하는 일이라면 다시 하고 싶은 생각은 없었다. 어떤 사연과 어떤 이유에도 불구하고 그를 아프게 하는 일은 한 번이면 충분했다. 사랑하는 사람의 뒷모습을 바라보는 일이 얼마만큼 큰 상처인지 이제 그녀는 알고 있다.

테이블 위에는 노트북과 엄청난 양의 서류들, 그리고 각종 자료들이 쌓여 있었다. 민혁은 와이셔츠의 소매를 걷고 넥타이도 느슨히 풀은 채 벌써 몇 시간 동안 이번 사건에 대해 수집한 모든 자료와 정보를 다시 한번 정리하고 있었다. 이제 필요한 조각은 전부 모인 듯싶었다. 하지만 어떤 퍼즐을 움직여 상황판을 채워야 할지에 대해서는 아직도 답이 나오지 않고 있었다.

"비자금 조성이라……. 그럼 그 조성된 돈은 어디로 샌 거지?"

지금까지 검찰에서 흘러나오는 정보를 들어보건대 비자금이 조성된 것은 분명해 보였다. 그렇다면 누가 그랬고, 어디에 사용했는지가 다음 관건이었다. 강민혁은 누구보다 머리 좋은 남자였음에도 불구하고 누군가의 덫에 빠져버렸다.

자금과 회계를 담당한 부서는 요즘 거의 매일을 국세청과 검찰, 언론을 상대로 전쟁을 치르고 있었다. 어디서 그 거금이 모아졌고, 빠져나갔을까?

이사회의 압력과 여론의 싸늘한 방향, 그리고 하루가 다르게 등락을 거듭하고 있는 주식시장과 동요하는 직원들까지, 안팎으로 위기에 처한 회사를 정상화시키느라 정신이 없는 민혁은 비자금의 실체를 파악하기 위해 사방으로 노력하는 중이었다. 검찰의 공개된 발표보다 먼저 진실을 알아내는 일만이 보이지 않는 내부의 적에게 승리하는 방법이라는 사실을 그는 누구보다 잘 알고 있었다.

"이번 일로 가장 이득을 보게 되는 사람은 누굴까?"

"아무래도 경쟁사들이겠죠. 그동안 승승장구하던 태산을 눈엣가시 같은 존재로 생각하는 이들이 많으니까요."

"아니야, 그래도 비자금은 짜고 치는 고스톱이야. 외부에서 알 리가 없어."

"내부에서야 당연히……."

"날 경계하는 걸까? 아니면 박 회장님이 목표일까? 아무래도 내가 가능성이 높지?"

한상은 언제나 곤란하면 그러하듯이 작은 잔기침으로 대답을 얼버무렸다. 눈앞의 강민혁 사장이나 지금 검찰 수사를 온몸으로 감당하고 있는 박 회장님은 적들이 많은 사람들이었다. 그 둘의 퇴진을 쌍수 들어 환영할 만한 사람들은 얼마든지 있었다.

"바보 같은 자식들. 빈대 잡자고 초가삼간을 태우는 멍청이들이 무슨 사업을 하겠다고."

"사장님은 빈대라기에는 너무 거물이십니다."

그야말로 당치도 않은 비유였다. 이빨을 드러낸 혈기 왕성한 호랑이야말로 그에게 가장 잘 어울리는 비유였다.

"날 너무 과대평가하지 말라구. 난 월급 사장이야. 그나마 약혼자한테도 뒤통수 맞는. 지난번 합병 건 잊었어?"

그가 하얀 이를 드러내고 히죽 웃었다. 그는 갑자기 지완이 보고 싶어졌다.

"잊지 않았습니다. 그래도 사장님은 거물이십니다."

한상의 중얼거림이 끝나기도 전에 민혁의 핸드폰이 울렸다.

"양반은 못 되는군."

민혁이 핸드폰을 집어들며 가볍게 중얼거리자 한상은 빙긋 웃고는 테이블 위에 산적한 서류로 눈을 돌렸다.

"지금? 알았어. 나갈게."

핸드폰을 끊은 민혁이 한순간 아무 말 없이 생각에 잠겨 있었다. 그리고 양복 웃옷을 들고 자리에서 일어났다.

"오후 회의를 한 시간만 연기할 수 있을까?"

"알겠습니다."

한상은 아무 말 없이 고개를 끄덕였다. 그는 지금 사장이 만나려는 상대가 지완이 아닌 다른 사람이라는 사실을 분명히 알고 있었다.

사장이 지완을 만날 때의 얼굴은 따뜻한 봄날 같다. 봄 햇살에 깊은 계곡의 얼음이 녹듯, 눈빛도 풀어지고 미간 사이의 잔주름도 펴진다. 그리고 언제나 굳어 있던 입가에도 가끔은 미소가 스민다. 하지만 지금 사장의 얼굴은 아주 오래전의 표정 없는 차가운 얼굴로 되돌아가 있었다. 마치 예전의 겨울이 다시 온 듯했다.

서연과의 약속 장소는 언제나 그들이 만나왔던 스카이라운지였다. 차량의 반짝이는 불빛들과 한강의 잔잔한 물결이 넓은 창을 통해 보이는 시간의 흐름과 상관없이 하나도 변하지 않고 그대로였다.

"안 나올 줄 알았어."

"그럴 수 없다는 거 알잖아."

민혁의 대답에 서연은 만족하기로 했다. 사랑에 더 이상 욕심을 내서는 안 되는 그녀였다.

"여기는 참 변한 게 없어. 그렇지?"

"그래, 그렇구나."

서연의 시선을 따라 창밖으로 시선을 돌리던 민혁이 고개를 끄덕였다. 세상은 하나도 변한 게 없는데 지금 마주하고 있는 우리 두 사람의 마음이 변했다는 사실이 더 아프게 다가왔다.

"회사가 힘든 줄 몰랐어."

"아직은 견딜 만해. 걱정하지 마."

걱정하지 마. 날 믿어.

그녀가 알던 그는 언제나 패기 있고 자심감이 가득한 남자였다. 하지만 세상에는 자신감만으로 되지 않는 일도 있다는 사실 역시 서연은 알고 있었다. 그래서 그를 믿지 못했다.

"우리 아버지가 이번에는 아마 빚을 갚으실 거야."

"뭐?"

서연의 나직한 중얼거림에 민혁이 입으로 가져가던 커피 잔을 내려놓았다.

"알잖아. 그래도 이 바닥에선 꽤 영향력 있으신 분이란 거."

"그게 무슨 뜻이야?"

"대충 눈치를 채고 계신 거 같아."

"내 말은 그게 아니야. 빚이라는 게 뭐지?"

민혁이 그녀의 말을 잘라내듯 다시 물었다. 강민혁이 생각하고 있는 민 회장의 빚은 오직 민서연뿐이었다. 그런데 그에 대한 대가로 민 회장과 타협해야 한다는 일은 민혁에게 말도 안 되는 제안이었다.

"내가 왜 민혁 씨를 떠났는지 알아?"

"……"

덤덤한 감정이라고는 전혀 없는 서연의 질문에 그가 잠시 멈칫거렸다. 그리고 한참 후에야 입을 열었다.

"지난 일이야."

"아니, 나한테는 지난 일이 아니야. 매일매일, 나한테는 그것만이 희망이었으니까."

서연이 하는 말을 이해하지 못한 민혁의 눈썹이 습관처럼 올라갔다.

"우리 아버지 조건이었어. 너랑 헤어지면 널 그대로 두겠다는 거."

"뭐? 그게 무슨 뜻이니?"

"너 때문에 내 사랑을 포기했는데, 어떻게 네가 날 잊을 수 있니?"

울음 섞인 서연의 원망에 민혁의 가슴이 내려앉았다. 서연과 헤어지던 그 시간 아버지는 돌아가셨고, 회사는 엉망진창이었다. 민혁은 유학 중에 부랴부랴 돌아와 미친 듯이 일에만 매달려야 했다. 하지만 세상은 냉정했다. 이미 주변 사람들은 모두 변해 있었고, 아무도 그를 도와주지 않았다. 오랜 친구였던 사람들마저 마치 약속이라도 한 듯 등을 돌렸던 것이다.

"그게 네 아버지 탓이었니?"

서연이 눈물을 뚝뚝 흘리며 고개를 끄덕였다. 민혁은 물 잔이 깨질 정도로 컵을 쥔 손에 힘을 주었다.

"왜 말하지 않았니? 왜 나한테 의논하지 않았어?"

"말했으면, 말했으면 우리가 뭘 할 수 있었는데?"

서연의 말대로 아무것도 할 수 없었을 것이다. 하지만 그대로 서연을 보내지는 않았을 것이다. 그랬다면 그 긴 시간 동안 그녀를 원망하며 힘들게 지내지 않았을 것이다.

두 사람은 그렇게 한참 동안 말없이 서로를 바라보았다.

"지완 씨 사랑하지?"

서연의 질문에 그는 잠시 침묵했다. 두 사람의 눈이 허공에서 부딪쳤다. 그리고 서연은 민혁의 대답을 알았다.

"미안해."

미안해. 사랑하는, 사랑했던 사람에게서 듣는 미안하다는 말은 가슴을 찢어놓는다.

민혁은 목울대가 움직일 정도로 큰 한숨을 가슴으로 밀어 넣었다. 지나간 사랑을 삼켜야 했다.

"믿지 못했어. 난 너한테 버림받은 줄 알았어."

"당신을 버린 거 맞아."

그녀가 슬픈 눈으로 애써 웃어 보였다. 왜 좀 더 그에게 매달리지 못했을까? 왜 좀 더 그를 신뢰하지 않았던 걸까? 그를 믿고, 그만을 사랑하고, 그 사람만 바라봤더라면 이렇게 엇갈린 사랑으로 만나지는 않았을 텐데……. 아버지의 제안을 받아들이던 그날도, 먼 땅에서 외로움에 설움이 목 끝까지 차오를 때도, 그리고 사랑했던, 사랑하는 남자를 눈앞에서 보고 있는 이 순간에도 그녀는 후회하고 또 후회했다.

"일이 이렇게 되네. 내가 떠나면 당신이 좀 편해질 줄 알았는데, 또 이렇게 꼬여버리네."

"네가 떠나고 단 한 번도 편하게 지낸 적 없었어. 널 한 번도 잊은 적 없었다구."

"지완 씨를 만나기 전까지 말이야?"

그가 무언의 대답으로 눈을 살짝 감았다 떴다. 남자의 속눈썹이 눈 밑으로 그림자를 만들었다. 영원히 함께일 거라고 믿었던 사랑의 맹세는 그렇게 참 덧없고 덧없는 일이었다.

"지완 씨 너랑 어울려. 나랑은 다른 사람이야."

서연은 애써 담담하게 입을 열었다. 이제는 이 사람 앞에서 눈물을 애써 감춰야 한다. 이제는 더 이상 이 사람을 힘들게 하지 말고 보내주어야 한다.

"내가 지완 씨한테 심술을 좀 부렸어."

"뭐?"

"민혁 씨가 그렇게 놀라면 미안하던 마음까지 없어지잖아."

감정을 드러내지 않던 민혁이 지완이라는 두 글자에 이렇게도 표나게 반응한다. 서연의 뼈 있는 작은 투정에 민혁은 약간 거칠게 머리를 긁적거렸다.

그녀가 못 보던 습관이다. 그녀가 사랑했던 남자의 모습이 자꾸만 낯설게 느껴졌다.

"잘 가. 이번에는 내가 떠나는 게 아니라, 민혁 씨를 보내주는 거야."

"고맙다. 그리고……."

"됐어. 미안하다는 소리, 당신한테서 듣기 싫어."

서연이 단호하게 고개를 흔들었다.

첫사랑의 시간, 그 눈부시던 시절 눈물겹게 사랑하던 남자와 오랜 시간을 가슴에 품어왔던 여자가 이제 이렇게 이별을 한다. 사랑은 왜 이럴까. 왜 사랑할 때, 영원히 사랑하지 못하는 걸까…….

"당신, 행복했으면 좋겠어."

"너도…… 너도 그랬으면 좋겠다."

아니, 나는 다시 행복해질 수 없을 거야. 아무리 다른 사랑을 해도 당신을 만났던 그 시간만큼 다시 행복해질 수는 없을 거야.

그들은 아무 말도 하지 못하고 한참 동안 서로를 바라보기만 할 뿐이었다. 처음과 똑같았다. 그때도 두 사람 다 서로를 붙들지 못했고, 차마 보내지도 못했다. 지금 민혁은 그녀를 붙들지 않았다. 하지만 이제 그녀가 그를 차마 보내지 못하고 있었다.

♛

서연의 아버지. 지난 시간 개인적으로 참지 못할 만큼의 수모를 겪어냈고, 그 후에도 몇 번인가 공식 석상에서 부딪쳤다. 그때나 지금이나 민 회장의 얼굴에는 표정이 없었다. 그는 백전노장이었다.

어쩌면 눈앞의 이 젊은 남자는 그의 사위가 됐을지도 모를 인물이었다. 태산의 강민혁이 이 정도로 성장하리란 생각은 미처 못 했던 그이다. 하지만 그는 자신의 선택과 결정에 후회는 없었다. 보장되지 않는 미래에 자식을 거는 모험을 할 만큼 그는 무모한 사람이 아니었다.

"이걸로 자네에게 빚은 없는 거네."

민 회장이 갈색 서류 봉투를 테이블 위에 올려놨다.

"처음부터 저한테 빚지신 일 없으십니다."

"그럼 말을 바꾸지. 내 딸과 자네 아버지에 대한 빚이라고 해두세."

'아버지'라는 단어에 민혁의 눈썹이 살짝 움찔했다. 민 회장과 아버지의 오랜 인연은 이미 알고 있었다. 하지만 아버지가 자살을 선택했을 때 민 회장도 다른 사람과 마찬가지로 모른 척 등을 돌렸었다.

"자네랑 내 딸이 결혼하는 걸 반대한 건 지금도 후회하지 않아. 하지만 자네 아버지 일은 가끔씩 헷갈려. 잘한 건지 잘못한 건지."

그가 묵직한 소파에 몸을 기댄 채 테이블의 물 잔을 들어 올렸다.

"굳이 변명을 해야 한다면, 내 힘으로도 어쩔 수 없는 회사를 도울 만큼 난 배포가 큰 사람은 아니네. 이건 자네한테 하는 말이 아니라 내가 나한테 하는 말일세."

"이해하겠습니다."

"이해는 해도 용서는 못 하겠지. 뭐, 상관없네. 어차피 이 바닥이 이런 세상이니까."

민 회장은 물 잔을 내려놓고 몸을 일으켰다.

"나도 그렇지만 자네도 적이 너무 많아."

"충고 고맙게 받겠습니다. 그리고 이번 일도 감사합니다."

민혁이 정중하게 허리를 숙이자 사무실을 나서던 민 회장은 의외라는 듯 걸음을 멈추고 그를 바라봤다. 이런, 괜한 충고를 한 모양이었다. 안 그래도 경계해야 할 사업 상대가 또 한발 성장하고 있었다. 그는 저런 겁 없는 젊은 녀석들이 제일 무서웠다.

민 회장이 나가고 난 후 민혁은 한참 동안 생각에 잠겨 있었다. 민 회장이 두고 간 서류 봉투는 여전히 밀봉되어 있는 채였다. 민혁은 페이퍼 나이프를 들어 갈색 봉투를 열었다. 그 안의 서류들은 그가 예상하지 못했던 종류의 것들이었다.

"이런 자료를 민 회장님은 어떻게 구했을까요?"

중요하고 핵심적인 내용들을 바라보며 한상이 중얼거렸다. 이미 비상경영위원회의 핵심 직원들도 적극적으로 사태 파악에 나서고 있는 상태였다.

"문제의 당사자들이 민 회장하고도 접촉을 했던 것 같아. 아주 회사를 통째로 넘길 생각인가 보군."

"민 회장님이 이 정도로 알고 있다는 건 검찰 쪽에서도 이미 알고 있다는 얘기 아닌가요?"

한상이 중요한 사실을 지적했다.

"당연하지. 그래서 회장님의 구속 수사를 피할 수 있었던 거야. 그쪽에서도 이게 그룹 차원인지 아니면 개인의 비리인지 고민하고 있겠지. 게다가 우리 끼리만의 문제가 아니잖아. 아마 적정선을 찾고 있을 거야."

"어떻게 할까요?"

"어떻게 하긴, 대한민국은 법치 국가야. 범죄자에 대한 수사는 내가 아니라 검찰이 하겠지. 우리는 수사에 협조를 해야 하는 게 의무이고. 그동안 모아놓은 자료들 정리해서 넘기도록 해."

그의 눈빛이 안경 너머에서 잔인하게 번뜩였다. 이제 드디어 칼자루를 쥔 사람이 바뀌었다.

"금요일인데 안 나가십니까? 지완 씨가 기다리고 계실 것 같은데요."

"나갈 거야."

지완이라는 이름에 차갑게 굳어 있던 그의 눈빛이 어느새 부드럽게 바뀌었다. 시계를 바라보고 양복의 윗옷을 들고 일어서는 민혁의 급한 몸짓에서 사랑하는 사람을 만날 수 있다는 기대가 잔뜩 묻어났다.

"참, 사장님."

한상의 부름에 그가 걸음을 멈췄다.

"오늘은 지완 씨를 집까지 모셔다 드려도 됩니다. 몇 시간 정도는 저희끼리 충분히 진행할 수 있습니다."

하루에 두 시간의 수면도 취하지 못하는 게 분명한 사장이 약혼녀를 위한 시간을 만들기 위해 얼마나 열심히 시간을 쪼개는지 누구보다 잘 알고 있는 한상이었다. 한상의 때 아닌 배려에 민혁이 살짝 웃어 보였다. 그의 사장은 정말 많이 변했다. 다른 때 같았으면 그의 간섭을 가만히 듣고 있을 사장도 아니었고, 더구나 저렇게 웃어 보인다는 건 상상도 못할 일이었다. 한상은 점점 사장이 친근하게 느껴지기 시작했다. 사람처럼 말이다.

"어디까지 몰아붙일 거예요?"

민혁에게 자초지종을 들은 지완의 미간이 살짝 모아졌다. 강민혁이라는 사람이 인정머리 없다는 사실은 처음 그를 만났을 때부터 알고 있었다. 게다가 안 그래도 지기 싫어하는 사람이 제대로 뒤통수를 맞았으니 순순히 당하고만 있을 리 없었다.

"내가 당한 만큼. 거기다 이자까지 붙여서 자근자근 밟아주겠어."

그녀의 질문에 민혁이 씩 웃었다. 그의 눈빛이 잔인하게 빛났다. '용서'라는 단어를 실천할 만큼 아직 인간이 된 건 아닌 모양이었다.

"흠."

"그게 다야? 그만하라는 말은 안 해?"

그녀의 낮은 한숨에 민혁이 재미있다는 듯 웃었다.

"해도 할 거잖아요."

"맞았어. 그리고 이건 내가 가만있어도 언젠가는 들통 날 일이야. 쓰레기는 썩기 마련이고, 악취는 감출 수가 없어. 그럼 죗값을 치러 야지."

그의 말이 옳다는 사실을 지완도 알고 있다. 하지만 이 남자는 지 금 개인적인 복수를 합법적으로 해결하려 한다. 그 사실이 마음에 들지 않았다.

"회사 일이야. 그러니까 당신이 고민할 거 없어."

"당신 일이잖아요. 그러니까 고민이 되죠."

"그냥 나만 생각해. 다른 건 다 내가 알아서 할 테니까."

민혁이 눈빛을 마주하며 말했다. 그녀의 눈은 민혁으로만 가득하 다. 레스토랑의 모든 사람들이 사라지고 소음들이 없어졌다. 그리 고 허락도 없이 심장이 두근거렸다.

"나가자. 오늘은 내가 집에까지 바래다줄 수 있어."

"정말 괜찮아요?"

그의 기분 좋은 목소리에 다시 현실로 돌아온 지완이 물었다.

"괜찮아. 당신은 잘 모르는 것 같은데, 내가 사장이거든."

그의 농담에 그녀가 '풋' 하고 웃음을 터뜨렸지만 민혁의 얼굴은 어느새 굳어 있었다. 지완은 민혁의 시선을 따라 윤하를 발견했다. 그들을 바라보는 윤하의 눈길이 싸늘하게 빛났다.

"당신은 잠깐 차에서 기다려."

민혁이 지완의 귀에 속삭였다. 지완은 그의 옆에 있고 싶은 마음을 꾹 눌러 참고는 가볍게 고개를 끄덕였다. 윤하의 차가운 시선이 뒤통수에 느껴졌다.

"안녕하신지요, 마 의원님."

민혁은 무표정한 얼굴로 어쩌면 차기 대권 후보가 될지도 모르는 국회의원에게 인사를 건넸다.

"아이구, 이게 누군가. 강 사장이구만. 요즘 어렵다는 얘기는 들었네."

5선의 국회의원답게 마 의원의 얼굴에는 사람 좋은 미소만 흐르고 있었지만, 그의 예리한 눈빛은 야심으로 번뜩였다.

"따님이 그러던가요?"

민혁이 윤하에게는 눈도 돌리지 않고 느릿하게 말했다. 윤하는 선뜻해진 민혁의 눈길에 갑자기 가슴 한구석이 서늘해졌다. 설마 뭘 알고 그러는 건 아닐 것이다.

"신문 지상이 떠들썩하잖은가. 안 그래도 한번 만났으면 싶었는데 이번 참에 잘됐네."

"저를 말씀이십니까?"

민혁이 의심스러운 눈빛으로 윤하와 마 의원을 번갈아 바라봤다. 그들의 목적이 궁금해졌다.

"얘가 자네에게 관심이 많더구만. 강 사장만 괜찮다면 내가 도와주고 싶네만. 사실 재벌가 비리 문제는 예민한 게 돼놔서……."

"됐습니다. 죄를 지었으면 벌을 받아야겠죠."

고개도 숙이지 않고 빳빳하게 말하는 민혁의 눈빛은 차가웠다.

"도움이 싫다는 건가?"

"혹시 황 전무에게 사과상자 같은 거 받으신 일 있으십니까?"

민혁이 느긋하게 중얼거리자 마 의원의 얼굴이 굳어졌다.

"무슨 뜻인가?"

"저희 회사 황 전무가 곧 횡령 혐의로 구속될 거 같습니다."

"황 전무님이?"

윤하와 마 의원의 얼굴 표정이 변하는 걸 분명히 느낄 수 있었지만 민혁의 어조에는 변함이 없었다.

"검찰에서도 소득이 있으니 그걸로 저희 아버님이나 회사 일은 해결이 될 듯합니다."

"그게 나랑 무슨 상관인가!"

"횡령 건만 해결된 겁니다. 이제 횡령한 사람을 알았으니 그 돈이 누구한테 갔는지도 조사하겠죠. 우리나라 검찰이 바보가 아닌 이상에야 괜히 엄한 회사를 뒤집고 있겠습니까?"

"흥, 그래도 황 전무는 자네 회사 사람이야. 자네 회사는 무사하리라 생각하나?"

"물론 타격은 있겠지만 오너의 비리와 임원의 비리는 격이 다르죠. 또 누군가 그러더군요. 원래부터 저한테는 도덕성 같은 건 없었다고."

그가 잔인하게 웃어 보였다.

"그리고 저 역시 황 전무가 썩 마음에 들지 않았으니 장기적으로 봤을 때 손해는 아닙니다. 내 손에 피 안 묻히고 필요 없는 사람을 제거했으니까요. 그런데 어디 불편하신가요, 의원님?"

민혁이 여전히 미소를 띤 채 마 의원을 마주 보았다. 번뜩이는 그의 눈빛에 갑자기 마 의원의 이마에 땀이 맺혔다.

"흠, 나랑은 상관없는 일이네."

"저도 그러리라 믿습니다. 의원님 정도의 권력이면 그럴 수도 있다고 믿으니까요. 그럼 전 그만 일어나겠습니다."

떨리는 손길로 벌게진 얼굴의 땀을 닦아대는 마 의원을 무시한 채 그가 일어섰다.

"감쪽같이 해치웠다고 생각하는 거야?"

민혁이 윤하에게 다가가 나직하게 물었다. 담담한 어조에는 매서운 복수가 분명하게 정체를 드러내고 있었다.

"기대하라고. 이번 일에 대해서 내가 어떤 식으로 은혜를 갚을지."

그의 미소와 약속에 윤하는 자기도 모르게 자리에 주저앉았다. 등골이 오싹해졌다. 윤하는 그의 잔인함을 어렴풋이 느끼고 있었다.

차에 오른 민혁의 얼굴은 별로 달라진 게 없었다. 좀 전의 십 분간 무슨 일이 있었는지 궁금했지만, 차라리 지금 이 순간은 모르는 게 나을 것 같았다.

"무슨 짓을 했는지 안 물어봐?"

"무슨 짓을 했는데요?"

"내가 당신처럼 머리끄댕이 잡고 싸웠을까 봐? 아무 일 없었어."

그녀의 걱정을 다 알고 있다는 듯 그가 대수롭지 않게 중얼거렸다.

"누가 머리를 끄댕겨요? 난 그냥 좋게 얘기했어요."

"나도 그냥 좋게 얘기했어."

"흥, 말이 되는 소리를 해야지."

그녀가 참 오랜만에 코웃음 쳤다. 이 여자는 그에 대해서 너무 잘 알고 있었다. 그리고 그는 그게 기뻤다.

"우리끼리 비밀 만들지 않기로 한 거 기억해?"

"기억해요."

"근데 왜 당신은 나한테 말 안 해?"

"뭘요? 석환 씨 만난 적 없어요."

갑자기 진지해진 민혁의 추궁에 지완이 펄쩍 뛰며 고개를 흔들었
다.

"서연이 만났다면서."

"아."

그녀가 알 듯 모를 듯한 짧은 감탄을 내뱉으며 그제야 고개를 끄
덕였다.

"좋은 여자더군요. 당신 같은 남자한테는 아까운 여자예요."

"나도 알아. 나한테는 딱 당신 같은 여자가 적당해."

"뭐예요? 그럼 난 당신 같은 나쁜 놈한테 어울리는 나쁜 여자란
말이에요?"

"부부가 둘 다 나쁜 사람이면 안 되잖아. 태어날 2세를 생각해야
지."

그의 대답에 화를 내야 할지 웃어야 할지 지완은 한순간 고민해
야 했다. 내 속을 어떻게 얘기해야 할까? 내 마음을 어떻게 보여줘
야 할까? 그와 그녀는 이승에서 이어질 수 없는 인연이다. 그 사실
을 누구보다 잘 알고 있으면서 민혁을 붙들고 있는 건 그녀의 못된
이기심 탓이었다.

"서연 씨 아직도 사랑해요?"

그녀가 나직하게 물었다.

"아니란 거 알잖아."

"혹시……."

"혹시 뭐?"

자신을 바라보는 민혁의 반짝거리는 눈빛에 지완은 하고 싶은 말을 삼켰다.

'혹시 내가 없다면, 이 세상에서 사라진다면 서연 씨한테 가요. 그 여자, 아직도 당신을 사랑하고 있어요. 그 사람이라면 당신을 맡겨도 될 것 같아요.'

"아니에요. 부탁 하나만 들어줘요."

"무슨 부탁?"

"아까 그 사람들 말이에요."

아까 그 사람들이라 함은 마 의원과 윤하를 의미하는 듯했다. 민혁의 언뜻 예민한 반응이 보였다.

"제발 없는 죄는 만들지 말아요."

그가 그녀의 진지한 제안에 씩 하고 웃어 보였다. 하지만 대답은 하지 않았다. 정말이지 또 무슨 짓을 하려는 건지. 지금보다 더 나쁜 놈이 되면 절대로 천계에서 만날 수 없을 텐데. 걱정이 태산이었다.

"민혁 씨!"

"걱정 마. 뭐든 법의 테두리 안에서 할 테니까."

나도 알아요. 그래서 그게 더 무섭다구요. 지완은 속으로 한숨을 쉬며 혼잣말을 삼켰다. 빼도 박도 못하게, 아마 무서울 정도로 몰아갈 게 분명했다.

"부탁이니까 지금보다 더 나쁜 놈은 되지 말아요."

그녀의 부탁에는 대답도 하지 않은 채 차를 세운 민혁이 그녀를 뜨겁게 안아왔다. 이렇게 뜨거운 마음만큼이나 그의 아량과 자비심도 따뜻해졌으면 싶었다.

"나 내일 석환 씨 만나요."

"석환이를 왜 만나는데?"

한상이 허락해준 대로 지완의 집에 도착해 그녀를 위해 차 문을 열어주던 민혁의 얼굴이 금방 굳어졌다.

"석환 씨 미국에 간대요. 그래서 출국하기 전에 밥이라도 같이 먹으려구요."

"석환이가 미국에 가는데 왜 당신이 같이 밥을 먹어?"

그가 잔뜩 경계한 얼굴로 그녀를 바라봤다.

"그럼 친구가 먼 길을 떠나는데 위로도 안 하고 배웅도 안 해요?"

석환은 인간 세상에서 처음으로 만난 친구였다. 그리고 이제는 다시 보지 못할 사람이었다.

"참, 석환 씨랑은 당신도 친구잖아요. 같이 나가요."

"싫어."

"싫으면 관둬요. 우리 둘이 밥 먹을 테니까."

"그건 더 싫어."

민혁이 발끈해서 소리를 질렀다. 두 사람은 집에 들어가지도 못하고, 그렇다고 차에 오르지도 못한 채 집 앞 작은 공원에서 말다툼을 하고 있었다.

"이번에 미국 가면 한 3년쯤 못 올 거라는데 그냥 보낼 거예요?"

"오거나 말거나."

잔뜩 약이 오른 그가 '빽' 하고 소리를 질렀지만 그녀는 여전히 끄떡도 하지 않았다.

"좋아, 대신 조건이 있어."

"무슨 조건이요?"

친구랑 밥 먹는 데도 조건을 거는 민혁 때문에 그녀는 인상을 써야 했다. 사람이 되어가는 줄 알았는데 그것도 아닌 것 같았다. 정말 언제 사람이 될까 걱정스러웠다.

"나랑 결혼하겠다고 하면 갈게."

"그럼 그냥 있어요. 우리끼리 먹을 테니까."

민혁의 느닷없는 제안에 그녀가 화들짝 놀라며 눈을 흘겼다. 하지만 그녀의 심장은 튀어나올 정도로 빠르게 뛰고 있었다. 결혼이라고? 그건 절대 있을 수 없는 일이었다. 그런데 가슴은 왜 이렇게 두근거리고 설레는 걸까.

"우리 약혼한 지 벌써 일 년째야. 결혼할 때도 되지 않았어?"

"좀 더 생각해보는 게 낫지 않겠어요?"

"왜 싫다는 거야?"

성격 급한 그가 눈을 치켜떴다. 지완에게 한 발짝 다가선 민혁이 그녀의 작은 어깨를 양손으로 꾹 누른 채 물었다.

잔뜩 화가 난 그의 질문에 지완은 긴 속눈썹을 내리깔았다. 싫은 게 아니었다. 하지만 이제 차츰차츰 이곳에서의 마지막 시간들이 다가오고 있었다.

"회사 일도 바쁘다면서요."

지완이 집요한 그의 눈길을 슬쩍 피했다. 그리고 어깨를 잡고 있는 그의 손길에서도 한 발짝 멀어졌다.

"결혼도 못 할 만큼 바쁜 건 아니야."

"그래도 지금은 결혼할 수 없어요."

"왜 못 하는데? 말해봐, 나랑 결혼 못 하는 이유를."

성격 급한 그가 그녀를 몰아댔다. 그러다 무슨 생각이 들었는지 그의 얼굴이 굳어졌다.

"혹시 아직도 석환이 때문에 그래?"

"석환 씨 당신한테는 과분한 친구예요. 제발 엄한 사람 잡지 좀 말아요."

지완이 살짝 미간을 모으며 그를 흘겨봤다.

"그럼 왜 안 하겠다는 거야? 내가 싫어?"

"그건 아니에요."

정색하고 서둘러 고개를 흔드는 그녀 때문에 겨우 그의 얼굴에서 긴장이 풀어지고 홍조가 흘렀다.

그녀의 답변이 이제야 마음에 들기 시작했다. 선뜻 대답을 피하는 그녀 때문에 그의 심장은 벌써부터 덜컹거리고 입안에선 침이 말라왔다. 그런 스스로의 모습을 순순히 인정할 수도 없고 놀랍기도 하지만, 지금 그 사실보다 더 중요한 일은 그녀였다.

"그럼 도대체 왜 그러는 건데?"

"아마 안 믿을 거예요."

"말해봐, 믿어줄 테니까."

에라, 모르겠다. 솔직하게 말하는 수밖에 다른 방법이 없었다. 저렇게 사랑이 넘치는 눈빛으로 바라보는데 다른 거짓말이 생각날 게 뭐란 말인가. 그리고 이제 그도 진실을 알아야 했다. 믿어줄지 아닐지는 몰라도.

"난 선녀예요. 당신은 인간이고. 그래서 우리는 결혼할 수 없어요."

"독창적인 핑계야. 하지만 당신이 아무리 왕년에 선녀였다 해도 다행히 지금은 인간이니까 결혼하자구."

그녀의 엄숙하고 신성한 고백에 언제나 의심 많은 그는 역시나 믿지 않았다. 하긴 그가 순순히 믿는다면 그게 더 이상한 노릇이었다. 지극히 정상적인 사람들이 이런 말을 믿을 수 있을까?

"결혼하자. 같이 살고 싶어. 내 옆에 당신이 있었으면 좋겠어."

그가 그녀의 얼굴을 감싸 안고 눈을 마주쳤다. 그녀도 그와 함께하고 싶었다. 그의 입술이 그녀의 눈썹에, 귀 뒤에 닿았다. 그리고 입술에 닿았다.

결혼이라……. 이 사람과 살다 보면 엄청 싸우고 또 싸우겠지. 그리고 결국 인간들의 운명대로 죽게 될 거야. 그럼에도 불구하고 지금 이 순간 그와 함께 있고 싶은 건 무슨 까닭일까?

지완은 그의 품 안에서 민혁 모르게 살짝 고개를 흔들었다. 절대 잊어서는 안 된다. 그는 이 땅의 사람, 그녀는 천계의 선녀였다. 서로 사는 세상도, 서로 살아가는 곳도 다른, 인연이 되어서는 안 될 사람들이었다.

15. 사랑하는 것 같아요

　민혁과 석환 그리고 지완이 함께 만난 곳은 호텔의 작은 홀이었다. 미리 예약해놓은 그곳은 조용했고, 다른 사람들의 시선으로부터 독립되어 있었다. 세 사람의 식사는 서먹서먹했다. 다만 두 남자의 시선이 끊임없이 마주쳤고, 지완에게 머물렀다. 식사가 끝나고 테이블 정리를 마친 호텔 직원이 커피를 내려놓고 사라졌다.

　"나한테 당신보다 더 좋은 사람은 세상에 없을 거 같습니다."

　"석환 씨한테 더 좋은 사람이 또 나타날 거예요."

　석환의 고백에 그녀가 희미하게 웃어 보였다. 여느 때와 같이 빛처럼 활짝 웃었다면 눈 한번 질끈 감고 두고두고 원망할 수 있을 텐데, 지완의 미소에 담긴 연민과 안타까움 때문에 석환은 아무 말도 할 수 없었다.

　"다시 한번 물을게요. 정말 같이 안 갈래요?"

지완의 옆에서 무섭게 노려보고 있는 민혁을 모르는 척한 채 석환이 장난스레 물었다. 하지만 그 안에 담겨진 진지함은 세 사람 다 눈치챌 수 있었다.

민혁은 지완을 바라봤다. 또다시 약혼녀를 도둑맞고 싶지 않다. 아니, 예전의 일과 상관없이 지금 그녀를 잃고 싶지 않다. 하지만 그녀가 원하는 일은 해주고 싶었다.

"미안해요. 나, 이 사람 사랑하는 것 같아요."

그녀의 고백에 석환은 가슴이 무너졌다. 사랑. 온전하게 내 마음에 담아두고 싶은 그녀의 마음속에 나 아닌 다른 사람이 있단다.

"내가 저 녀석보다 훨씬 좋은 남편이 될 텐데요."

"그건 나도 알아요. 석환 씨는 좋은 사람이라 저 없어도 잘 살 거예요. 하지만 알다시피 이쪽은 손이 좀 가는 인간이에요."

지완이 턱 끝으로 민혁을 가리켰다. 건방진 그녀의 태도에 예전 같으면 벌써 발끈했을 게 분명한 민혁은 사랑이란 말이 지완의 입에서 나오는 순간부터 심장이 미친 듯 고동쳐 아무 말도 할 수 없는 상태였다. 그는 애써 표정을 관리하느라 애쓰는 중이었다.

"저 좋은 사람 아닙니다. 남의 약혼자를 데리고 도망갔던 경력이 있는 사람이에요."

"데리고 간 게 아니라 함께해준 거죠. 석환 씨는 불쌍하고 외로운 사람한테 약하잖아요."

그녀가 모든 걸 다 알고 있다는 듯 해맑게 웃었다. 검은 눈 안에 이해와 안타까움이 묻어 있었다. 석환을 바라보는 민혁의 눈에 처음으로 감정이 떠올랐다.

"서연이 일은 고마워. 그 여자, 혼자 가지 않게 해줘서."

지완이 잠시 자리를 비운 사이 민혁이 천천히 입을 열었다.

"그래도 지완 씨를 양보할 생각은 없는 거지?"

"잘 가. 다시 오지 않아도 되고."

진심이 분명한 석환의 질문에 민혁이 무뚝뚝하게 대꾸했다.

양보라니. 다른 건 몰라도 내 사람을 양보할 생각은 전혀 없었다. 특히나 지완은 아니었다.

"그건, 너무 악담 아니야?"

"다시 올 거라는 걸 알고 있으니까 그렇게 악담도 아니야."

서로를 마주 본 두 사람이 나직하게 미소 지었다. 빛나던 우정만이 전부였던 오래전의 그 시간으로 되돌아간 기분이었다.

"잘했어요, 오늘. 심술도 안 부리고."

호텔에서 나온 후 석환이 바쁘게 자리를 떠나자 지완이 오늘 민혁의 행동이 마음에 들었다는 듯 그에게 웃어 보였다.

"그 녀석도 힘들었을 테니까. 석환이, 남의 걸 탐내는 녀석이 아니야. 당신 빼고."

"그거야 내가 워낙에 예쁘니까 당연하구요. 누군들 날 싫어하겠어요."

"맞아."

그의 짧은 대꾸에 한순간 지완은 숨을 멈춰야 했다. 어라라, 이렇게 순순히, 그리고 이렇게 진지하게 대답하면 난 어떻게 대처를 해야 하는 거지? 그리고 저런 눈빛으로 바라보면 숨이 멈춰버린다. 안 그래도 심장은 쉴 새 없이 가슴을 두들기는데, 그 사실을 아는지 모르는지 그가 한걸음 더 다가왔다.

"왜 그래요? 왜 그런 눈으로 날 보는 건데요?"

"진짜야? 날 사랑해?"

그의 눈빛이 뜨겁게 타오르며 분명하게 물어왔다. 아무리 냉정한 척해도 자신을 참아내지 못하는 모양이었다.

"아니요."

"뭐야? 그럼 그냥 해본 말이야?"

지완이 그게 무슨 말이냐는 듯 고개를 흔들자 순식간에 그의 얼굴이 굳었다. 선물로 받은 장난감 자동차를 빼앗긴 일곱 살짜리 아이의 얼굴 같았다.

"난 사랑하는 것 같다고 했어요."

"그게 그거잖아."

확실한 부정어에 한순간 굳어 있던 민혁이 버럭 소리를 질렀다. 하지만 상대는 윤지완이었다. 그가 화를 내건 소리를 지르건 눈도 깜짝하지 않는 여자였다.

"어떻게 그게 그거예요? 난 그냥 앞으로의 가능성에 대해서만 이야기한 것뿐이에요."

"그거면 됐어."

그녀의 주장에도 불구하고 그는 만족한 얼굴로 히죽거렸다. 가능성. 앞, 뒤, 옆 꽉꽉 막혀 있는 상황에서도 그는 무모하게 도전하여 성공하고야 마는 남자였다. 그런데 미래에 대한 가능성까지 열려 있다면 얼마든지 이길 수 있는 게임이었다. 아니, 지고 싶지도, 놓치고 싶지도 않은 그녀였다. 더구나 처음보다 훨씬 나아지고 있지 않은가. 지난번에는 사랑할 거라고 이야기했다. 그리고 이번에는 사랑하는 것 같다고 했다. 그렇다면 다음번에 물을 때는 사랑할 수도 있을 것이다.

순식간에 변해가는 그의 표정을 바라보면서 지완도 살포시 미소 지었다.

민혁이 가고 난 자리에 2999호 사자가 그림자가 스며들듯 나타났다. 이제 사자로서의 완벽한 신분에 복귀한 그는 애가 탔다. 선녀에 대한 걱정으로 바짝바짝 입이 말라왔다. 천계의 선녀가 허락 없이 인간의 땅에서 살고 있는 것만으로도 큰일인데, 이제 저 못된 놈이랑 사랑에 빠지다니……. 이건 가볍게 넘길 일이 아니었다.

"언젠가 말씀드렸지만…… 아시지요? 선녀님은 여기 계실 분이 아닙니다."

사자가 아주 심각하게 말했다. 지금까지 계속 우려했던 일이었다. 벌써 인간 세계에서 몇 년을 몸 담아온 그로선 시꺼먼 마음을 가진 녀석들이 잘도 선한 영혼을 찾아내서 힘들게 하는 일을 목격하곤 했다. 하지만 이번만큼은 절대 안 되는 일이었다. 사자의 속 타는 마음은 아랑곳하지 않고 선녀는 아무 대답 없이 피아노만 딩동거렸다. 이제 제법 피아노의 선율이 음악처럼 들려왔다. 역시나 오랜 훈련과 노력이란 어느 곳에서나 빛을 발하는 모양이었다.

"선녀님, 제 말 듣고 계세요?"

사자가 답답하다는 듯 지완의 귓가에 대고 소리쳤다.

"알아요. 알고 있어요."

피아노에서 두 손을 내려놓는 그녀가 심란한 미소를 지어 보였다. 내색하지는 않지만 지완의 슬픔으로 일그러진 얼굴에 사자는 한숨으로 대답했다.

"하여튼 처음부터 마음에 안 드는 녀석입니다. 이렇게 선녀님을 힘들게 할 줄 알았다면 진작에 제가 손을 쓸걸 그랬습니다."

"그럼 안 되지요. 천명이 남아 있는데. 그리고 영혼이 메마른 사람이었어요. 그러니까 기회를 주세요."

노여움이 가득한 사자의 중얼거림에 지완이 희미하게 미소를 지으며 사정했다.

"어쨌거나 선녀님은 천계로 귀환하셔야 합니다. 그건 알고 계시지요?"

"네, 알고 있어요."

천계와 지계의 절차와 법도를 전부 무시하고 윤지완으로서의 삶을 선택했다. 그 결과가 어떠하리란 사실을 누구보다 잘 알고 있는 지완과 사자였다. 그녀는 아직도, 그리고 여전히 천계 소속의 선녀였다. 상제의 명령 없이 절대 이곳에서 인간으로서의 삶을 살아갈 수는 없는 노릇이었다. 이럴 줄 알았으면 제대로 환생 단계를 거쳐서 태어나는 건데……. 아니다. 그럼 저 사람이랑은 인연이 닿지 않았겠지. 어쩌면 이렇게 잠깐만이라도 같은 하늘 아래 그와 함께 있을 수 있다는 사실에 감사해야 하는지도 몰랐다.

"어떻게 하늘로 가야 저 사람이 힘들지 않을까요?"

"어떻게 하늘로 가야 아가씨가 힘들지 않을까만 생각하시면 됩니다."

지완의 조용한 질문에 사자가 퉁명스럽게 대꾸했다.

그녀는 피아노를 치면서 내내 한 가지만을 생각했다. 어떻게 하면 그가 아프거나 다치지 않고 헤어질 수 있을까? 그냥 사라져버리면 저 사람은 절대 앞으로 사랑 같은 건 믿지 않겠지. 다시는 어느 누구도 사랑하지 않을 거야.

아마도 그는 평생 동안 그녀만을 미워하며, 그녀를 마음에 품고 살 것이다. 다른 여자는 눈에 담지 않고 오로지 그녀만을 생각하며, 그녀만을 원망하며 차갑고 서늘하게 인생을 마감할 것이다. 예전에 그가 받았던 상처를 안고 살았던 것처럼 말이다.

"선녀님."

"알아요, 우린 원칙대로 할 수밖에 없다는 거."

"원칙대로라면……."

"왔던 곳으로 돌아가야지요. 난 항상 내 명대로 못 살잖아요."

지완이 쓸쓸하게 웃었다. 이대로 영원히 그의 곁에 있을 수 없다. 다섯 번의 환생 기간을 다 채워본 적이 없는 그녀였다. 그리고 허락되지 않은 이 짧은 시간도 그녀는 채우지 못할 것이 분명했다.

봄이 가고 있었다. 시간도 흐르고 있었다.

황 전무의 횡령 건이 드러나면서 사건은 반전되었다. 회사 차원의 비자금은 순식간에 황 전무 횡령과 태산건설 경영권 찬탈 문제로 번져나가기 시작했다.

또한 그가 돈세탁한 횡령 금액의 일부가 국회로 흘러들어 갔다는 소문까지 퍼지고 있었다.

"좀 쉬면서 일해요."

"아직은 곤란해. 이제부터 시작이거든."

아직도 회사는 안정을 찾지 못하고 있었다. 황 전무 쪽의 반격도 만만치 않았고, 또 보이지 않는 권력의 입김 또한 여전히 존재했다. 도전을 받은 이상 절대로 질 생각은 없는 그였다.

"조금도 쉴 시간이 없는 거예요?"

그녀의 아쉬운 중얼거림에 민혁이 고개를 들었다. 그녀는 투정이나 욕심 같은 게 없던 여자였다. 그러고 보니 뭘 사달란 소리는 그녀에게서 단 한 번도 들어본 적이 없었다.

"왜, 무슨 일 있는 거야?"

"아주 아주 심각한 일이 있어요."

그녀의 진지한 표정에 그는 갑자기 심장이 덜컥 내려앉았다. 혹시 어디 아픈가? 그는 열심히 그녀의 얼굴을 살펴봤다. 그러고 보니 생기가 넘치던 그녀의 얼굴이 창백해 보였다.

"몸이 안 좋아? 어디 아파?"

"아뇨."

지완의 도리질에 민혁은 안도의 한숨을 내쉬었다. 그녀만 괜찮다면 그에게 더 이상 심각한 일은 없었다.

"그럼 아주 아주 심각한 일이 뭔데?"

"봄이 가고 있잖아요."

그의 걱정과는 상관없이 지완이 불만스럽게 말했다.

봄? 아, 그렇다. 회사 문제 때문에 정신이 없었는데, 어느새 봄이 가고 있었다. 하지만 봄이 가고 여름이 오든, 가을이 지나 겨울이 다시 찾아오든 그와는 그다지 상관없는 일이었다. 그에게는 이미 봄 같은 여자가 옆에 있기 때문이다.

"그럼 어디 여행이라도 나갈까? 가고 싶은 데는 있는 거야?"

"음, 당신이 있는 곳이라면 어디든 좋아요."

"오늘은 예쁜 소리만 하네."

민혁이 지완의 양 볼을 두 손으로 잡아서 볼록해진 입술에 가볍게 입을 맞췄다. 그녀의 이마 위에서 나풀거리는 머리카락을 치워주는 그의 손가락이 다정스럽다. 이마와 눈썹에 그의 숨결이 닿았고, 입술에 또한 머물렀다. 그건 참으로 특별한 느낌이었다.

"너무 착해지지 말아요."

"응?"

"아니에요."

당신이 너무 착해지면, 내가 여기 있어야 할 핑계가 없어지잖아요. 그렇다고 영영 나쁜 놈으로 있으라고 할 수도 없고, 당신을 어쩌면 좋죠? 아니, 난 어떡해야 하는 거죠? 그녀의 서늘해지는 머릿속의 상념과 상관없이 그의 품 안은 따뜻하기만 했다.

♛

서울에서 두 시간 떨어져 있는 그의 별장은 여전히 조용했다. 민혁은 아주 천천히 운전을 하면서 그곳으로 가는 동안 내내 지완의 손을 잡고 있었다. 지완도 오늘만큼은 별다른 잔소리 없이 그의 손길을 피하지 않았다.

"민혁 씨, 환생이라는 거 믿어요?"

여전히 창밖 풍경이 아름다운 별장에 도착하자 지완이 그에게 물었다. 창가에는 커다란 저녁 해가 주변을 붉게 물들이며 산 너머로 가라앉고 있었다. 눈을 돌리면 그가 있고, 손에는 그의 체취가 남아 있다.

"전혀."

딱 떨어지는 그의 대답에 지완이 한숨처럼 미소 지었다. 그다운 대답이었다.

"그럴 줄 알았어요. 근데, 한 번쯤 믿어줄래요?"

"부탁하는 거야?"

지나치게 진지하고 간절한 지완이 이상해 보였던지 그가 다시 그녀의 얼굴을 자신에게 향하게 했다. 사랑하는 사람들의 눈빛이 서로를 마주 보았다.

"네, 부탁하는 거예요."

"당신이 부탁하는데 뭐, 그까짓 거 한번 믿어주지."

지완을 향한 그의 환한 미소에 그녀는 또 마음이 아파왔다.

차라리 내 마음이 무너지는 쪽이 낫겠구나. 아주 이기적으로 나만의 사랑을 가슴에 안고 천계로 갈 수 있게 말이다.

"좋아요. 그럼 혹시 내가 나중에, 나중에 다시 태어나 당신을 만나게 될 때까지 날 잊지 말아줘요."

"걱정 마. 죽을 때까지 잊지 않을 거고, 다시 태어나도 잊지 않아."

"진짜죠? 다시 태어나도, 나 잊지 않을 거죠?"

그게 무슨 해괴망측한 소리냐고 버럭 소리라도 지를 줄 알았던 남자의 입에서 나온 달콤한 약속에 그녀가 또다시 다짐을 받았다.

"그렇다니까. 왜 내 말을 안 믿는 거야?"

불만스럽다는 듯 민혁이 미간을 찡그렸다. 이제 다시는 그의 저런 모습도 보지 못할 것이다. 그녀는 그에게 다가가 그의 검은 눈썹을 손가락으로 쓸었다.

"약속해요, 잊지 않겠다고. 잊지 않고 날 한눈에 알아보겠다고."

"약속해."

또다시 진지한 그녀의 다짐에 민혁이 또 한 번 고개를 끄덕였다.

"됐다, 이제."

그녀가 활짝 웃었다. 그가, 날 기억해주겠다고, 날 알아봐주겠다고 약속했다. 지완은 인간의 약속이 얼마나 덧없는지 누구보다 잘 알고 있었다. 벌써 다섯 번의 환생. 그녀는 신이 될 여자였음에도 불구하고 환생하는 동안 과거의 자신을 기억해낼 수 없었다. 하지만 지금 그의 약속은 그녀의 가슴에 별처럼 박혔다. 그의 약속 하나만으로 이제 영원히 그를 마음에 담아둘 것이다.

진지한 눈빛으로 지완이 그에게 다가가 입술을 마주쳤다. 따뜻하고 온유한 숨결이 그와 그녀를 감싸 안았다. 입술이 맞닿아 그대로 그 온기가 마음까지 통하는 것 같았다.

먹빛 같은 어둠 속에서 달빛이 창틈을 향해 조금씩 스며들고 있었다. 하얗고 작은 손 위에 길고 커다란 손이 겹쳐진다. 수줍은 어깨에 떨리는 손길이 닿는다. 숨결 때문에 작은 솜털이 가볍게 날리고, 그 위에 따뜻한 입술이 내려앉는다.

"괜찮아?"

"괜찮아요. 그냥 좀 생소해서 그래요. 조금 있으면 금방 잘할 거예요."

작은 입맞춤과 깊은 키스 끝에 숨을 몰아쉬며 자신의 가슴속에서 오들거리고 있는 그녀 때문에 민혁은 웃음을 삼켰다. 예쁘다. 이렇게 내내 가슴 속에 담아두고 싶은 얼굴이었다. 그가 그녀의 머리를 귀 뒤로 쓸어 넘겼다.

"당신답지 않아. 웬일로 긴장하고 그래?"

"그러는 당신은 왜 긴장해요?"

"좋아서. 당신이 너무 좋아서."

그의 고백에 심장이 조금씩 빨라지고 호흡도 그만큼 급해졌다. 사각거리는 소리를 내며 옷이 미끄러졌고, 입술이 그 허전함을 온기로써 대신했다. 지완은 차가운 공기 속에서 그의 온기를 찾아 팔을 뻗었다. 지금 이 순간만큼은 다른 생각 따윈 하지 않기로 했다. 아니, 할 수 없었다.

"도망가려면 지금 싫다고 해. 아니, 하지 마라. 난 나쁜 놈이거든."

그가 질문하고는 그녀가 대답할 틈도 주지 않고 선언하듯 말해 버렸다. 하지만 그러면서도 그는 성급히 굴지 않았다. 여전히 지완의 결정을 기다리고 있었다. 달빛 속에 그녀의 하얀 팔이 그의 목에 둘러졌다.

"이제는 날 사랑하는 것 같아?"

그는 그녀의 입에서 나온 사랑이라는 단어를 처음 들었을 때의 그 느낌을 기억하고 있다. 가슴 떨림, 만족감, 따뜻함. 사랑받는다는 사실에 행복한 전율이 일었다.

"아니요."

그녀의 단호한 부정에 그의 몸이 굳어졌다.

"사랑해요. 이제는 분명히 알겠어요."

그가 아무 말 없이 힘차게 그녀를 안아왔다. 그녀가 그의 목에 팔을 두르고 그의 가슴에 얼굴을 묻었다. 민혁은 품에 안긴 그녀를

이렇게 내내 눈에 담아두고, 가슴에 새겨두고 싶었다. 오늘을, 지금
이 시간을 잊을 수 없을 것 같았다. 아니, 그녀의 약속대로 절대 잊
지 않을 것이다.

민혁은 스치는 호흡과 맞닿은 손길에 마음을 담아 고백했다. 사
랑한다고. 머리카락 한 올까지 이제는 온전히 내 것이라고.

"사랑해. 윤지완, 사랑한다."

수줍은 열기로 흐려진 눈빛으로 그녀가 그의 체중을 받아내며 미
소 지었다. 온전하게 하나가 된 두 사람의 호흡이 섞이고 온기가 섞
였다.

귓가에 그의 숨소리가 잦아들고 온몸이 나른해진다. 달빛 아래
시간이 멈춘 듯했다. 세상에 오롯이 단둘만 존재하는 것 같았다. 조
금 열린 창문 사이로 스며든 서늘한 바람에 얇은 시폰 커튼이 한들
거렸다.

뜨겁던 피는 조금씩 식어들어가고 있지만, 침실에는 그들의 향기
가 아직도 남아 있었다. 지완에게 어깨를 내어준 민혁은 한쪽 팔로
그녀의 머리를 감싸 안아 자신의 가슴에 기대게 하고, 또 다른 팔과
단단한 다리로 그녀를 옭아맨 채 잠이 들어버렸다.

그의 나직한 심장 박동을 느끼며 지완은 눈을 들어 그를 바라봤
다.

오늘을 잊어요. 오늘 이 시간은, 나 혼자만 영원히 기억할게요.

그녀는 마음속으로 그렇게 중얼거렸다. 이 사람에게 오늘을, 이
순간을 영원히 기억해달라는 건 너무나 잔인한 일일지 몰랐다. 그
녀가 그를 대신해 다음 생애, 또다시 환생할 때 그를 기억하고 또

사랑할 것이다.

"사랑해요."

당신을 사랑해서 내 마음이 아파요. 아, 하느님. 왜 이 사람을 떠나야 하나요. 일 겁의 시간 동안 몇 번이나 계속됐던 환생 속에서 왜 난 이 사람을 미리 만나지 못한 걸까요. 이렇게 사랑하는데, 이렇게 사랑받고 있는데……

지완의 눈물 한 방울이 그의 가슴으로 또르르 떨어져 내렸다. 깊은 잠에 빠졌다고 생각했던 그가 번쩍하고 눈을 떴고, 그녀는 얼른 눈을 감았다. 그리고 그의 따뜻한 가슴에 얼굴을 파묻었다.

"아파? 그래서 우는 거야?"

"아니요."

그가 놀란 얼굴로 후다닥 몸을 일으키자 지완은 도리질하며 민혁을 진정시켰다. 칼날 같고 얼음 같던 그가 이제 부드러운 불꽃처럼 그녀를 안아주고 있었다.

"그럼 왜 우는데?"

"그냥요. 행복해서."

"나도 그래."

지완의 대답에 안도의 한숨을 내쉰 그가 히죽 웃었다.

그녀의 마음을 담았다.

그의 마음을 주었다.

단 한 번도, 그 어떤 것도 이만큼 사랑하고, 이만큼 행복해본 적이 없었다.

민혁의 입술이 그녀의 젖은 속눈썹과 붉은 입술에 와 닿았다. 깊은 밤이 더욱 깊어져 갔고, 그녀의 마음 또한 어두워져 갔다.

집으로 가는 길에는 오던 때와 마찬가지로 뉘엿뉘엿 햇살이 지고 있었다. 하늘가가 온통 붉은 빛으로 물들어갔다.

그녀는 모든 걸 눈에 담아두고, 마음에 새겨두고 있었다. 어느 날 환생을 해서 이 모든 걸 잊는다 해도 지금 이 순간만은 남겨두고 싶었다.

"얼굴이 창백해."

"요즘 잠을 잘 못 자서요."

민혁이 그녀 쪽으로 시선을 돌렸다. 어제부터 창백하던 얼굴이 더욱 핏기 없어 보여 그녀는 부서질 것만 같았다.

"그러게 아르바이트 같은 거 다 관둬."

"안 그래도 그만뒀어요."

"간만에 예쁜 짓 했군. 죽었다 살아난 지 얼마나 됐다고 몸을 안 챙겨?"

그가 인상을 써가며 험하게 중얼거렸다.

이렇게 퉁명스럽게 화를 내는 건 나를 걱정하고 아끼기 때문이라는 사실을 이제는 확실히 알 수 있다. 사랑 표현에 익숙지 못하기 때문이라는 걸 말이다.

"민혁 씨?"

"응?"

"사랑해요."

"나도 그래. 그러니까 이렇게 비실거리지 좀 마."

그녀의 고백에 그가 퉁명스럽게 대꾸했다. 하지만 그녀를 바라보는 눈빛도, 운전석 너머로 가만히 잡아주는 손길도 더없이 부드러웠다.

"혹시 나 없어도……."

"뭐?"

"아니요, 정말 사랑한다구요."

"가끔은 아파야겠네. 예쁜 소리도 이렇게 술술 하고. 잠깐이지만 눈 좀 붙여. 힘들어 보여."

계속되는 그녀의 사랑 고백에 그가 활짝 웃었다. 그리고 그 웃음 때문에 지완은 더 마음이 아팠다.

붉었던 하늘이 어느새 어두워졌다. 하늘에는 그믐이 가까웠는지 달도 뜨지 않았다. 지완은 눈을 감았다.

가평에서 돌아온 지완은 창백해졌고, 갈수록 여위어갔다. 마치 풍선에서 공기가 빠져나가는 것처럼 그녀에게서 생기가 빠져나가고 있었다.

이제 하늘로 올라가야 할 시간이 점점 다가오고 있다는 걸 지완은 몸과 마음으로 느끼고 있었다.

"달희야, 넌 네가 무슨 짓을 하고 있는지 알고 있는 게냐?"

"상제님!"

깊이 잠들었던 그녀는 어둠 속에서 번쩍 눈을 떴다. 눈부신 하늘의 빛이 컴컴한 그녀의 방에 쏟아지고 있었다.

"감히 허락 없이 환생을 하다니!"

"죄송해요, 상제님."

"이게 죄송하다는 말로 끝날 일이더냐! 넌 삶과 죽음의 질서를 망가뜨렸어. 당장 돌아오너라."

귓가에서 울리는 목소리가 작아졌다. 지완은 꿈이 아니란 사실을 분명히 알고 있었다.

드디어 부름이 떨어진 것이다.

이제는 그녀의 의지와 상관없이 돌아가야만 한다. 주루룩, 눈물이 볼을 적시자 그녀는 화들짝 놀랐다. 이제 다시는 그 사람을 같은 하늘 아래에서 볼 수 없겠구나.

이제 다시 그와 웃음을 마주하고 그의 온기를 느끼며 같은 시간을 함께할 수 없게 되는구나.

민혁과의 이별을 생각하자 가슴이 칼을 찌르는 것처럼 아파오고 공기가 부족한 것처럼 숨을 쉴 수가 없었다. 숨결이 느껴지고 호흡이 가빠왔다.

지완의 몸에서 기운이 조금씩 빠져나가기 시작했다. 어렴풋이 그녀의 이름을 부르는 소리가 들려왔지만, 이제 그녀는 천계로 가야만 했다.

16. 별리

비서가 건네준 커피 잔이 그의 손에서 미끄러지며 산산조각이 났다. 다행히 데지는 않았지만 한상도 놀랐고, 민혁도 살짝 미간을 모았다.

"괜찮으세요?"

"괜찮아. 소란 떨지 마."

얼른 주변을 정리하고 한상과 다른 비서가 자리를 비우자 민혁은 자기도 모르게 흠칫 몸을 떨었다. 이상하게 느낌이 좋지 않았다. 자꾸만 온몸이 선뜻거리고 영문 없이 초조해지는 마음이 채 진정되지를 않는다. 한 번도 겪어보지 못한 경험이었다. 온몸을 휘감는 불안감에 그는 이를 악물었다. 별일 아닐 것이다. 문제가 될 만한 일은 아직 없었다. 회사 일도, 지완에게도, 미국의 동생들에게도 아무 일 없었다. 그런데 왜 자꾸 이렇게 불안한 걸까?

그때 마침, 그의 불안함에 대답이라도 하듯 핸드폰이 울렸다. 민혁은 잠시 눈을 감았다 뜨고 손에 움켜진 핸드폰을 바라봤다. 아무일 없을 거야. 별일 아닐 거야. 그는 주문처럼 마음속으로 되뇌었다.

병원 복도를 미친 듯이 뛰어가는 그의 이마에 식은땀이 흘렀다. 지완이가 위독해서 중환자실에 있다는, 말도 안 되는 이야기를 전해 들은 지 20분이 넘었다. 지난밤까지도 멀쩡하던 그녀였다. 얼굴은 창백했어도 아픈 기색은 없었다. 민혁은 성큼성큼 그녀가 누워있는 침대로 향했다. 그가 나타나자 훌쩍거리던 가족들이 조용히 자리를 비켜줬다.

"민혁 씨?"

달빛만큼이나 창백한 얼굴로 그녀가 그를 기다리고 있었다. 그녀의 손가락이 그가 내민 손에 얽혀왔다. 작은 손이 얼음처럼 차가웠다. 그 냉랭함에 놀라 민혁의 머릿속도 하얗게 질려가고 있었다.

"괜찮은 거지?"

그의 목소리가 잔뜩 잠겼다. 제발 괜찮다고 해. 응? 간절한 눈빛을 읽어내린 지완은 아주 약하게 고개를 흔들었다.

당신을 두고 가야 하는데, 당신을 떠나야 하는데, 당신을 다시 보지 못하는데, 내가 어떻게 괜찮을 수 있겠어요. 이렇게 사랑하는데, 이제 영영 나 혼자 있어야 하는데, 내가 어떻게 괜찮을 수 있겠어요.

"민혁 씨, 잠시 떨어져 있는 것뿐이에요. 그냥 성미 급한 내가 먼저 가서 기다리는 거라고 생각해요. 좋은 사람 만나도 날 가끔씩은 기억해줘요."

그녀가 색색거리며 아주 가냘프게 중얼거렸다. 다행이었다. 그에게 마지막 인사를 할 수 있어서, 그를 다시 한번 더 볼 수 있어서 다행이었다. 이 사람의 지금 모습을 두고두고 간직해야지. 천계에서도 절대 잊지 않도록 모든 걸 다 눈에, 마음에, 영혼에 담아갈 것이다.

"앞으로 다른 사람은 없어."

"그럼 안 돼요."

그녀가 고개를 저으면서 가냘픈 목소리로 말했다.

"조금만 아파해요. 너무 화내지도 말고…… 나중에, 나중에 우리가 다시 만나게 되면 그때는…… 절대 헤어지지 말아요."

"지완아."

민혁의 애절한 부름에도 불구하고 지금껏 애써 버텨왔던 그녀의 눈이 감기고, 그와 얽혀 있던 손가락에서 힘이 빠져나갔다.

그로부터 지완은 의식불명 상태였다. 온몸이 얼음처럼 차가워졌다 불처럼 뜨거워지는 일이 반복됐다. 내로라하는 의사들조차 원인을 알아내지 못했다. 해열제를 써도 열기는 떨어지지 않았고, 아무리 품에 안고 있어도 몸은 차갑기만 했다.

호흡기로 색색대는 지완의 얼굴을 떨리는 손길로 그가 어루만졌다. 작고 여윈 얼굴에 파리한 입술까지. 살아 있음을 알 수 있는 건 초록 계기판의 숫자와 희미한 기계음뿐, 지완의 얼굴에서는 생기라고는 찾아볼 수 없었다. 지완이 누워 있는 병실을 들어설 때마다 민혁의 가슴속은 언제나 공포와 불안으로 가득하다. 그리고 다시 그곳에 혼자 지완을 두고 나올 때마다 그는 심장 한 조각을 같이 두고 오는 느낌이었다.

부탁이야, 지완아. 일어나라. 너 안 일어나면 내가 무슨 짓을 할지 몰라. 고아원이고 양로원이고 땡전 한 푼 안 보낼 거야. 아, 당신네 회사 사람들도 다 자를 거야. 내가 마음먹으면 얼마나 독해지는지 당신도 알잖아. 그리고 당신도 다 잊고 살 거야. 그래도 상관없니?

어쩌면 저렇게 깊은 잠에 빠진 그녀는 상관없을지 몰랐다. 하지만 그는 지완을 잊고 살아갈 자신이 없었다. 민혁은 지금 이 순간이 꿈이었으면 싶었다. 그저 길고 기분 나쁜 악몽이었으면 싶었다. 지금 의식 없이 잠들어 있는 사람이 그녀가 아닌 그이길 원했다. 눈을 뜨면 예전의 그 모습 그대로 자신의 곁에서 웃고 있는 지완을 만나기를 원했다.

그녀의 말대로 착하게 살았으면, 좀 더 베풀고 살았다면 이런 일이 일어나지 않았을까? 이기적인 욕심에 대한 대가로 이렇게 무서운 벌을 받는 걸까?

'지완아, 눈 떠. 잘할게. 내가 잘할게. 제발. 뭐든 네 뜻대로 할게. 그러니 제발 일어나.'

협박을 하고 사정을 하고 애원을 해보지만 그녀는 여전히 눈을 뜨지 못하고 있었다.

달도 어둠속에 잠기고 나무 끝을 스치는 바람도 움직임을 멈추었다. 이상하리만큼 조용한 밤이었다. 하늘로 올라가기 위한 준비를 다 끝낸 달희는 잠시 그가 있는 병실에 멈춰 섰다. 그리고 핏발이 선 눈빛으로 지완만을 바라보고 있는 민혁의 모습을 그대로 눈에 담았다.

이 시간이 정말 마지막이었다. 이제 다시는 서로 만나지 못할 것이다.

달희는 감정을 자제하기 위해 꼭 움켜쥔 민혁의 손 위에 자신의 손을 포개었다. 이제 선녀의 모습을 되찾은 달희의 모습을 민혁은 알아보지도, 느끼지도 못한다.

이제 진짜 이별을 한다. 이렇게 달이 지고 해가 뜨고 또 그렇게 시간이 지나면 그는 그녀를 잊을지도 모른다. 기억이 만들어준 추억으로 몇 번쯤 가슴 설레고 눈물짓다 새로운 시간과 만남으로 흐려지고, 그러다 또 지워지기도 할 것이다. 시간이 지난 이별은 언제나 그런 것이니까.

그의 이마에 조용히 입을 맞춘 달희의 볼에 눈물이 흘러내렸다.

내일은 당신이 오늘보다 덜 아프기를. 혼자라는 시간에 많이 외롭지 않기를. 그리고 새로운 인연으로 내내 행복하기를.

깊은 밤, 선녀 후보 달희의 하늘거리는 옷자락이 어둠속에 묻히고 눈물방울이 땅을 적신다.

달희는 민혁을 생각하자 또 가슴이 아파왔다. 허락 없이 인간의 육체를 탐한 달희에게 머리끝까지 화가 난 상제께서 그녀에게 지상금지 명령을 내리셨다. 앞으로 백 년 동안 지상에 발을 붙일 수도 없으며, 환생은 더더욱 할 수 없다. 다음 환생을 위한 철저한 수련과 교육만이 그녀를 기다릴 뿐이었다. 그녀는 이승경으로 그를 바라보는 것조차 허락받지 못했다. 아니, 어쩌면 차라리 볼 수 없는 것이 다행인지도 몰랐다. 그녀를 잊고 살아가는 그의 모습도, 내내 가슴에 담아두고 살아가는 그의 아픔도 차마 마주 보지 못할 것이다.

어쩌자고 인간의 땅에서 책임지지 못할 인연을 만들었을까.

달희의 눈에서 주루룩 눈물이 흘러내렸다.

왜 상제님께서 전생의 기억을 지웠는지 이제야 이해할 것 같았다.

왜 선녀님들께서 이승의 땅에 사심(私心)을 품지 말라 했는지 이제야 알 것 같았다.

이렇게 아픈데, 이렇게 내내 가슴이 무너지는데 인간의 마음을 그대로 간직하고 있다면 이곳이 아무리 천계라 할지라도 살아가지 못할 것 같았다.

그에게 사람의 마음을 갖게 하겠다는 약속은 하지 말았어야 했다. 그 짧은 약속에 마음의 책임까지 따른다는 것을 왜 잊었을까. 달희는 그가 또다시 어둠 속에 살아가는 것이 싫었다. 또다시 혼자 외로움에 지치는 것도 마음 아팠다. 하지만 무엇보다 그녀를 힘들게 하는 건 이제 다시는 그를 볼 수 없다는 것이다.

아마도 어쩌면 이렇게 맺은 인연이 몇 겁의 시간이 흐른 뒤에 스쳐 지나가는 만남이 될지도 모를 일이었다. 하지만 그녀가, 그가 과연 그 시간을 기억하고 서로를 알아볼 수 있을까. 설사 서로 알아본다 해도, 그와 그녀가 서로 다른 얼굴과 같은 마음으로 사랑할 수 있을까.

지금도 아프고, 아무도 약속하지 못할 앞으로 다가오게 될 몇 겁 뒤의 그 시간도 아프기만 하다. 달희의 눈물이 천계를 적시고, 지계로 흘러내리고 있었다.

"도대체 이 눈물은 다 어디서 오는 것이냐?"

"그것이…… 달희 때문이옵니다."

"석고대죄를 해도 모자란 판에 눈물바람이라니. 이 사고뭉치를 어찌할꼬."

상제 앞에 고개를 숙인 해성의 대답에 상제가 혀를 찼다. 천계에 넘쳐흐르는 달희의 눈물에는 애절한 설움과 이별의 아픔이 가득했다.

"달희는 우는 것 말고 또 뭘 하고 있나?"

"계수나무 밑에 완전히 처박혀 있습니다. 이제는 울지도 않습니다. 그리고 웃지도 않고, 잠도 자지 않습니다."

"그것 참, 가만히 있어도 걱정이구나."

"봐주시면 안 되겠습니까?"

해성이 상제 앞에 무릎을 꿇었다. 세상에 하나밖에 없는 사고뭉치 동생은 지금 모든 것을 다 걸고 사랑을 하고 있다. 할 수만 있다면 도와주고 싶었다.

"인연은 따로 있는 게야, 내가 봐준다고 되는 일이 아니라. 아무튼 네 동생은 사고뭉치다."

상제가 혀를 찼다. 고개를 젓는 상제의 얼굴에도 난감함이 가득했다.

"인간이 신이 되겠다고 우기는 일은 봤어도, 신이 인간이 되겠다는 건 또 처음일세."

상제의 앞에 나타난 달희의 얼굴은 그야말로 눈 뜨고는 못 볼 지경이었다. 눈은 하도 울어서 떠지지도 않았고, 얼굴엔 생기라고는 한 조각도 없었다. 아이구, 이 웬수들 같으니라고.

"잘 들어라. 네가 신이 되려면 환생을 해야 해. 다른 사람의 인생을 살아주는 게 아니라."

"흑."

상제의 엄한 말에 그녀가 또다시 울음을 터뜨렸다.

"네가 망친 게잖아. 왜 가라는 곳에는 안 가고 엉뚱한 곳에서 환생을 해?"

"죄송해요. 하지만 상제님……."

"하지만은 없어. 그에 대한 벌은 받아야 할 게야."

그를 잃었다. 그것보다 더 큰 벌이 있을까? 이제 신이 되고 싶은 생각도 없었다. 될 대로 되라지.

이제는 막 나가려고 결심한 달희 때문에 상제는 또 한숨을 쉬어야 했다.

이 녀석을 어찌할꼬. 선녀 후보로 그렇게 교육을 시키고 벌써 몇 겁의 세월이 흘렀음에도 불구하고 아직도 심성은 인간 그대로인 아이였다. 그 인간이 이승에서 인간을 사랑해서 생긴 일이니 더 나무랄 수도 없는 일이다. 하지만 모든 일에는 지켜야 할 규칙이 있고 법도가 있는 법이었다.

이대로 신을 만들어놓자니 아직은 신성이 부족하고, 그렇다고 인간으로 만들기에는 그동안 들인 공이 너무 많았다. 상제의 깊은 한숨에 달희의 눈에 눈물이 넘쳐흘렀다.

민혁은 갑갑하고 절망스러운 마음에 휴게실 벽을 주먹으로 '쾅' 하고 내리쳤다. 아픔조차 느껴지지 않았다. 지완은 벌써 보름이 넘도록 의식불명이었다. 능력이라고는 쥐뿔도 없는 의사들은 그에게 마음의 준비를 하라고 통보했을 뿐이었다.

"죄송합니다. 지금 상태로는 달리 방법이 없습니다."

"그걸 지금 말이라고 하는 거야!"

당장이라도 죽일 것처럼 노려보는 민혁의 호통에 의사들은 숨을 죽여야 했다. 하지만 그 누구보다 답답한 건 바로 그들이었다. 그녀는 현재 원인을 모르는 고열 상태였다. 이 상황에서 할 수 있는 방법이라곤 아무것도 없었다. 그저 열을 식히는 가장 기본적인 일 외에는 다른 투약을 할 수조차 없는 상황이었다.

"웃기지 마. 능력이 없으면 없다고 해. 절대 지완이는 안 죽어!"

민혁이 차갑고 싸늘한 얼굴로 의사의 멱살을 잡은 채 무섭게 경고하고 병실을 나선 게 20분 전이었다.

그는 이를 악물었다. 원인도 모르고 방법 또한 알 수 없다는 의사들은 제대로 치료조차 하지 못했다. 그런데 이제 와서 겨우 한다는 소리가 마음의 준비라고? 여태 뭘 한 게 있다고 감히 나한테 마음의 준비를 하라는 건가. 지완이 없이 영영 혼자여야 하는데, 그걸 어떻게 준비하냐구!

민혁의 절망이 분노로 변해갔다. 이럴 수는 없었다. 어떻게 이런 식으로 그녀를 데려간단 말인가.

"이봐요, 거기 위에 있는 양반! 당신이 누구라도 만약 지완이가 잘못되면 당신도 내 손에 죽어!"

두 손을 움켜쥔 민혁이 하늘을 향해 쏘아붙였다. 만에 하나라도 끔찍한 일이 일어난다면 상대가 하늘이건 땅이건 절대 용서치 않을 것이다.

"내가 못할 줄 알아? 가만있지 않을 거야. 절대!"

민혁이 중환자실의 보호자 대기실에 무너지듯 내려앉았다.

"이런 불경스러운 놈을 봤나!"

자신을 찾는 목소리에 인간 세계를 바라보던 상제는 저도 모르게 혀를 찼다. 감히 하늘의 상제를 상대로 협박을 하는 녀석은 보다 또 처음이었다. 하지만 그것보다 더 신기한 건 그의 영혼 깊은 곳을 밝혀주는 빛 때문이었다.

"아니, 저런 탁한 영혼을 가진 녀석이 어인 일로 저리 빛이 나는 게야?"

"인간의 마음속에 달희의 사랑이 아직도 남아 있는 모양입니다."

"흠, 달희가 허락 없이 내려가긴 했어도 그나마 쓸 만한 일은 했구나."

속세에 찌든 저 시꺼먼 영혼이 조금씩 정화되어가고 있는 게 분명했다.

"한데, 금방 사그라지진 않겠구나."

"네. 하지만 이 상태도 오래가지는 못할 겁니다. 달희가 그와 함께 있지 않는 이상 더 이상 지속하기는 어렵습니다."

상제는 여전히 달처럼 박혀서 빛나는 선녀의 흔적과 절망의 아픔을 고스란히 간직한 남자의 영혼을 바라보면서 한숨을 내쉬었다. 여기나 저기나 어찌 이리도 손 가는 사람들이 많은지 모를 일이었다. 일단 저 삭막하게 건조한 영혼은 아직 가능성이 있었다. 그에게는 아직 인간을 사랑한 신의 마음이 남아 있었다.

면회 시간은 하루에 딱 두 번, 이십 분간. 민혁은 부들거리는 손끝으로 자신의 자동차 키를 꺼내들었다.

지완이 강제로 매단 열쇠고리의 작은 사진에서 그녀가 그를 향해 웃고 있다. 사진 속의 지완은 언제나 봄날처럼 따뜻하고 달빛만큼이나 환하다.

윤지완. 강민혁의 약혼녀.

그리 긴 시간을 만난 것도 아니었고, 처음부터 한눈에 반한 것도 아니었다. 언제 이렇게 그녀가 가슴에 와 박혀 있는지, 언제부터 사랑하게 되었는지 그도 몰랐다. 왜 사랑하게 됐는지, 왜 그녀여야 하는지도 알 수 없었다.

하지만 지금 중요한 것은 그의 마음을 가지고 있는 지완이 그에게서 점점 멀어지고 있다는 사실이었다. 다시 만나지 못하게 될지도 모른다는 두려움이 그를 무섭게 했다.

"민혁 씨, 환생이라는 거 믿어요?"

"전혀."

"그럴 줄 알았어요. 근데, 한 번쯤 믿어줄래요?"

"부탁하는 거야?"

"네, 부탁하는 거예요."

"당신이 부탁하는데 뭐, 그까짓 거 한번 믿어주지."

문득 기억난 지완의 약속을 기억하고 민혁은 고개를 흔들었다. 그때 환생 같은 거 믿지 않는다고 해야 했다. 부탁 같은 거 들어주지 말아야 했다. 환생 따위는 필요 없었다. 민혁은 지금 그와 함께 살아 숨 쉬는 지완이 필요했다.

민혁이 고개를 흔들자 기억 속의 지완이 그를 향해 또다시 속삭인다.

"좋아요. 그럼 혹시 내가 나중에, 나중에 다시 태어나 당신을 만나게 될 때까지 날 잊지 말아줘요."

"걱정 마. 죽을 때까지 잊지 않을 거고, 다시 태어나도 잊지 않아."

"진짜죠? 다시 태어나도, 나 잊지 않을 거죠?"

"그렇다니까. 왜 내 말을 안 믿는 거야?"

"약속해요, 잊지 않겠다고. 잊지 않고 날 한눈에 알아보겠다고."

이럴 줄 알았으면 그때 다 잊는다고 했을 텐데. 그랬으면 그 고집스러운 성격에 약속을 받아낼 때까지 옆에 있었을지도 모를 텐데.

민혁은 가슴 속을 휘감는 두려움을 애써 모른 척하면서 목 끝까지 치밀어 오르는 눈물을 겨우 삼켰다. 절대 이대로 그녀를 포기할 수 없었다. 이대로는 그녀를 보낼 수 없었다. 목울대까지 치밀어 오르는 뜨거운 눈물을 민혁은 꾹꾹 눌러 참고 있었다. 그는 자신이 지완이 생각한 것처럼 강한 남자가 아니라는 것을 이 순간 절실하게 깨닫고 있었다.

"지완아, 깨어나. 제발…… 살려주세요, 하느님."

민혁은 자신도 모르게 난생처음 신을 찾았다. 자신의 생명과 맞바꾸는 한이 있어도 그녀만은 살리고 싶었다. 그녀의 반짝이는 눈빛도, 통통대는 웃음도, 맑은 미소도, 어느 것 하나 빠짐없이 모두 그리웠다. 그녀에 대한 사랑으로 심장이 조여드는데, 영원히 함께할 수 없다는 사실로 인해 그의 가슴에선 피가 흐르고 있었다.

"고민이 많은 얼굴이구만."

민혁의 옆자리에 털썩 주저앉은 남자가 그에게 말을 걸었다. 삶과 죽음이 오가는 이곳 병원에서는 별별 사연들과 아픔들이 있다. 동병상련의 아픔으로 인해 그들은 쉽게 말을 걸었고, 또 힘들게 마음속 한구석을 열어 보이곤 한다.

"담배 하나 피울 텐가?"

"여기는 금연 구역입니다."

간절하던 민혁의 얼굴이 어느새 냉정하게 변해 있었다. 지완이 아닌 다른 누구에게도 그는 약한 모습을 보이고 싶지 않았다.

"빡빡하구만."

인간 녀석을 핑계로 속세의 유혹에 한 번쯤 빠져볼까 싶었던 상제는 다시 담배를 손 안에 감추었다. 별로 도움이 안 되는 녀석이구만. 이럴 때는 담배 한 번 근사하게 빨아줘야 폼이 날 텐데. 그나저나 이 녀석은 생각보다 냉정하고 이성적이다. 다 죽어가는 달희에 비해서 멀쩡하다는 게 어째 밑지는 장사처럼 느껴졌다.

"누가 아픈 겐가?"

"아내가 힘듭니다."

호락호락 입을 열 것 같지 않던 그가 잠깐의 침묵 끝에 조용히 내뱉었다. 상제는 그의 한마디 한마디에 담겨 있는, 피가 섞인 고통을 느낄 수 있었다. 그 애절함이 뜻밖인 상제는 달희의 새로운 호칭에 호기심을 드러냈다. 아내라……. 이 녀석은 혼인의 예도 올리지 않은 채 그녀를 '아내'라 칭하고 있다. 이미 마음을 주어버렸다는 의미인 건가?

"따라 죽는 건 죄악이야."

"전 독한 사람이라 쉽게 못 죽겠습니다."

죽지 않는다. 그는 나약한 사람이 아니었다. 지완이 그랬다. 그는 비록 좋은 사람은 아니지만 강한 사람이라고 말이다.

"가는 사람이 있으면 오는 인연도 있는 게야. 살다 보면 다 잊혀지게 되어 있어."

그 말에 민혁이 눈을 치켜떴다. 말하지 않아도 그의 얼굴에는 단호한 부정이 서려 있었다. 이런 시답잖은 위로 따위는 받고 싶지도 않은 모양이었다.

"내 말을 못 믿는 게구만?"

"전 아무도 안 믿습니다. 전 지완이만 믿습니다."

할 말 다 했다는 듯 그가 벌떡 일어섰다.

"잠깐만. 자네, 그럼 사랑은 믿는 건가? 그렇다면 사랑은 또 오게 되어 있어."

"그런 거라면…… 그것도 안 믿습니다. 윤지완만 사랑하니까요."

사랑에 빠진, 사랑을 하는 남자는 무엄하게도 상제를 똑바로 바라보며 흔들리지 않는 눈빛으로 대답했다. 그에게 다른 진실은 없었다. 윤지완, 날 사랑해주던 여자, 내가 사랑하는 여자. 그녀 하나만이 그에게 모든 것이었다.

그는 더 이상의 대화가 필요 없다는 듯 작게 묵례를 하고 일어섰다. 냉정한 겨울 같은 남자에게 봄 같은 사랑이 꽃을 피웠지만, 저 차가운 영혼에서 그리 오래 버틸 수 있을 것 같지는 않았다. 어깨를 똑바로 펴고 가는 남자의 뒷모습을 바라보며 상제가 고개를 흔들었다.

"이러다간 하늘에 바보 하나, 땅에 바보 하나가 말라 죽겠구만."

"땅 밑에도 속 썩이는 녀석이 하나 더 있습니다."

어느새 명부의 대왕님이 상제 옆에 다가와 중얼거렸다. 지난 시간 동안 철없이 굴던 어린 사자 하나가 지상에서의 근무를 간절히

원하고 있었다. 사심을 갖지 말아야 한다는 사실을 몇 번이나 주지시켰으나 소용없는 일이었다. 천계나 지계나 똑같이 의협심 강하고 융통성 없는 인물들이 존재한다.

"자네는 어찌했으면 좋겠나?"

"이승의 인연은 제가 아니라 상제님이 관리하시지 않습니까."

명부의 대왕이 천계의 상제에게 슬며시 미소를 지어 보였다. 말이야 바른 말이지 아무리 명부라 할지라도 선녀의 영혼까지 손댈 수는 없는 노릇 아닌가.

"고약하구만. 난 저런 녀석들을 보면 마음이 약해져."

"그래도 어쨌거나 결정을 하셔야 할 때 같습니다. 사물은 모든 게 제자리를 찾아야만 세상이 정상적으로 돌아가는 게 이치입니다."

이승을 환히 밝히고 달희의 흔적을 바라보면서 대왕이 나직하게 말했다. 대왕의 조언에 상제는 조용히 고개를 끄덕였다. 이치대로 하는 수밖에 방법이 없었다. 안 그래도 해야 할 일이 많은 상제였다. 이런 사소한 문제로 시간을 허비할 수는 없는 노릇이었다. 좀 매정하더라도 어쩔 수 없는 일이었다.

벌써 며칠째 밤을 샜지만 민혁은 잠이 오지 않았다. 혼자가 될지도 모른다는 불안함과 그녀를 잃을지도 모른다는 아픔에 가슴이 먹먹해졌다. 그는 책상 위의 사진을 그립게 쓰다듬었다. 사진 속의 그녀가 그를 바라보고 있었다. 그녀의 밝은 웃음이 그리웠다. 그를 향해 코웃음 치던 그녀가 보고 싶었다. 눈물이 볼을 타고 흘러내렸다. 이 여자 없이 어떻게 살아가야 할지 그는 막막했다.

"눈을 떠. 이대로 그냥 가버리면 절대 용서 안 해. 절대 가만있지 않을 거야. 나는 너 없인 안 된단 말이야."

"네가 가만있지 않으면 또 어떡할 건데? 저승이라도, 아니, 하늘에라도 올라갈 생각이냐? 거긴 너처럼 영혼이 시꺼먼 녀석은 접근할 수도 없는 곳이라구."

누군가의 빈정거림에 그가 고개를 들었다. 어두운 사무실 한쪽에 비치는 어스름한 검은 그림자에 민혁의 눈이 가늘어졌다. 가뜩이나 신경이 날카로워진 그의 얼굴이 어느새 딱딱하게 굳어졌다.

"넌 누구지? 여길 어떻게 들어온 거야?"

"그건 알 바 없고, 경고하는데, 우리 선녀님 눈에서 눈물 한 방울이라도 떨어지는 날이 있다면 내가 장담하는데 내 목을 걸고라도 널 지옥으로 끌고 갈 거야."

검은 옷의 창백한 얼굴을 하고 허공에 떠 있는 그림자는 분명 지완의 운전기사였던 남자였다. 그의 느닷없는 협박에 민혁의 눈썹이 치켜 올라갔다. 안 그래도 쌓인 게 많은 남자였다.

"네가 여기는 웬일이지?"

요즘 어쩐지 안 보인다 했더니만 저 녀석이 여길 어떻게 들어왔을까? 하지만 오늘 그의 의상은 아무래도 독특했다. 봄이 벌써 가고 이른 여름이 오는 마당에 웬 시꺼먼 도포 자락인지. 게다가 머리에 쓰고 있는 저 갓은 도대체 무슨 의미지? 그가 미간을 모으고 생각을 집중했다.

"명심해. 내가 두 눈 시퍼렇게 뜨고 지켜볼 테니까."

남자의 얼굴이 공중을 가로질러 다가오자 그는 그때야 자신이 꿈을 꾸고 있다는 걸 깨달았다. 이곳은 그의 사무실이었고, 지금 이 상황은 분명 꿈이었다. 민혁은 꿈속의 모든 것들이 가끔은 생시보다 훨씬 선명하게 다가올 수 있다는 사실을 오늘에야 깨달았다.

"네놈처럼 시꺼면 녀석에게 달님 선녀라니. 이거야 원, 완전히 개발에 편자구만."

"달님?"

달님 선녀? 누구? 지완이를 말하는 건가? 지완은 그에게 있어 푸르고 따뜻한 봄이었다.

"그래, 이 나쁜 놈아. 상제님이 어쩌자고 너처럼 어두운 영혼에게 달님을 건네주셨는지는 모르겠다만, 선녀님은 네놈 인생에 복이고 빛이야."

그는 계속 알 수 없는 말을 중얼거리며 민혁을 노려봤다.

"혹시 지완이를 본 거야? 봤으면 보내줘."

"이 녀석아, 네가 봄날에 달님을 훔쳐서 도망갔잖아. 38광땡은 네가 쥐고 있어!"

봄날의 달님, 거기다 38광땡? 노기가 가득한 시선과 알 수 없는 말을 던지고 그 시꺼면 녀석이 사라졌다.

"지금 무슨 말을 하는 거지? 지완이를 보내줘!"

그가 꿈속에서 소리를 지르다 깨어났다. 버릇없는 녀석 같으니라고. 안 그래도 신경이 쓰였구만, 꿈속에까지 나타나서 머리를 어지럽힌다. 가만, 혹시 저 녀석이 저승사자라면 설마……

그는 머리를 스치고 간 생각에 의자를 젖히고 일어섰다. 사무실 복도를 달리는 그의 얼굴이 무섭도록 냉정해졌다.

"지완아!"

그는 헉헉대며 병실 문을 열고 들어섰다. 그녀는 여전히 죽은 듯 누워 있었다. 숨을 몰아쉰 민혁이 창백한 얼굴로 누워 있는 지완에게 다가갔다. 겨우 안심이 됐지만 다시 걱정이 되고, 또다시 마음이 메어왔다.

"그만 일어나. 오래 잤잖아."

"……."

"사랑해, 지완아. 가지 마. 나 혼자 두고 가지 마라."

거칠게 중얼거린 민혁은 여전히 아무 대답 없이 창백한 얼굴로 누워 있는 지완의 손 위에 가만히 자신의 손을 포개었다. 어쩐지 그녀의 몸이 차갑게 느껴졌다. 갑자기 온몸에 소름이 좌악 돋아왔다. 이렇게 그녀를 보낼 수는 없는 노릇이었다.

"의사, 의사를 불러와. 지완아!"

그가 거의 미친 사람처럼 인터폰을 들고 소리를 질렀다. 잠시 자리를 비웠던 미라와 정 여사가 뛰어 들어왔고, 의사와 간호사 또한 헐레벌떡 병실에 도착했다.

"지완아, 제발…… 이대로 가지 마. 정신 차려."

"잠깐만요. 흔들지 마세요."

의사와 간호사가 민혁을 제지하고 나섰지만 그는 막무가내였다. 그는 미친 사람 같았다. 하지만 지금 그런 건 중요한 게 아니었다. 그녀가 죽었다. 이제 그녀 없이 이 세상에 혼자가 되었다는 사실로 인해 숨을 쉴 수 없었다. 이제 그의 영혼도 죽은 것과 다름없었다.

"지완아!"

"열이 내린 겁니다."

창백한 지완의 동공을 확인한 의사가 '후유' 하고 낮은 안도의 한숨을 삼켰다.

"뭐?"

"열이 내렸다구요. 위험한 고비는 이제 넘긴 거 같습니다."

안도의 한숨을 내쉬는 의사의 말을 믿을 수 없다는 듯 민혁이 노려봤다. 여전히 그는 의심이 많은 남자였다. 어렴풋이 그의 온기를 느낄 수 있는 지완은 그렇게 생각했다.

보름 만에 의식을 회복한 그녀는 스무 시간 만에 겨우 눈을 떴다. 드디어 오랜 잠에서 깨어난 것이었다. 그녀가, 그가 이제 죽음에서 벗어나고 있었다. 지완은 눈꺼풀을 힘들게 들어 올렸다.

블라인드로 가려진 창가엔 새벽이 오고 있었고, 침대를 마주하고 놓인 의자에 불편하게 기대어 잠들어 있는 그가 보였다. 다시 세상에 돌아와 맨 먼저 눈에 담을 수 있는 사람이 강민혁이라는 사실에 행복했고, 인간으로서 그와 함께 살아 있을 수 있다는 사실에 목이 메어왔다.

그녀의 시선을 느꼈는지 그가 번쩍하고 눈을 뜨고는 믿기지 않는 듯 멍하니 그녀를 바라봤다. 핏발이 선 눈동자, 수염이 까칠한 그의 모습을 그녀는 보고 또 보았다.

"무서웠어. 끔찍했다고."

그녀를 바라보는 그의 목소리가 갈라져 나왔다. 그동안의 절망과 고통이 고스란히 배어 있는 그 목소리에 지완은 마음이 뭉클해졌다.

"나두요. 이제 정말 못 만날 줄 알았어요."

"당신이 잘못됐더라면 나도 죽었어."

그가 아주 조용하게 중얼거렸다. 그녀를 잃는다고 생각했던 그 순간부터 그는 숨을 쉬고 있어도 사는 게 아니었다. 먹고 자고 움직이는 모든 일이 지옥 같았다. 혼자 남아 있다는 절망감에 발밑이 꺼져버리는 기분이었다.

　"흥, 거짓말. 자기는 독해서 쉽게 안 죽는다면서요."

　"응? 그걸 당신이 어떻게……."

　언젠가 병원에서 어떤 노인에게 중얼거렸던 말을 지완이 어떻게 알고 있는 걸까? 여전히 합리적이고 이성적인 강민혁의 눈이 가늘어졌다.

　"다 아는 수가 있어요. 어쨌거나…… 고마워요, 상제님."

　"상제님? 그 녀석이 누구야!"

　지완의 입에서 튀어나온 정체 모를 남자의 이름에 민혁이 벌컥 소리를 질렀다. 그녀가 죽었다 살아나도 그가 변한 건 그다지 많지 않았다. 아직도 한참 손이 가는, 그녀의 도움을 필요로 하는 남자였다. 지완은 그래서 그런 그가 더 좋았다.

　"있어요, 그런 분이."

　"그러니까 그런 분이 누구냐니까?"

　"거참, 당신은 아무리 설명해도 안 믿을 거예요."

　지완은 그저 빙긋거리고 웃기만 했다. 강민혁이라는 남자가 이곳에 있기 때문에 그녀는 인간이 되기로 했다. 선녀가 되는 일도 포기했고, 세상에 단 하나뿐인 피붙이 오빠와의 이별도 참아내야 했다. 해성 오빠. 아마 지금도 그녀를 보고 걱정스럽게 웃고 있을 게 분명했다. 걱정 마요, 오빠. 이 남자, 사람 만들어가며 사랑할 테니까. 난 선녀 후보잖아요.

그녀는 병실에 들어오는 아침 햇살을 눈부시게 바라보며 그렇게 중얼거렸다.

에필로그

　정 여사와 미라, 그리고 미라의 새로운 남자친구는 꽤 손발이 잘 맞는 고스톱 멤버였다. 결혼을 한 후 지완이 친정에 들를 때마다 고스톱은 이제 빠지지 않는 친목 도모의 일환이었다.

　"형님, 죄송합니다. 승부의 세계는 좀 냉정하거든요."

　"그렇군. 냉정하네."

　민혁은 거덜 난 자신의 판돈을 바라보며 슬쩍 어깨를 으쓱였다. 지완이 보기에 그는 생각보다 그리 화가 나지는 않은 듯했다. 욕심 많은 남자가 의외였다.

　"어머, 승훈 씨 너무 멋지다."

　"뭘, 이 정도야 보통이지."

　미라가 눈썹을 팔랑거리자 그녀의 통통함을 최고의 매력으로 생각하는 남자친구의 얼굴에 만족감과 자랑스러움이 가득했다. 사자 아저씨는 조금 섭섭할지 몰라도 그녀가 이룰 수 없는 사랑의 아픔을 그나마 일찍 극복해서 얼마나 다행인지 몰랐다.

"여기 당신 있다."

그가 판이 끝난 알록달록한 화투패들 사이에서 울긋불긋한 벚꽃과 여전히 촌스러운 달광을 찾아내 지완에게 건네주었다.

"난 애들보다는 예쁘다니까요."

"얘들도 예쁜 거라니까. 38광땡은 천하무적이야."

"아이구, 강 서방. 지완이한테는 고스톱도 무리야. 다른 거 가르쳐봤자 소용없다니까. 이것도 머리가 좀 좋아야 하거든."

정 여사가 영 고스톱과 친하지 못한 지완을 타박하며 고개를 흔들었다.

"엄마는. 오늘은 민혁 씨도 완전히 거지 됐잖아요. 고스톱은 머리랑 상관없다니까."

"강 서방은 어쩌다 그런 거지. 뭐, 맨날 딸 수만 있나? 여기, 기름값이나 하게."

"장모님 덕분에 살았네요. 집에까지 걸어갈 뻔했는데."

오늘 내내 선을 잡았던 정 여사가 아주 만족스런 얼굴로 넉넉하게 개평을 건네자 민혁이 싱긋 웃으며 농담을 던졌다. 승패에 더없이 집착하는 그가 오늘은 웬일로 순순히 털고 나오는 모습이 지완은 아무래도 낯설었다. 고스톱을 오래 치다 보면 사람도 바뀌는 모양이었다.

예전에 민혁이 혼자 살던 아파트는 이제 지완과 그의 신혼집으로 바뀌었다. 무겁던 가죽 소파에는 밝은색의 큼직큼직한 쿠션들이 편

안하게 놓여 있었고, 대리석 주방을 비롯한 집 안 곳곳에 화분과 꽃
병이 놓여 있었다. 침실로 향하는 한쪽 벽에 위치한 콘솔 위에는 그
들의 결혼사진과 민혁의 가족사진이 담긴 액자가 옹기종기 세워져
있었다. 그들이 머무는 모든 공간에는 민혁의 무거운 취향과 지완
의 발랄함이 함께 어울려 있었다.

잠옷으로 갈아입은 지완이 오렌지 빛깔의 시트가 덮인 침대에 오
르자 민혁은 얼른 그녀를 향해 팔을 뻗었다. 따뜻하고 말랑한 느낌
이 좋아 그는 그녀를 더욱더 깊숙이 끌어안았다. 언제나 그녀를 품
에 안고서 잠드는데도 항상 그녀가 그리웠다. 이제 지완 없는 세상
은 그에게 존재하지 않았다.

"웬일이에요, 당신이 돈을 다 잃고?"

"잃은 게 아니라 잃어준 거야."

"왜요?"

그녀가 몸을 돌려 민혁의 가슴에 팔을 포개 턱을 괴고 물었다.
유독 승부에 집착하는 그가 일부러 잃어주는 게 신기했다. 그는 여
전히 누군가에게 지는 일을 못 견뎌 하는 남자였다.

"가족이잖아."

민혁은 손을 뻗어 그녀의 짧은 머리카락을 손에 감으며 대답했다.

가족. 이제 이이에게도 새로운 가족이 생겼구나. 결혼식 때 미국
에서 온 민혁의 동생에게 그는 완벽한 형이었고 울타리였다. 아마
친정 엄마와 미라에게도 그는 그런 존재가 될 것이다.

"당신 아무리 생각해도 결혼 잘했어. 돈 잘 벌고, 능력 있고, 게다
가 처가에까지 잘하는 남자는 흔하지 않아."

"홍, 미안하지만 아무리 민혁 씨가 잘해도 이건 내가 손해보는 일

이에요."

그녀가 단번에 코웃음 치며 고개를 흔들었다. 돈 잘 벌고 능력 있고 처가에 잘하는 남자는 찾아보면 얼마든지 있겠지만, 하늘의 선녀와 결혼하는 일은 시간이 몇 겹이나 흘러도 절대 일어날 수 없는 일이었다.

"나랑 결혼하는 게 그렇게나 손해보는 일이야?"

"그럼요, 난 당신 하나 사람 만들겠다고 선녀가 되는 걸 포기했잖아요. 그래서 내가 얻은 건 달랑 사랑 하나고."

"이봐, 말은 바로 해야지. 사랑을 얻은 게 아니라 사랑하는 날 얻은 거라구. 그거면 충분하지 않아?"

"당신은 나 하나면 충분해요?"

그의 말대로 눈앞에서 자신을 바라보며 웃고 있는 남자 하나면 지완은 충분하다고 생각했다. 하지만 민혁은 그녀의 질문에 대해 곰곰이 생각에 잠긴 눈치였다. 그가 잠시 멈칫거리자 그녀가 침대 위의 베개를 들고 덤벼들었다. 감히 내 대답에 망설이다니, 어쩌면 이리도 뻔뻔한 남자가 있을까?

"아야, 그래, 난 당신 하나면 충분해."

민혁이 분개하는 그녀의 공격을 한 손으로 여유 있게 피하면서 킥킥거렸다.

"못 믿어요. 대답하는 데 최소한 20초는 흘렀을 거예요. 도대체 무슨 생각을 한 거예요?"

"신혼여행, 첫날밤."

그가 뻔뻔스러운 눈빛으로 말했다. 하늘에서 별이 쏟아지던 몰디브. 그 은밀하고 행복한 첫날밤에 지완이 그에게 소곤거렸었다.

"비밀 얘기 하나 해줄까요?"

"무슨 얘긴데?"

"사실은 난 진짜 윤지완이 아니에요."

"그럼?"

"원래는 하늘의 선녀였어요. 근데 당신 때문에 인간으로 살기로 했거든요. 어때요? 고맙지요?"

그녀의 진지한 고백에 대한 답변은 계속되는 민혁의 웃음이었다. 그때는 웃고 말았었다. 하지만 지금 생각해보니 그녀는 아무래도 선녀이지 싶다. 그의 선녀, 그만의 예쁜 달.

"당신이 진짜 선녀라면 빨리 서둘러야겠다. 급하게 됐어."

"난 진짜 선녀라니까요."

지완의 주장에 그가 고개를 끄덕이며 무작정 그녀의 손목을 잡아 끌었다. 따뜻한 그녀의 몸이 폭하니 그의 가슴에 제대로 안겨왔다. 그녀가 그의 품 안에 있으면 세상을 얻는 것 같은 기분이었다.

"근데 무슨 일로 급해요?"

"최소한 아이를 셋은 낳아야 하잖아."

"셋이요? 셋을 어떻게 낳아요?"

"힘닿는 대로 노력해야지. 그러니까 당신도 협조해."

기겁을 해서 눈이 동그래진 지완을 모른 척하고 민혁이 손을 뻗어 침대 협탁 위 스탠드의 불을 낮췄다. 포근한 어둠 안에 그들이 남았다.

"애가 하나든 둘이든 난 이제 하늘로 다시 못 올라가요."

"보내지도 않아."

흐릿한 불빛 속에서 단호하게 말하는 그의 눈빛이 사랑으로 반짝였다. 지완은 손을 들어 열정으로 빛나는 그의 얼굴을 감싸 안았다.

이 사람의 체온을 느끼며 호흡을 함께하는 일이 기뻤다.

그의 아이를 낳고 함께 늙어가며 같은 추억을 만들 일이 기다려졌다.

그와 함께 같은 하늘 아래에서 숨을 쉬며 그를 사랑할 수 있는 지금 이 순간이 미치도록 행복했다.

"사랑해요."

"나도 사랑해. 아니, 내가 더 많이 사랑해, 나의 선녀님."

어느 때보다 진지하게 마음을 보여준 그가 세상에서 제일 예쁜 달을 품에 안았다.

깊은 밤, 하늘에선 말간 달이 빛났고, 땅 위에는 사랑하는 마음이 보석처럼 빛났다.

후유, 사자는 깊은 한숨을 내쉬었다. 또 이렇게 괜찮은 선녀님이 시커먼 영혼에게 마음을 사로잡히셨구나. 아무래도 천계의 상제님이 저 녀석의 심보를 제대로 읽지 못하신 게 분명하다. 그렇지 않다면 어찌 저런 녀석을 당장 명부로 보내실 생각은 못 하시고 꽃 같은 선녀님을 달랑 내주실 수 있단 말인가. 저런 치명적인 실수를 하시다니 상제님도 나이를 드시는 건가?

"아이구, 아까워라."

"나도 아깝네."

사자는 옆에서 중얼거리는 목소리에 화들짝 놀라서 주위를 둘러보았다. 눈이 부셔서 제대로 바라보지도 못할 만큼 크고 환한 영혼을 가진 남자가 그를 바라보며 웃고 있었다. 한눈에 딱 보기에도 보통 분은 아니었다. 지하 명부 세계의 높은 분들 대부분은 그가 얼굴을 알고 있으니, 자신이 알아보지 못하는 걸로 보아 이분은 천계의 인물임이 분명했다. 그렇다면 짐작되는 분은 딱 한 명이었다.

"저…… 상제님, 혹시 지금 방금 제가 한 말씀 들으셨습니까?"

그를 바라보는 상제는 그저 웃기만 했다. 상제의 침묵은 곧 긍정이었다. 사자의 이마에 식은땀이 흘렀다.

"죄송합니다만 상제님을 뭐라 할 생각은 없었습니다. 다만 저 인간은 정말로 문제가 많은 영혼이다 보니……."

"흠, 그렇구만. 인간이 너무 컴컴해. 우리 달희가 고생깨나 하겠어."

"글쎄, 그렇다니까요. 저기, 상제님, 제가 지금이라도 저 사악한 영혼을 거둬들일까요? 물론 수명첩의 생명은 창창하지만, 천계의 명령만 있다면 얼마든지 가능합니다요."

무엄하게도 사자가 상제에게 다가가 은밀하게 속삭이며 교활한 웃음을 지어 보였다.

"좋은 방법이긴 한데, 저 녀석은 우리 달희 선녀의 책임이라서. 달희는 좀 고생을 해야 하거든."

아아, 도대체 왜 천계의 상제님이나 명부의 대왕님이나 이렇게 인정에 약하신지 모르겠다. 딱 잡아 붙들어서 지옥불의 무서운 맛을 보여주는 쪽이 저 시꺼먼 녀석들한테는 딱 맞는 형벌일 텐데.

"아마 앞으로는 좀 나아질 걸세. 그러니까 좀 지켜보자고."

여전히 분개하고 있는 사자를 바라보며 상제가 너그럽게 웃었다.

"잘 살아라, 인간아. 사람을 사랑할 수 있다는 것도 큰 복이야. 그러니 너희들이 가지고 있는 인정을 아끼지 말아."

　이런저런 이유로 개정판을 내게 됩니다. 초간본이랑 완전히 다른 에피소드가 들어가 있지는 않지만, 나름 열심히 수정했습니다. 《유령과 토마토》, 《봄날의 팔광》, 《사자's 러브》…… 이렇게 세 권을 마무리하면서 다시 아저씨를 만나게 될 일은 없을 거라고 생각했는데, 다시 사자 아저씨를 만나서 반가웠고, 우리 달희와 민혁이를 만나서 즐거웠습니다.

　제가 처음으로 쓴 글은 《1%의 어떤 것》입니다. 그 글을 시작할 때의 느낌을 지금도 고스란히 기억하고 있어요. 다다와 재인이를 만나는 매일 밤이 즐거웠고, 그 아이들의 사랑 때문에 가슴 떨렸고, 사랑해주시는 여러분 때문에 행복했습니다. 그 첫 글이 책이 되고, 또 다른 글이 책으로 나오면서 그때 그 느낌을 내내 그리워했었습니다. 설명하기는 참 어려운데…… 아무리 노력을 해도 처음 그 느낌과 그 열정을 데려올 수가 없었어요. 뭐랄까, 글을 쓰는 건 여전히 재미있는데 처음 그 두근거림을 느낄 수 없었습니다. 영영 다시

는 그 느낌을 만날 수 없을 거라고 생각했는데, 지완이와 민혁이 얘기를 쓰면서 빛나는 그 첫 감정을 다시 느꼈습니다. 아이들이 툭탁대고 싸움을 하고 사랑을 하는 일이 너무 즐거워서 글을 쓰는 일이 행복했어요. 《봄날의 팔광》은 그래서 참 소중합니다. 빛나는 그 느낌을, 그 가슴 떨림을 다시 데려다 주었거든요.

전 글을 쓸 때, 주인공들의 대사가 먼저 떠오르는 작가입니다. 제목도 없고 주인공들의 이름도 정하지 않았는데 등장인물들이 끊임없이, 그리고 치열하게 대화를 합니다. 그들의 이야기를 옮겨 적는 일은 바쁘고 즐겁고 가끔은 지루합니다. 이미 난 애들이 어떤 사랑을 할지, 얼마큼 아파하고 또 얼마나 행복한지에 대해서 다 알고 있는 일을 다시 글로 적어야 하는 일은 조금은 재미가 없거든요. 그런데 《봄날의 팔광》은 정말이지 단 한순간도 쉬지 않고 글을 써내려갔습니다. 그리고 다시 그 작업을 하면서 즐거웠습니다. 또 한 번 나쁜 놈 강민혁과 순진한 달희 선녀님의 사랑에 제가 혹했기 때문입니다.

수정하면서 어떤 분이 말씀해주셨습니다. 민혁이는 작가가 주장하는 것처럼 그렇게 나쁜 녀석은 아니라고. 그렇지요. 악하고 비열하고 나쁜 놈을 찾기 시작하면 민혁이는 정말 양반입니다. 차라리 민혁이는 매정하고 삭막하고 바짝 메마른 인간이라고 하면 맞는 표현일 수도 있겠습니다. 그건 아마 '나쁘다'와는 다른 의미일 겁니다.

그런데 제가 착한 달님을 진짜 정말 나쁜 남자에게 건네주기 싫었습니다. 안 그래도 어려서 조실부모하고 나름 힘들게 살아왔는데 몇 년 살지도 못한 전생에 무슨 그리 큰 죄를 지었다고 성격 파탄의 흉악한 남자를 평생 고쳐가며 살아야 하나 싶어서…… 처음의 의도를 조금씩 바꾸었습니다. 더 솔직히 말하면 제 남자 주인공을 몹쓸 인간으로 그리고 싶지 않았습니다.

그러려면 설정을 바꾸었어야 했을까 고민도 했었지만 제가 아끼는 또 한 명의 남자, 2999호 저승사자의 표현처럼 민혁이는 비교우위로 덜 나쁜 거지, 베풀지 못하고 나누지 못하는 삭막한 그 남자가 착한 인간은 또 아니니까, 라고 변명합니다. 두 사람의 사랑을 봄날처럼 나른하고 따뜻하게 그려주고 싶었어요.

전 언제나, 그리고 대책 없는 낙관주의자입니다. 더 많이 사랑하고 더 많이 배려해서, 조금 덜 힘들고, 조금 덜 아팠으면 합니다. 그래서 선한 사람과 행복한 사랑으로 가득한 세상이 되었으면 좋겠습니다. 세상은 소망하는 대로, 상상하는 대로 이루어진다는 말을 믿습니다. 어디선가 봄날 같은 달희랑 그리 나쁘지 않은 민혁이도 잘 살고 있을 테고, 우리 저승사자 아저씨도 씩씩하게 잘 살고 있으리라 믿으면서.

너무 뜨거웠던 여름,
지구에게 다시 미안함을 전하며

현고운

1판 1쇄 인쇄 2012년 10월 19일
1판 1쇄 발행 2012년 10월 22일

지은이 현고운 ┃ 펴낸이 강성욱 ┃ 책임 기획 전주예 ┃ 카피라이터 김근배
일러스트 최제희 ┃ 로고 김미현 ┃ 교정 임성희, 류주영 ┃ 디자인 이선영
펴낸곳 테라스북 ┃ 등록 제381-2003-000040호
주소 (463-741) 경기도 성남시 분당구 구미동 시그마2 D동 503호
전화 031-718-5826 ┃ 팩스 0505-911-5826
블로그 http://terracebook.blog.me ┃ 전자우편 terracebook@naver.com
ISBN 978-89-94300-17-7 (03810)

테라스북은 오름미디어의 임프린트 브랜드입니다.

이 도서의 국립중앙도서관 출판시도서목록(CIP)은 e-CIP 홈페이지(http://www.nl.go.kr/ecip)에서
이용하실 수 있습니다. (CIP제어번호: CIP2012004267)